LA HILANDERA
DE FLANDES

Concepción Marín

LA HILANDERA DE FLANDES

temas de hoy. TH NOVELA

© Concepción Marín Albesa, 2012
© Espasa Calpe, S. A., 2012
Ediciones Tagus es un sello editorial de Espasa Calpe, S. A.
Vía de las Dos Castillas, 33. Complejo Ática. Ed. 4, 28224 Pozuelo de Alarcón, Madrid (España)
© Ediciones Planeta Madrid, S. A., 2013
Ediciones Temas de Hoy es un sello editorial de Ediciones Planeta Madrid, S. A.
Paseo de Recoletos, 4, 28001 Madrid
www.temasdehoy.es
www.planetadelibros.com
Primera edición: julio de 2013
ISBN: 978-84-9998-279-3
Depósito legal: M. 16.045-2013
Preimpresión: J. A. Diseño Editorial, S. L.
Impresión: Rotativas de Estella, S. L.

Printed in Spain-Impreso en España

A todos los que siempre confiaron en mí.
En especial a mis padres, por su ayuda,
su enorme paciencia y su amor

*D*on Fernando y doña Isabel, por la gracia de Dios rey y reina de Castilla, de León, de Aragón, de Granada, de Toledo, de Valencia, de Mallorca [...], duques de Atenas y Neopatria. Al príncipe don Juan, nuestro hijo, y a los infantes, prelados, duques, marqueses, condes, [...] a los concejos, corregidores, alcaldes, [...] de todas las ciudades, villas y lugares de nuestros reinos, y a las aljamas de los judíos y a todos los judíos y personas singulares, de cualquier edad que sean, [...] salud y gracia. Sabed que porque Nos fuimos informados que hay en nuestros reinos algunos malos cristianos que judaizaban a nuestra Santa Fe Católica, de lo cual era mucha culpa la comunicación de los judíos con los cristianos, en las Cortes de Toledo de 1480 mandamos apartar los judíos en todas las ciudades, villas y lugares de nuestros reinos, dándoles juderías y lugares apartados donde vivieran juntos en su pecado, pensando que se remorderían; y procurando que se hiciese Inquisición, [...] por la que se han hallado muchos culpables, según es notorio. Y consta ser tanto el daño que se sigue a los cristianos de la comunicación con los judíos, los cuales se jactan de subvertir la Fe Católica, que los llevan a su dañada creencia, [...] procurando de circuncidar a sus hijos, dándoles libros para escribir y leer las historias de su ley, [...] persuadiéndolos de que guarden la ley de Moisés, haciéndoles entender que no hay otra ley ni verdad sino aquella; lo cual todo consta por confesiones de los mismos judíos y de quienes han sido pervertidos, lo cual ha redundado en oprobio de la Fe Católica. Por ende, Nos, en consejo y al parecer de algunos prelados, y grandes y caballeros, y de otras personas de ciencia y de conciencia, habiendo *habido sobre ello mucha deliberación, acordamos mandar salir a todos los judíos de nuestros reinos, que jamás tornen; y sobre ello mandamos [...] dar esta carta por la cual mandamos que hasta el fin del mes de julio que viene salgan todos sus hijos, de cualquier edad que sean, y no osen tornar [...] bajo pena de muerte. Y mandamos que nadie de nuestros reinos sea osado de recibir, acoger o defender pública o secretamente a judío ni judía pasado el término de julio, [...] so pena de confiscación de todos sus bienes. Y porque los judíos puedan actuar como más les convenga en este plazo, los ponemos bajo nuestra protección, para que puedan vender, enajenar o trocar sus bienes. Los autorizamos a sacar sus bienes por tierra y mar, en tanto no sea oro ni plata, ni moneda ni otras cosas vedadas. Asimismo mandamos a nuestros alcaldes, corregidores, [...] que cumplan y hagan cumplir este nuestro mandamiento. Y porque nadie pueda alegar ignorancia mandamos que esta Carta sea pregonada por plazas y mercados.*

Dado en Granada, a treinta y uno de marzo del año de Nuestro Señor Jesucristo de 1492.

CAPÍTULO I

Efraím Azarilla cerró la puerta de su taller, felicitándose por lo productiva que había sido aquella mañana. El mismísimo duque de Alba, Fadrique Álvarez, había acudido a él para encargarle un collar con motivo del próximo cumpleaños de su hija. Y no una alhaja cualquiera, sino una de la mejor calidad y de un precio casi desorbitado. Con un encargo así podría vivir una familia numerosa durante medio año. A Dios gracias, ese no era el caso de Efraím. Los negocios siempre les fueron bien a sus antepasados y había heredado un capital considerable. Era un miembro de la mano mayor, clase a la que pertenecían los judíos ricos, con grandes propiedades o artesanos especializados. Y él lo era. Apenas había joyeros en Toledo. Los de mayor prestigio se encontraban en Aragón y, por supuesto, los poderosos no estaban dispuestos a recorrer tanta distancia, razón por la cual Efraím gozaba de una clientela selecta, tanto judía como cristiana.

Al pasar ante la cofradía de Sefarim, saludó al responsable principal de la custodia de los libros sagrados, Samuel Cohen. Su afable rostro mostraba una seriedad inusual. Imaginó que se debía a su pronto retiro. Después de cuarenta años al frente de dicha institución, en poco menos de un mes cedería su cargo. Algunos de los posibles sustitutos apenas podían pegar ojo desde hacía semanas, y rezaban día y noche para que Yahvé les concediese el honor de ser el siguiente en ocupar un puesto tan relevante entre la comunidad judía.

Prosiguió su camino por la alcazaba observando con extrañeza cómo Daniel salía de la zapatería; por lo general, siempre era el último en echar el cierre de su negocio. Desde que falleció su esposa, y sin hijos que alegraran su vejez, el taller se había convertido en lo único que le reportaba ganas de vivir. No preguntó. Entrometerse en los asuntos ajenos no era de buena educación; incluso aunque uno viera que alguien estaba a punto de cometer un tremendo error.

Continuó por la calle de la Campana mientras pensaba que la idea de Dana no había sido tan mala después de todo. Cambiar de barrio resultó ser más fácil de lo esperado. Su nueva casa, situada en la calle Taller del Moro, el lugar más elegante de todas las juderías de la ciudad, era grande y señorial. Pero lo que más le agradaba, aparte del silencio gratificante que la rodeaba, era el jardín interior, que él había convertido en un huerto. Su esposa siempre desaprobó esa decisión. Como la mayoría de las mujeres, prefería un lugar lleno de flores que impregnaran toda la casa con sus perfumes; él al final la convenció de que lo dedicaran a cultivar sus propias verduras, aunque, por supuesto, reservó una pequeña zona para las preciadas flores de Dana.

Abrió la puerta y, tras cruzar el zaguán, entró en el patio.

Siempre le pareció que el mes de mayo se distinguía por ser inconstante, pero ese defecto se tornaba una virtud cuando se relacionaba con las plantas. La lluvia de los últimos días había dado paso a un sol radiante muy beneficioso para su huerto y muy pronto podrían disfrutar de sabrosas berenjenas, además de la amplitud de los salones, habitaciones y cocina de su recién estrenada casa.

Con gesto cuidadoso comenzaba a arrancar unas hojas marchitas cuando, de repente, el sonido de la campanilla lo sobresaltó.

Dejó las hojas en el interior de una maceta y fue a abrir. Su mejor amigo entró con semblante taciturno. No quería ni imaginar que hubiese surgido algún contratiempo con el asunto de la boda. Deseaba fervientemente que su hija contrajese matrimonio con el primogénito del hombre a quien, a pesar de no unirlos lazos de sangre, consideraba un hermano.

—*Shalom*, Ivri. ¿Qué ocurre?

Su amigo cerró la puerta y, con gestos grandilocuentes, exclamó:

—¡Te lo advertí! ¡Y no me hiciste caso! ¡Es nuestro fin!

—¿De qué hablas?

Ivri Albalaj se detuvo en seco y lo miró estupefacto.

—Tú en las nubes, como siempre. Hoy han proclamado un edicto. ¡Los reyes han ordenado nuestra expulsión! La expulsión de todos los judíos. ¡Todos sin excepción! Pero lo peor no es eso. Lo peor es que la orden se rubricó en marzo, y debemos salir del reino el 30 de julio. ¡Canallas! Lo han hecho adrede, para que no nos dé tiempo a arreglar nuestros asuntos y quedarse con todas nuestras pertenencias.

Efraím, impactado, apoyó las manos en la pared, hundió la cabeza y comenzó a jadear. No era posible. ¿Por qué razón querían echarlos de su tierra? Su familia llevaba trescientos años afincada en Castilla. Eran gente pacífica y honrada. Nunca habían hecho nada malo; al contrario. Contribuían a que la economía floreciese con sus artesanías, sus negocios inmobiliarios, sus préstamos para que otros pudiesen abrirse camino en la vida.

Ivri, viendo el estado de su mejor amigo y sabiendo que últimamente había tenido problemas de corazón, trató de tranquilizarlo.

—Cálmate, por favor. El rabino ha pedido que acudamos inmediatamente a la sinagoga. Tal vez, si parlamentan con los máximos representantes de nuestro pueblo, los reyes decidan revocar la orden. No hay que perder la esperanza. Vamos.

Salieron juntos y se encaminaron por las callejuelas estrechas y sombrías, uniéndose a otros miembros de la comunidad hasta alcanzar la sinagoga del Tránsito. El edificio estaba prácticamente tomado por hombres y mujeres cuyos rostros reflejaban gran preocupación. El habitual respeto al lugar santo se había esfumado. Las voces se elevaban en una algarabía casi ensordecedora. En ese instante apareció el rabí.

—Hermanos, hermanos, tranquilizaos. Por favor, silencio.

Los feligreses callaron de inmediato.

—Hermanos, lo que nos ha traído hoy aquí es un asunto de suma gravedad. Nuestro futuro peligra y…

—¿Que peligra? ¡Ya ha sido zanjado, rabino! —lo interrumpió un anciano.

—Tiene razón, Josua. ¡El edicto lo dice bien claro! —lo apoyó una mujer.

Muchos de los asistentes asintieron.

—Nada es definitivo. Aún podemos evitarlo.

—¿Pero cómo? Isabel y Fernando ya han tomado una decisión, y dudo que den marcha atrás —intervino Ivri.

—Puede que si enviamos a unos embajadores, lleguemos a un acuerdo. Al fin y al cabo, siempre hemos sido unos buenos súbditos. Amigos, no debemos perder la esperanza hasta el final.

—La propuesta es lógica. Pero en caso de que esas conversaciones no den ningún fruto, no tendremos tiempo material para preparar la partida. Hay que vender la casa, liquidar los negocios, recoger nuestras pertenencias… Además de decidir dónde nos asentaremos. Y eso no se hace en una quincena ni en dos meses. No sé vosotros, pero yo no estoy dispuesto a dejar nada de lo que he ganado con el sudor de mi trabajo —dijo Efraím.

Los demás murmuraron su conformidad. El rabí volvió a pedir silencio.

—Lamentablemente, la orden dictamina con claridad que no podemos llevarnos oro ni plata, lo cual significa, soterradamente, que todos nuestros bienes serán confiscados. ¿De qué nos servirá vender nuestra casa, nuestros negocios o recuperar los préstamos, si el dinero debe quedarse aquí?

—¡Pues yo quemo mi casa y arrojo mi oro al río antes que dárselos a esos cristianos! —exclamó un joven.

—¡Sí! ¡Sí! —fue el grito unánime.

—Nuestra comunidad se ha caracterizado por su integridad, por haber convivido de forma pacífica con cristianos y musulmanes durante años y, en especial, por su sensatez. Dime, joven Isaac, ¿qué crees que ocurrirá si alguno de nosotros prende fuego a su casa? La crueldad del maldito edicto será una nadería comparada con las represalias. ¿Acaso queréis ser los causantes de la muerte de vuestros hermanos? No, tenemos que mantener la serenidad.

—¿Ante tamaña injusticia? ¿Qué somos? ¿Ovejas estúpidas? —se quejó Ivri.

—Somos ciudadanos indeseados. Y eso significa que da igual lo que hagamos, no permitirán que nos quedemos. Pero sí podemos intentar que no nos dejen en la miseria.

Ivri sacudió la cabeza en señal de desacuerdo. Dio la espalda al rabí y, dirigiéndose a toda la asamblea, clamó:

—Castilla necesita oro y plata para costear sus guerras y sus ambiciones marítimas. El pueblo judío posee grandes fortunas, inmuebles y tierras. Expulsándonos, el reino se enriquecerá y podrá embarcarse en sus empresas. ¿De verdad creéis que recapacitarán? ¡No soñéis con ello! La sentencia está dictaminada. ¡Exilio o conversión!

—¿Cómo te atreves a sugerir tamaña herejía? —se escandalizó el rabí.

—No sugiero. Enumero las dos opciones. Que cada cual elija la que más le convenga.

El rabino, con semblante adusto, recapituló:

—Sé que ninguno de los presentes abrazará la fe cristiana. Sus corazones albergan el amor a Yahvé. Y aquel que se sintiese tentado de abjurar, no piense que los cristianos lo recibirán con los brazos abiertos. Nunca confiarán en un converso. Ahí tenéis a la Santa Inquisición. ¿Cuántos de los renegados han sufrido condena por ser acusados de seguir la ley de Moisés a escondidas? Jamás creerán que un judío se haya convertido en devoto de Cristo, pues nos consideran sus asesinos. Ahora, regresad a casa. Exponed a vuestros familiares la situación y aguardad unas semanas a que os transmitamos el resultado de nuestras rogativas.

Los congregados fueron poco a poco abandonando la sinagoga entre murmullos, con el corazón encogido por el miedo. ¿Qué sería de sus vidas a partir de ahora? ¿Adónde irían? ¿Cómo sobrevivirían sin ningún ahorro ni pertenencias?

Efraím también se lo preguntaba. Pero no eran esas sus únicas preocupaciones. Pensaba en Dana, en cómo le afectaría la injusticia a la que estaban siendo sometidos. Porque, a decir verdad, no confiaba en que los reyes cambiasen de opinión. Lo quisiesen o no, deberían abandonar la tierra que tanto amaban, a sus amigos, sus hogares. Y lo peor de todo: comenzar de cero, en una patria extraña, con una lengua extraña que deberían aprender, con el temor constante de ser rechazados y emprender de nuevo el exilio. Y ya no poseían la fuerza de la juventud, ni la ambición de establecerse y formar un hogar cómodo, exento de carencias.

—Solo hay dos opciones: o nos vamos, o...

Efraím se detuvo en seco y miró horrorizado a su amigo.

—¿Cómo puedes ni tan siquiera por un segundo plantearte esa opción?

—¿Por qué no? Vamos a perderlo todo. Y el único modo de conservar nuestra vida tal como la conocemos es hacerles creer a esos malnacidos que somos como ellos.

—Sin duda has perdido el juicio. No puedes hablar en serio. ¿No ves que con solo ese pensamiento estás enfureciendo a Yahvé? Te condenará eternamente —jadeó Efraím.

—Solamente soy práctico. Desgracias con sopa se soportan mejor que sin sopa. Por otro lado, ¿quién sería tan estúpido de abandonar una posición como la que ostento? ¡Maldita sea! Soy el mayor prestamista de los nobles cristianos. Poseo una fortuna, amigos poderosos y una familia a la que no quiero ver sufrir. No estoy dispuesto a perderlo todo. ¿No puedes entenderlo? —replicó Ivri alterado.

Su amigo posó una mano en su hombro con gesto paternal.

—Tus palabras son fruto de la ofuscación. En cuanto te calmes, comprenderás que mentir te hará conservar lo que posees, pero nunca otorgará paz a tu alma. Mejor hagamos lo que nos ha aconsejado el rabí; regresemos a casa. Hay que hablar con la familia y procurar no dejarnos llevar por el pánico.

CAPÍTULO 2

Una de las primeras lecciones sobre el mundo animal que aprendemos en la escuela es que cualquier cría abandonada por sus progenitores morirá irremediablemente: nada de lo que haga podrá librarla de los depredadores.

Entre los seres inteligentes —denominación con la que la mayoría de las especies no estaría de acuerdo—, la tasa de mortalidad se reduce sensiblemente, puesto que alguno de sus congéneres, acogiéndose a ese noble sentimiento —aunque denigrante para el beneficiario— llamado caridad, evita la extinción del recién nacido. La privación de la vida es sustituida por un núcleo frío y exento de cariño que apenas se diferencia de esa última morada de la que ha sido rescatado. Esta frialdad actúa de un modo implacable sobre el individuo: bien lo idiotiza para el resto de sus días, bien se apega tanto a él que los sentimientos quedan aletargados dentro de un iceberg.

Ivri fue una de esas crías supervivientes que se adaptaron a ese ambiente impersonal. Todos sus actos, sus decisiones, eran estudiados y calculados meticulosamente por su cerebro; actitud que agradó sobremanera a quienes regentaban el orfanato, otorgándole privilegios que muy pocos podían disfrutar. Hasta que a los catorce años, y sin un mal maravedí en los bolsillos, Ivri se lanzó a la vida.

Los primeros meses transcurrieron de una posada a otra, cada una peor que la anterior; de un empleo a otro, a cual más miserable. Hasta que le llegó su oportunidad junto a un viejo usurero. Con él aprendió el arte del préstamo, y logró superar a su maestro. La falta de escrúpulos y la frialdad heredada en el hospicio le valieron para no sentir ningún remordimiento de engañar al viejo judío. Tenía una meta marcada, y nada ni nadie lo alejarían de ella.

Diez años después, sus trapicheos habían dado fruto. Podía considerarse que ya era un hombre acaudalado. Solamente faltaba un detalle: el prestigio social, por lo que, al igual que en su adolescencia, aunó todas sus fuerzas para conseguirlo. En primer lugar, necesitaba formar una familia; aunque no una cualquiera. Debía encontrar a la esposa adecuada, y ninguna mejor que la joven hija de David Vidal, dueño del negocio inmobiliario más importante de Toledo. Contrató a la mejor *shadjente*[1] e inició los trámites de la negociación. Vidal no dudó ni un instante en aceptarlo como *kalá*,[2] y si su hija tuvo algún reparo, se encargó de disiparlo. Así que, dos meses después de la proposición, se convertía en un hombre casado.

Del mismo modo que en aquellos tiempos difíciles, ahora no estaba dispuesto a perder todo lo conseguido. Haría lo que fuese necesario para impedirlo, sin importar el cómo ni las consecuencias.

Cruzó la puerta de Açueyca y tomó la calle del Mármol. Era un recorrido que solía hacer unas tres veces al año, cuando Alfonso Osorio, fiscal de la corte, necesitaba un préstamo. Osorio era hombre de buena posición. Sin embargo, su afición a los dados y a las mujeres acababa con su liquidez, lo cual requería pedir suce-

---

1. Casamentera.
2. Yerno.

sivos préstamos para conseguirla de nuevo y, por otro lado, su padre gozaba de buena salud y de un defecto del todo nocivo para su hijo, la avaricia, y no entendía de parentescos a la hora de soltar un ducado. En tales circunstancias, Ivri siempre había sido el hombre indicado para sacarlo del apuro, y ahora había llegado el momento de que le devolviera el favor.

Ivri se plantó ante la casa del fiscal. Se trataba de un edificio regio con hermosas balconadas de madera de roble, de dos plantas y considerables dimensiones, pero no podía compararse con la situada justo enfrente, la llamada *casa del Mármol*, residencia de Gonzalo García.

Llamó a la puerta. El criado le cedió la entrada sin ningún impedimento —como en tantas otras ocasiones— y le precedió para acompañarlo hasta la biblioteca, donde Alfonso Osorio tomaba una copa de vino sentado junto a la chimenea, ahora apagada por el inusual calor en ese mes de mayo. Al ver al prestamista, sus ojos negros se clavaron de modo inquisitivo en la figura alta y espigada del judío.

—¡Ivri, viejo amigo! La deuda pendiente aún no ha vencido, ¿verdad?

—No, señor.

Osorio dio un largo trago a la copa y después, con sonrisa ladina, continuó:

—Eso está bien. Entonces serán los últimos acontecimientos los que os han traído hasta aquí. Mal asunto, tanto para vos como para mí. Ya no podremos hacer tratos comerciales, así que temo que no podréis cobrar lo que os debo. La ley es explícita. ¿No querréis que caiga en desgracia?

—Por supuesto que no. Pero yo tampoco quiero caer. Esta tierra es tan vuestra como mía. Mi familia lleva viviendo en Toledo doscientos años. Durante generaciones hemos trabajado duro, reído y llorado, como cualquier otro, y es injusto que de la noche a la mañana nos expulsen del reino y nos arrebaten todo cuanto tenemos.

—Bueno, Dios quiere que el mundo esté lleno de injusticias. Y, por desgracia, muchas de ellas no podemos impedirlas. ¿Cómo puede un simple mortal oponerse a los deseos de un rey, y en especial un súbdito? Yo soy leal a la Corona, Ivri, y el edicto de don Fernando y doña Isabel dice que ningún cristiano puede socorrer a un judío. Lo lamento, no puedo hacer nada por vos.

Ivri se frotó las manos con nerviosismo.

—Mi señor, os he ayudado en innumerables ocasiones…

Osorio enarcó una ceja mirándolo con arrogancia.

—¿Bromeáis? He saldado con creces cada préstamo. Para ser más exactos, al treinta por ciento de interés. ¿No os parece un tanto abusivo? Si no podéis recuperar las últimas prestaciones, daos por pagado. Y ahora, os ruego que os marchéis. Me estáis comprometiendo.

Ivri no se rindió. Aquella partida aún no estaba perdida y sus cartas eran las ganadoras.

—¿Habéis pensado a quién recurriréis cuando os acucien las deudas, señor? Hay pocos gentiles que se dediquen a prestar dinero, y quien lo hace carece de la paciencia suficiente para aguardar el pago. Por eso vengo a proponeros un trato que será muy beneficioso para ambos.

Osorio entrecerró los ojos. Al judío no le faltaba razón. De ahora en adelante le sería más dificultoso efectuar sus correrías. Aquel edicto era una gran equivocación. Los reyes no eran precisamente grandes negociantes: las riquezas expropiadas servirían para mitigar los terribles gastos que soportaba la Corona, sin duda, pero solo a corto plazo. En cuanto los hijos de Abraham estuviesen muy lejos, la economía dejaría de ser próspera rápidamente.

—No temáis. No os veréis comprometido si aceptáis. Os doy mi palabra.

Para el fiscal la palabra de un hebreo no tenía el menor valor. No obstante, su instinto le decía que debía escucharlo. A fin de cuentas, no perdía nada con ello.

—Hablad.

—Los reyes dan a entender que respetarán a todos aquellos que se conviertan al cristianismo. Yo tengo intención, al igual que el resto de mi familia, de hacerlo.

—Ivri, todos sabemos que nadie abjura de su fe así como así. Por mucho que juréis que os habéis convertido, que por fin habéis comprendido que la nuestra es la religión verdadera, siempre persistirá la duda.

—No si me avala alguien tan principal en el reino como vos. Vuestro testimonio sería una garantía y nuestros negocios podrían continuar, bajo la nueva normativa. Se acabaron los préstamos de usura: si me socorréis, me convertiré en banquero, por lo que no habrá problema en que sigáis acudiendo a mí en busca de ayuda. Por supuesto, obtendríais algún que otro beneficio por ello, como por ejemplo, que os rebajara el interés a solo el quince por ciento.

Osorio dibujó una sonrisa socarrona.

—¿De verdad creéis que respaldaré a un mentiroso por un ridículo quince por ciento menos, jugándome el cuello, para librarme de los problemas que me plantea el futuro?

—Un hombre de vuestra influencia jamás estará en peligro. Además, mi oferta incluye otro beneficio que superaría al primero.

—¿Y cuál sería ese beneficio?

—Tengo una hija de quince años. Bonita, virtuosa y obediente. Pero, sobre todo, con una dote muy suculenta. Y a mi muerte, heredará un tercio de mi cuantiosa fortuna.

El fiscal se sirvió más vino y dio un sorbo. Últimamente su capital había menguado considerablemente. No es que se hallara en la miseria, pero si continuaba dilapidando las reservas a ese ritmo, en apenas unos años se vería en serias dificultades. Por otro lado, no tenía la menor intención de volver a contraer matrimonio, al menos por el momento —su anterior esposa resultó ser una bruja insoportable a la que, gracias al cielo, el diablo se había llevado a su vera el invierno anterior—, y tampoco entraba en sus planes desposarse con una judía conversa y carente de atractivo, por muy rica que fuese. Desde luego, tenía que reconocer que las propuestas de ese usurero eran la solución definitiva a todos sus problemas, pero no podía decidir en un santiamén su futuro. El matrimonio era algo muy serio. No por su signo sacramental, naturalmente —aunque cristiano, no era en absoluto devoto—. Lo que le preocupaba era tener que soportar el resto de sus días a una esposa quisquillosa que intentara controlarlo…, aunque, bien mirado, la hija del judío era muy joven. Podría manejarla a su antojo, así como su dote y futura fortuna.

—No soy hombre que se venda por unas cuantas monedas. ¿De qué suma estamos hablando?

—La dote sería de cinco mil maravedíes. Y su herencia, si sigo en Toledo y el negocio continúa siendo próspero, probablemente, unos doscientos mil.

Osorio se atragantó al escuchar las desorbitadas cantidades y rompió a toser.

—Veo que os he impresionado —dijo Ivri sonriendo por primera vez. Ya más seguro de sí, se acercó al fiscal—. Claro que todo esto se esfumará de vuestras manos si me veo obligado a partir o si la Inquisición duda de mi cristianización. Señor, sé que sois hombre inteligente y práctico. Al igual que yo. Con un simple apoyo, sin complicación alguna por vuestra parte, el futuro sería inmejorable. ¿No os parece?

«¿Inmejorable? —pensó Osorio—. ¡Sería fabuloso!» No había nada que pensar. ¿Qué podía ocurrir? Si Ivri se comportaba con prudencia, nada malo podría pasarle. Ya veía ante él una vida llena de comodidades y caprichos. Pero no podía mostrarse entusiasmado ante el judío.

—Siempre y cuando no encontremos piedras en el camino.

—Será un camino llano y directo al bienestar. Por mi parte, pienso cumplir con mis compromisos. Seré un cristiano ejemplar.

¿Cómo no habría de serlo, si gracias a vuestra bendición podré seguir viviendo como hasta ahora?

—¿Convertiros de corazón? Lo dudo, amigo mío.

—Como dice un refrán nuestro, para la concordia está permitido incluso mentir.

—Mentir es todo un arte. Y, tal como se presentan las cosas, o se es un gran actor, o das con tus huesos en la hoguera —le recordó Osorio.

—La Santa Inquisición nunca me hará una visita. Además, me comprometo a que los judíos más ricos e influyentes de Toledo terminen por imitarme. Si transmitís esto a las máximas autoridades, aceptarán gustosas mi conversión y me apoyarán incondicionalmente.

—Pero… ¿y vuestra familia? ¿Estáis seguro de que sabrán adaptarse a las nuevas circunstancias?

—Siempre los he protegido. Tarde o temprano comprenderán que es lo único que nos salvará. Por otro lado, estamos en posesión de algo que es vital para nuestros monarcas. Si se lo ofrezco, seremos intocables.

—¿De qué se trata?

—Perdonad que, por el momento, guarde silencio. No conviene que el plan fracase. Ya sabéis que las paredes oyen. ¿Quedan resueltas vuestras dudas?

Osorio miró la copa de oro con incrustaciones de piedras preciosas y la hizo girar entre sus dedos con aire meditabundo. Tras un largo minuto, respondió:

—En principio, sí.

—Queda sellado el acuerdo, entonces.

—¿Verbal? ¿No teméis que pueda delataros?

—¿Por qué haríais algo tan estúpido? Esa actitud solo conllevaría que mi fortuna fuera a parar a las arcas del reino, y supongo que no queréis perder esta magnífica oportunidad de poseer un capital tan considerable.

—¿Quién lo haría? Ivri, creo que hoy ha sido una jornada sumamente provechosa para ambos.

—Ciertamente. Iré a dar la buena nueva a los míos. Nos mantendremos en contacto —se despidió el prestamista.

Cuando pisó la calle nuevamente, Ivri se sentía el hombre más afortunado de la tierra. Ya no tendría que marcharse; mejor aún, estaría emparentado nada menos que con uno de los fiscales más importantes de la ciudad, y consejero de los monarcas. El parentesco que le uniría a él tras el casamiento lo protegería de esos fanáticos sacerdotes. Tenía el futuro asegurado.

En cambio, lo que para él era una excelente noticia fue recibida de una manera muy dispar entre su familia.

—¿Estás diciendo que debemos renegar de Yahvé? ¿Pretendes que las enseñanzas que nos han sido transmitidas de generación en generación las tomemos como un engaño? ¿Que el amor que albergamos hacia nuestro Dios se esfume como el humo? ¡Te has vuelto loco, padre! —exclamó furibundo Yoel, el hijo menor.

—Tiene razón, Ivri. No puedes pedirnos que permitamos que nuestras almas se condenen. Ni tampoco que Rayzel sea entregada a un gentil —añadió su esposa tratando de consolar a su hija, que sollozaba con desgarro.

—¿Qué queréis entonces? ¿Que nos echen como a perros? ¿Habéis pensado en lo que nos depara el futuro? Un largo camino hasta quién sabe dónde, sin dinero, sin techo y lo que es peor, sin respeto. ¿Y qué haremos cuando lleguemos a nuestro destino? Yo os lo diré. Trabajar sin descanso por un mísero sueldo. No tendremos ni para pagar el cuarto más cochambroso; puede que no tengamos ni para comer. Y pasado el tiempo, nada cambiará, porque no podremos ahorrar ni un solo maravedí. Y tú, hija mía, ¿piensas que algún hombre querrá tener por esposa a una simple artesana o campesina? ¡Sí, claro! Tal vez un viejo que solamente busque juventud en una mujer para que le dé muchos hijos. El fiscal aún es joven. No un mozuelo, pero tampoco un anciano. Y se codea con los monarcas. ¿Qué más puede pedir la hija de un humilde prestamista judío? Y tú, Yoel, ¿de veras eres tan devoto que prefieres vivir en la indigencia y ser insultado a conservar lo que tenemos?

—Sí, padre. Lo prefiero a abjurar de mi verdadera fe —contestó él con los dientes apretados.

—¿Tú piensas lo mismo, Jadash?

El vástago mayor paseó sus ojos negros por cada miembro de la familia.

—Padre siempre ha sido sensato. Ahora también lo es. ¿No lo veis? Nos está proponiendo que seamos más listos que ellos.

—¿Qué quieres decir? —preguntó su madre.

—Margalit, a lo que tu hijo se refiere es a algo muy sencillo. De cara a los demás, nos comportaremos como unos cristianos modélicos. En la intimidad, seguiremos siendo fieles a Yahvé.

—Eso... es mentir, ¡y es una falta muy grave! —objetó Yoel.

—O la pantomima o el exilio. Vuestra es la elección. Pero os advierto que, escojáis lo que escojáis, yo no pienso salir de esta ciudad —dijo su padre.

—¡Ivri! —se escandalizó su esposa.

—Los chicos son mayores, pueden decidir su futuro: errar de un lado a otro o mantener nuestra posición.

Rayzel se sorbió la nariz y por primera vez intervino:

—Quizás ellos pueden, pero yo no. Padre, ¿por qué he de desposarme con ese hombre? ¡Es viejo y de costumbres distintas a las nuestras! Moriré de pena si me entregas a él. Padre, te lo ruego, no me obligues...

Ivri le acarició el cabello con ternura.

—Mi dulce gacela, jamás permitiría que fueses desgraciada. Es el hombre que te conviene. Que nos conviene. El fiscal nos protegerá, y a cambio ha de recibir una recompensa por permitir que continuemos viviendo como hasta ahora, en nuestra ciudad, en nuestra tierra. ¿No te parece lo más justo? Además, como esposa suya, vivirás holgadamente y serás respetada por los nobles.

—Di más bien que será la hija de un renegado. No contéis conmigo para cometer tamaño sacrilegio —masculló Yoel abandonando el salón.

—¡Hijo! —jadeó Margalit.

—Madre, déjalo. Es incapaz de entender la gravedad de la situación —intentó tranquilizarla Jadash.

—Ya entrará en razón. Ahora, centrémonos en los pasos que hemos de seguir —dijo el cabeza de familia.

CAPÍTULO 3

Muy temprano buscó el pan y otros alimentos fermentados y los quemó para limpiar la casa de impurezas, mientras recitaba las oraciones. Después escogió la vajilla especial: preparó la fuente del Seder[3] y colocó las copas para el vino de la alegría. Al final de la tarde, antes de que la primera estrella asomase en el cielo, encendió la menorah[4] y cantó la bendición: «Bendito seas, Señor Nuestro, Rey del universo, creador de la luz y de los astros. Bendito seas, Señor Dios Nuestro, que nos has dado la vida, nos la conservas y nos has reunido aquí en este día de fiesta».

Seguidamente, la familia se congregó alrededor de la mesa. Efraím, el cabeza de familia, llenó la copa de vino, lanzando un rezo. Una vez la copa vacía, llenó la siguiente. Su hija, como miembro más joven de la familia y siguiendo la tradición, preguntó entonces el motivo de la celebración, a lo que sus padres respondieron que un día como aquel, hacía muchísimo tiempo,

---

3. Cena pascual.
4. Candelabro de siete brazos.

cuando los hebreos eran esclavos del faraón, el Eterno, su Dios, los condujo fuera de Egipto.

Como cada *sabbath*,[5] Efraím narró la historia de la liberación del pueblo de Israel, recordando las diez plagas, mientras Dana y su hija Ilana extraían con el dedo unas gotas de vino de la copa y las recogían en una taza. De este modo no apuraban del todo la copa de la alegría, que era el resultado de la muerte de muchas personas. Después sus voces entonaron el *Hallel*[6] y bebieron el vino. Efraím cortó el pan y se sentaron para comer el cordero y el pan ázimo. Concluyeron la cena sagrada con una nueva copa de vino y una plegaria, que en esta ocasión ocultaba una rogativa más allá de la tradicional. La existencia de su pueblo se encontraba de nuevo en peligro. Una vez más caía sobre ellos la amenaza del exilio. Y ese posible éxodo hacia una tierra desconocida atenazaba sus corazones.

—No debemos temer —dijo Efraím al ver los rostros preocupados de las mujeres más importantes de su vida.

—¿Ah, no? Creo que olvidas que nos impiden llevarnos nuestras pertenencias —replicó su esposa.

—Me refiero a que nuestros monarcas recapacitarán y anularán ese maldito edicto. Las aljamas han sufrido altercados y abusos otras veces, pero todo volvió a su redil.

Ella dejó escapar un resoplido cargado de escepticismo.

—¡Siempre tan optimista! ¿No ves que los reyes están determinados a ser los defensores de lo que ellos consideran la verdadera fe? Para eso necesitan que todos sus súbditos sean cristianos, y nosotros somos judíos. ¡Si hasta aseguran que pervertimos a los

---

5. Séptimo día de la semana, siendo a su vez el día sagrado de la semana judía.
6. Conjunto de salmos que se canta en las festividades judías.

nuevos cristianos! Han dictado sentencia y no hay conmutación posible. Nos quieren bien lejos, Efraím, cuanto más mejor.

—Isaac ben Judah ha pedido a sus amigos, judíos notables que gozan del favor real, que intercedan por nosotros; se han reunido y piensan hablar con los monarcas. Además, se ha formado un grupo de emisarios judíos, entre los que me encuentro, que ya ha solicitado audiencia ante don Fernando y doña Isabel. Mañana mismo seremos recibidos. Como ves, no son tan intransigentes.

—Esa es una buena noticia, padre —intervino su hija.

—No conseguiréis nada —insistió su esposa.

Efraím se levantó de la mesa y comenzó a deambular de un extremo a otro de la estancia.

—¿Por qué te empeñas en ser tan pesimista?

—Sopeso la situación y no encuentro mejor ánimo que la desconfianza.

—Nuestro pueblo, a pesar de las dificultades, nunca se ha dejado vencer. Siempre ha mantenido viva la esperanza. Ahora, también.

—Efraím, ¿has pensado acaso lo que ocurrirá cuando tengamos que dejarlo todo atrás? Y cuando me refiero a todo, quiero decir «todo».

Él se detuvo y la miró fijamente. No había pensado en ello hasta ahora, pero desde luego aquel «asunto» era realmente importante, más que su supervivencia o lo que les fuera a deparar el futuro.

—¿Y bien? ¿Qué haremos? —quiso saber Dana.

Efraím sacudió la cabeza y se sentó de nuevo a la mesa.

—Preocuparse por si la lluvia de mañana llevará piedra es una inquietud absurda, pues puede que no llueva.

—Aun así, no está de más buscar un techo donde poder cobijarse. No pienso dejar mi herencia atrás, y mucho menos permitir que sea destruida. Ha permanecido en nuestra familia durante siglos; la hemos defendido incluso a riesgo de perder la vida. Ha pasado de padres a hijos, y así debe continuar.

—Y así será. Te doy mi palabra —sentenció Efraím.

—¿De qué habláis? —se interesó Ilana.

Su madre le acarició el cabello con infinita ternura.

—De nuestro legado, hija mía. Del mayor tesoro que un judío puede poseer...

—Dana..., no —le pidió su marido.

—Tiene derecho a saber. Y más en estos días difíciles e inciertos que estamos viviendo. Ella será la próxima custodia.

—Lo sabrá, pero en el momento oportuno, no antes.

Ilana los miró intrigada. Su familia parecía esconder un gran secreto, y su naturaleza curiosa se negaba a que siguiera en la oscuridad. Estaba decidida a que se lo contaran, así que, haciendo uso de todas las artimañas que siendo niña le funcionaban con su padre, comenzó a decir:

—Padre, creo que madre tiene razón. Pueden surgir dificultades, y no debéis tenerme en la ignorancia. Además, ya no soy ninguna niña. Pronto seré una mujer casada, tendré responsabilidades, y... —calló ante el rostro severo de su progenitor.

—Mientras sea el cabeza de familia, yo seré quien tome las decisiones.

—No eres razonable, Efraím —intervino Dana—. La niña habla acertadamente. Ahora más que nunca debemos permanecer unidos, y si hemos de hacer una excepción a las reglas...

—Nunca se han quebrantado, y no seremos nosotros los primeros en hacerlo.

—¡Pero porque jamás nos hemos visto en apuros!

—Todavía no, no lo olvides. En todo caso, es mejor que aguardemos para contárselo, así no la pondremos en peligro.

—¿En peligro? ¡Esto no es justo! Deberíais prevenirme. ¿No os parece? ¡Nadie puede defenderse con la ignorancia! —protestó Ilana.

—Todo lo contrario, hija. Hay cuestiones sobre las que es mejor no saber.

—Testarudo como una mula —bufó Dana.

Efraím alzó la mano con gesto autoritario.

—Olvidemos este asunto, ¿de acuerdo? Ahora, alejad los temores y vayamos a acostarnos. Mañana conoceremos la verdad de nuestro destino.

CAPÍTULO 4

El arzobispo de Toledo e inquisidor general, Tomás de Torquemada, Francisco Ferrández, escribano real, y Fadrique Álvarez de
Toledo, segundo duque de Alba, aguardaban junto a sus monarcas
la llegada de la comitiva judía.

—Os aconsejo que no cedáis ni un ápice a sus pretensiones.
Son gente ladina y embaucadora. Su labia puede convencer al más
firme —expuso Torquemada. Estaba decidido a que su plan de
expulsar a todos esos hijos de Satanás no se fuese al traste. Era
necesario para el bien de la Corona. En cuanto tomasen el último
reducto moro, hecho del que no dudaba ni por un momento, no
debía quedar ni un infiel en esas tierras. Para que los monarcas
pudieran lanzarse a nuevas conquistas en ultramar, debían tener
un reino unido, libre de rencillas interiores. Como decía el refrán,
la unión hace la fuerza. Y así debía ser.

—Os aseguro que Nos hemos tomado una determinación, y es
irrevocable —sentenció el rey Fernando—. Estamos cumpliendo
con la voluntad de Dios, Nuestro Señor.

—Amén —musitó el inquisidor. Seguidamente, ladeó el rostro
al abrirse la puerta.

—Han llegado, altezas —anunció el guardián.

El rey asintió con un ligero movimiento de cabeza.

La comitiva entró en el salón del trono. Don Fernando y doña Isabel, ataviados con sus mejores galas y sentados en las sillas regias, los observaron con gesto severo, al igual que los hombres que permanecían junto a ellos.

Efraím miró al monarca. Aunque no poseía ningún rasgo digno de mención, sabía que solo era una percepción engañosa. Don Fernando se había forjado entre luchas familiares por la Corona de Aragón y poseía un sentido especial para resolver conflictos, especialmente los referentes a la administración del Estado. No sería fácil convencerlo de sus buenas intenciones.

Después estudió a la reina. Eran como el día y la noche en cuanto a presencia. Isabel era una mujer hermosa, esbelta, rubia, de ojos azules nítidos. Por su apariencia se la podría considerar delicada, incluso débil, y en opinión de muchos, aburrida. Nada más lejos de la realidad. Poseía un carácter tenaz y un espíritu curioso. De niña estudió todas las materias, y era una consumada bordadora y dibujante. Había instalado en la corte una escuela al estilo de la Escuela Palatina de los carolingios, a la que acudían sus hijos y otros niños del castillo. Pero no todo era obligación. Regularmente organizaba fiestas especiales, para las que contrataba a cómicos, músicos y danzarines. Era una reina, en el pleno sentido de la palabra. No se limitaba a gobernar, sino que, cuando la guerra contra el moro, no dudó en colocarse una coraza, montar en su caballo y salir al campo de batalla para arengar a las tropas. Después, al ver a los heridos, hizo instalar un hospital en el lugar de la contienda y lo dotó de médicos y enfermeras, a las cuales ayudó como una más. A partir de entonces, los hospitales del frente fueron llamados *de sangre*, y los de la retaguardia, *de la reina*. Y no se detuvo allí. Recompensaba a los soldados con presentes o dinero, evitando así las deserciones.

Sí. Podría decirse que eran unos gobernantes perfectos. Salvo por la Santa Inquisición, institución que copiaron de la creada contra los albigenses en Francia, a finales del siglo XII, y que Sixto IV ratificó en una bula papal.

—Sed bienvenidos —dijo el rey Fernando.

Isaac ben Judah Abravanel, al reconocer al hombre que se encontraba a su derecha como el inquisidor Tomás de Torquemada, presintió que la audiencia no iba a ir nada bien. Pero no quiso darse por vencido. Inclinó la cabeza, gesto que fue imitado por sus cinco acompañantes.

—Altezas, es un honor que nos hayáis recibido y que os dignéis a conocer nuestras peticiones.

—Nunca nos negamos a escuchar las opiniones de los demás —dijo el rey.

—Y eso hace de vos unos monarcas justos. Espero que, tras nuestra conversación, podamos llegar a un acuerdo también justo —continuó Isaac.

—Siempre estamos abiertos a aceptar propuestas razonables. Adelante, hablad —ordenó la reina.

El judío carraspeó.

—Os pedimos que reconsideréis vuestra decisión. Somos unos súbditos leales a la Corona. Vuestras mercedes lo saben. Cumplimos con los impuestos, con las leyes...

—No con todas. Hay una fundamental: no seguís los dictados de Cristo. Es más, fue vuestro pueblo quien lo crucificó —intervino Torquemada con voz acerada.

Isaac ladeó la cabeza con gesto humilde y replicó:

—Permitidme la osadía de puntualizar que lo que hicieron nuestros antepasados no tiene por qué influirnos necesariamente. La comunidad de Toledo respeta a los cristianos y jamás se enfrentaría con ellos. Creemos sinceramente que nuestras comunidades pueden seguir conviviendo pacíficamente como lo han venido haciendo hasta ahora y colaborar para el engrandecimiento de tan poderoso reino. Al igual que vuestras mercedes, nos sentimos orgullosos de pertenecer a él.

—¿Olvidáis los hechos que acontecieron hace unos años? Hubo rebeliones en las aljamas por vuestro proceder: usura, ambición y pretensiones desorbitadas —recriminó la reina dirigiéndole una mirada helada.

—¿Y que se os acusa de muchos de los males que han sufrido nuestros hermanos? Se asegura que usáis las artes mágicas de vuestra religión para emponzoñar pozos y extender la peste —añadió el arzobispo.

—¡Infamias! Somos gente de paz y de buena voluntad, no brujos ni criminales. Y para demostrarlo os proponemos que aceptéis treinta mil ducados y la aprobación de que nos gravéis un nuevo impuesto. Creemos que es un acuerdo justo.

Los reyes se miraron durante unos segundos. La cantidad era realmente tentadora, y serviría para costear sus propósitos más inmediatos: una expedición para encontrar una nueva ruta a las Indias. Aquello requería de grandes sumas de dinero y no encontraban inversores. Nadie confiaba en esa locura. Solamente ellos, pero no estaban dispuestos a renunciar. Si tenían éxito, la riqueza llenaría las arcas del Estado, mermadas por la guerra contra los musulmanes.

—Altezas, una vez más se demuestra que los judíos, al tentarnos con un soborno tan desorbitado, pretenden que caigamos en el pecado de la avaricia. Os ruego no aceptéis, son las monedas de Judas. Lo que debéis hacer es seguir adelante con la ordenanza y no escuchar a estos herejes —opinó Torquemada apretando los dientes.

Fernando acercó sus labios a la oreja de su esposa.

—¿Qué opináis vos?

—Sería dinero manchado por el pecado —susurró ella. Se apartó ligeramente y, con la frente alta, dijo—: Tiene razón el inquisidor, esposo mío. Debemos ejecutar la obra empezada y acabarla.

—Pero, majestad, ¿por qué obráis de este modo con vuestros

súbditos? Imponednos fuertes gravámenes, regalos de oro y plata..., todo lo que posea un hombre de la casa de David lo daría gustoso a su tierra natal. Nacimos aquí y queremos morir aquí —imploró Isaac.

—De nuevo os tientan con oropeles. Es el demonio el que habla por su boca —escupió Torquemada.

—Reyes míos, nuestra propuesta os la ofrecemos desde nuestros limpios corazones. No hay maldad en ellos, solo amor por nuestra tierra y nuestros señores —defendió Efraím.

—Más nos complacería que vuestros corazones estuvieran llenos de la Palabra de Dios —replicó Fernando—. Si queréis quedaros en Toledo, o en cualquier otra parte del reino, conservando vuestras riquezas, deberéis convertiros a la verdadera fe.

La comitiva bajó el rostro.

—Ya veo. No tenéis la menor intención. En ese caso, no hay nada más que parlamentar. Mi ordenanza sigue en pie —sentenció el rey.

—¡Mi rey, os lo suplico!

—Ya me he pronunciado: nuestro edicto se cumplirá.

Isaac, con gesto derrotado, asintió con la cabeza.

—Sí, majestad. Permitid entonces que os pida una última rogativa: dejad que nos llevemos nuestras pertenencias.

—¡Por supuesto que podéis! Siempre y cuando no sea oro, ni plata, ni monedas, ni caballos. Quienes intenten salir del reino con alguna de estas posesiones serán castigados con toda dureza.

—Pero... eso nos abocaría a la pobreza. ¿Cómo vamos a sobrevivir? ¿Cómo podremos viajar sin tener con qué pagar el pasaje? —musitó Efraím.

—No nos toméis por tan crueles. Podéis poner a la venta vuestras propiedades y aquellos enseres que no podáis transportar, y entregar el oro, la plata y las monedas a los banqueros. Ellos os los cambiarán por letras de cambio, que podréis hacer efectivas cuando hayáis cruzado la frontera. Nuestros funcionarios se encargarán de que todo se tramite con legalidad. Me parece una solución muy equitativa y cristiana. ¿No estáis de acuerdo?

No, no era justa en absoluto. De sobra conocían cómo actuaban esos funcionarios: sin ninguna prisa y poniendo trabas a cada momento. El plazo que les habían adjudicado era muy escaso, no tendrían tiempo de solucionar sus finanzas. Pero de nada serviría lanzar una nueva llamada de auxilio: los reyes estaban resueltos a despojarlos de su tierra, de sus vidas.

—Sí, majestad. Una solución muy cristiana —se limitó a decir Isaac, en apenas un susurro.

—Así pues, una vez escuchadas vuestras alegaciones y dictaminada mi resolución, podéis marcharos —los despidió el monarca.

En silencio y bajo la mirada triunfante de Torquemada, los embajadores salieron de la sala de audiencias. Caminaron durante unos minutos, sin decir nada. Se sentían aturdidos.

—Bueno…, no era lo que deseábamos, pero al menos hemos conseguido que no nos dejen en la ruina. Nuestro exilio será más llevadero. —El tono de Efraím sonaba poco convencido.

—Hemos de informar a todos cuanto antes. Démonos prisa. Estarán inquietos —dijo Isaac encaminándose hacia la aljama.

No volvieron a pronunciar palabra hasta que pasaron ante la catedral.

—¿No son esos Ivri y su familia? ¿Qué hacen junto al fiscal y el prelado? —comentó Samuel, el anciano más venerable de la comunidad.

La mirada de Efraím se clavó en las figuras que, junto a varios sacerdotes, el nuncio y un obispo, se disponían a entrar en el templo. Parpadeó varias veces para comprobar que sus ojos, cansados de tanto tallar piedras preciosas, no le estaban jugando una mala pasada. No, no lo hacían. Ivri, junto a su esposa e hijos, estaba a punto de cometer el peor de los sacrilegios.

—Está clarísimo: ¡van a renegar de Nuestro Dios! —masculló Isaac con ojos encendidos.

—Son tiempos oscuros. Muchos lo han hecho, incluidos varios rabinos. No le demos más vueltas: el tiempo apremia para todos. Vamos, rabí —dijo Efraím, intentando tragarse las lágrimas de dolor por la pérdida de su mejor amigo.

Desmoralizados, llegaron a la sinagoga, donde todos aguardaban con el estómago encogido.

—¿Qué ha pasado? —preguntó el ayudante de Isaac.

—Hermanos, lamento deciros esto, pero nuestra expulsión no ha sido revocada.

Las voces de protesta y desesperación se elevaron.

—Sin embargo, las conversaciones con los monarcas no han sido en vano. Nos permiten vender nuestros inmuebles y las pertenencias que no podamos llevar con nosotros. En cuanto al oro, plata, joyas y monedas acuñadas, nos serán cambiadas por letras de cambio que se harán efectivas en cualquier reino. Podremos cambiarlas durante el viaje por comida, hospedaje o medios de transporte. Ahora bien, nos han impuesto algunas prohibiciones. No podremos sacar los caballos de la ciudad. Y nos han advertido que si alguno de nosotros intenta esconder moneda u otro objeto de valor al cruzar la frontera, será duramente castigado, y que actuarán del mismo modo con los contrabandistas.

—¡Es injusto! —clamó una anciana.

—Lo es. Pero los monarcas, en su crueldad, creyendo ser justos, nos han ofrecido la conversión como alternativa al exilio. Los que abjuren de la religión de nuestros padres podrán conservar sus bienes y tendrán la promesa de ser respetados. Por supuesto, ningún judío de bien aceptará jamás esa ignominia.

—¡El rabí Abraham ha pedido ser bautizado! —gritó un viejo. Después, escupió en señal de desprecio.

Los congregados lanzaron su protesta negándose a creer.

—Lamentablemente, es cierto. Al igual que el rabino mayor de las aljamas, Abraham Señero, y su yerno, el rabí Mayr; y muchos otros —confirmó Isaac.

—Entonces, ¿qué debemos hacer nosotros? —quiso saber un joven de cabellos de fuego.

—Ellos no son ningún ejemplo a seguir. Han demostrado que su fe era débil. Nosotros nos mantendremos firmes, ya sea aquí, en Toledo, o en el lugar más recóndito del mundo. No temáis, Yahvé nos protegerá. Ahora, id a resolver las diligencias para la marcha. *¡Shalom!*

CAPÍTULO 5

Ivri y su familia cruzaron el pórtico de la catedral. Estaban a punto de dar el paso más difícil de sus vidas: traicionar sus creencias, a sus antepasados. ¿Y todo por qué? La mayoría de los expatriados dirían que por no desprenderse del estatus que ostentaban. Pero Ivri consideraba que su decisión no era tan elemental. No solamente salvaguardaban sus posesiones, sino también la propia vida. No le cabía la menor duda. Muchos de los que partirían no llegarían al final del camino. Ellos, en cambio, seguirían adelante y con el beneplácito de los dignatarios más influyentes de Toledo.

—¿No deseáis volveros atrás? —le susurró su futuro yerno.

—En absoluto. Y vos, ¿seguiréis protegiéndome?

El fiscal alzó la ceja derecha.

—Con vuestra oferta, sería un necio si rompiese el acuerdo, ¿no os parece? Además, está ese otro asunto, que tan en secreto lleváis y que, según vos, nos permitirá pedir lo que deseemos a los monarcas.

—Sed paciente. En cuanto la unión con mi hija esté formalizada, os pondré al tanto. Chitón. Debemos entrar.

Notaron que el ambiente del templo era mucho más fresco que

el del exterior, pero no fue eso precisamente lo que les provocó escalofríos. Era la primera vez que pisaban una iglesia cristiana. Sus ojos otearon a su alrededor: a través de la penumbra se adivinaban imágenes de aspecto tenebroso. Al parecer, los católicos disfrutaban venerando las partes más escabrosas de su religión: un Cristo agonizante, un santo traspasado por dagas o un tríptico que representaba los horrores del infierno.

—Sed bienvenidos a la casa del Señor.

La voz atronadora del sacerdote les hizo dar un respingo.

—Veo que venís respaldados por unos buenos padrinos.

Era cierto. Su elevada posición e influencia en la comunidad judía habían conseguido que sus avaladores fuesen nada menos que Tomás de Torquemada y Fadrique Álvarez, duque de Alba, quienes querían que la familia Albalaj sirviera de ejemplo a los demás judíos de cuál era el mejor modo de aceptar la situación.

El sacerdote entregó una vela al inquisidor, y este la encendió.

—¿Cuáles serán vuestros nombres? —quiso saber el sacerdote.

Ivri habló por toda su familia.

—Mi nombre será Juan. El de mi esposa, Teresa. El primogénito, Miguel. El otro, Diego y mi hija, Clara.

—Acercaos. Recibid la luz de Dios. A vosotros y a vuestros padrinos se os confía la misión de acrecentar esta luz. Que vuestros protegidos, iluminados por Cristo, caminen siempre como hijos de la luz y, perseverando en la fe, puedan con todos los santos salir al encuentro del Señor.

Tras estas palabras, juntos, rezaron el padrenuestro. Seguidamente, el sacerdote fue enunciando las preguntas pertinentes de la liturgia.

—¿Renunciáis al maligno y a todas sus seducciones?

—Sí, renunciamos.

—¿Creéis en Jesucristo, su único hijo, Nuestro Señor, que nació de Santa María Virgen, murió y fue sepultado, resucitó de entre los muertos y está sentado a la derecha del Padre?

—Sí, creemos.

—¿Creéis en el Espíritu Santo, en la Santa Iglesia Católica, en la comunión de los Santos, en el perdón de los pecados, en la resurrección de los muertos y en la vida eterna?

—Sí, creemos.

—Esta es nuestra fe de la Iglesia, que nos gloriamos de profesar en Cristo Jesús, Señor Nuestro, amén —terminó el cura, y a continuación trazó en el aire la señal de la cruz sobre la pila diciendo—: Te pedimos, Señor, que el poder del Espíritu Santo, por tu Hijo, descienda sobre el agua de esta fuente, para que los sepultados con Cristo en su muerte, por el bautismo, resuciten con él a la vida. Por Jesucristo, Nuestro Señor. Amén.

Posteriormente, fueron ungidos y bautizados con agua bendita.

—¿Renunciáis a Satanás?

—Sí, renunciamos.

—¿Y a todas sus obras?

—Sí, renunciamos.

—Ya en el seno de la verdadera fe, yo os bendigo. En el nombre del Padre, y del Hijo y del Espíritu Santo, amén. Id con Dios.

En silencio, se encaminaron hacia la salida.

—Habéis hecho lo correcto —les dijo Torquemada—. Espero que a partir de hoy viváis de acuerdo con vuestra nueva fe. No me gustaría que fuerais requeridos por la Santa Inquisición —su voz dejó traslucir un tono de advertencia.

—Nunca nos veréis en tales circunstancias, excelencia. Hoy emprendemos una nueva vida, gracias a vuestras mercedes —aseguró Ivri.

—No nos defraudéis, Juan —añadió Fadrique Álvarez. Inclinó levemente la cabeza y, junto a Torquemada, se alejaron calle abajo.

Los nuevos cristianos también emprendieron el camino a casa.

—¿Y ahora qué, padre? —masculló Yoel, cerrando la puerta.

—A seguir viviendo.

—¿Eso es todo? ¡Maldita sea! Acabamos de traicionar a Yahvé. Somos peores que unos apestados. Nunca encontraremos la paz eterna.

Su madre le posó la mano en el hombro y, bajando la voz, intentó tranquilizarlo.

—Recuerda lo que hablamos, Yoel. Ninguno de nosotros es un traidor.

—Querida, ahora es Diego, no lo olvides. ¿De acuerdo? —dijo Ivri, abriendo la puerta del salón.

—¡Esto es de locos! No sé si podré seguir con esta pantomima —resopló su hijo, andando nerviosamente de un lado a otro de la sala.

—¿Eso te parece trágico? ¿Y qué hay de mí? Yo deberé casarme con ese cristiano viejo, con un hombre al que no amo y, además, tendré que renunciar totalmente a mis creencias —se quejó Rayzel rompiendo a llorar. Ocultó la cara con las manos y se dejó caer en el escabel.

—Es mejor eso que verse vagando por caminos que solo llevan a la incertidumbre, ¿no te parece, estimada Clara? —la consoló Jadash, sentándose junto a ella—. Tu esposo no será ese joven apuesto que siempre soñaste, pero sí un hombre influyente. ¡Nada menos que el fiscal! Los reyes tienen plena confianza en él. Y tú, como su esposa, podrás codearte con la gente de la corte. ¿Qué más puede pedir una joven judía? Sinceramente, opino que nada.

—Ciertamente, hija —ratificó Ivri, sirviéndose una copa de vino. Llenó otras dos y se las ofreció a sus hijos. Yoel la rechazó.

—Siento estar en desacuerdo, padre —dijo este mirando a través de la ventana. Algunos de sus vecinos estaban ya iniciando el camino del exilio. Sus rostros mostraban el dolor por abandonar el lugar que los había visto nacer, por perder la vida que habían disfrutado hasta ahora, por desconocer cuál sería su destino. Apretando los dientes, dejó caer la cortina y volvió el rostro hacia su familia.

—No hace falta que estés constantemente recordándonos tus discrepancias —le recriminó su hermano.

—No son discrepancias, Jadash, es pura lógica. Nadie renuncia a sus creencias de un día para otro. Como tampoco renuncia a su modo de ganarse el sustento. ¿Queréis decirme en qué trabajaremos ahora?

—Como cristianos, no podemos dedicarnos a la usura, pero nada nos impide ser banqueros. Un oficio muy respetable y prestigioso —respondió su padre.

—Hijos, dejad de preocuparos. Vuestro padre, a diferencia de sus amigos, tomó la determinación correcta —intervino Margalit.

—Aún estoy a tiempo de convencer a Efraím, como he hecho con otros —musitó Ivri.

—Lo dudo, padre. Ese hombre siempre fue testarudo como una mula —rebatió Jadash.

—Más bien fiel a sus creencias. Todo un ejemplo que deberíamos seguir —apuntilló Yoel con tono exasperado.

Su madre se sentó y, con gesto doloroso, se quitó los zapatos.

—Si lo que dicen es cierto, es lógico que no quieran renunciar a sus creencias.

—¿De veras piensas que hay algo de verdad en esos rumores? Como prometido de Ilana he visitado su casa varias veces, pero jamás pude verlo.

—Dirás exprometido —puntualizó Yoel.

—Aún podemos resolver ese asunto. Si lo convenzo… Y si no, intentaré que su casa pase a nuestras manos. No pueden llevárselo consigo, necesariamente tienen que dejarlo aquí. Podemos buscarlo.

—¿Para qué? Lo tengan o no, ya no somos judíos, padre, ¿no es así? —dijo Yoel con retintín.

—¡Pero nos dará un poder infinito! Con él, podremos pedir lo que deseemos. Y no renunciaré a esa oportunidad. Decidido, mañana mismo iré a hablar con Efraím. Ahora, pasemos al comedor. Ha sido un día muy largo.

CAPÍTULO 6

Efraím trató de apartar de su mente la imagen de Ivri ante la iglesia durante el trayecto a casa. Encontró a su esposa en el salón escogiendo unas telas, como si para ella el maldito edicto fuese una simple habladuría.

Y así era. A pesar de la insistencia de la noche anterior, Dana en el fondo no creía que los reyes ejecutaran la orden. Estaba convencida de que recapacitarían y que todo volvería a la normalidad. Por eso seguía con los planes para decorar su nueva casa, y seguía indecisa entre la tela roja y la verde. Bien era cierto que el rojo conjuntaba estupendamente con los adornos dorados de las sillas, tal como le aconsejaba el vendedor; pero esa era la decoración más habitual y ella se inclinaba por el verde, para diferenciarse de los demás. Mirando a su hija, le pidió opinión.

—Ilana, ¿cuál escogerías tú?

—No sé por qué os molestáis —espetó Efraím entrando en el salón.

—Porque nunca nos iremos de aquí. Esa orden será anulada, ya lo verás, y no pienso dejar sin hacer el último detalle que me queda para que la casa esté completamente terminada —replicó Dana indicándole con el dedo al vendedor la tela verde.

—¿Vienes del *betdin*?[7] —le preguntó el tapicero a Efraím.

Este asintió con rostro preocupado.

—Sí, Arnon. Hemos comunicado el resultado de nuestra audiencia con los reyes. Nuestros ruegos han sido denegados y el edicto continúa en vigor. Los miembros más relevantes de cada gremio, *gaones*,[8] jayanes y personeros, junto al rabí mayor, han ordenado que notifiquen a todos la terrible resolución.

—¡Dios mío! ¿Qué vamos a hacer? —jadeó el tapicero.

—Lo que se nos ha ordenado: irnos.

Dana se dejó caer en la silla.

—No pueden hacernos esto. ¡Somos gente honrada y contribuimos con nuestro trabajo a engrandecer el reino! No lo entiendo. ¿Alguien puede explicarme la razón de esta locura? —gimió Ilana.

—Hay muchas. Ser de una religión diferente a la suya, tener en ocasiones más poder que los cristianos, y la más importante: desean quedarse con nuestras riquezas —respondió Arnon. Se levantó y comenzó a recoger lentamente los fardos. Una vez listo, añadió—: No busques sensatez en todo esto, Dana. Dios nos ha puesto una dura prueba, y debemos superarla.

—¿Adónde irás? —se interesó Efraím.

—Tengo un primo en Salónica que ejerce mi mismo oficio. Me ayudará a establecerme. ¿Y vosotros?

—No tenemos parientes. Aún no lo sé —musitó Efraím.

—Podrías ir a Flandes. Los flamencos saben apreciar a un buen joyero en lo que vale. Tengo entendido que algunos de nuestra comunidad han prosperado allí. Piénsalo, pero no demasiado. No

---

7. Tribunal judío.
8. Hombres dedicados a la interpretación del Talmud.

nos han concedido mucho tiempo. Siento marcharme tan precipitadamente, pero quiero arreglar mis asuntos lo antes posible. Si no volvemos a vernos, que Yahvé te acompañe en tu nuevo destino, amigo.

—Pero… ¿y mis telas? —susurró Dana compungida.

Efraím, con infinita tristeza, se acercó a ella y le acarició la mejilla.

—No habrá tapices, Dana. No los habrá.

Ella rompió a llorar con desgarro. ¿Cómo era posible que unas simples palabras escritas en un papel consiguieran destrozar tantas vidas? Sea como fuere, ahora solo podía pensar en la suya, y en el terrible destino incierto que le aguardaba.

—¿No pensarás en serio ir a Flandes? Está muy lejos y allí no conocemos a nadie. Dicen que el clima es terrible y sus gentes adustas. ¿Y qué me dices del idioma? ¡Nunca conseguiremos aprenderlo! —exclamó Ilana.

Su padre se sentó al lado de su esposa; su semblante parecía haber envejecido de repente veinte años.

—Desgraciadamente, aún no sé qué voy a hacer, cariño. Todos esperábamos un milagro. Nadie ha hecho planes. Pero Flandes es mejor opción que el norte de África o Damasco para mi oficio —dijo Efraím sentándose al lado de su esposa.

—Yo quería convertir esta casa en nuestro hogar… —dijo ella en apenas un susurro.

—Ya lo era, querida. Nuestra familia es nuestro hogar. Dondequiera que vayamos, estaremos juntos y superaremos todas las adversidades. Además, dicen que es provechoso conocer mundo, y ahora se nos ofrece una oportunidad magnífica. Todo irá bien. Desgracias pasadas son buenas para ser contadas. Veréis como, dentro de unos años, nos reiremos de esto.

—¿Cómo puedes ser tan superficial, padre? ¡Nos están echando como a perros! ¿Y qué hay de mí? ¿Acaso te has parado a pensarlo por un instante? Mi boda estaba fijada para finales del verano. La costurera está confeccionando mi vestido de novia, y ahora ni tan siquiera sé si me casaré… —No pudo seguir, pues el llanto quebró sus palabras.

—No vas a casarte, hija.

—¿Qué estás diciendo? —inquirió Dana.

—Los Albalaj han optado por la conversión. Han sido bautizados hoy mismo.

—¡Dios mío! Eso es mentira —jadeó Ilana.

—Lo he visto con mis propios ojos, hija. El mismo prelado ha salido a recibirlos en la catedral. Los Albalaj ya no son amigos nuestros, ni pertenecen a nuestra comunidad.

—El mundo se ha vuelto loco —musitó Dana.

—El mundo siempre es el mismo, Dana, son los hombres quienes pierden la cabeza. Hija, no llores. Ese muchacho no era digno de ti. Lo ha demostrado traicionando lo más sagrado. Tú te mereces un marido mejor.

—¿Un marido mejor? ¡Yo amo a Jadash! ¡No quiero otro marido! Además, el *ketubá*[9] está sellado. ¡No quiero irme de mi casa! ¡Quiero que me devuelvan mi vida! —gritó la joven, presa de la histeria.

—Cálmate, Ilana, por favor —le pidió su padre, levantándose y acercándose a ella.

—¿Cómo quieres que lo haga? Estamos a punto de sumergirnos en un mundo desconocido, lleno de incertidumbres, y lo que es peor, en la miseria —se quejó Dana.

—Eso está arreglado. Podemos cambiar nuestra fortuna por letras. Sobreviviremos.

—Yo no. ¡Me he quedado sin marido! ¡Sin el hombre que amo! —sollozó Ilana.

Efraím indicó con la mano a su mujer que la llevara al cuarto.

---

9. Contrato matrimonial.

Era hora de partir. Cuanto antes lo hiciesen, menos prolongarían el sufrimiento.

Con gesto derrotado, Efraím se sentó y miró a su alrededor. Hacía solo ocho meses que había entrado en esa casa con la ilusión de convertirla en el hogar donde viviría hasta el final de sus días. Y ahora, ese maldito edicto se lo impedía. Todas las esperanzas se habían roto como el más delicado de los cristales. Jamás volvería a experimentar la felicidad de la que hasta entonces gozaba; ninguno de ellos podría. Sus pasos los llevarían a un lugar extraño, a una vida de sentimientos amputados. Sin los amigos con los que siempre compartieron sus alegrías, las tristezas, los miedos. Sus vidas serían como un mosaico deteriorado imposible de recomponer, porque el autor ya no existía. Día tras día lo contemplarían, recordando las teselas que faltaban, añorando los colores halagüeños que lo adornaron. Pero saldrían adelante, como siempre hizo su pueblo. Encontrarían ilusiones con las que sujetar el ramillete de experiencias nuevas. Sí, era el momento justo para preparar el futuro.

Con los ojos humedecidos, se levantó. La tarea que quedaba por hacer era ardua. Había que recopilar todas las joyas, piedras preciosas y oro; también el dinero en metálico, y verificar las cuentas del banco. Además de buscar un comprador para la casa y la tienda. Era consciente de que si lograba sacar algo más de la mitad de su valor, sería un hombre afortunado. En tales circunstancias, las alimañas se aprovechaban de las víctimas. De todos modos, no debía quejarse: obtendría mucho más que antes del acuerdo alcanzado esa mañana con los reyes. Pero al pensar en Ilana, ese inicial rayo de esperanza se volatilizó. Pasaría mucho tiempo hasta que su pequeña lograse olvidar a Jadash. Había puesto muchas ilusiones en ese matrimonio; y él también. El chico era educado, trabajador, sano y sin malos hábitos, sin contar con que era el hijo de su mejor amigo. Un amigo que le habían arrebatado.

Se esforzaba por comprender las razones que habían llevado a Ivri a condenar su alma eternamente. Se dijo que el miedo, tal vez el negarse a dejar atrás lo que sus antepasados y él mismo habían levantado, o simplemente la ambición. Fuese cual fuese su razón, lo cierto era que a pesar de su traición, le era imposible odiarlo. Una amistad no se quebraba así como así… O al menos, esos eran los valores que le inculcaron desde la más tierna infancia, sus convicciones, entre las que estaba la de que cualquier cosa puede volver a resurgir de las cenizas. Así que, sin más dilación, se dispuso a preparar la partida, con la esperanza de que aquella pesadilla llegase algún día a su fin y todo volviese a ser como antes.

Alzando el mentón, salió de casa y echó a andar.

Lo primero que hizo fue ir al taller. La alcazaba estaba poco concurrida. Los únicos transeúntes eran los propietarios de tiendas y talleres que, al igual que él, se apresuraban para tramitar los últimos negocios en su amada ciudad. El resto de los judíos estaba en casa, llorando por la pérdida de su hogar o preparando la partida.

Abrió la puerta de la joyería. No era un local muy grande; lo justo para fabricar sus joyas y atender a los clientes. Sus ojos pardos otearon a su alrededor, y recordó las duras jornadas que había pasado tallando diamantes, puliéndolos, engarzándolos en filigranas de oro o plata, para después recibir la recompensa de la felicitación del destinatario de tan elaborada alhaja.

Dio un hondo suspiro para apartar de sí la nostalgia y se puso en movimiento. Recogió el instrumental y lo guardó en un arcón. En ese momento no sintió dolor: eran simples herramientas, objetos que podían reponerse. No ocurrió lo mismo al levantar la losa bajo la que escondía algunas de las piedras preciosas. Eran piezas únicas y que jamás volvería a reproducir. A pesar de que los neófitos creían que un tallador era capaz de repetir una y otra vez el mismo dibujo, no era cierto; siempre había algo que lo diferenciaba del anterior.

Lo mismo ocurriría con su futuro: en Flandes abriría un nuevo taller, pero nunca sería como el que dejaba atrás.

CAPÍTULO 7

Rayzel estaba tiritando, y no precisamente de frío. Era puro pánico lo que sentía. En cuanto cruzara la puerta de esa casa, su vida alegre y exenta de penalidades se esfumaría de un plumazo. Estaba a punto de ser entregada a un desconocido. Unas semanas atrás, su situación no hubiese sido muy distinta: pocas judías conseguían contraer matrimonio con el hombre de sus sueños. Era la *shadjente* quien aportaba los candidatos, y el padre quien decidía. Pero ahora se trataba de un cristiano que desconocía por completo cuáles eran sus necesidades, sus sueños, sus costumbres. Sería muy desgraciada, y su familia no lograba comprenderlo. Para ellos, Rayzel no era más que un instrumento para conseguir sus ambiciones. Debería haberse negado, escapar junto a aquellos valientes que se marchaban rumbo a otro lugar, albergando en sus corazones el amor que sentían hacia Yahvé. Pero el miedo había ganado la batalla y, al igual que Yoel, había agachado la cabeza y se había dejado pisotear, como si fuesen unos siervos sin derecho a elegir.

—Verás como te agradará el fiscal. Es un hombre educado y respetado entre los suyos. Nada debes temer. Solamente compórtate como siempre lo haces, y él quedará encantado —le susurró su padre cuando el criado les permitió la entrada.

Rayzel miró el zaguán. Era muy amplio, y el techo estaba todo recubierto de madera tallada con filigranas exquisitas. Un par de sillas de cuero reposaban en las esquinas frontales y colgado en la pared había un cuadro de un hombre barbudo y de ojos diabólicos montado a caballo. Rezó fervientemente para que no se tratase de su futuro esposo.

El sirviente los condujo por la escalera hasta el piso superior. En las paredes, más pinturas; todas ellas retratos. Imaginó que serían los antepasados del fiscal. Se detuvieron ante la segunda puerta. Rayzel contuvo el aliento cuando la puerta que la separaba de ese hombre indeseado se abrió y entraron en la estancia.

Alfonso Osorio se hallaba sentado en una butaca tapizada de tela de damasco, a juego con las cortinas que resguardaban del intenso sol con que había despertado esa mañana. Al oír la puerta, levantó los ojos del libro que estaba leyendo.

—Sed bienvenidos —saludó a los visitantes poniéndose en pie.

Sus ojos negros escrutaron a la joven, que parecía un conejo asustado. No era una belleza, la verdad; era menuda y un tanto delgada para su gusto. No obstante, sus proporciones eran correctas; lo mismo que el tono de su piel. Había esperado encontrarse una de esas morenas desagradables, pero Rayzel podía pasar por una verdadera cristiana. Ojos del color de la miel, mejillas sonrosadas, labios finos… Su nariz, en cambio… Tampoco es que fuese extremadamente grande, solo un tanto… «notoria». Con todo, resultaba lo suficientemente agradable a la vista. Sí. Su futura esposa era una muchacha bonita.

Esa aceptación no fue recíproca. Rayzel no pudo encontrar más desagradable a su prometido. Osorio era viejo, tanto como su padre, con una panza abultada y unos ojos fríos que no denotaban precisamente bondad ni decencia. Tenía un rostro adusto y nada atractivo. Deseó poder salir corriendo de allí, lejos, muy lejos… Pero estaba obligada a obedecer las órdenes de su padre y, dentro de muy poco, las de ese caballero ingrato.

—Es un honor que nos recibáis, señor —saludó Ivri, acomodándose ante la indicación de Osorio. Rayzel lo imitó, sin poder dejar de temblar. Su padre posó su mano sobre la de ella para relajarla y dijo—: Esta es mi hija Clara. Espero que mis alabanzas sobre su belleza no se alejaran de la verdad.

—En absoluto, en absoluto. Es una joven realmente bonita. Aunque parece algo tímida —contestó Alfonso esbozando una gran sonrisa, mostrando sus dientes retorcidos y algún que otro mellado. Aquello no hizo más que acrecentar la repugnancia de Rayzel, quien tuvo que hacer un verdadero esfuerzo para no echarse a llorar.

—Más bien diría recatada, señor. Mi hija es una joven prudente, educada con corrección y llena de prudencia. Jamás ha sido presentada a ningún hombre, y mucho menos se le ha permitido tener trato a solas con ninguno, ni aun con amigos de la familia. Como sabéis, la primera vez siempre es un poco violenta. Pero os aseguro que está encantada con la decisión que sus padres han tomado y que será una esposa atenta y digna de vos.

—No me cabe la menor duda, Juan. Por ello, considero que el compromiso es efectivo —afirmó el fiscal. Llenó dos copas de vino, le tendió una a su futuro suegro y después, llenó una tercera de agua y se la entregó a Rayzel—. Brindemos por ello.

—Brindemos.

Ella bebió el agua sin respirar. Tenía la boca seca y su corazón latía a gran velocidad. Los hombres dieron unos sorbos al excelente caldo y relajaron sus cuerpos tensos: por fin el acuerdo estaba sellado y sus problemas, resueltos. Alfonso Osorio dejó la copa sobre la mesa y dibujó una media sonrisa.

—Llegados a este punto, opino que es hora de organizar tan agradable y provechoso evento.

—Por supuesto. Sé que sois un hombre muy ocupado. Nosotros nos acomodaremos a vuestra decisión. Decid, ¿cuándo os convendría que fuera el enlace?

—No hay por qué precipitarse, querido Juan. Vuestra hija es joven y puede esperar; digamos… ¿un mes? Es el plazo mínimo para que se cumplan las amonestaciones. Ya sabéis a qué me refiero… —Viendo el gesto de contrariedad en la cara de Ivri, prosiguió—: No, claro que no. Os pondré al tanto. Antes de que un hombre y una mujer reciban el sagrado sacramento del matrimonio, deben anunciarlo durante un mes en la misa del domingo, es decir, durante cuatro domingos, por si hubiese algún impedimento al enlace. Se han dado casos de bigamia o de compromisos incumplidos. Comprenderéis que no es nada agradable el que se presente una novia o un hombre rechazado en el preciso momento en que el cura los está casando.

—¿Y eso ha ocurrido en alguna ocasión?

Osorio levantó los hombros.

—No he sido testigo ni he tenido noticia de ello. Claro que eso no debe preocuparnos. Seguro que vuestra dulce hija no traerá tras de sí a ningún pobre despechado. Vendrá con su inocencia a mí, y se convertirá en mi encantadora esposa, una joven mujercita que alegrará el ocaso de mi existencia…

Rayzel tragó saliva, al tiempo que sus mejillas se teñían de rojo al comprender a qué se refería. No podría soportar que ese hombre la tocara. ¡Oh, Señor! ¿Por qué la vida la torturaba de ese modo? ¿Tal vez por convertirse en una renegada? Sin duda era eso. Debía ser castigada por su pecado, y su penitencia era entregarse al fiscal, vivir una existencia donde el único sentimiento sería sentirse desgraciada. Pero ahora, en ese momento, lo que de verdad experimentaba era rabia, ira por ser la única perjudicada de la familia. Solamente ella debía sacrificarse, mientras los demás seguirían con sus vidas como si nada hubiese cambiado.

—No os quepa la menor duda, señor. Hasta ahora lo ha hecho en nuestra casa. Es de carácter tranquilo y risueño cuando es conveniente; y os aseguro que ella considera cualquier hora motivo de alegría. Nunca nos ha ocasionado problema alguno, por lo que os dará una existencia tranquila. Y como podéis apreciar, goza de buena salud. Jamás ha enfermado; ni un simple resfriado. Estoy seguro de que no tendrá impedimentos para daros una buena ristra de hijos y a mí, nietos.

De lo que Osorio estaba seguro era de que aquel marrano no vería a sus nietos. Su objetivo más inmediato era hacerse con la herencia de la muchacha, y cuanto antes. Por desgracia, su padre gozaba de una excelente salud; tendría que encontrar el modo de acelerar su viaje al infierno. ¿Cómo? Aún no lo sabía. Lo que sí tenía claro era que debía imperar la prudencia.

—Con que me dé un heredero, bastará. —Alfonso se levantó, se ajustó el jubón y añadió—: Y, amigo mío, recordad vuestra promesa. En cuanto crucemos la nave de la iglesia como marido y mujer, deberéis ponerme al tanto de vuestro secreto. Bien, lamento tener que despediros. He sido requerido por los monarcas para pasar cuentas.

—En ese caso, nos marchamos. No hay que hacer esperar a sus majestades. Nos mantendremos en contacto —se despidió Ivri, levantándose.

Rayzel también lo hizo, se despidió con una leve reverencia y siguió a su padre. Ardía en deseos de salir de allí.

—¿Lo ves, Rayzel? Te dije que era un hombre magnífico —soltó Ivri en cuanto pisaron la calle—. Serás la envidia de todas las jóvenes de la aljama. ¿Te has fijado en su casa? ¡Es impresionante! Un poco lóbrega, quizás. Si eres lista, podrás decorarla a tu antojo. Ya sabes que una mujer puede conseguir la voluntad de su hombre y, por lo que he comprobado, el fiscal ha quedado prendado de tu belleza y discreción. Estoy seguro de que hemos hecho un trato excelente, ¿no crees?

Ella asintió suavemente y se mordió el labio inferior, en un intento por no romper a llorar en medio de la calle. Miró de reojo a su padre, y vio cómo hinchaba el pecho de orgullo.

CAPÍTULO 8

Todas y cada una de las propiedades judías fueron marcadas con una enseña real, como advertencia para que nadie se acerque a ellas. Hecho esto, los comisarios procedieron a catalogar los bienes de los expulsados, ya fueran inmuebles, joyas o artículos de valor. Después, mediante pregones, se requirió a todos aquellos que tuviesen créditos en las aljamas para que los reclamasen cuanto antes, en un plazo no más allá de quince días.

El inventario, el papeleo y la negociación de las ventas —en especial el pago de las deudas, las rentas reales, los gastos censales y los honorarios de abogados cristianos— dejaron a muchos en la ruina. El breve plazo que tenían para salir de la ciudad —más breve aún, si contamos el que necesitarían para recorrer la distancia hasta las fronteras del reino— los obligaba a resolver sus asuntos a toda prisa, pagando por ello precios escandalosos, y partir con apenas unos doblones con los que subsistir. Las cargas se gravaron un veinticinco por ciento, y quien no tenía dinero se veía obligado a pagar con especies, oro o bienes materiales.

Estos abusos fueron objeto de las protestas de los judíos y causaron muchos problemas. No se podía encarcelar a los deudores, pues era absurdo ante la orden de exilio, así que obligaron a muchos de su comunidad a saldar las deudas de los más pobres. Y no solo eso: algunos acabaron en las cárceles de la Inquisición acusados con cualquier excusa y, tras ser torturados, fueron condenados a muerte por alta traición a la Corona. Finalmente, los reyes, no pudiendo ignorar por más tiempo estos excesos, intervinieron y trataron de que las cosas volvieran a su cauce, pero era demasiado tarde. El mal ya estaba hecho y los corazones del pueblo judío, rotos en mil pedazos.

Efraím se encontraba abatido. No obstante, se negó a dejarse vencer. Si los echaban, arraigarían en otro lugar.

—Estás cometiendo un error.

Efraím se giró.

—Ivri, ¿qué haces aquí? —inquirió con tono helado.

—Hacerte entrar en razón. Efraím, eres mi amigo. Estoy preocupado por ti.

—Es por ti por quien deberías preocuparte. Te he visto ante la catedral. Has vendido tu alma al diablo. Y supongo que has venido a tentarme. No pienso renegar de mi verdadera fe, así que puedes marcharte si quieres —replicó Efraím mirándolo con fuego en los ojos.

—Admiro tu fortaleza. ¡De veras! Pero yo no soy tan valiente como tú. No soportaría verme en la pobreza y lejos de mi tierra. Además, la costumbre de vivir no nos prepara para la muerte. Prefiero seguir aquí y… «mentir». ¿Comprendes a qué me refiero?

—Esa táctica nunca ha funcionado.

—Tengo amigos poderosos. No hay peligro. Por ello te imploro que recapacites. Si actuases como yo, no tendrías por qué irte. ¿De verdad piensas que he renegado de la verdadera religión? Nunca lo haré. Esto no es más que una comedia. ¿Y qué me dices de Ilana? Con tu decisión estás rompiendo un matrimonio provechoso y que, con total seguridad, sería feliz.

Efraím negó con la cabeza.

—Mi hija encontrará a un buen judío.

—Cuando un judío es inteligente, es muy inteligente, y cuando un judío es tonto, es muy tonto. ¡Maldito cabezota...! —se exasperó su amigo.

—Para el exiliado cualquier tierra es amarga, pero al menos mi conciencia me dejará dormir. ¿Podrás hacerlo tú?

Ivri conocía su carácter tozudo. Nada le haría cambiar de opinión.

—Está bien. En ese caso, deja que te ayude. ¿Has encontrado ya comprador para la casa? ¿No? ¡Estupendo! No tienes que buscar más. Te daré su justo precio.

—No tienes obligación.

—Lo sé, pero quiero hacerlo —dijo dándole una palmada en la espalda; después, añadió—: Por la amistad que nos ha unido. Me apenaría que el futuro no te fuese halagüeño. No quiero que sufras.

—Será difícil. Nos lo arrebatan todo: nuestras posesiones, nuestra vida, nuestra historia...

—Y vuestra herencia...

Efraím entrecerró los ojos. ¿Era ese el motivo por el cual quería quedarse con la casa?

—¡*Tembel*![10] ¿De verdad te crees esa leyenda? Ivri, no seas iluso. Somos gente corriente, no guardamos ningún secreto, y mucho menos esa herencia.

—Ya sabes lo que se dice de los rumores: son las malas lenguas las que los difunden, pero a veces esas lenguas hablan con verdad.

—¡Majaderías! Ahora, será mejor que te marches. Ya sabes que no es conveniente para un cristiano relacionarse con un judío. A pesar del dolor que me causa tu traición a nuestro Dios, sigo considerándote mi mejor amigo. Ve en paz.

---

10. Bobo o tonto.

—Te deseo suerte, Efraím. Mañana te entregarán el dinero por la casa. *Shalom, chaver.*[11]

Ivri cruzó la puerta; mientras se alejaba, Efraím pensó que aquella sería la última vez que se verían.

Soltó un hondo suspiro y subió a la habitación matrimonial.

Dana estaba abriendo el arcón. La lágrima cayó sobre el blanco impoluto de la sábana de hilo; la siguiente fue a morir en el dorso de la mano de Dana. Tenía que controlarse, apartar ese dolor que le laceraba el alma. El sufrimiento no le servía de nada. Todo lo contrario, impedía que su mente abotargada pensase con claridad, y necesitaba mantenerse fría para escoger cuál de sus queridas pertenencias debía dejar atrás. Y era tan difícil... Cada uno de esos objetos albergaba un pedazo de su historia.

Efraím entró en el cuarto y miró los baúles.

—Temo que no has entendido la situación. Debemos irnos en un carro tirado por bueyes. No podremos transportar nada de esto.

Ella se volvió. Sus ojos de miel le explicaron, sin palabras, que su férreo optimismo había sido derrotado.

—¿Cómo permite Dios que deba desprenderme de las alhajas de la familia, de todo aquello que, generación tras generación, nos ha acompañado? Si siempre hemos seguido sus leyes, ¿por qué nos manda esta prueba? ¡Es tan injusto...! Ahora comprendo a Ivri. Deberíamos hacer lo mismo —musitó.

Su marido corrió hacia ella y posó sus manos sobre los hombros de Dana.

—¡No! Jamás vuelvas a pensar en ese sacrilegio. Dios está con nosotros, nunca abandonará a aquellos que sigan sus leyes.

—Ya lo ha hecho. ¡Mira a tu alrededor! Nos arrebata nuestras cosas, nuestra vida...

---

11. Amigo.

—Las cosas se suplen por otras. Seguimos vivos y hemos obtenido bastante dinero para comenzar en Flandes. Volveremos a reír y a llorar de dicha. Dana, siempre has confiado en mí. No pierdas esa fe ahora, ¿de acuerdo?

—¿De veras tenemos dinero? —preguntó ella con tono apagado.

No, no lo tenían. Al menos, no la cantidad que su esposa imaginaba necesaria para poder establecerse cómodamente. Tras saldar las tasas y la venta de los inmuebles y joyas, había conseguido apenas la cantidad justa para sobrevivir un año. Y eso que Ivri, a pesar de todo, no se aprovechó de las circunstancias y pagó lo que realmente valía la casa.

—A diferencia de muchos, he conseguido vender nuestras propiedades a un precio, si no justo, lo bastante elevado para que nunca pasemos calamidades. No debes preocuparte más por el futuro —mintió.

Dana paseó su mirada por la habitación.

—Así que la casa ya no es nuestra. ¿Quién la ha comprado?

—Ivri.

—Que sus ojos no contemplen nunca la felicidad entre estas cuatro paredes —masculló ella con rabia.

En otra situación, Efraím hubiese reprendido a su mujer por lanzar una maldición, pero en ese momento él también se sentía invadido por la ira. No podía desear que el usurpador gozase en el lugar que fue su hogar. No era justo. ¡Nada de lo que les estaba pasando lo era! Pero como los camaleones, debían adaptarse al ambiente que los rodeaba, o las alimañas acabarían por devorarlos. Y no iba a permitir que perjudicasen más a su familia.

—Mejor él que un extraño, Dana. No es momento para lamentaciones. Aún nos queda mucho por hacer. Especialmente, con nuestra herencia.

—No hay nada que hacer. Tiene que quedarse aquí, y no podremos impedir que sea profanada. ¡Oh, Señor…!

—Eso no pasará.

Efraím siempre fue hombre determinado. Desde que se conocieron, nunca permitió que una adversidad truncara sus planes. Era tenaz como la mala hierba; muestra de ello fue cuando la casamentera, con la aprobación paterna, le eligió otra esposa. Desafiando las leyes de sus padres, juró que jamás se casaría si no era con la dulce Dana. No le importó que su madre sufriese un desvanecimiento por culpa del escándalo, ni que su padre lo amenazase con echarlo de casa y de la comunidad. Al final, consiguió su propósito. Sin embargo, su situación era muy distinta ahora. No dependía de su voluntad, sino que eran otros quienes manejaban los hilos, y no tenían la menor intención de cortarlos.

—¿Y cómo piensas impedirlo?

—Lo ocultaremos. Nadie lo encontrará jamás y algún día, volveremos a buscarlo —aseguró Efraím.

Dana abrió el armario mientras decía:

—Eres un soñador, esposo mío. Nunca podremos regresar a Toledo. Nunca.

—¿Por qué no? Puede que con el tiempo Fernando e Isabel se den cuenta del error que están cometiendo. Somos uno de los motores de la sociedad. Con nuestros negocios recaudan grandes sumas de dinero, aportamos los mejores médicos y la mano de obra más especializada. Y si no lo hacen, da igual. No permitiré que nos arrebaten lo más sagrado que poseemos. Si no nos es posible retornarlo al seno de la familia, alguno de nuestros descendientes lo conseguirá. Te lo prometo.

—¿Y dónde lo esconderemos?

—En un lugar en el que jamás se les ocurriría buscarlo. Estará seguro hasta que vengamos a por él. Nadie, a excepción de la familia, lo tendrá en sus manos.

—En ese caso, tendremos que decírselo a Ilana.

—Ahora no es oportuno. Está demasiado afectada. Su mente no está preparada para mantener la serenidad y podría perjudicarnos si surgen complicaciones en el viaje.

—Cierto. Hace apenas unos minutos he estado con ella. Se niega a levantarse de la cama y no prueba bocado. Pero no te preocupes, la haré entrar en razón. Ya no es una niña, y debe entender que las cosas hay que tomarlas como vienen o sucumbir a ellas. Y no estoy dispuesta a que esos desalmados acaben con mi entereza, ni con la de ninguno de los seres que más amo.

Su marido la besó en la mejilla y la miró orgulloso.

—Esa es la mujer de la que me enamoré. Valiente y fuerte como una roca.

—La valentía está siendo tentada por el miedo, Efraím. Tengo un mal presentimiento. ¿Y si nos ocurriese algo? Ilana no podría sobrevivir, y de hacerlo, nunca daría con nuestra más preciada posesión si callamos —dijo Dana, frotándose las manos con preocupación.

Efraím sonrió para infundirle la confianza de la que carecía él mismo.

—¿Qué nos va a ocurrir? Lo único malo será que terminaremos agotados del largo viaje. Pero todo pasará en cuanto veas el mar. Siempre quisiste verlo, ¿verdad? Como ves, no todo lo que nos espera es malo. Aparta de una vez los temores. —Efraím le acarició la mejilla y cambió de tema, por ver si conseguía distraerla de sus inquietudes—. Esas sábanas sí puedes llevártelas. Pero no todas; no debemos sobrecargar a los bueyes. En cuanto termines, iremos al cementerio. Quiero despedirme de mis antepasados y honrarlos por última vez.

CAPÍTULO 9

Desde hacía unos días, el gusano atrapado en el interior del capullo pugnaba por emerger. Ya estaba harta de permanecer en esa cárcel de seda, de ser la hija buena y obediente. Como una simiente llena de rebeldía hundida en la tierra reseca, se desarrolló con gran rapidez ante la primera tormenta. Necesitaba crecer, alzarse hacia el cielo para alejarse del destino que le estaban preparando.

Si su padre estaba dispuesto a perderlo todo, allá él. Ilana no quería perder al hombre que amaba. Aprovechando la hora en la que todos echaban una cabezada tras la comida, salió de casa acompañada por una sirvienta, que no dejaba de refunfuñar por la insensatez que estaba cometiendo. Y realmente lo era; aun así, continuó hacia la casa de Jadash.

Las dos mujeres pasaron ante la casa de los descendientes de Samuel Ha-Leví y después bordearon la sinagoga del Tránsito, sin apenas toparse con nadie en el camino.

—Ama, os estáis comportando como una loca. Esa gente ya no es buena. ¡Se ha aliado con el diablo! Y vos estáis a punto de hacerlo también. ¿No entendéis que si entráis en esa casa deberéis recibir el bautismo? Ama, recapacitad, os lo ruego. Mataréis a vuestros padres. Sed una buena hija y una buena judía, y regresad a casa.

—Cállate de una maldita vez, vieja achacosa —masculló Ilana.

—¿No veis que no puedo dejar que os arruinéis la vida? —insistió la mujer.

—¿De qué ruina hablas? Me casaré con el hombre que mi padre me destinó y que mi corazón acogió gustosamente. Era mi destino, y hacia él me encamino. ¡Nadie podrá apartarme de Jadash!

—Pero… ¿qué sabréis vos del amor? ¡Si habréis hablado con ese muchacho solo un par de veces!

—El corazón no entiende de formalidades. Quiere o no quiere. Y el mío está prendado de Jadash desde que era una niña. ¡Mira! ¡Ahí está!

Este, alertado por una nota que ella le había enviado, la estaba aguardando, con evidente impaciencia, en el quicio de la puerta.

—¿Lo ves? Él también me ama —susurró Ilana, invadida por una dicha que le quitó el aliento. Aún no podía creer que ese joven alto, fornido y hermoso como el esposo del Cantar de los Cantares correspondiese a su amor.

—Pensé que no vendríais —le dijo él en apenas un susurro cuando se acercó.

—Mis padres han tardado más de lo habitual en acostarse. He venido en cuanto he podido. Sarah, aguarda fuera.

—Pero… —protestó la criada.

—Obedece —le ordenó Ilana.

Jadash le lanzó discretamente una señal a su criado y cerró la puerta. Ilana siguió a su prometido hasta una salita situada al fondo de la casa, aún resollando por la larga caminata. Él le tendió un vaso.

—Es vino —rechazó.

—Bebed. Os sentará bien.

Ella dio un sorbo y efectuó un gesto de desagrado, pero el joven insistió.

—Tomadlo.

Ella lo tragó de un solo golpe.

—Ahora os sentiréis mucho mejor. Decidme, ¿estáis convencida de querer romper con vuestra familia? —le preguntó Jadash.

—Lo estoy. Quiero ser vuestra esposa. Os amo.

Él le quitó el vaso de las manos y lo dejó sobre la mesa.

—A veces el amor no es tan fuerte como para evitar que el remordimiento acabe con él.

Ella efectuó un mohín cargado de tristeza.

—¿Cómo podéis dudar?

—Nunca me habéis dado una muestra de vuestro amor.

—¿Acaso este encuentro no lo es? ¿Que esté a punto de traicionar a mi familia, a mi Dios? ¿Qué otra prueba necesitáis? —se quejó ella.

En realidad, no le hacía falta ninguna. Era evidente que aquella chiquilla lo adoraba, pero eso no bastaba. Necesitaba comprometerla hasta el punto de que fuese repudiada. De ese modo, recibiría el bautismo y, junto a él, las posesiones y dinero que su padre dejase atrás. Le tomó las manos y la miró con ojos de cordero degollado.

—Ninguna, amor mío. Sin embargo, vuestros padres pueden obligaros a cumplir sus órdenes. Y no estoy dispuesto a renunciar a vos. Solo hay una manera de impedirlo; espero que estéis dispuesta a llevarla a cabo. Si os negáis, me demostraréis que vuestro afecto nunca ha sido sincero.

—¡Haré lo que sea! —exclamó ella.

Jadash dibujó una sonrisa triunfal.

—Entonces, quiero que os convirtáis en mi esposa ahora mismo.

Ilana parpadeó confusa.

—Pero eso no es posible. Ningún rabino aceptará unirnos en matrimonio sin la autorización de nuestros padres.

—¡Oh, Señor! Sois más inocente de lo que creía. Hablo de que os entreguéis a mí. Así serán nuestras familias las que nos obliguen a casarnos, pues deberé restablecer vuestro honor. ¿Comprendéis?

Ella se soltó de sus manos.

—Pero… eso…

Él borró la sonrisa y le lanzó una mirada de hielo.

—Ya veo. El amor que siempre jurasteis era mentira. ¡Qué necio fui! ¿Cómo pude confiar en una mujer? Vuestra lengua ha sido tan mortífera como la de una serpiente. Será mejor que os marchéis. No quiero volver a veros, aunque ello me rompa el corazón.

Ella lo aferró de la camisa con ojos húmedos.

—¡De verdad os amo! ¡Os amo con toda el alma! Me entregaré a vos, si eso es lo que queréis.

Jadash le acarició la mejilla con el dedo, deslizándolo hacia sus labios temblorosos.

—Ilana, os deseo. Y ese deseo me lacera el alma. Pero no quiero que os sintáis obligada. Si no venís a mí con complacencia, con todo el dolor, dejaré que os marchéis de inmediato.

—Yo… yo también os deseo —musitó ella con las mejillas arreboladas.

—Eso me satisface, amor. No sabéis cuánto —musitó él bajando el rostro. Con suavidad, para no asustarla, la besó levemente en los labios. El tacto de su boca le produjo un placer inesperado. Siempre supo que Ilana no tendría ninguna dificultad para cumplir con sus deberes conyugales. Poseía unos rasgos suaves y cuerpo grácil, de curvas sutiles. A Jadash le atraían las mujeres más voluptuosas y de belleza exótica; por eso se sorprendió al ver que ese simple beso lo inflamaba. El descubrimiento de que su naturaleza estaba reaccionando con fogosidad lo tornó más osado. La estrechó con fuerza entre sus brazos ahondando en esa boca virginal, trémula por aventurarse en un mundo que desconocía. Ella gimió atemorizada por su ímpetu y él, acariciándole la nuca, la serenó. Siguió besándola con avidez, hasta que ella perdió el aliento.

—No temáis, todo irá bien —dijo con voz profunda.

Ilana asintió con las mejillas granas; en sus ojos negros asomaba ese brillo que se adquiere cuando la pasión invade la cordura. Él rio quedamente y volvió a buscar su boca, al tiempo que sus manos impacientes comenzaban a desatar los lazos del corpiño. Ella intentó protestar, pero un nuevo ataque sensual le hizo olvidar el motivo de su queja. Su cuerpo se relajó y quedó a merced de esas manos que la tocaban de forma extraña pero deliciosa. No quería que parase. ¡Quería más!

Y él se lo ofreció. Le arrancó el corsé sin miramiento y bajó la camisola, dejando sus senos al descubierto. Sin darle tiempo a pensar, los acarició hábilmente, arrancándole unos tímidos gemidos de placer. Animado por su reacción y el sopor del vino, dejó de besarla y encaminó su boca hacia esos pechos menudos pero firmes.

—¡Oh, Señor! ¿Qué me estáis haciendo? Esto no puede estar permitido por la ley de Moisés —rechazó ella intentando apartarse.

Jadash la atrajo de nuevo y le acarició la frente.

—Ahora soy vuestro esposo, y estas cosas todos los maridos las hacen, y sus esposas aceptan sumisas. Soy vuestro amo y señor. Vos lo habéis decidido, ¿no es así? A partir de ahora obedeceréis cada una de mis reglas; yo os prometo que estas os contentarán. Dejadme que os demuestre cuánto os amo, mi bella Ilana.

Ella, al sentir su voz suplicante y no queriendo perderlo, dejó que continuase acariciándola, desnudándola poco a poco. ¿Cómo no rendirse a esas manos tiernas que la acariciaban del mismo modo que la brisa al caer la tarde en agosto? ¿O a esa boca que devoraba todos los monstruos que la acosaban? Se estaba hundiendo en un pantano, las arenas movedizas amenazaban con ahogar la última esperanza, y Jadash era esa rama que se extendía para llevarla a la orilla. Ilana se subió al bergantín que le estaba ofreciendo, y se alejó del faro que impide que la niebla hunda la nave en los escollos; y cuando un ápice de sensatez le dijo que debía terminar el viaje, ya era demasiado tarde. Se dejó arrastrar como una hoja por el vendaval, bailando al son que la tormenta le imponía.

Dejó de pensar. Lo único que deseaba era disfrutar del momento, una filosofía que en apenas unos días la vida le había enseñado. Nada era eterno. La existencia estaba envuelta por un tul efímero que poco a poco se desgarraba, quedando tan solo esos jirones que se clavaban en el recuerdo.

Cuando él la tendió sobre el diván, envuelta en un estado de excitación que nunca había conocido, observó curiosa cómo él se quitaba la ropa. Lo que vio la dejó sobrecogida y sus ojos mostraron pavor.

—Nada debéis temer, mi pequeña gacela. Confiad en mí —dijo él con tono ronco, mientras se situaba entre sus muslos y la penetraba.

Ella le clavó las uñas en la espalda y en sus ojos aparecieron unas lágrimas, pero no se detuvo. Estaba demasiado estimulado. Se meció contra ese cuerpo cálido y sobresaltado, hasta que el fuego que le quemaba en las ingles estalló y dejó escapar un grito gutural.

CAPÍTULO 10

Decía el refrán que había días en que uno no debía levantarse de la cama. Y ese era uno de ellos.

Desde primera hora, nada salió como esperaba. El primer interesado en adquirir la tienda acabó por desestimar cualquier oferta, al igual que Efraím. La cantidad que le ofrecía era realmente irrisoria, por no decir humillante. Claro que no era de extrañar. Después del anuncio del edicto real, el antiguo recelo de los cristianos hacia los judíos se tornó en odio y, como los lobos, se creyeron con pleno derecho de devorar a las ovejas que habían sido abandonadas por su pastor. Y era consciente de que no había alternativa. Nadie le daría lo justo, y al final tendría que aceptar el último ofrecimiento o terminaría con las manos vacías.

Inspiró profundamente y apartó el libro de cuentas. No quedarían en la miseria, pero era triste comprobar cómo el trabajo de tantos años se veía reducido casi a la mitad. Era un robo en toda regla, y los ladrones quedarían impunes con la bendición de esos malditos reyes.

—Amo, han traído esta nota para vos —le anunció la criada.

Efraím tomó la misiva y la leyó. Cuando acabó, su rostro se

72

tornó pálido, la estrujó entre sus manos y, arrojándola al suelo, salió como alma que lleva el diablo.

—¿Qué ocurre? —inquirió su esposa.

—Nada. Regresaré enseguida.

—Pero… ¡Efraím!

Él no la escuchó. Bajó la escalera y salió sin molestarse en cerrar la puerta. Ahora lo importante era llegar antes de que ocurriese lo inevitable.

Mientras recorría las calles trataba de convencerse de que sus temores eran infundados. Ilana siempre fue sensata, aunque últimamente su carácter se había tornado hosco. Se negaba a aceptar que su matrimonio estuviera anulado. Seguramente había acudido a casa de Ivri para intentar convencer a su prometido de que estaba equivocado y que aún estaba a tiempo de rectificar.

Resollando, se plantó ante la casa. Levantó el puño, y cuando dio el primer golpe para llamar, la puerta se abrió sola. Estuvo a punto de anunciarse, pero algo le dijo que guardara silencio. Entró. Unos leves murmullos lo guiaron hasta el fondo del pasillo. Con el corazón palpitándole por la duda, se detuvo ante la puerta. Se quedó allí unos instantes, paralizado, hasta que al fin la abrió. La visión de los cuerpos desnudos le hizo lanzar un lamento.

—¡Dios santo! ¿Qué has hecho?

Jadash simuló sorpresa. El plan había salido como esperaba. Ilana, aturdida por el vino, parpadeó confusa. Levantó la cabeza y vio a su padre con una expresión de horror dibujada en el rostro.

—Padre… Yo…

Efraím avanzó hacia ellos con ojos encendidos.

—¡Maldito bastardo! ¡No te bastaba con abjurar de tu Dios, sino que también querías arrebatarme a mi hija!

Jadash se levantó y, con gesto arrogante, replicó:

—Ella no ha hecho nada obligada, ¿verdad, amor mío?

Ilana asintió.

—Lo amo, padre. Y me quedaré… junto a él, digas lo que… digas.

Su padre la agarró del brazo y tiró de ella. Ilana cayó de rodillas y se echó a reír.

—¿La has emborrachado? ¡Eres más vil de lo que pensaba! Pero no te saldrás con la tuya. ¡Ilana nunca se casará con un perro renegado! —siseó Efraím. Cogió la camisola que estaba tirada en el suelo y se la lanzó a su hija—. ¡Cubre tu indecencia! ¡Y tú también, desgraciado!

Jadash se puso la camisola, se acercó tranquilamente a la mesa y se sirvió una copa de vino. Dio un sorbo largo y dijo:

—Después de esto, no os queda más remedio que aceptar la situación. Ilana debe casarse conmigo. La he desvirgado.

—¿Quieres casarte con ella? ¡Entonces, deja esta casa y la fe maligna que has abrazado y ven con nosotros! Tu pecado será perdonado si retornas al seno de Yahvé.

Jadash soltó una risa cargada de desprecio.

—¿Pretendéis que cambie mi posición acomodada por una vida sin futuro, sin prestigio, sin dinero? No os ofendáis, pero esa es la oferta de un demente, señor. ¿No lo entendéis?

Efraím asió a Ilana de la cintura y con tono rabioso, le contestó:

—Lo único que entiendo es que carecéis de moral, de principios. Esto que ha sucedido lo demuestra. No te ha importado destruir la inocencia de una joven ni tentarla para que olvide de dónde procede, a qué Dios debe dirigir sus plegarias. Pero yo soy su padre, la he protegido siempre y continuaré haciéndolo. —Y agarrando nuevamente a su hija del brazo, añadió—: Vamos, Ilana, salgamos inmediatamente de aquí.

Ella se revolvió. Pero él la mantuvo bien prieta.

—Estás ofuscada y bebida. Cuando entres en razón, comprenderás que estoy haciendo lo correcto. Vamos, hija.

—¡No quiero! —gritó ella.

Efraím la arrastró. Jadash intentó impedirlo.

—Juro que si te entrometes, olvidaré que soy un buen judío y te mataré —siseó Efraím.

Jadash se apartó. Sus ojos grises destellaron de ira. Ese viejo loco había truncado sus planes.

—¡Está bien, idos! Marchad con vuestros ideales que os llevarán a la ruina. No seré yo quien os lo impida. ¡Es lo que merecéis, viejo chiflado!

—Prefiero la miseria a que mi alma se condene eternamente a las llamas del infierno —sentenció Efraím. Sin atender a las súplicas de Ilana, que sollozaba con desgarro, fue arrastrándola por el pasillo hasta salir de la casa y cerró de un portazo. Se detuvo abruptamente y la zarandeó.

—¡Serénate, por el amor de Dios! Estás dando un espectáculo vergonzoso. ¡Cállate de una vez!

Ilana se sorbió la nariz e intentó serenarse.

—Eso está mejor.

En silencio, caminaron de vuelta a casa. Lo primero que hizo Efraím cuando llegaron fue llamar a su esposa; Ilana y él la aguardaron en el salón.

—¿Qué ocurre? —inquirió Dana al ver los ojos enrojecidos de su hija.

Su marido comenzó a pasear de un lado a otro de la habitación.

—Una desgracia. Esta insensata ha… Esta… Tu hija se ha deshonrado con ese renegado de Jadash. Y eso no es todo, también se ha emborrachado.

Dana abrió la boca y se la cubrió con la mano para evitar que el juramento llegase a los oídos de su esposo. Lentamente, como si hubiese sido herida por un dardo envenenado, se dejó caer en la silla, sin poder dejar de mirar a Ilana. Sus ojos pardos mostraban la inmensa decepción que su amada hija le había causado.

—¿Cómo has podido? ¿Es que no has aprendido las enseñanzas que desde niña te hemos inculcado? ¡Oh, Dios bendito! ¿Qué te llevó a deshonrarnos? ¿Acaso te volviste loca? —dijo con un hilo de voz.

Ilana salió de su letargo.

—¿Me tratas de loca, madre? La locura es la que vosotros estáis a punto de cometer; yo no pienso seguiros. Me bautizaré y me casaré con Jadash. No quiero vivir como una mendiga; los Albalaj me darán la posibilidad de seguir disfrutando de riqueza y comodidades.

Dana se levantó con ojos iracundos, alzó la mano y la abofeteó.

—¡Nunca! ¿Me oyes bien? Nunca lo permitiremos. Te quedarás aquí encerrada hasta el día que partamos. Y ruego a Dios que tu pecado no tenga consecuencias, o tu futuro será aún más amargo. Nunca encontrarás un marido.

—El que debía ser mi marido, el único al que quería, me lo habéis arrebatado —replicó Ilana con lágrimas en los ojos—. Lo que me ocurra a partir de ahora me es indiferente. Si me muriese ahora mismo, tanto mejor.

—Vete a tu cuarto. Ordenaré que te preparen la tina. Hay que lavar la suciedad de tu cuerpo.

Ilana se levantó. Lentamente, como un autómata, ascendió la escalera, entró en su habitación y cerró la puerta. Durante un breve lapso de tiempo, entre los brazos de Jadash, creyó que era libre. Se equivocó. Era un pájaro atrapado en la jaula, y sabía que el carcelero jamás abriría la puerta.

CAPÍTULO II

Toledo amaneció radiante. La primavera se encontraba en su máximo apogeo. Balcones y ventanales lucían adornados por geranios y rosas, que expandían sus fragancias por cada rincón. Era la época más hermosa de la ciudad. En cambio, el ánimo de Rayzel se encontraba sumergido en un pozo negro del que le era imposible escapar. Enfundada en su traje de novia, custodiada por la familia, con pasos titubeantes, se encaminaba hacia su cruel destino: la catedral.

Su corazón aterrorizado casi dejó de latir al llegar al pie de la Puerta del Reloj. Sus ojos de miel se alzaron hacia el tímpano, el cual constaba de cuatro franjas horizontales que mostraban la vida de Cristo: la Natividad, la Anunciación, la Adoración de los Reyes Magos y otros pasajes. En la parte superior se veía la imagen de la Virgen y en las jambas, representaciones de santos y santas. Seres que ahora formaban parte de su vida, como también formaría el fiscal, que en pocos minutos se convertiría en su dueño y señor.

Alfonso Osorio, apostado ante el altar, aguardaba a su joven prometida. Su porte era tranquilo; no había rastro de ese nerviosismo que acompaña siempre al joven deseoso de ver a su enamorada. Osorio no estaba enamorado; en realidad, nunca lo había estado, ni siquiera de su primera mujer, o de algún amor furtivo de juventud. Consideraba que esos sentimientos eran propios de los débiles. Él había nacido para triunfar, y esas bobadas suponían un gran impedimento. La mente debía permanecer despierta, no atolondrarse en romances. Para Osorio, solo existía un único sentimiento verdadero, el deseo; y él solía tomar lo que deseaba sin más complicaciones. Llevaría a cabo el plan que se había trazado en el momento de aceptar ese trato...

Aunque ahora no era correcto pensar en esas cosas. Tenía que recibir a su prometida. Ladeó la cabeza y miró hacia la puerta: Clara, colgada del brazo de su padre, se encaminaba hacia el altar. Su rostro reflejaba temor. A otro le hubiese molestado; a él no. Poseía el suficiente sentido común para saber que la muchacha no iba al matrimonio precisamente de buen grado, y seguramente no erraría al decir que la moza deseaba estar a cientos de millas de allí. Por supuesto, no en compañía de los últimos judíos que en aquellos momentos abandonaban la ciudad, aunque sí con ese joven gallardo que siempre soñó. No importaba. Él le enseñaría que era mejor un hombre que un zagal para cumplir como esposo. Naturalmente, no esperaba que llegase a tomarle afecto alguno —era consciente de sus posibilidades—, aunque sí respeto y total obediencia. No estaba dispuesto a soportar a otra esposa quisquillosa y rebelde. Clara sería todo lo contrario, y si no, ya se encargaría él de enseñarle cuáles eran las reglas.

Apartó esos pensamientos y esbozó una sonrisa cuando su futuro suegro dejó a la joven a su lado.

Ella tragó saliva. Había llegado al punto sin retorno. Dentro de unos minutos se convertiría en la señora de Osorio; y también en una esclava. Deseó caer fulminada allí mismo para poder ser libre. Pero permaneció de pie, con el corazón latiéndole sobrecogido, sin poder dejar de imaginar cómo sería su existencia a partir de entonces. Y lo que vio le pareció repugnante. Ni ataviado con sus mejores galas su prometido era agradable de ver. No quiso ni imaginar cómo sería la noche que le aguardaba. Su cuerpo sintió el escalofrío que producía el terror.

Volvió la mirada hacia su padre. Su faz mostraba la mayor satisfacción que un ser humano podía contener. Y esa visión la hundió aún más en ese pozo del que era incapaz de salir, pues nadie acudiría a su llamada. Había caído en el cepo, y la liberación pasaba por caer en las garras de su carcelero.

Los sentimientos de su hermano Yoel también transitaban por un laberinto que se asemejaba al infierno. Su cobardía lo había llevado por un camino del que ya no podía retornar. Debía seguir a la manada o su vida no tendría valor alguno. Y a pesar de sentirse como un monstruo, sentir que había condenado su alma para siempre, no quería morir. Aún no había comenzado a vivir, a conocer el amor, el placer de la carne. Era demasiado joven, casi un niño. Carecía del valor de un hombre.

Bajó el rostro y ocultó las lágrimas de su propia vergüenza mientras murmuraba una letanía ancestral, suplicando perdón, comprensión por sus actos. Rogando a Yahvé que fuese magnánimo con un muchacho que apenas había entrado en el umbral de la hombría, aunque bien sabía que jamás sería perdonado.

Por el contrario, Ivri se sentía eufórico. No solo había resuelto el problema con más facilidad de lo esperado, sino que además había emparentado con uno de los hombres más importantes de Toledo, alguien que contaba con el beneplácito de los reyes. Y en cuanto Rayzel dio el «sí, quiero», los pocos temores que aún le quedaban se disiparon con el cántico ceremonial del sacerdote. Ahora solo cabía esperar que ese matrimonio diese fruto para que su asentamiento entre los cristianos fuera firme como una roca. Y si además lograba encontrar el tesoro más preciado, ya nada volvería a ponerlo en peligro.

Tendió el brazo a su esposa y caminó tras los desposados.

—Ya está hecho. Todos nuestros problemas han terminado. Comienza una vida llena de venturas y riqueza —le musitó.

—Espero que no te equivoques. Tengo un mal presentimiento, esposo mío. Nuestro yerno no me gusta ni un pelo —susurró ella con la piel erizada.

—Bobadas. Quizás sea un tipo un tanto disoluto y ambicioso, pero eso juega a nuestro favor. Nos necesitará. Estamos a salvo.

«Puede que físicamente sí, pero nuestras almas están condenadas», pensaba continuamente Margalit mientras se encaminaban a casa del recién casado para celebrar los esponsales. Su temor aumentó aún más al ver el banquete: el fiscal parecía haberlo preparado a conciencia para dejar patente su total conversión, pues la mayoría de las viandas provenían del cerdo.

—No podré —musitó Margalit mirando horrorizada hacia la mesa.

—Deberás comer de todo. Nuestras vidas han cambiado. El pasado ha muerto, ¿entendido? Serénate o lo echarás todo a perder —refunfuñó su esposo.

Ella tragó saliva y asintió.

—Querido suegro —exclamó Alfonso Osorio acercándose a ellos—, antes de la celebración, me gustaría tener unas palabras con vos. ¿Os importa? —añadió, indicándole con la mano que lo acompañase. Ambos se dirigieron hacia el salón adyacente.

Jadash, discretamente, los siguió y se quedó atisbando a través de la puerta entreabierta. Su cuñado llenó dos copas de vino y, ofreciéndole una a su padre, le preguntó:

—Bien, Juan. Como me prometisteis, es hora de saber qué secreto esconde ese judío que fue vuestro amigo y que, según vos, nos reportará un gran poder.

Juan Albalat, nombre con el que se le conocía desde su bautismo a la fe cristiana, accedió, pues razón no le faltaba: había hecho una promesa y debía cumplirla. Abrió la boca, pero volvió a cerrarla al darse cuenta de que la puerta estaba abierta. Su hijo se alejó a toda prisa al ver que acudía a cerrarla, preguntándose qué diantres estarían tramando.

CAPÍTULO 12

Siempre que había entrado en ese patio, Ivri había sido recibido por un murmullo de voces, de sonidos. Ahora, solo escuchaba el silencio; una quietud absoluta que lo hizo estremecer, sobre todo cuando sus ojos se posaron en los brotes del huerto. Dentro de muy poco, las berenjenas que con tanta ilusión había sembrado Efraím darían fruto. Y se preguntó qué penurias estaría pasando su mejor amigo por culpa de su estupidez.

Sacudió la cabeza. No era momento de añoranzas; tenía que vivir el presente.

—¿Qué ocurre, padre? ¿Remordimientos?

—¿Acaso te sorprende? Hace apenas media hora que Efraím y su familia han salido de esta casa. Me siento como un intruso.

—Por favor, no seas tan ingenuo. Se la compraste, y a muy buen precio. Cualquier otro no le habría dado ni la mitad de su valor. Fuiste del todo justo. Tenemos derecho a tomar posesión de ella y hacer cuanto se nos antoje.

Ivri asintió.

—Tienes razón. Vamos. Aún nos queda mucho que hacer hoy y no podemos perder tiempo —dijo echando a andar.

Su hijo caminó tras él. Cruzaron el zaguán y entraron en el

salón. Todo estaba como siempre. Parecía como si los muebles, la decoración, aguardasen la llegada de sus dueños; pero estos jamás regresarían. «Como tampoco ella», se dijo el muchacho al fijar sus ojos grises en la pintura que colgaba sobre la chimenea. Ilana, rodeada por sus padres, ofrecía esa sonrisa que siempre le cautivó, y que probablemente se habría esfumado. Pero ella era la única culpable. Como no quiso atender a los ruegos de aquellos que obraron con sensatez, ahora debía pagar las consecuencias y, ellos, dejar que su recuerdo se borrara para siempre. No había vuelta atrás, tenían que continuar con la nueva vida que se habían marcado, por muy difícil que les resultara. Lo que no llegaba a comprender era cómo una muchacha podía preferir el exilio. o incluso la muerte, a ser la esposa de un hombre respetado, rico, apuesto y, dentro de pocos años, dueño de un negocio productivo e influyente. ¡Muchacha estúpida! Algún día se daría cuenta del terrible error que había cometido y lo lamentaría hasta su muerte.

—¿De verdad piensas que Efraím lo tenía? —dijo acariciando el mantel. Era de fino brocado, la última labor de Ilana. Aún podía verla con nitidez entrelazar los hilos sobre el cojín, cambiar las agujas con una precisión asombrosa.

—Solo son especulaciones, habladurías. Aun así, no perdemos nada con indagar. ¿Dónde crees que puede haberlo escondido?

—Dado su tamaño, podemos olvidarnos de los escondrijos pequeños. Eso suponiendo que no lo destruyese.

—Jamás osaría hacerlo. Lo escondió, no me cabe la menor duda. Podría jugarme el cuello a que tiene intención de recuperarlo.

El chico soltó una carcajada profunda de desprecio.

—No sería extraño. Carece de la menor sensatez.

Ivri alzó una copa y la miró al trasluz. Era de cristal veneciano, un objeto exquisito, carísimo y difícil de conseguir. No se imaginaba teniendo que dejar sus posesiones a un extraño. Sin duda debió de ser durísimo para Efraím tomar una decisión… y una suerte para él que decidiese marcharse. Ahora todas las maravillas de esa casa le pertenecían, pero esperaba encontrar la más maravillosa de todas.

—Ciertamente, aunque no podemos quitarle mérito. Ha seguido fiel a sus convicciones sin importarle dejar todo atrás.

—¿No me dirás que te has arrepentido? —inquirió su hijo con gesto incrédulo.

—¡Por supuesto que no! Simplemente estoy reconociendo el valor de Efraím al cambiar una vida de comodidades y exenta de problemas por un futuro incierto —aclaró su padre dejando la copa sobre la bandeja de plata.

—¿Sabes? Creo que estás sobrevalorando la actitud de Efraím. Ha sacado una buena tajada de sus posesiones. Allá donde vaya, vivirá a cuerpo de rey. No ha sacrificado absolutamente nada.

—Sí lo ha hecho. Ha perdido el privilegio de disfrutar de su tierra.

—Padre, hay que tener una visión más amplia y dejar de mirarse el ombligo. El mundo es muy grande y uno puede encontrarse igual de cómodo en una tierra nueva que en la que ha dejado atrás. Verás como, si se digna a escribir, confirma mis palabras.

Ivri lanzó un sonoro suspiro.

—Dudo que lo haga. Me considera un traidor y, por tanto, ya no soy su amigo.

—¿Y qué diablos nos importa a nosotros? Olvídate de ese hombre. Nunca volveremos a verlo.

—¿Tan poco te afecta no volver a ver a los que siempre fueron nuestros mejores amigos?

—Lamentarse de lo que no puede ser es de necios. Además, la mancha de mora con otra se quita. No me será difícil adaptarme a mi nueva vida.

—Por supuesto que no. Seremos poderosos.

El chico cerró el cajón tras inspeccionarlo y dijo:

—¡Ah! Espero que convertirnos nos sirva para que encuentre una esposa adecuada. El ser ricos y relacionarnos con los poderosos contribuirá a que no seamos rechazados. Incluso estoy pensando en tentar a una con título. ¿No sería estupendo pertenecer a la nobleza, padre?

—Claro que sí, pero te aconsejo que no pongas muchas esperanzas en ello. Aún desconfían de nosotros.

—Tampoco era mi intención atarme ahora mismo, padre. Solamente tengo veinte años.

—La edad ideal para formar una familia —aseguró Ivri.

—Pues, para mí, en absoluto. Deja de centrarte en mi futuro y hazlo con el de Rayzel. Temo que no esté nada complacida con el enlace. Y, con franqueza, he de decir que la comprendo. El fiscal no es precisamente el marido que una joven busca.

—Rayzel no es una joven cualquiera. Es una judía renegada y ha tenido la inmensa suerte de ser aceptada por un hombre tan principal como él. Entre todos la haremos entrar en razón. No quiero que nos cause problemas. Ya hemos sacrificado mucho. Hablaré seriamente con ella y le haré entender que debe ser dócil con su marido y cumplir cada uno de sus deseos… No, mejor tu madre. Eso es cosa de mujeres. Anda, que se nos hace tarde. Busquemos nuestro objetivo. Me inclino por el sótano.

Fueron a la cocina y abrieron la trampilla del suelo. Ivri encendió una lámpara y, con cuidado, bajaron la escalera.

—¡Por Satanás! ¿Es necesario conservar tantos trastos? No entiendo la obsesión que tienen algunos por no desprenderse de lo que ya no les es útil —se quejó su hijo.

—Gran parte de todo esto son recuerdos.

El muchacho cogió un muñeco de trapo cubierto de polvo y lo lanzó lejos.

—Hay que ser prácticos, padre. ¿De qué sirve recrearse en instantes que no regresarán? El pasado, pasado está. Hay que mirar hacia delante, buscar nuevas metas.

—Una visión del todo loable, pero que no es incompatible con rememorar tiempos en los que fuimos felices. Además, nadie puede olvidar lo que fue o lo que sintió. Incluso alguien tan calculador como tú sería incapaz de no volver la mente hacia la infancia si te mostrara tu espada de madera.

—¿No me dirás que nuestro sótano también está hecho un desastre? —se escandalizó su hijo.

—Nunca se sabe qué nos puede ser de utilidad. Deberías estar de acuerdo conmigo, pues como buen judío sabes que la riqueza no se consigue tan solo con el ahorro, sino también evitando el despilfarro.

—Ya no somos judíos. Tenlo presente o la Santa Inquisición nos mandará un auto de fe. Y te aseguro que, por mucho que te estime, no arriesgaré el pellejo para salvarte por tu mala cabeza. Acostúmbrate a ello cuanto antes —le recomendó su hijo.

Su padre inspiró con fuerza.

—Como siempre, tan sensato. Y tan inhumano.

—¿Inhumano? Padre, te amo, pero no esperes que mueva un dedo por ti si metes la pata. En estos tiempos, lo único que importa es salvar el propio pellejo.

—Lo tendré en cuenta. Bien, examinemos todo este desbarajuste.

—¡Nos va a llevar un siglo! —exclamó el joven ante la pila de muebles y cajas.

—No nos desalentemos a la primera. Iremos por orden. Tú mira en esa parte. Yo lo haré en la otra. Tenemos todo el tiempo del mundo para buscar.

Su hijo resopló contrariado. La paciencia no era una de sus virtudes. Cuando quería algo, deseaba obtenerlo al momento.

—Lamentablemente, no podemos ceder esta tarea a otros, así que ponte a ello —le ordenó Ivri abriendo una caja. Miró en su interior. Nada especial: cofias y guantes pasados de moda.

—¿Qué harás si damos con ello? No tendrá el menor valor, pues pertenece a un judío. Ningún cristiano nos dará nada —se interesó el joven desechando un baúl que contenía decenas de juguetes.

—Te equivocas. Tu cuñado está realmente interesado.

—¿Es sobre lo que hablasteis el día de la boda?

—Exacto. Lo ofreceremos al mejor postor.

Su hijo lo miró con gesto hosco.

—¿Por qué demonios lo has inmiscuido en esto?

—Nuestra situación es frágil y debemos mantenerlo contento. Por otro lado, él es de la familia, y ya nos ha echado una mano: por si no lo encontramos, ha hecho seguir a Efraím hasta Flandes.

—¿Para qué? Es materialmente imposible que lo saque del reino.

—Pero puede hacerlo hablar, confesar dónde lo ha escondido. Y en cuanto lo tengamos en nuestro poder, lo entregaremos al mejor licitador, y ninguno mejor que los reyes. Harán lo que sea para obtenerlo, y nosotros conseguiremos la mejor tajada —aseguró Ivri.

CAPÍTULO 13

Creen los románticos que el proceso de migración en el reino animal se produce por un deseo de regresar al lugar de origen, que ese afán está grabado a fuego en el inconsciente. Nada más lejos. Solo los arrastra el instinto de supervivencia, de llegar al lugar donde el alimento es abundante y, así, subsistir.

En ese punto poco se diferencian los humanos de los animales. La supervivencia es lo más vital y, a causa de ella, pueden actuar de mil modos distintos. Ivri, como los cucos, había decidido cimentar su futuro en el nido de otros, mientras que Efraím volaba hacia una tierra extraña.

Hombres y mujeres, niños y ancianos, a pie, en carros o montados en burros, reunidos en la plaza, entonaron el *shajarit*[12] dirigiendo sus miradas hacia Oriente, hacia Jerusalén. Una vez terminadas las plegarias, Isaac ben Judah alzó la mano y emprendieron la marcha más amarga de sus vidas, sin entender aún por qué eran expulsados como el peor de los perros.

Algunos de sus viejos vecinos, ahora conversos, miraban pasar

---

12. Oración del alba.

la comitiva ocultos tras las ventanas: unos pensando en que habían optado por la mejor decisión; otros, sintiendo una opresión en el pecho, que no era otra cosa que remordimiento y temor por sus almas condenadas.

Tras cruzar el puente, Efraím detuvo la carreta. Todos sin excepción volvieron el rostro y miraron por última vez la ciudad de Toledo, su hogar. Sus ojos se empañaron de lágrimas, recordando los momentos dichosos que vivieron entre sus callejuelas tortuosas y estrechas, o los días de celebración a orillas del Tajo, justo donde el caudal se tornaba meandro.

—Oh, Dios, Tú nos elegiste entre los pueblos. ¿Qué tenías contra nosotros? —musitó Dana.

—Solo Él tiene la respuesta, mujer. Sigamos. No es necesario que maltratemos más nuestros corazones —respondió Efraím azuzando a los bueyes.

El casi millar de judíos, liderados por Isaac ben Judah, se pusieron de nuevo en marcha, silenciosos, cabizbajos. Por más que trataran de mitigar el sufrimiento, no hallaban consuelo. ¿Quién podría? No importaba qué edad tuvieran: todos se sentían como polluelos arrancados del nido, tiritando de frío, indefensos. Teniendo alas, pero sin poder alzar el vuelo.

Ilana no lloraba. Sus ojos se habían secado durante el mes que había permanecido cautiva en su propia casa sin poder ver al hombre que amaba, sin libertad para decidir su futuro. Se había convertido en un ser vacío y sin voluntad. Era incapaz de sentir nada. No le importaba lo más mínimo cómo sería su existencia a partir de ahora. Sus ganas de vivir quedaron prendidas en esa habitación donde conoció el verdadero amor.

Isaac comenzó a entonar una canción. Poco a poco, voces de desconocidos, pero también de los amigos —como David el curtidor, Judith la costurera, o sus vecinos—, se unieron a él durante un buen trecho; luego retornó el silencio. En aquellos momentos nada podía procurarles el consuelo que sus corazones desolados tanto necesitaban, ni aliviar el cansancio que comenzaba a ralentizar sus pasos. Y esto solo era el principio: por delante quedaban ochocientos kilómetros hasta llegar a Lisboa. Tres o cuatro semanas de una dureza extrema.

No se equivocaron. Tuvieron que cruzar ríos, valles, colinas, desfiladeros. Soportaron la lluvia, el calor, el frío. Sufrieron el rechazo de quienes se cruzaban en su camino, su dinero no era válido para algunos, y les negaban posada y alimento. El plazo fijado por los reyes se acercaba y estaban en juego sus vidas. Algunos caían en el camino y debían sepultarlos sin el menor ceremonial. Tampoco hubo alegrías por los nacimientos: eran flores que abrían por primera vez los pétalos, arriesgándose a que un vendaval las arrastrase hacia un mundo tenebroso o a la misma muerte.

Pero ellos no necesitaban de ningún vendaval para ser llevados a ese mundo. El dolor, las semanas transcurridas en el camino, los abusos cometidos por los cristianos —que inesperadamente acondicionaron entre La Bóveda de Toro y Zamora un paso de frontera, exigiendo un peaje abusivo; o que pedían precios escandalosos por un poco de comida o cobijo—, hicieron mella. Muchos, presos de la desesperación, claudicaron ante los cristianos que los instaban al bautismo, dejando atrás a su pueblo, a su Dios. Cualquier cosa les valía con tal de escapar de ese infierno.

Isaac se sentía impotente. Ninguno de sus alegatos logró hacerlos desistir y, con el alma rota, los veía desandar el camino, mientras nuevos judíos, llegados de todos los confines del reino, se unían a los que seguían su triste destino. Por ellos tuvieron noticia de las terribles injusticias que soportaron en León. El corregidor, don Juan de Portugal, que recibió treinta mil maravedíes como pago por protegerlos, no cumplió su promesa. Más aún, poco después les exigió que saldaran las deudas. Muchos se quedaron sin nada, y si lograron llegar hasta allí, fue gracias a la caridad de muchos.

Por fin, al mes de salir de Toledo, alcanzaron la frontera. Concluía la primera parte del viaje; era hora, pues, de cambiar el dinero y sus joyas por letras de cambio.

Ahí surgieron nuevas calamidades. Los banqueros que se habían desplazado hasta el puesto fronterizo se excedieron en el uso del poder que ostentaban, cobrando cuotas desmedidas. El capital que poseían al abandonar Toledo quedó reducido a la mitad; en muchos casos, casi desapareció.

—¿Qué hacen? —musitó Dana al ver cómo unos soldados clasificaban a los que estaban en la cola.

—¿De qué te extrañas, madre? Es una vejación más. Imagino que van a registrarnos, por si intentamos pasar dinero. Parece que nunca tienen bastante —contestó Ilana con tono rencoroso—. ¿Dónde se ha metido padre? ¿No está tardando mucho? Casi nos toca. ¡Mira! Ahí llega.

Efraím, resollando, llegó hasta ellas.

—Apenas me han dado nada. Pero más vale ser pobre que ser enterrado. ¿Qué ocurre?

—Registros.

Su padre apretó los dientes.

—Esto es…, es humillante. Tranquila, Dana. En unos minutos pasaremos y esta pesadilla habrá terminado. Tomaremos un barco, y dentro de una semana estaremos en Brujas. Allí volveremos a recuperar el respeto. Por favor, deja de preocuparte.

Su mujer, temblando, siguió las indicaciones de los soldados y, junto a Ilana, aguardaron a que una anciana las inspeccionase. Efraím, desde el otro lado, echaba ojeadas, inquieto. Nada debían temer, pues se habían desprendido de todo lo que poseían de valor, exceptuando los pagarés. Respiró aliviado cuando vio que su hija terminaba con el trámite y recibía el certificado. Llegado el turno de su mujer, él también había pasado el registro. Se reunió con Ilana y aguardaron impacientes.

—¿Pero qué…? ¿Qué demonios está haciendo? —susurró al ver cómo Dana se resistía a que la mujer le quitara la toca.

Los soldados se acercaron y la sujetaron sin miramiento; la mujer se la arrancó. Su cabello sedoso soltó destellos de color avellana, y también multicolores cuando el collar voló. La reacción de las autoridades fue inmediata.

—¡Quedas detenida por contrabando!

El letargo en el que estaba sumida Ilana sufrió un mazazo y exclamó:

—¡Dios mío! ¿Se ha vuelto loca? ¿Por qué ha hecho algo tan estúpido? ¿Acaso no era consciente de que si la descubrían, la apresarían, o acabaría muerta?

—No lo sé —musitó su padre.

Ilana echó a andar, pero su padre la detuvo. Ella lo miró sin entender.

—¿No vas a hacer nada? ¡Se están llevando a mamá! ¡Impídelo! —sollozó.

Efraím, con los ojos empañados de lágrimas y el corazón lacerado, negó con la cabeza.

—No puedo, hija. No puedo… —jadeó.

—Pero… ¡La matarán, padre!

Su padre, encorvado y con el inmenso dolor que lo traspasaba reflejado en el rostro, susurró:

—Si intentamos algo, también seremos detenidos. A mí… no me importaría morir. Después de esto ya no. Pero no quiero perderte a ti también. Además, le prometí a tu madre que cuidaría de ti. Y debo hacerlo. Por favor, serénate. No deben relacionarnos con ella. Tenemos que… continuar. Hija, deja de llorar. Nuestra obligación es conservar la vida y servir a Dios.

Ilana se resistió, mirando con desesperación como su madre era introducida en una jaula. Ya no protestaba, ni buscaba a su familia. Al igual que su marido, Dana comprendía que no podía recibir ayuda. Se había resignado al destino, y ella debería hacer lo mismo. Sin querer mirar atrás, siguió a su padre y, mientras él pagaba los dieciséis ducados que les permitían la entrada a Portugal, juró que jamás olvidaría el sufrimiento que esos cristianos les estaban causando. Tarde o temprano, recibirían su merecido.

Con ese juramento, padre e hija reemprendieron el viaje, sin poder dejar de pensar en la mujer que había quedado atrás.

Cuatro días fue lo que tardaron en llegar a Lisboa.

La forma en que los trataron los portugueses fue muy distinta a la recibida durante el largo exilio por tierras castellanas. Con la tasa pagada en la aduana, el rey portugués permitía la estancia en el reino por ocho meses. Pero Efraím, a pesar de que su voluntad se había quedado prisionera en esa jaula, no iba a permitir que su hija sufriera otra vez. Irían a Flandes, como habían planeado, y lograría que la pena que sumía a Ilana se esfumara con una nueva vida, muy lejos del horror. Afortunadamente, los portugueses no abusaron de los judíos. Consiguieron comida y un pasaje sin pagar más de lo estipulado, lo cual les dejaba el dinero suficiente para poder instalarse en Flandes y vivir sin apuros al menos durante un año.

El barco que tomaron en Lisboa era una nao cuya envergadura rondaría los cuatrocientos toneles por lo menos, con velas redondas en el mástil y en el trinquete y de tipo latino en el palo de mesana. Castillo de proa solo había uno. La nave estaba dedicada al comercio, no al pasaje, por lo que los pocos judíos que embarcaron tuvieron que acomodarse en las bodegas como mejor pudieron. Entre ellos no había ningún conocido suyo, pues la mayoría de sus vecinos habían optado por ir al norte de África.

La bodega era un espacio caluroso, húmedo e insalubre, abarrotado de fardos de trigo, toneles de vino y muebles, sin contar con que tenían que compartirlo con los cien marineros que semejante embarcación necesitaba para su buen funcionamiento. La única ventaja era que la travesía sería corta: cuarenta y cuatro leguas que recorrerían en unos ocho días.

A los pocos minutos de navegación, Efraím supo que no gozarían de un viaje placentero. El balanceo del barco provocó que muchos de los refugiados, gente del campo, sintiesen el estómago revuelto. Entre ellos, su hija; lo que aumentó su preocupación. Ya antes de partir de Toledo su carácter alegre había desaparecido, junto a su lozanía; ahora, aún estaba más delgada. No sabía por qué se extrañaba. La expulsión le arrancó los planes que había trazado, al muchacho que amaba, su hogar y, finalmente, a su madre. ¡Oh, Señor! Podía entender las razones de Dana para querer conservar las joyas de la familia, pero no que una mujer tan sensata como ella cometiese tamaña irracionalidad. Aunque, se dijo, en aquellas circunstancias cualquiera podía caer en la locura. Incluido él. ¿Cómo podría sobrevivir al hecho de haber abandonado a su esposa? Pasaría el resto de sus días consumido por la culpa, aun sabiendo que ni él ni nadie hubiesen podido ayudarla. Pero no ocurriría lo mismo con su hija. Siempre estaría a su lado como un perro guardián y mataría a quien osara lastimarla de nuevo.

—Ilana, hija. Pronto pasará. Es un simple mareo... ¿O es algo más?

—No, padre. Quédate tranquilo. Es mareo —juró ella.

—Entonces, en cuanto te habitúes, todo irá mejor.

Se equivocaba. Su mal estaba bien arraigado. La tristeza ya no tenía cura y había emponzoñado sus ganas de vivir. No. No cometería ninguna locura. Dios lo prohibía. Se limitaría a sobrevivir, sin esperar nada a cambio. Había aprendido que nada es eterno y lo que más amas te es arrebatado. Nunca más volvería a implicar sus sentimientos.

Con todo, el mareo, como vaticinó su padre, desapareció al tercer día. No así la sensación insoportable de salir de aquella bodega atestada de gente sudorosa, ratas y ronquidos que le impedían conciliar el sueño. Deseaba sentir el aire fresco en la cara y respirar a pleno pulmón. Pero su padre le había prohibido que se alejase de su lado. A pesar de ello, una fuerza imperiosa la obligó a levantarse cuando comprobó que estaba profundamente dormido. Con sigilo, fue sorteando los cuerpos hasta que alcanzó la escalera. Con cuidado, se agarró con fuerza intentando aguantar el balanceo de la nave y comenzó a ascender.

Cuando sintió el aire fresco en el cabello, una leve sonrisa se dibujó en su rostro demacrado. Terminó de subir y saltó a cubierta. Todo estaba en silencio. Lo único que se escuchaba era la brisa marina y las olas azotando el casco de la nave. Alzó la mirada. El cielo era una bóveda impregnada de estrellas. Procurando no hacer ruido, se acercó a la barandilla. El mar era un manto oscuro, impenetrable. Solo de vez en cuando, el brillo de la luna se reflejaba en la masa de agua que destellaba plata. En ese instante tuvo, por primera vez desde la partida de Toledo, una leve sensación de paz. Y deseó poder quedarse en esa situación por siempre. Pero era imposible. Igual que el hecho de que jamás volvería a ver a su madre, ni a su amante.

Su recuerdo rompió la magia. El dolor regresó con fuerza, cortándole el aliento. Se aferró con fuerza a la barandilla y rompió a llorar.

—Es duro dejar todo atrás.

Ilana, con gesto determinado, se secó las lágrimas. Ladeó el rostro y esbozando una mueca amarga, miró a Josué Vázquez, el anciano que viajaba junto a ellos y que había congeniado con su padre. Solían hablar durante largos ratos del pasado, de los proyectos futuros.

—Las cosas pueden suplirse. A los seres queridos, jamás.

—Presencié lo ocurrido. Tu madre cometió un grave error…, aunque es comprensible. Ciertos objetos nos son tan queridos que, por conservarlos, olvidamos toda prudencia. Por fortuna, vosotros dos fuisteis más cuerdos y preferisteis no correr riesgos con lo más preciado que poseéis.

Ilana, instintivamente, se tensó. Sus manos aferradas a la barandilla se sujetaron con más fuerza. ¿Se refería al secreto que no quisieron contarle? No era posible. ¿Cómo podía saberlo ese viejo?

—Que yo sepa, nunca hemos tenido nada especial. Bueno..., en realidad, sí. Tengo entendido que un cuadro. Pero no entiendo de arte. A mí me parecía... horrible —dijo con voz profunda.

Vázquez se acercó un poco más.

—No hablo de ningún lienzo. Y lo sabes.

—Debido a mi edad y a mi condición de mujer, no estoy al tanto de los asuntos familiares. Deberéis saciar vuestra curiosidad con mi padre.

—No puedes engañarme. Así que dime, muchacha, ¿dónde lo habéis escondido?

Ella caminó unos pasos hacia su izquierda. Él, con una agilidad sorprendente en un hombre de sus años, la detuvo. Su rostro, hasta ese momento afable, se tornó hosco.

—No he hecho este maldito viaje para irme con las manos vacías. ¿Queda claro? Vas a hablar ahora mismo.

—Os repito que...

La mano del hombre, al igual que una zarpa, le rodeó el cuello y comenzó a apretar.

—¿Dónde está? —siseó.

Ilana se debatió intentando que el aire entrara en sus pulmones. Pero esa mano se mantenía firme, dispuesta a acabar con su vida si no hablaba. ¿Y qué podía decir? ¡No sabía nada, moriría sin remedio!

—No soy hombre de gran paciencia, maldita embustera. ¡El escondite! ¡Vamos! O te daré una somanta de palos...

Desesperada, levantó la rodilla y empujó con las pocas fuerzas que le quedaban. Su golpe dio en el lugar esperado. Vázquez se retorció soltando un gemido agudo. Ella se liberó de su abrazo mortal. Él quiso prenderla de nuevo, pero su garra voló en el vacío. Un movimiento del todo fatal. Medio cuerpo quedó colgando de la baranda del barco. Ilana, sollozando y con la respiración agitada, no se entretuvo en meditar. Asió las piernas de su agresor y las impulsó con fuerza. Vázquez, soltando un alarido, se perdió en las aguas oscuras. Ilana se dejó caer lentamente sin poder dejar de llorar con histeria. Acababa de matar a un hombre. La ira de Yahvé caería sobre ella. Pero... no. Había sido en defensa propia. Él quiso matarla. No debía sentir culpa. Yahvé estaba con ella. Los marinos, en cambio, podrían no ser tan benévolos. Así que, tambaleándose, se levantó. Regresó corriendo a la bodega. Todos dormían, nadie se había dado cuenta de su escapada nocturna. Se recostó junto a su padre. Este se despertó.

—¿Ilana? ¿Qué ocurre?

—Nada, padre. He tenido que ir a hacer... mis necesidades. Vuelve a dormir. No pasa nada —mintió sin poder dejar de temblar.

Al día siguiente, la desaparición de Vázquez provocó un gran alboroto. Lo buscaron por todos los rincones y no dieron con él. Finalmente, concluyeron que el anciano, en un descuido, cayó accidentalmente al mar.

—Es extraño —musitó Efraím.

Ilana carraspeó nerviosa.

—¿Por qué? Un mero accidente. No es nada raro..., según tengo entendido.

Su padre miró hacia el horizonte. Sus ojos castaños se clavaron en unas gaviotas que chillaban sobre un banco de peces.

—¿A qué vienen esos nervios? ¿No sabrás algo de esto, verdad?

Ilana se frotó las manos con angustia.

—¿Yo? ¡Qué voy... a saber!

Él le alzó el mentón y la miró fijamente.

—Te conozco muy bien, hija. ¿Qué ocurrió anoche? Fuiste a aliviarte, ¿cierto? Habla sin temor. Eres mi hija, siempre tendrás mi ayuda. Hagas lo que hagas. ¿O acaso no te he perdonado el pecado de lujuria? Confía en mí. Soy el único que puede ayudarte. ¿No lo ves?

Los ojos de miel de ella brillaron a causa del inminente llanto. Horrorizada por el recuerdo de su acción, apoyó la cabeza en el pecho de su progenitor y, entre hipos, le contó lo sucedido.

—Hija, hiciste lo correcto. Era su vida o la tuya. Ahora, cálmate. Y sobre este terrible suceso, nada se ha de saber; jamás volveremos a hablar de él. ¿Queda claro? ¡Jamás! —siseó con los labios apretados.

Ella asintió.

—¿Puedo hacer una sola pregunta? ¿Qué es tan importante que valga una vida?

—A su debido tiempo, lo sabrás.

—Pero…

—A su debido tiempo —zanjó su padre.

CAPÍTULO 14

«Lo bueno es tener esperanza; lo malo, esperar», se dijo Efraím. Pero el momento había llegado. Allí estaban, en el puerto de Brujas. Con el corazón herido, pero sanos y salvos. Ahora estaban a punto de comenzar una nueva etapa; a buen seguro, esta jamás sería como la dejada atrás, pero podían intentar, si no ser felices, al menos vivir en paz.

—Parece una ciudad hermosa, ¿verdad, hija? —dijo dejando resbalar los ojos por los edificios que bordeaban el puerto.

Ella permaneció en silencio, del mismo modo que había hecho durante la travesía.

—Ilana. Quedamos en que lo ocurrido debía olvidarse. Aparta cualquier remordimiento de tu corazón. El futuro nos espera.

—¿Y cómo podemos saber que estamos a salvo? Ese hombre tenía conocimiento del secreto. ¿Quién nos dice que no vendrán más en nuestra busca? Tengo miedo, padre.

—Nada has de temer. Nunca podrán localizarnos porque, a partir de este momento, cambiaremos de apellido. No dejaremos rastro.

—¿Y cómo lo harás? No conocemos a nadie.

—Estas cosas se solucionan de manera discreta. Ya me informé antes de partir. Anda, hija. Es la hora de la verdad. Vamos.

Lo primero que hicieron al desembarcar fue dirigirse a las oficinas que los *caborsins*[13] tenían ubicadas en la Hallestraat. Según le habían contado, antiguamente estaban en un gran inmueble en el mismo muelle, junto a la parroquia de Saint Gillis, hasta que intentaron realizar operaciones a gran escala y quebraron. Pero le informaron mal. Simplemente se habían trasladado a otro lugar.

A pesar de su total desconocimiento de la ciudad, el plano que un marino realmente considerado les dibujó los ayudó a orientarse y encontrar el camino y, tras andar casi media hora por entre las callejuelas, alcanzaron el centro de Brujas.

Ilana, a pesar de su apatía, no pudo dejar de admirar la ciudad. Una ciudad que, como le explicó su padre, nació en el siglo XI. Allá por el año 1050, la sedimentación fue cerrando la salida al mar. Sin embargo, una tormenta, cien años después, creó una salida natural. Gracias al puerto y la industria de la lana, la pequeña población de Brujas fue creciendo tanto en tamaño como en importancia. Los condes de Flandes alzaron la muralla y la Liga Hanseática, la mayor organización mercantil de su tiempo, convirtió a Brujas en la ciudad más próspera de la cristiandad. Allí se imprimió el primer libro escrito en inglés e incluso estuvieron exiliados Ricardo III y Eduardo IV de Inglaterra. Y ahora, Ilana y Efraím Azarilla deambulaban por aquella ciudad, donde de vez en cuando surgían a su paso canales cruzados por puentes. La mayoría de las casas eran elegantes y de piedra, y los comercios, bien cuidados, con productos de gran calidad y exquisitos, como supuso por el aroma que escapaba de una panadería. Era tan parecido al de la tarta de manzana que preparaba su madre en ocasiones especiales...

No. No debía pensar en ella o no podría seguir adelante. Y debía hacerlo, quisiese o no. Estaba obligada a seguir viviendo

---

13. Cambistas.

para vengar todo el mal que les habían causado. ¿Cómo? Aún no lo sabía. Pero tarde o temprano, pagarían por ello.

Llegaron a una plaza muy amplia. En ella había una gran torre con un campanario con aguja de madera y un mercado cubierto, donde se vendía lana y paño. Se trataba de la plaza Mark.

—Parece una ciudad muy acogedora, ¿no crees?

—Sí —musitó ella fijando la mirada en una pequeña tienda donde se exhibían unos encajes realmente maravillosos. Desde niña había ocupado muchas tardes en realizar puntillas. Todos le decían que tenía unas manos prodigiosas, pero nunca había visto tanta perfección; ni tampoco el tipo de cojín que utilizaban.

—Es una suerte que hayamos traído tus enseres de costura. Me costó sobornar a un soldado con una cantidad escandalosa. Pero ha merecido la pena. ¿No te parece? Les demostrarás que los tuyos son aún más preciosos. Puede que hasta logres vender alguno. ¡Eso sería realmente estupendo! Pero antes que nada debemos establecernos. Creo que es por aquí.

Giraron por una bocacalle y llegaron a su punto de destino, el cual, por cierto, resultaba de lo más extraño. Los *caborsins* tenían montado su negocio en unas mesas expuestas en plena acera, junto a las tiendas de los artesanos.

Acudieron a la primera mesa.

El cambista borró el gesto adusto y le ofreció la mejor de sus sonrisas.

—*Goelemiddag*.

Efraím no había pensado en la dificultad que supondría un nuevo idioma, y menos uno tan complicado como ese. Se inclinó levemente en señal de saludo y le mostró unos pagarés. El hombre los cogió.

—¡Ah, sefardí! *Nee spreek* bien castellano. Dar dinero. Comisión diez por ciento. *Goed?*

Efraím asintió, dando gracias al cielo de que la comisión no hubiese sido mucho más alta. Esos flamencos parecían ser gente honrada. Cambió los pagarés y se informó, lo mejor que pudo, de cómo podría establecerse. El mismo banquero le dio las señas de una posada modesta, pero limpia y segura, a solo unas cuantas calles de allí.

—¿Lo ves, hija? Las cosas vuelven a ir bien. Ahora buscaré trabajo y viviremos sin más complicaciones —dijo más aliviado, guardando la pequeña fortuna.

—¿Por qué has de buscar trabajo? ¿No pondrás tu propio taller? —se extrañó Ilana.

Él dejó de caminar y la miró con ojos apagados. Esa había sido su intención, desde luego, pero no iba a ser posible.

—Supongo que la nueva identidad no será nada económica. Además, todas mis herramientas se quedaron en Toledo. Y el dinero que tenemos no es suficiente para abrir mi propio negocio. No puedo arriesgarme a que no funcione y nos veamos en la miseria. Hay que ser precavidos. Primero nos instalaremos y después, ya decidiremos qué hacer.

—Pero… ¡si éramos ricos!

—Tú lo has dicho. Éramos. Hija, ¿aún no te has dado cuenta? Todo ha cambiado. Ya nada será como antes. La expulsión provocó que los gentiles se aprovechasen de nuestra desesperación y pagaron precios irrisorios por casas o negocios que valían una fortuna.

—Desgraciadamente, lo sé —musitó ella.

—Sé cuánto has perdido. Pero créeme, vivir vale la pena, aunque sea por curiosidad. Ahora sigamos. Estoy deseando tumbarme en una buena cama.

Su padre se detuvo ante un edifico sobrio y de reducidas dimensiones, pero que a Ilana le pareció encantador, gracias a los geranios rojos que adornaban cada una de las ventanas. Tiempo después descubrirían que en esa pensión, cuyo propietario era el banquero Van der Bursen, se habló por primera vez de iniciar un nuevo negocio, que no sería otra cosa que la Bolsa.

La pensión resultó ser tal como les indicó el banquero. Pero a ellos, después de todas las penurias y el sufrimiento padecidos, les pareció un palacio. Y un alivio que el posadero fuese también judío y que, a Dios gracias, hablase perfectamente castellano.

Por él supieron que las probabilidades de encontrar trabajo para un hombre de su oficio eran muchas, e incluso les brindó la información necesaria para poder comenzar a buscar de inmediato. Aquella noticia los alivió. Nada era peor que llegar a una tierra extraña y con la agravante de exiliado, sin un amigo y desconociendo costumbres e idioma. Una lengua que —Efraím estaba convencido de ello— jamás lograría aprender.

Tras una suculenta cena en la que probaron algunos ingredientes extraños, pero kósher[14] —de otro modo jamás los hubiesen ingerido—, subieron al cuarto. Habían pedido una única habitación para los dos. Aún se sentían demasiado vulnerables y no querían por compañía la soledad.

La habitación era sencilla. Un simple baúl, una silla y dos camas era todo lo que tenía, pero con eso les bastaba. Sobre todo ante la visión de los colchones, que les hizo soltar un gemido de placer.

—Un jergón mullido. ¡Gracias, Señor! —exclamó Efraím dejándose caer sobre el catre, para exclamar de nuevo—: ¡Y es de plumas!

Su hija lo imitó.

—No puedo creerlo —suspiró.

—Pues no es un sueño, jovencita. Presiento que, a partir de ahora, todo nos irá mejor.

Ilana se levantó y abrió la ventana. La habitación daba a un pequeño canal. El sol estaba cayendo y el púrpura bañaba el horizonte. Los rezagados se apresuraban a volver a casa, unos a pie,

---

14. Apropiada de acuerdo con los preceptos judíos.

otros en carros, en elegantes carruajes o surcando en barca las aguas enrojecidas por el sol.

—Claro, padre —suspiró Ilana, solo para no llevarle la contraria, pues no lo creía así.

Él se unió a ella y le rodeó los hombros con el brazo.

—Debes tener confianza.

—Mi confianza quedó truncada en aquella frontera.

Efraím la obligó a mirarlo.

—Hija, fue tu madre quien se buscó la ruina. Sabía que no podíamos pasar nada más allá de la frontera, y quebrantó la ley.

—¿Qué ley? ¡La más injusta de todas! Y a ti su pérdida parece no importarte en absoluto —exclamó Ilana.

Aquello le dolió. ¡Naturalmente que se sentía destrozado! Y también culpable. No movió ni un solo dedo para salvar a la mujer que lo había significado todo en su vida. Ya de bien niño, su corazón quedó prendado de esa chiquilla de cabellos ondulados y sonrisa seductora que pasaba todos los días frente a su casa para llenar el cántaro en la fuente. Se la quedaba mirando embobado, como un idiota, desde la ventana, jurándose que algún día la convertiría en su esposa. Pero Dana nunca se fijó en él. Él nunca había sido un muchacho agraciado precisamente, ni divertido; al contrario, le dominaba la timidez y la inseguridad. Afortunadamente, el temor a perderla obró el milagro, y aquel joven apocado despertó y consiguió que el objeto de su deseo terminase entre sus brazos. Pero ahora, esa energía, ese valor, habían sido pulverizados. Como un animal, dejó que el instinto de supervivencia ganase la batalla. Se repetía a sí mismo, una y otra vez, que había hecho lo correcto. Que hubiese sido inconsciente un acto de heroicidad. Que solamente había una decisión que tomar: una vida a cambio de dos. Y aun así, no encontraba consuelo. Pero debía ser fuerte por Ilana, luchar para que, al menos, ella lograse ser feliz. Y haría lo necesario para que así fuese.

—¿Cómo puedes creer algo tan monstruoso? Amaba a tu madre. Aún la amo, y jamás podré recuperarme de su pérdida. Aun con todo, lo que no voy a consentir es que me hundan. Feliz o desgraciado, pienso resurgir de las cenizas. Y tú también lo harás. Juntos les demostraremos de qué madera estamos hechos.

—Sueñas, padre. Nunca podremos regresar.

—Nadie sabe de quién es el mañana, salvo Yahvé. Por eso mismo, ocurra lo que ocurra, siempre nos sobrepondremos. ¿Queda claro?

Ella dibujó una media sonrisa cargada de tristeza.

—Temo que me consideras más fuerte de lo que soy.

—Dicen que de tal palo, tal astilla. Y tú te pareces mucho a mí. Ahora, disfrutemos de esas magníficas camas y mañana, iniciaremos la búsqueda de un buen trabajo. Dentro de muy poco podremos tener casa propia y reharemos nuestras vidas.

—¿De veras lo crees, padre? —inquirió Ilana con tono escéptico.

—¿Por qué no? Hemos permanecido fieles a nuestro Dios. Por ello hemos sido expulsados, nos han arrebatado nuestras queridas pertenencias y, lo más dramático y doloroso, a mi esposa, tu madre. Yahvé nos recompensará por ello y nos permitirá alcanzar la felicidad de nuevo en este lugar tolerante y próspero. Ahora te parece imposible, pero sé que al final el tiempo me dará la razón. Ya lo verás.

Ilana no lo creía. Su mente y su corazón permanecerían siempre en esa tierra soleada; entre esas cuatro paredes donde conoció la verdadera pasión. Y se preguntó si su amado estaría tan destrozado como ella.

CAPÍTULO 15

Miguel se levantó de la cama y, mientras se servía una copa de vino, miró de reojo a la joven. Era una muchacha de aspecto voluptuoso: senos redondos y turgentes, rostro agraciado y una habilidad exquisita para dar placer a los hombres. Una ramera de las mejores. Y con todo, no le había hecho sentir ese estremecimiento que lo elevaba a uno al éxtasis. Solamente Ilana, la dulce Ilana, correspondió a sus exigencias, a pesar de haber dicho lo contrario a su padre. Aún permanecía nítida la imagen de su rostro contraído por el deseo, de su cuerpo sudoroso y ardiente; del inmenso placer que le recorrió al derramarse dentro de ella. Y se preguntó si aquello habría dado su fruto.

Sacudió la cabeza. Aquel recuerdo pertenecía a un pasado que jamás regresaría…, afortunadamente. Desde el instante que entró en la catedral para ser bautizado, su vida dio un cambio espectacular. De ser un apestado, pasó a pertenecer a una familia que en poco tiempo se ganó el respeto y también el temor. Una negativa a un crédito y el futuro podía ser un infierno. Así que los Albalat se convirtieron en los banqueros más poderosos de Toledo. La sociedad pronto olvidó su anterior condición y eran requeridos en todas las reuniones importantes. Incluso habían tenido el honor de ser unos de los prestamistas que contribuyeron a que los monarcas financiasen la expedición a las Indias; tras el éxito obtenido, desde ese día los reyes siempre contaron con ellos para cualquier empresa que requiriese el consejo de unos expertos en economía.

La única mancha en toda esa perfección era su hermano menor. La prosperidad, la ausencia de peligro que les daba el prestigio, no mitigaron sus remordimientos. Incluso le habían llegado rumores de que jamás había renunciado a la fe de Yahvé. Y eso no era bueno. A pesar de su estatus, nadie los salvaría de caer en desgracia si existía la menor duda sobre sus creencias religiosas. Tendría que acabar con ellas de inmediato.

—¿Os marcháis? —le preguntó la prostituta al ver que se vestía.

—Tengo que resolver un asunto urgente.

Le tiró unas monedas, salió y se encaminó hacia el edificio donde habían instalado el nuevo gabinete. Cualquier relación con el negocio del pasado tuvo que ser liquidada y empezar de cero. Ahora no eran prestamistas; pues la ley era sumamente explícita con esos asuntos. Ahora, aun siendo en el fondo el mismo trabajo, los denominaban *banqueros*.

La casa apenas distaba dos calles, por lo que llegó antes de que el sol cruzase el horizonte. No se molestó en llamar. Todos los miembros de la familia poseían llave del gabinete, al igual que de las otras viviendas. Era un recurso muy utilizado en el pasado por la comunidad judía. Nunca se sabía cuándo se podía necesitar un buen escondite.

Entró en el zaguán y vio que en el despacho había luz. Mantendría una seria conversación con ese insensato.

Se detuvo abruptamente al oír el cántico. Su rostro se tornó lívido. ¡Santo Dios! No era un rumor. Su hermano practicaba el judaísmo en secreto.

Apretó los dientes y los puños. Tenía que detener esa locura de inmediato. Dio unos pasos. No. Tenía que serenarse. Pensar. Pensar en cómo arreglar ese desastre sin que afectase a la familia. Porque estaba convencido de que ese idiota no cedería a su petición. Y los arrastraría con él. No podía consentirlo. No permitiría que de un plumazo les arrebatasen lo que con tanto esfuerzo consiguieron. Y si ello significaba apartar la manzana podrida, lo haría sin dudar.

Regresó tras sus pasos y salió a la calle. Ya había anochecido. Los encargados de encender las teas cumplían con su trabajo y los transeúntes rezagados se apresuraban, aferrando con fuerza el cuchillo oculto bajo la capa, a llegar a casa. La noche no era precisamente el momento idóneo para pasear. Desde hacía un tiempo, la emigración masiva desde el campo y la falta de empleo habían fomentado que los ladrones y asesinos camparan a sus anchas amparados en las sombras.

Apretó el paso recorriendo la calle que lo llevaba a un lugar que jamás pensó pisar.

Al llegar ante la puerta dudó unos instantes. El sudor frío le empapaba la espalda. Diego era su hermano y lo que estaba a punto de hacer era monstruoso. Era carne de su carne, surgida del mismo vientre. ¿Qué era? ¿Un Caín? No podía hacerlo. Sobre su conciencia siempre permanecería la sombra del fratricidio. Pero por otro lado, debía pensar en la seguridad de los demás miembros de la familia. La supervivencia exigía un sacrificio, y ese era Diego. No quedaba más remedio que actuar de un modo expeditivo.

Aporreó la puerta con insistencia, al mismo ritmo que su corazón.

Un rostro apergaminado y seco como una pasa le lanzó una mirada de animadversión.

—¿Qué deseáis a estas horas? El cardenal está cenando.

—Dile que Miguel Albalat desea verlo. Es un asunto urgente que no puede esperar.

El criado, conocedor de todos los chismes de la ciudad y de

cada uno de sus protagonistas —que reportaban a su receptor pingües beneficios para sus intereses particulares—, le cedió el paso.

—Aguardad aquí, señor.

Miguel esperó golpeando el pie en el suelo, frotándose las manos, tentado de escapar y olvidarse del motivo de su presencia allí. No obstante, no lo hizo. Su instinto de supervivencia lo mantuvo clavado mirando hacia la puerta, que, por fin, se abrió dando paso al cardenal Cisneros.

—¡Don Miguel! Espero que el asunto sea realmente importante. Habéis interrumpido mi cena —saludó con el ceño fruncido.

Miguel carraspeó. Podría decirse que Cisneros era el hombre más poderoso del reino. Todo el mundo en Toledo conocía su historia. Tras entrar en la orden de los franciscanos con el nombre de Gonzalo, se lo cambió por Francisco, en honor a san Francisco de Asís. Permaneció siete años en el monasterio de La Salceda, viviendo como un monje más, hasta que fue requerido por la reina Isabel para ejercer como su confesor. Con el tiempo empezó a ejercer también como su consejero, lo que le otorgó un inmenso poder.

—¿Y bien? ¿Os decidís a hablar o regreso a la mesa? —le requirió Cisneros con gesto impaciente.

—Preferiría no decíroslo aquí, en la calle. Si me permitierais entrar...

Cisneros se hizo a un lado con gesto de fastidio para dejar que Miguel pasara al zaguán, tras lo cual cerró la puerta.

—Veréis..., se trata de algo delicado. Más bien... diría que... difícil para mí. Estoy a punto de daros una información que preferiría guardar en el fondo de mi corazón, mas no puedo. Que Dios me perdone, pero el deber me obliga a no callar.

El cardenal reprimió un resoplido. No así el tono irritado.

—Dejaos de monsergas filosóficas. Al grano.

—Se trata de mi hermano. Él..., él...

—¡Hablad de una vez, hombre de Dios! —exclamó el prelado.

—Diego es… es… un falso converso. Hoy lo he visto practicar la religión de Moisés. Es un hecho que… aun siendo sangre de mi sangre, no puedo perdonar. Es una deshonra para nuestra familia.

El rostro de Cisneros se tornó de un rojo fuego y, con aire nervioso, comenzó a caminar de un lado a otro del zaguán.

—Ningún cristiano católico puede consentir que un converso haya mentido en la pila bautismal. Debe ser juzgado y condenado inmediatamente. Será un ejemplo para todos. ¡Todos verán lo que la Santa Inquisición hace con los renegados!

—Eminencia, os ruego discreción —le suplicó Miguel.

Cisneros se detuvo bruscamente.

—¿Discreción? Esto requiere un auto de fe en toda regla, señor. Y no podemos acusar a nadie sin un testigo. Es la ley.

—¿Estáis sugiriendo que delate en público a mi propio hermano? —jadeó Miguel.

—Sería una prueba contundente de la inocencia de vuestra familia. ¿No lo creéis así? —replicó el cardenal.

—¿Puedo sugerir un auto particular? Eminencia, tened en cuenta que mi padre es un hombre influyente y que ha demostrado su fidelidad a la Corona. Un juicio público, ante la catedral, lo perjudicaría. Se podría dudar de su honradez y, lo que es peor, esa duda podría prender en los monarcas. Mi padre les es de gran utilidad. No les agradaría prescindir de sus servicios, ¿no os parece? Además, vos sabéis que somos unos cristianos ejemplares.

—A excepción de esa manzana podrida —puntualizó su interlocutor.

—Así es, habéis expuesto la realidad tal como es. No nos metáis en el mismo saco. Solamente Diego es culpable.

—De una falta imperdonable. Merece ser quemado vivo, para que sienta el dolor que permanecerá en su carne en el averno.

El rostro de Miguel se demudó. No había pensado en las consecuencias colaterales.

—No podemos exponernos a la plebe. Si piensan que los poderosos mienten, no habrá respeto para ninguno de ellos. Puede surgir una revuelta.

Muy a su pesar, el cardenal convino con él.

—Sí, claro, claro. De todos modos, el caso es demasiado grave para pasarlo por alto. Vuestra familia es influyente y popular. ¿Qué explicación se puede dar ante la repentina desaparición de vuestro hermano y su esposa? Según tengo entendido, contrajo nupcias hace apenas dos meses.

—Así es. Eminencia, sois hombre influyente y sagaz. Tal vez con la excusa de ir a asesorar a alguien de otra ciudad… A nadie le extrañaría, dada la habilidad que poseemos para los negocios.

Cisneros asintió.

—Sois muy listo, Miguel. Bien pensado. Ahora id a casa y no comentéis con nadie este asunto. Y cuando digo con nadie, me refiero a que ningún miembro de vuestra familia se enterará jamás de esto. Un accidente será lo más apropiado. Hay muchos caminos peligrosos y carretas inestables; callejones donde abundan los ladrones… Alfonso Osorio es mi hombre de confianza. Él se encargará del… *accidente*. Y recordad: nadie más ha de saber nada de esto. ¿He hablado con claridad?

—Sí, eminencia.

—Ahora marchaos. Yo hablaré con la reina. Os aseguro que mañana mismo ese traidor dejará de suponer un problema. Por cierto, no me habéis dicho si estaba solo o con otros…

—Él solo, acompañado por mi cuñada, eminencia.

—Mejor. Eso facilitará nuestros planes. ¡Ah! Y no os molestéis en tener cargo de conciencia. Habéis cumplido con vuestro deber de buen cristiano. Y recordad que el hábito al principio es ligero como una telaraña, pero bien pronto se convierte en un sólido cable. Espero que vuestra firmeza en la nueva fe que habéis adoptado no se torne una carga. Id con Dios.

Miguel abandonó la sede episcopal. Había hecho lo correcto.

Sin embargo, una arcada de hiel le subió a la garganta. Apoyó la mano en la pared y vomitó.

Apenas unos minutos después, los remordimientos fueron aplacados. Lo único que debía pensar era que su acto había sido motivado por una causa justa y necesaria. La seguridad de la familia era lo esencial y su hermano la había puesto en peligro. Sí. El único culpable no era otro que Diego. La familia lo advirtió de lo que podía ocurrir si continuaba con su terquedad. Él solito se había buscado la perdición.

Inspiró con fuerza. Era hora de continuar con su vida de siempre. Como así debía ser; sin que ningún renegado alterase el futuro que se había marcado.

Y lo hizo.

Después de que su hermano apareciese apuñalado en una callejuela de la vieja judería, procuró no pensar más en ello. Aletargó en el fondo más oscuro de su alma el fratricidio y continuó adelante, dispuesto a que nada ni nadie lo apartase de sus planes. Se cuidó de los negocios que dejó su hermano, y logró que floreciesen y reportasen a la familia grandes beneficios. Después, considerando que ya tenía edad suficiente para ello, buscó esposa. Por supuesto, la más adecuada a su posición. Se decantó por Blanca, la hija del marqués de Sotoalto, con la que tuvo tres hijos, dos varones y una niña, y alcanzó al fin el estatus que siempre ambicionó.

CAPÍTULO 16

Los invitados no podían estar más alegres. Y no era para menos. Las fiestas de palacio eran famosas por sus viandas, los cómicos y, en especial, por los excesos. La archiduquesa Juana lo sabía muy bien y por esa razón, a pesar de su estado, no quiso permanecer en sus aposentos. No estaba dispuesta a dejar que su esposo cayera en ninguna tentación. Aunque esa posibilidad, por mucho que se esforzase, era difícil de impedir. Felipe era un hombre voluntarioso, pero no en cuestión de faldas. Y en esa corte libertina y carente de sentido piadoso, en cada esquina había una ramera dispuesta a abrirse de piernas ante el archiduque. No solo por el mero hecho de ser el futuro gobernante de Flandes, sino porque era un hombre muy apuesto. Realmente hermoso.

Unos años atrás, en Castilla, cuando sus padres le anunciaron su compromiso con Felipe, archiduque de Austria, duque de Borgoña, Brabante, Limburgo y Luxemburgo y conde de Flandes, de Habsburgo y unas cuantas ciudades más, nadie pudo imaginar que bajo la sumisión se ocultaba un maremoto de temores. Desde su nacimiento siempre estuvo muy protegida, en especial por la preceptora de su madre, Beatriz Galindo, que recibía el sobrenombre de *la Latina*, la mujer más importante de su infancia. Ella administraba la casa destinada a la infanta y a todo el personal que se ocupaba de ella: sacristán, confesor, cocineros, servicio, soldados de guardia, ballesteros..., todos ellos escogidos por sus padres. Allí fue educada con meticulosidad. Aprendió religión y la lengua romance, entre otras, a cargo del dominico Andrés de Miranda; los otros preceptores la instruyeron en equitación, maneras para desenvolverse en la corte, danza y música, además de buenos modales. Y, de repente, el día anunciado se presentó, sin que los años de preparación para la partida hubiesen arraigado en su corazón. Sabía que era su deber como infanta aceptar el marido o la corte que se le asignara y, aun así, no quería abandonar su hogar y enfrentarse a desconocidos. Pero subió a esa carraca al mando del capitán Juan Pérez, que partió de la playa de Laredo rumbo a su nuevo hogar, junto a diecinueve buques de la armada con más de tres mil hombres, para demostrar el poderío a los enemigos; principalmente, de cara al rey francés.

La travesía no fue tan tranquila como esperaban. Un temporal obligó a la joven prometida a refugiarse en la isla de Portland y, cuando llegaron a Middelburg, la carraca que transportaba los efectos personales de la infanta se hundió.

Su llegada a las nuevas tierras no fue precisamente gloriosa. Su prometido no acudió a recibirla, pues se encontraba en Alemania. A pesar de que su enlace con Juana era inminente, los consejeros reales aún guardaban la esperanza de que su monarca rompiese la alianza con Castilla para unirse a la francesa. Así pues, fue recibida con frialdad en una corte donde la sobriedad estaba sustituida por la desinhibición y la individualidad.

En ese instante Juana supo que o se adaptaba, o su vida no sería un camino de rosas. Por fortuna, el encuentro con su futuro esposo fue más agradable de lo imaginado. Felipe resultó ser un hombre muy parecido a los dioses griegos e inmediatamente cayó rendida a sus pies; y su afecto fue correspondido en la misma medida. Tanto que adelantaron el matrimonio, ante la impaciencia de su consumación. Pronto llegó el primer hijo de la pareja, una niña a la que bautizaron con el nombre de Leonor, en honor a la abuela paterna de su marido. Pero el interés del archiduque pronto decreció y Juana comenzó a comportarse como una mujer celosa, siguiendo sus pasos, vigilando a todas las mujeres de palacio...

Como estaba haciendo en ese preciso instante, a pesar del terrible dolor que la consumía.

—Señora, no deberíais haber acudido a la cena en vuestro estado —le dijo su criada personal.

Juana, sin quitar ojo a su marido, que charlaba con una joven de cabellos de fuego, entre dientes, respondió:

—Soy la archiduquesa y mi obligación es atender a los invitados junto a mi esposo. Yo nunca olvido mis deberes y ninguna circunstancia me apartará de ello. ¿Queda claro, Ingrid?

—Señora, insisto en que hoy es una situación un tanto excusable. Estáis a punto de parir y os veo indispuesta —insistió la mujer.

Juana se levantó sujetándose el abultado vientre.

—Solamente es un dolor de tripa. Un retortijón. Regreso de inmediato.

Al ver cómo su señora se encaminaba hacia los lavabos, varias criadas corrieron tras ella. La gran mayoría de los asistentes cuchichearon comentarios mordaces. Los celos de su señora eran una diversión constante para la corte, menos para su marido. Felipe estaba harto, cansado de que su mujer lo espiase, lo persiguiese como una loba en celo. Y de nada servía calmar sus ardores: al día siguiente, sus recelos se acrecentaban. Debería enviarla a Castilla durante una buena temporada; solamente de esa manera podría gozar de algo de paz. Pero ahora, su gozo se encontraba en la hermosa doncella de cabellos de fuego. Se levantó y, con paso firme, abandonó el salón encaminándose hacia sus aposentos.

Juana entró en la letrina. Los retortijones eran cada vez más dolorosos. Se alzó la falda y se sentó. Apretó con fuerza, comprobando ante la rotura de aguas que no se trataba de ninguna necesidad fisiológica. Sin embargo, se abstuvo de pedir auxilio. Temperamental y obstinada como era, decidió parir al segundo hijo de Felipe en los retretes. Ese desvergonzado infiel siempre recordaría que su vástago fue dado a luz en un lugar inmundo, igual que su moralidad.

—¡Señora! ¿Os encontráis bien? —exclamó una de las criadas ante el primer grito de su señora.

—¡Largaos! ¡Idos… ya!

—Pero, mi señora…

—¡Dejadme en paz!

La música cesó en ese instante, permitiendo que el alboroto desatado en las letrinas atrajera la atención de la mayoría de los invitados; como también el hecho de que el archiduque no fuese testigo de ello por encontrarse muy ocupado con la joven de cabellos de fuego. Aunque su diversión pronto fue atajada por Ingrid, que entró precipitadamente en la habitación.

—¡Señor! Vuestra… esposa está indispuesta. Muy indispuesta —jadeó bajando la mirada ante la desnudez de los dos amantes.

El archiduque ladeó su rostro empapado en sudor y, sin apartarse ni un milímetro de las ingles de la joven, le lanzó una mirada encendida a la criada y bramó:

—¡Y yo muy ocupado, vieja estúpida! ¿Acaso no es evidente? ¡Largo y déjame fornicar a gusto! ¡Por los clavos de Cristo!

—Señor, creo que es grave —insistió la sirvienta.

—Soy gobernante, no médico, mujer. Busca al galeno y déjame en paz —gruñó. Alzó la mano y despidió a la inoportuna. La pelirroja, sin el menor pudor, miró a la anciana con una sonrisa triunfal en los labios, al tiempo que instaba al archiduque a continuar con lo que estaban haciendo; lo cual él hizo sin el menor sentido de la vergüenza, empujando con ahínco y resoplando como un cerdo.

—Zorra —masculló la anciana saliendo del cuarto. Corrió hacia el piso de arriba y buscó al doctor.

—Julius. La señora Juana os necesita. Temo que algo ande mal —resolló.

—¿Se trata del bebé? —inquirió el médico con aire preocupado.

—No lo sé. Fue a los baños y escuchamos cómo gritaba.

El hombre tomó la caja de medicinas y la siguió a los lavabos, donde su señora continuaba profiriendo gritos angustiosos. Conociendo a la archiduquesa, decidió que cualquier tipo de prudencia era innecesaria ante la gravedad de la situación y levantó la cortina. Sus ojos surcados por infinidad de arrugas se abrieron como platos al ver cómo Juana, en cuclillas, sostenía a un bebé ensangrentado en sus brazos.

—¡Jesús! —exclamó patidifuso.

—Es… un varón. Un heredero. ¿Dónde está mi esposo? ¡Traedlo ahora mismo! ¡Debe conocer a su hijo! —jadeó la parturienta.

Ingrid partió rauda y regresó a los aposentos de su amo. No era momento para formalidades, así que no se molestó en llamar y abrió la puerta directamente. Felipe seguía en plena faena. Un rictus de asco le surcó el rostro, que ya iba camino de la vejez. No comprendía cómo podía rechazar a una esposa de rostro agradable, inteligente y tan capacitada como el mejor de los hombres.

—Señor, vuestra esposa acaba de parir un varón. Todos os reclaman para que reconozcáis a vuestro heredero. Tenéis que bajar —le comunicó con tono que no admitía negación alguna.

El archiduque bamboleó la mano en un gesto de despedida.

—Pero, señor…

Él se puso en cuclillas y le mostró la verga.

—¡Maldita mosca cojonera! ¿Quieres que baje así? Deja que me alivie y voy.

La anciana se mordió la lengua para no responder como se merecía. Era su señor y le debía obediencia, pero nunca se ganaría su respeto. Ya de niño era arrogante y egoísta, y en cuanto alcanzó la adolescencia, se convirtió en un irresponsable al que tan solo le gustaba disfrutar, especialmente entre las piernas de una mujer, y no precisamente de la suya.

—Aguardaré a que terminéis. Vuestra esposa sospecharía si me ve llegar sola y no es momento para darle disgustos —replicó con tono helado.

Él, con una sonrisa malévola, volvió a sumergirse en el cuerpo de su amante y empujó con ritmo frenético, mirando descaradamente a la sirvienta.

Ella permaneció firme, impertérrita. Ninguna expresión asomó a su rostro apergaminado cuando él, tras derramarse, profirió un gemido ronco.

Felipe saltó de la cama. Precipitadamente, se vistió. Secó el sudor de su enrojecido rostro, se ató el cabello con una cinta y, tras ponerse los zapatos, con aire digno y una sonrisa amplia abandonó el cuarto. Ingrid se volvió hacia la mujer que yacía en la cama.

—No os sintáis tan poderosa, querida. Felipe se cansa pronto de sus cortesanas. Además, la infanta Juana no es nada benevolente con las putas de su marido. Os aconsejo que os marchéis antes de que se entere de esto.

—¿Y tú vas a ser la chismosa que se lo cuente? Pues tú debes andarte con más tiento que yo. El archiduque me adora y no consentirá que nadie me aparte de su lado. Ni siquiera su sagrada esposa.

La anciana esbozó una sonrisa triunfal.

—La última decía algo muy parecido y terminó con una gran marca en la mejilla. Ahora hace lo mismo que en esta cama, pero en las tabernas. Como veis, mi señora Juana no se anda con chiquitas. Yo de vos me aseguraría un buen futuro cuanto antes. Seguid el consejo de una vieja que ya lo ha visto todo —le replicó con aire altivo. Y diciendo esto, dio media vuelta y regresó al salón.

Lo que sus ojos cansados vieron fue un espectáculo digno de escribirse en las crónicas. Juana, de pie, como si la parturienta hubiese sido otra, se encontraba junto a su esposo, que con el pecho henchido sostenía en alto a su hijo, a su primogénito.

—Llevará el nombre de Carlos, en honor de mi abuelo, Carlos el Temerario, último duque de Borgoña. Mi heredero. Inclinaos ante él —anunció Felipe.

Los nobles, los comerciantes y los criados, todos aquellos que se encontraban presentes, así lo hicieron.

CAPÍTULO 17

Nunca había sentido tanto dolor. Era como si los espasmos, cada vez más seguidos, quisiesen partirla en dos. Y aunque todos le decían que cuando concluyera el parto quedarían en el olvido, no le era posible creerlo. Estaba segura de que no lo superaría y maldijo a todos aquellos que la habían empujado a esta situación. Incluida ella misma.

Desde su llegada a Brujas, nada salió bien. El trabajo que con tanta facilidad debía conseguir su padre se convirtió en un suplicio. Por supuesto que en Brujas necesitaban buenos joyeros. Pero la manera de proceder del ser humano, tanto en Toledo como en Flandes, era igual de mezquina. Ninguno quería desaprovechar la ocasión de beneficiarse del pobre judío que no podía disimular su desesperación, y le ofrecían salarios irrisorios. Por fortuna, poseían suficiente dinero para aguardar a que las cosas mejoraran. Pero la mala suerte, de nuevo, se cebó con ellos. Un terrible incendio asoló la pensión y las llamas, junto a su alojamiento y la vida del posadero, se llevaron todo cuanto poseían. Sumidos en la miseria, en la calle y sin esperanza, el destino pareció apiadarse de ellos y dieron con un relojero judío. Al principio creyeron que era honrado, pero nada más lejos de la realidad. El hombre hacía trabajar a su padre horas y más horas a cambio de un sueldo miserable, por lo que Ilana no tuvo más remedio que buscar un empleo. Tras varios días infructuosos, fue contratada gracias a la habilidad que siempre demostró con el hilado. Y, paradójicamente, su sueldo doblaba el de su padre. Gracias a ello, pudieron permitirse abandonar la mísera habitación que compartían y alquilar un pequeño piso. La suerte, al fin, volvía a estar de su lado. Sin embargo, nunca pudo imaginar que esta se tornaría un negro futuro a causa de Johannes Panhel.

Johannes entró una tarde de otoño en la tienda de la señora Von Hanfen, la mejor hilandera de la ciudad. Necesitaba unos puños para la celebración de la Pascua de la próxima primavera. Sus ojos, de un verde apagado, se fijaron en la joven hilandera que preparaba la lana. Sus dedos largos y delicados operaban con pericia, como si no hubiese hecho nada más en la vida. Pero lo más asombroso, lo que verdaderamente le fascinaba de ella, era su singular belleza. Su corazón, adormecido durante los diez años de viudedad, comenzó a latir de nuevo y se dijo que ya era hora de abandonar la soledad. Pero su propósito era una quimera. Aquella jovencita jamás aceptaría la proposición de un hombre que se disponía a entrar en la vejez. Ese obstáculo fue pulverizado gracias al destino. La llegada oportuna del padre de la muchacha obró el milagro. Su charla le puso al corriente de las apuradas condiciones en las que se encontraba y de que, al igual que él, era orfebre. Rápidamente, le ofreció un empleo digno que, naturalmente, Efraím aceptó de buen grado. Esta propuesta generosa contenía, sin embargo, una cláusula: ella.

Ilana se negó, una y otra vez, a aceptar esa unión. Y su padre, con la misma insistencia, le rogaba que no tirara por la borda un futuro prometedor para ambos, recordándole que no tenían nada y que, si no aceptaba, se verían de nuevo obligados a pasar necesidad; pues no debía olvidar que no era pura y que jamás encontraría un esposo adecuado. Así que, finalmente, el sentido de supervivencia ganó una vez más. Su padre ocupó el puesto de ayudante y ella, el de esposa de un hombre de piel lechosa, ojos verdes que ya carecían de brillo, panza abultada y treinta años mayor.

Sí. Su sacrificio los había rescatado, sin duda, de una vida errante, llena de pobreza y desprecios, pero la cuerda de la salvación no llegó a ella. Continuó hundida en el pozo en el que cayó al salir de Toledo. Y ahora, ocho años después, se encontraba a punto de dar a luz al fruto de ese desgraciado matrimonio, pues nunca fue dichosa. Nunca amó a ese hombre insulso, rudo y parco en palabras. Era imposible. No después de conocer el verdadero amor, la verdadera pasión. Odiaba a Johannes, su ciudad, su idioma. Los días, los años, eran un suplicio junto a él, compartiendo su misma cama, soportando que sus manos la hurgaran, su mal aliento.

Pero una mañana, ese ser insoportable no despertó. Si alguien hubiese podido escuchar sus pensamientos, la habría catalogado como una mujer malvada y sin sentimientos. No podía reprimir la sensación de alegría, de alivio por ser al fin una mujer libre. No rica, pero sí libre y con un futuro desahogado en el que las carencias más esenciales no existirían, pues el viejo no tenía familiares y ella era la única heredera. Ahora le pertenecían todas sus posesiones, y se juró que nunca más se sometería a nadie.

Fue un espejismo. Antes de marcharse, el viejo Johannes le había dejado un regalo que la obligaría a recordarlo hasta el fin de sus días. ¡Maldito hijo de perra! Ojalá se estuviese pudriendo en el infierno, como decían los cristianos, por hacerla pasar por ese suplicio.

—¡Dios! ¡Que alguien me quite este dolor! —gritó ante la terrible contracción.

—Aguanta, mujer. Unas cuantas más y todo habrá terminado —le dijo la comadrona secándole la frente. Tiró el trapo en el cubo y palpó el vientre abultado. La criatura estaba ya situada, pero Ilana no dilataba. Eso presentaba un gran problema; mejor dicho, una tragedia. O se salvaba a la madre o a la criatura. Solamente Dios lo sabía.

La parturienta lanzó un aullido desesperado.

—¡Empuja, muchacha, empuja!

Ilana apenas podía respirar. Aun así, intentó apretar con todas sus fuerzas, pero la maldita criatura se negaba a salir. Y todo por su culpa. Nunca la deseó. Jamás quiso concebir un hijo de ese marido impuesto y rezó para que Yahvé se lo arrancara de las entrañas, para que jamás viese la luz. Una vez más, su deseo no le fue concedido y ahora pagaba las consecuencias de su maldad, pues era consciente de que no sobreviviría. Su hijo no podía salir a este mundo a causa de su estrechez. Pero ahora quería, al menos, que su pecado no fuese tan monstruoso y, entre sollozos, le suplicó a la mujer:

—Sálvalo. Por el amor… de Dios. Que viva… él. Haz lo que… sea.

La matrona asintió. Seguía sin dilatar y el pequeño podía morir asfixiado. Era la única solución. Cogió el cuchillo. Ilana lo miró aterrada.

—Si crees en Dios, reza. Puede que se apiade de ti y sobreviváis los dos —mintió.

Ilana aferró las manos al borde de la cama y, llorando con desgarro, musitó una oración. Un grito inhumano surgió de su garganta cuando el filo rasgó su vientre. La comadrona se mantuvo firme y siguió con la operación. El dolor de Ilana era tan insoportable que deseaba morir en ese mismo instante. Pero Dios no se lo permitió. No hasta que la criatura abandonó la cárcel donde había permanecido durante nueve meses y rompió a llorar.

—Es una niña —le comunicó la comadrona.

Ilana la miró durante unos segundos. Ni siquiera en ese momento sintió amor por ella. La capacidad de sentir algo por alguien se había desvanecido cuando su padre la arrancó de los brazos del hombre que amaba, cuando ese soldado se llevó a su madre, cuando la vida, con la mayor crueldad, la arrastró a un matrimonio desdichado. Ladeó la cabeza. La vitalidad fue alejándose lentamente de ella hasta que ese día, 24 de febrero del año 1500, se sumió en un sueño profundo del que jamás despertó.

La comadrona, acostumbrada a tales desenlaces, no pudo evitar que su corazón se encogiese. Cubrió el rostro de Ilana con la sábana y, dando un hondo suspiro, continuó limpiando a la pequeña. Una vez lista, abrió la puerta. Al ver al bebé, Efraím dibujó una enorme sonrisa. ¡Era su nieto! ¡Dios lo había bendecido con un nieto!

—Ha sido niña. Lamentablemente, Ilana… no lo ha superado.

El semblante de Efraím se tornó lívido. ¿Ilana muerta? No era posible. No. Esa mujer se equivocaba. Seguramente habría sufrido un desvanecimiento debido al enorme esfuerzo. La apartó a un lado y entró en el cuarto. Se acercó a la cama y descubrió a su hija. Su hermoso rostro estaba pálido. Le acarició la mejilla con ternura. Estaba fría.

—Hija, despierta. ¿No quieres ver a tu pequeña? —susurró con los ojos empañados.

Ilana permaneció quieta, sumida en una serenidad de la que no había gozado desde hacía años. ¿Tan insensible había sido que no se dio cuenta de que nunca fue feliz? Sí. Solamente atendió a sus propias necesidades y ahora su querida niña, su pequeña, había muerto, y se sentía culpable. Todas las desgracias habían sido causadas por su inquebrantable fe, por su intransigencia. ¿Y cómo lo había recompensado Dios? Como al peor de los pecadores, arrebatándole lo que más amaba, su tierra, a su esposa y ahora, a su pequeña. ¿De qué servía ser honrado y piadoso? Ivri fue más listo que él. Seguramente ahora estaría descansando en el salón de su enorme casa junto a su esposa, rodeado por sus hijos, por sus nietos; sin tener la menor preocupación. Pasearían por esas calles añoradas, donde el gris sería devorado por el sol luminoso. Ahora él se encontraba sumido en la penumbra, en una soledad espantosa. ¿Cómo podría seguir viviendo? ¿Para qué? ¿Para quién?

—Efraím. Ha muerto —le insistió la comadrona.

—Lo sé —dijo él sin apenas voz.

—¿No queréis ver a vuestra nieta? A pesar de lo complicado del parto, ha nacido en perfectas condiciones. Es una niña sana y muy hermosa. Parece una muñeca de porcelana.

Él miró a la mujer que sostenía a la niña. Sus ojos gastados quedaron suspendidos en el pequeño bulto que se retorcía emitiendo gemidos de protesta. De repente, el silencio de la desolación fue roto por su llanto. Era una voz cargada de vida, que anunciaba que llegaba con fuerza a este mundo y que reclamaba atención.

La comadrona le puso a la pequeña en los brazos. En ese instante, la niña dejó de llorar. Él apartó la tela que ocultaba su carita. Era una criatura preciosa. Había heredado la tez blanca, los cabellos y los ojos claros de su padre. Pero también la belleza de su madre. Era una criatura exquisita y delicada, que necesitaba protección, y allí estaba él, su abuelo.

Se juró que no volvería a cometer los mismos errores. Ocurriera lo que ocurriese, la protegería.

CAPÍTULO 18

El taller que heredó a la muerte de su hija estaba situado en la calle Malle, muy cerca de la plaza del Ayuntamiento. La numerosa clientela que su yerno poseía pasó a sus manos, y estaba situado en el lugar idóneo para la adquisición de nuevos clientes; sobre todo, de aquellos que acudían a la ciudad para gestionar documentos. Las horas de espera los obligaban a hacer un recorrido por los alrededores y topaban con la relojería, que además, había convertido en joyería. Unos solamente observaban y otros decidían adquirir un regalo para la esposa o para ellos mismos. Y él siempre estaba dispuesto a complacer cualquier petición. Por ello su clientela fue en aumento, y los ingresos también. Muy lejos quedaban aquellos días en que vagaban por la ciudad tras perder el techo y los ahorros, cuando la esperanza concebida a su llegada a Flandes se tornó un infierno. Ahora el futuro estaba asegurado con un arca repleta de monedas de oro.

Sí. Ahora el porvenir estaba lleno de luz, y esa luminosidad se debía principalmente a la pequeña Katrina. Desde el mismo instante que la acunó en sus brazos supo que las desgracias habían terminado, pues ese ángel sería la cura a tanto dolor.

Y no erró. Con el paso de los años se confirmó que su nieta

llenaba de alegría a todos aquellos que la rodeaban. Y todo se debía a su natural encanto y, sin temor a equivocarse, a los cuidados de su amable vecina, la señora Nienke van Vogel. La joven viuda, ante el terrible desenlace del parto, se prestó a hacerse cargo del cuidado de la recién nacida. Al principio, Efraím fue reacio a dejar a su nieta en manos de una cristiana. Pero era una buena mujer, y el hecho de que justo en el mismo mes que nació Katrina perdiera a su esposo al naufragar su barca de pesca y a su pequeño de tres años de una pulmonía, la convertían en la mejor candidata para brindarle a la pequeña todo el amor que llevaba dentro. Así que, después de mucho pensarlo, aceptó, con la condición de que jamás intentara apartarla de la religión a la que pertenecía.

Ella cumplió su palabra. La niña creció bajo la ley de Moisés, pero familiarizada con la sociedad no judía de Brujas. Katrina poseía lo mejor de los dos mundos gracias a la tolerancia de esa gran ciudad. Por supuesto que en el corazón de Efraím aún persistía la añoranza por Sefarad. Nadie puede olvidar la tierra en la que vio la luz y de la que tuvo que partir forzosamente. Pero Flandes finalmente le otorgó la paz que había ido a buscar y una nieta; por eso, también amaba su nueva tierra. Hubo un tiempo en que los temores del pasado retornaron con fuerza, cuando el archiduque anunció que su futura esposa sería Juana, hija de los Reyes Católicos. Afortunadamente, Felipe no tenía nada en contra de los ciudadanos judíos y no ejecutó ninguna orden para expulsarlos.

Katrina, acompañada por Nienke, entró en la cocina.

—Abuelo. ¡Mira lo que he hecho! Es para que dejes el vaso en la mesita. Así no mojará la madera. ¿Te gusta?

Efraím cogió el pequeño tapete que había hilado y lo estudió con atención. Era un trabajo muy bueno. No perfecto, pero para una niña de seis años resultaba asombroso ver cómo sus dedos se movían con celeridad entrelazando los canutos enhebrados con el lino. Sin el menor atisbo de duda, Katrina había adquirido su habilidad para trabajar con las manos objetos preciosos, y también la de su desgraciada madre. En poco tiempo se convertiría en una hilandera magistral. Y todo gracias a Nienke. La viuda poseía una tienda de encajes y su nieta había crecido entre hilos, adquiriendo un gran interés por aprender el oficio. Y él, tras los errores cometidos en el pasado, no se opuso a los deseos de la criatura. Lo único que deseaba era que fuese feliz, que viviese una vida apartada de las penalidades que toda su familia había padecido.

—Gracias. Es precioso —dijo revolviéndole los rizos dorados.

—Vuestra nieta es todo un prodigio. Hace el mejor hilo con la rueca, y ahora encajes. Nunca vi que una criatura a sus años hilara con tanta pericia. He pensado que ya es hora de convertirla en una profesional. Si no os importa, me gustaría que comenzara el aprendizaje con más seriedad. ¿Os parece bien que le dedique un par de horas tras la escuela? —dijo Nienke.

—¿Te gustaría, preciosa?

—¡Claro, abuelo! Hilar es lo mejor del mundo.

—En ese caso, así se hará.

Ella, contenta, dio media vuelta y sonrió a Nienke con aire triunfal. Se dirigió a la alacena, cogió tres platos y los colocó sobre la mesa.

—Hoy comienza nuestra fiesta de *Hanuká*.

—¿Qué fiesta es esa? —preguntó Nienke.

—Es la fiesta de las lucernarias. Dura ocho días, en los que conmemoramos la purificación del Templo de Jerusalén. En el año 165 antes de la llegada de Cristo, los hermanos Macabeos se levantaron contra Antíoco Epífanes, el griego. Había prohibido el culto a Yahvé en el templo y había colocado estatuas de Júpiter y otros ídolos paganos. Cuando fueron a encender el sanctasanctórum, comprobaron que solamente quedaba aceite para un día, pero, milagrosamente, la lámpara permaneció encendida durante ocho días, justo los que duró la rebelión. Por ello, ahora encendemos el *kanukiyá*,[15] que tiene un receptáculo de aceite para cada día. ¿Queréis celebrarlo con nosotros, señora Van Vogel?

Su aya asintió. Se acomodó a la mesa y sirvió un vaso de vino a Efraím, mientras este prendía el aceite.

—Como os decía, Katrina es muy habilidosa, y espero que llegue a ser una hilandera prestigiosa. ¿No os molestará que me interese tanto en ello, verdad? Tal vez tengáis otros planes para la chiquilla…

—Los únicos planes que tengo para ella es que sea una mujer completamente feliz.

—Gran ambición. La felicidad completa es una quimera.

—La esperanza es el cordel que sostiene nuestra complicada existencia. Puede que Katrina lo consiga.

—¿Por qué no? Oh, por cierto, ¿os habéis enterado de la gran desgracia? El archiduque Felipe ha fallecido.

Efraím levantó las cejas, impactado por la noticia.

—¿Cuándo? ¿Cómo?

—En la casa burgalesa del Cordón, el pasado mes de septiembre. Dicen que, tras jugar a la pelota, bebió un vaso de agua demasiado fría y contrajo fiebres. En apenas unos días murió. Fue fulminante. Aunque —bajó la voz y con tono misterioso añadió—: muchos dicen que su suegro lo envenenó.

—¿Por qué razón? ¡Es absurdo! Son lenguas que escupen alfileres.

—No olvidéis que Fernando fue un gran rey y que ser sustituido por su hija y nuestro señor nunca fue de su agrado. Imagino que debe de sentirse humillado por no seguir gobernando.

—Lo de gran rey… es cuestionable —rezongó Efraím.

Nienke apretó los labios carnosos y sus ojos azules como el mar se empequeñecieron.

---

15. Lámpara con ocho receptáculos.

—Entiendo vuestro parecer. Cometió un grave error expulsando a vuestro pueblo, y una injusticia. Sois gente pacífica, trabajadora y honrada. Los fanatismos religiosos nunca son buenos. Se han destruido miles de vidas a causa de ello. Evidentemente, soy cristiana, pero también tolerante. Considero que cada cual debe creer en lo que quiera y uno no debe entrometerse. Al fin y al cabo, ¿podríais decirme quiénes tienen la razón? Yo nunca he visto a Dios, ni vos tampoco. Es un misterio que solamente la muerte nos podrá resolver. ¿Y os imagináis cuántas sorpresas pueden acontecer? Claro que espero que la resolución me llegue muy tarde. No tengo prisa por resolver el enigma.

—Puede que tengáis razón.

—La tengo, amigo mío.

—Aunque, si me permitís, estoy convencido de que Yahvé es el creador.

—Mi abuelo es un hombre muy sabio y si él lo dice... —intervino Katrina dejando la cazuela en el centro de la mesa.

Nienke sirvió el potaje y, antes de cenar, cada uno dijo sus oraciones.

—Hummm..., ¿qué es esta comida? Huele realmente delicioso.

—Es adafina. Carne de pecho de cordero, garbanzos, unas patatas, huevos laminados, cebolla entera con piel, aceite de oliva, pimienta y *macís*.[16] Todo ello guisado a fuego lento. Probad.

—¡Hum! Exquisita. Tenéis una criada con buena mano para la cocina.

—Se cocina en la olla y los honores los recibe el plato... Es un dicho judío.

—Del todo acertado. Os diré uno nuestro: «Cuando el río suena, agua lleva». Lo digo por lo que he comentado antes sobre Fe-

---

16. Cáscara de nuez moscada.

lipe. No pondría la mano en el fuego, pero… esos nobles siempre han utilizado métodos expeditivos para alcanzar sus ambiciones.

—De todos modos, el rey Fernando seguirá en la sombra. Isabel nombró a su hija heredera al trono, y se sentará en él en solitario —apuntó Efraím.

Ella mojó en la salsa un trozo de pan y prosiguió:

—Dicen que la reina está muy afectada. Ya sabéis que amaba con locura a su esposo. Aseguran que incluso ha perdido la razón. En esas circunstancias, es probable que Fernando tome las riendas. En Flandes, por ejemplo, Maximiliano es ahora el regente, hasta que Carlos cumpla la edad preceptiva.

—¿Por qué no puede ser rey el príncipe? —preguntó Katrina.

—Sencillamente porque para ello primero debe aprender el oficio. Lo mismo que tú, cariño —contestó su abuelo.

—¡Ah! Entiendo. Cuando seamos mayores, yo seré hilandera y él, rey. ¿No es así?

—Así será —aseguró Nienke.

CAPÍTULO 19

El 26 de septiembre de 1506 se celebraba en Gante la misa por el difunto Felipe el Hermoso. Su joven hijo de seis años, vestido de riguroso luto y montado a lomos de un corcel negro, se encaminaba con semblante circunspecto hacia el templo, custodiado por los señores del Toisón de Oro, seguidos por todos los miembros que configuraban la nobleza de Flandes.

Al llegar a la entrada del templo, desmontó, subió la escalinata y entró en la catedral. Se arrodilló ante el altar y el obispo de Arrás inició la misa de difuntos.

Una vez terminada, el heraldo del Toisón de Oro exclamó:

—¡El rey ha muerto!

Cuatro miembros más lanzaron el mismo lamento, postrándose de rodillas. Seguidamente, la máxima autoridad de la Orden miró al joven príncipe.

—Carlos de Austria.

—Presente —respondió en un susurro apenas perceptible el chiquillo.

—Nuestro rey vive. ¡Viva el rey! —exclamó el heraldo; al tiempo que le entregaba una espada, resguardada por una funda de oro, y lo liberaba a continuación de la capa de luto.

Carlos, con gesto indeciso, armó caballeros a sus pajes. Era el instante en que iniciaba el camino hacia su futuro reinado.

No todos eran partidarios de ello. Muchos lo consideraban débil, taciturno y con poco espíritu. Ni siquiera sus abuelos le mostraron jamás afecto alguno. Maximiliano, porque lo veía demasiado castellano y Fernando, por creer que jamás se comportaría como uno de ellos.

Ante esas circunstancias, su tutora, la princesa Margarita, optó por alejarse de la corte e instalarse en un palacio en Malinas. Procuró que Carlos tuviese los mejores instructores. Confió para ello en el decano de Utrecht, Adriaan Florensz. Su equipo estaba formado por Adriano Wiele, Roberto de Gante, Juan de Anchiata, Charles de Poupet, responsable de adiestrarlo físicamente, y por último, Luis Cabeza de Vaca, quien se encargaría de fortalecer el espíritu del muchacho.

El joven príncipe no era amante de los estudios. Ese día, miraba con cara de hastío cómo su preceptor efectuaba la operación matemática. Nunca le entusiasmaron las cuentas. Ni el latín. Ni la gramática. Sus grandes aficiones eran la caza, la equitación y los torneos. Tampoco le desagradaba la música; de hecho, puso empeño en aprender a tocar la espineta.

—Joven señor, poned más atención. Esto es importante.

—También dice tía Margarita que la llegada de los embajadores lo es. Y debo estar presente, maestro. Dice que tengo que asimilar las actitudes.

El maestro se alisó la barbilla con aire circunspecto.

—Sé que aún sois muy niño. Sin embargo, no dudo de que comprendáis las circunstancias excepcionales en las que os encontráis. Vuestro padre ha fallecido y la reina, vuestra madre, no está, digamos…, bien de salud. Sigue internada en un monasterio en la campiña para que pueda recuperarse. Lo cual, perdonad la crudeza con la que hablaré, dudamos de que acontezca. Tememos que su locura no sea pasajera. Eso significa que el futuro recae sobre vos, y que debéis esforzaros por aprender el oficio de gobernante. Dentro de unos años seréis el rey de Castilla, de Flandes, del Nuevo Mundo.

—¿Es cierto que mi padre fue asesinado? Dicen que fue mi abuelo, que él quiere ser el rey. ¿Me matará a mí también?

La pregunta no esperada dejó paralizado al maestro. ¿Cómo diantre había llegado ese rumor a oídos de tan delicada criatura? Debería poner pie corto a todos. No podía permitir que truncaran la paz de su alteza.

—¿De dónde demonios habéis sacado tamaña infamia? ¡Por supuesto que no! El rey Fernando es un hombre de bien, justo y que ama a su familia. ¡Jamás os lastimaría! Si estoy aquí es por él. Quería lo mejor para vuestra educación, para que así, dentro de unos años, gobernéis con justicia y sabiduría. ¿Os ha quedado claro? Ahora olvidad esas estupideces y sigamos con las clases.

—Sí, maestro —aceptó el chiquillo no demasiado convencido. Había escuchado muchas historias de reyes que habían sido envenenados por sus padres, hermanos o esposas. Al parecer, el ansia de poder de los mayores era tan fuerte que no les importaba cometer cualquier atrocidad.

—Es vital que aprendáis mejor el castellano, el latín y en especial, el flamenco, el idioma de vuestro pueblo. Así que ¿qué significa *Hoe gaat het met je*?

Carlos arrugó la frente y se mordió su prominente labio inferior, heredado de los Habsburgo.

—¿Cómo sois? No. ¿Cómo estáis?

—¡Perfecto! Vuestro nuevo preceptor estará complacido con vos.

—No quiero un nuevo maestro. Vos, a pesar de todo, me gustáis. Ese tal Adriano no sé cómo será… Y, como suele decirse, mejor conocido que nuevo por conocer —se quejó el chiquillo.

El docente no pudo evitar una carcajada.

—Me halagáis al decir eso, señor. Pero, como ya os he explicado, mi salud me reclama descanso. Ahora, sigamos. ¿Podéis repetir la respuesta?

Carlos le complació.

—Me siento orgulloso.

El príncipe no mostró alegría alguna por su respuesta correcta. Lo único que deseaba era poder salir de aquella habitación que le parecía una cárcel. Como siempre, su hada madrina, Barbe Servel, vino a rescatarlo. Pero no precisamente para alejarlo de las enojosas obligaciones.

—Es la hora, mi joven príncipe.

El chiquillo se levantó raudo y le ofreció la mano a su aya. Ante las constantes ausencias de su madre, esa joven de cabellos dorados y ojos como el mar había sido la persona que lo había cuidado, y la amaba más que a la reina. Ella lo acunó, le cantó bellas canciones y lo atendió en las noches de pesadillas, o cuando la fiebre lo sumía en un duermevela inquieto. Siempre estaba a su lado y lo apoyaba en cualquier circunstancia; incluso en sus travesuras más inexcusables. Tenía un don para seducir a las personas más severas, como a la señora de Ravestetin, Ana de Borgoña, su tutora en los momentos de soledad en la corte. Era un ser encantador con todo el mundo, menos con él. Al parecer, tenía la convicción de que debía ser estricta, pues estaba protegiendo al futuro rey. En verdad, todos lo eran hacia su persona. Solamente Barbe seguía tratándolo como a un niño.

—¿Durará mucho? Esas cosas me aburren.

—Lo sé. Pero es necesario que acudáis.

—¿Porque seré rey?

—Exacto.

—¿Y si no quiero? ¿Podré elegir otro oficio? Me gustaría ser caballero de torneos… ¡O músico! Es divertido ver cómo baila la gente, ¿verdad? Los políticos son muy serios, y yo no quiero ser serio.

El aya se echó a reír. Su carcajada melodiosa llenó el corredor medio en penumbras.

—Lamentablemente, no podéis elegir. Es vuestro destino ser rey. Y estoy convencida de que seréis el mejor monarca que habrá existido. Además, como rey, si queréis, no tenéis por qué ser un hombre serio. Mandaréis sobre todos.

Carlos dejó de caminar y la miró con semblante más relajado.

—¿Ah, sí? Pues entonces, ordenaré que todos los tutores se vayan bien lejos. No pienso aprender más latín ni nada de nada. Me dedicaré a cabalgar, cazar y comer.

Ella le revolvió el cabello del color de las castañas.

—Cuando ocupéis el trono, no serán necesarios; pues ya os habrán enseñado todo lo que debe saber un gran mandatario. Id ahora.

Abrió la puerta y el pequeño Carlos entró en el salón de los embajadores. Su tía Margarita, sentada en la silla principal, rodeada por los consejeros y algunos nobles, le indicó con la mano que se acercara. Él caminó hasta ella y ocupó el lugar que le correspondía. Dio un hondo suspiro y aguardó a los invitados.

—Sé que es pesado para un niño. Y, no creáis, para mí también. Desde que asumí el mando se acabaron los esparcimientos. Tuve que anteponer el deber a la diversión y sobreponerme a las penas. Es la obligación por nuestro linaje. Vos deberéis hacer lo mismo —le dijo su tía evocando los acontecimientos de su vida.

Aún le parecía ayer cuando, en febrero de 1497, contando diecisiete años, embarcó en Flesinga rumbo a Castilla, pues se había casado por poderes con el príncipe Juan. El viaje fue dificultoso, pero jamás mostró temor. Todo lo contrario, se sirvió del sentido del humor que vio la luz el mismo día que su diminuto cuerpo. Cuando estalló la tempestad y temió por su vida, esa jocosidad la llevó a decir: «Aquí yace Margarita, noble dama dos veces casada, muerta doncella». Y eso era posible porque su primer marido, Carlos de Francia, la repudió antes de poder probar el lecho nupcial.

Por fortuna, su suerte con Juan fue muy distinta. En cuanto el joven Juan la recibió en Santander, apreció que su futura esposa no era una beldad; aunque no podía decirse que el príncipe de diecinueve años fuese atractivo, como tampoco agradable en lo demás a simple vista. Tartamudeaba y era de constitución endeble. A pesar de estos pocos atractivos por parte de la pareja, ambos supieron ver las cualidades de carácter que poseían y en apenas unos días, cayeron rendidos a los placeres del amor. Partieron hacia Burgos y en abril de 1497 contrajeron sagrado matrimonio. El príncipe demostró sus ardores con empeño, lo cual alertó a los doctores del hijo de los Reyes Católicos, quienes le aconsejaron que se contuviese o, si no, su salud se vería seriamente afectada. La reina Isabel argumentó que lo que Dios había unido no debía separarlo el hombre. Tanta actividad conyugal propició que Margarita se quedase embarazada, cosa que aumentó aún más la popularidad de la joven princesa.

Pero el destino no estaba dispuesto a consentir tanta felicidad, y el 4 de octubre de ese mismo año, su esposo falleció. Los galenos dictaminaron que el príncipe murió de exceso de amor. Y no fue esa la única pérdida que la sumiría en el dolor. A los pocos días, el fruto de su vientre se truncaba. Rota por la tragedia, regresó a Flandes. La posición que ocupaba la obligó a contraer nuevas nupcias con el duque de Saboya, Filiberto. La obligación se tornó dicha al enamorarse perdidamente de su nuevo esposo. Pero en 1504, este falleció en un accidente de caza, lo que la hundió en un pozo negro cargado de dolor. Viuda a los veinticuatro años, renunció para siempre a casarse. Se cortó sus rubios cabellos, se internó en Bourg-en-Bresse y dedicó su tiempo a la construcción del monasterio de Brou, para que en él reposase el cuerpo de su amado Filiberto y el suyo cuando muriese. Los años transcurrieron en ese quehacer y en escribir poemas.

Esa serenidad se esfumó cuando Maximiliano la eligió para regir los Países Bajos y educar a sus nietos, los hijos de Felipe y Juana: Leonor, Isabel, María y Carlos. Se instaló en Malinas, pero consideraba que el palacio era demasiado viejo y húmedo, por lo que ordenó la nueva construcción de otra residencia. Allí se ocupó con cariño de sus sobrinos y del gobierno, rodeándose de gente cultivada, estrategas y artistas.

Ya en el nuevo palacio, el buen gusto decoró cada uno de sus rincones. Tapices, cofres y recipientes de oro y plata. Vajillas de fina porcelana, armaduras, muebles finamente tallados y, en especial, pinturas de su gran admirado pintor de corte Barend van Orley. No por ello carecía de otras obras magníficas. En las paredes colgaban lienzos de Memling, Van Eyck o el Bosco. Por supuesto, no obvió la biblioteca, que surtió de obras de gran valor literario: Esopo, Boccaccio, Livio, Séneca… Pero el lugar preferente estaba dedicado a los libros de caballerías.

Sí. El destino la había llevado hasta allí y, responsable como era, procuraba efectuar su misión del mejor modo posible.

—¿Puedo haceros una pregunta, tía? —dijo Carlos.

Ella asintió.

—¿Por qué se ha roto el compromiso con María Tudor?

—Cuestiones políticas.

—Pero… nosotros teníamos preferencia, pues lo acordamos antes.

—El rey de Francia tiene más derecho que vos a elegir esposa.

Carlos arrugó la nariz.

—¡Pues dentro de unos años, seré yo el más poderoso de la cristiandad! —aseguró con pose firme.

—No lo dudo.

—¿Tardarán mucho, tía? Tengo ganas de ir a cabalgar —quiso saber el pequeño príncipe.

—Están casi entrando.

No erró. La comitiva se presentó ante ellos. Se trataba del embajador de Génova y varios comerciantes. Por lo que le había contado su padrino, Carlos de Croy, esos señores daban mucha importancia al comercio y al dinero que ello reportaba. No entendía muy bien a qué se refería, pero sí que no debían enfadarse con ellos, y que debían continuar con las relaciones amistosas y tan beneficiosas que mantenían. Así que, durante el tiempo que duró la entrevista —que a él le pareció eterno y muy tedioso—, el tono fue cordial y, por las sonrisas y asentimientos de cabezas, muy satisfactorio para ambas partes. Según le comentó su tía después, por el momento las relaciones seguían su curso con normalidad.

Pero no para él. En cuanto los emisarios se fueron, le comunicó que debía presentarle a un nuevo tutor. Fue llevado al salón de estudios. Un hombre de aspecto severo, ya muy mayor, lo miró con gesto inquisitivo. Se trataba de Adriaan Florensz, hijo de un ebanista, pero educado en la ciencia. Su origen humilde no impidió que en 1469 fuese nombrado rector de la Universidad de Lovaina.

—Príncipe, será un honor enseñaros todo lo que sé —saludó el rector inclinando la cabeza.

Carlos, contrariamente a lo esperado en un niño de ocho años, dijo:

—Para mí también lo será aprender de vos, rector. No me cabe la menor duda de que han elegido al mejor maestro.

Y no se equivocó. Adriano era duro e intransigente con sus errores, pero lo compensaba con el mérito de no ser un aburrido. Lograba que lo más tedioso adquiriera un halo de misterio, de interés. Claro que nadie era perfecto, y con las matemáticas le fue imposible. Definitivamente, no estaba hecho para los números: ¡eran un embrollo insondable que jamás lograría desentrañar!

Como tampoco el misterio que rodeaba a su madre. Unos decían que su mal remitiría y otros, que jamás lograría sanar. Lo único que sabía era que ella estaba muy lejos y que tal vez nunca volviese a verla. No es que sintiese añoranza por una mujer que apenas había tratado. Lo único que quería descubrir era cómo se convivía con la madre de uno. Apenas salía de palacio y los pocos críos de su edad que estaban allí eran los hijos de los sirvientes; lo que significaba ignorancia total de los tratos de esas madres con sus hijos. No le permitían relacionarse íntimamente con el servicio. Nunca había jugado con otros niños. Los nobles que acudían a palacio con sus hijos se comportaban con respeto y lo trataban con distancia, incluso podría asegurar que con miedo. Nadie podía imaginarse lo mucho que deseaba que se rompiese el protocolo, unirse en el patio de armas con la servidumbre y golpear el balón con todas sus fuerzas. Gracias a Dios, su gran pasión, que era montar a caballo, no le estaba prohibida y conseguía que un día a la semana lo llevasen a cabalgar por el campo, e incluso probar suerte con la caza. Hacía un año que le habían enseñado el manejo del arco y unos días atrás, el del mosquetón… Aunque este no le pareció muy apto para tal oficio. Un conejo quedaba más limpio traspasado por la flecha que reventado por la pólvora.

Al imaginar el cuerpo de un soldado herido por el mosquete, se estremeció. Aunque nunca había visto un cadáver, su nuevo maestro se lo describió con todo detalle. Y se juró que, cuando fuese rey, jamás permitiría que su pueblo entrase en ninguna guerra. Gobernaría sus dominios en paz, con súbditos felices y que jamás conocerían la penuria. Sí. El trono le daría la libertad para decidir su destino y el de su pueblo.

CAPÍTULO 20

No podía creerlo. ¡Era algo milagroso! Cuando su abuelo se enterase de ello, seguramente daría gracias a Yahvé por tanta suerte.

Temblando de emoción entró en la Grote Markt. Estaba muy concurrida, como siempre que había mercado. Por norma el mercado estaba dedicado a la lana y el paño, pero un día a la semana se ofertaban alimentos. Su abuelo y ella solían comprar muy poco, porque su religión solamente les permitía comer comida kósher y la carne que se vendía no era apta para su alimentación. Aunque sí la fruta y las verduras. Por lo general eran frescas y sabrosas. Este último término no lo compartía su abuelo. Según él, ninguna fruta ni verdura poseía el sabor intenso de las crecidas en Sefarad.

Ella, por supuesto, no podía discutir tal cuestión: nunca había probado nada llegado de esas tierras, y dudaba de que llegase a hacerlo algún día. Como tampoco que sus pies las pisaran. Los judíos habían sido expulsados, sin posibilidad de retorno, anidando en sus corazones una pena imposible de erradicar. Y aunque ella nunca pasó por ese infierno, su abuelo había procurado que su nieta conociese todos los detalles para que, de este modo, las futuras generaciones no olvidasen jamás de dónde procedían y que, por muchos años o siglos que pasaran, la familia continuase ligada a Sefarad, considerándolo su patria; pues nunca marcharon por su voluntad. Sin embargo, dentro de la desgracia, tuvieron mucha suerte. A los que decidieron ir a Marruecos los trataron como animales: las mujeres fueron violadas por los marinos árabes, y muchos fueron asesinados para arrebatarles los pagarés, o vendidos como esclavos.

Sacudió levemente la cabeza para apartar esos pensamientos tan negativos. Hoy era un día para el gozo. Tomó la Breidelstraat hasta pasar ante la plaza Burgs. Era imponente, con una superficie cercana a una hectárea, y en ella se encontraba el *Stadhuis van Brugge*,[17] con sus bellísimos arcos apuntados y delgadísimas torres.

También estaba la basílica de la Santa Sangre. Según la leyenda, albergaba en su interior una urna que contenía sangre de Cristo traída por Dietrich, conde de Flandes, que la consiguió en Tierra Santa cuando las Cruzadas.

En el *Stadhuis* había una larga cola aguardando ante el imponente edificio. Seguramente, alguno de esos impacientes ciudadanos se daría una vuelta y terminarían en la tienda familiar.

Ansiosa por dar la noticia a su abuelo, aceleró el paso y dobló la esquina adentrándose en la calle Malle. Abrió la puerta de la joyería con tal ímpetu que Efraím, sobresaltado, levantó la cabeza.

—Katrina. ¿No podrías ser más cuidadosa?

—¡Abuelo! La emoción me embarga. ¿A que no sabes qué ha pasado?

Él, sonriendo, le dijo:

—Si no me lo cuentas…

Ella se sentó junto a él. Sus ojos verdes como las praderas se fijaron en el collar de zafiros que estaba prácticamente terminando.

—Es… precioso. ¿Para quién es? —musitó.

---

17. Ayuntamiento.

—¿No tenías algo que contarme? Te gusta tenerme en ascuas, ¿eh?

—¡Ah, sí! Hoy ha venido una dama muy elegante a la tienda. Venía de Bruselas. ¿Y a que no sabes de dónde? ¡Nada menos que del palacio real! Ha… examinado nuestros trabajos y le han entusiasmado. Se ha llevado puños, pañuelos y un mantel. Y eso no es todo. Nos ha pedido que seamos proveedoras exclusivas de la casa real. ¿No es estupendo? —le explicó ella con ojos brillantes.

Su abuelo asintió mostrando cansancio.

—¿Te encuentras bien?

Él sonrió débilmente.

—Es que últimamente los encargos son muy numerosos.

—Deberías tomar un ayudante. Ya no eres tan joven. Además, mereces descanso después de tantos años. Y teniendo en cuenta que no eres precisamente pobre… Anda. Cierra. Tenemos que celebrar mi buena suerte. Le he pedido a Judith que nos prepare algo especial.

Efraím dejó escapar un sonoro suspiro. Era difícil resistirse a esa jovencita tan encantadora.

—Está bien. Acabo el collar y me reúno con vosotras.

Katrina salió. Efraím engarzó el cierre. Había conseguido terminar a tiempo su obra maestra. En realidad, su última creación. Había mentido a Katrina. No se encontraba bien. Se estaba muriendo. Su corazón cansado apenas podría soportar unos meses más y deseaba pasar ese tiempo con su nieta, enseñarle todo lo que no podría a partir de ahora, a protegerse en la soledad. Gracias a Dios, tenía a Nienke. Jamás permitiría que nada malo le sucediese. Cierto que no la había parido, pero la amaba como si fuese su propia madre. En ese aspecto, al menos, estaría tranquilo en el momento de partir. No obstante, temía el día en que el corazón de Katrina comenzase a sentir como una mujer. ¿Escogería al hombre adecuado? Esperaba que la inteligencia que había demostrado hasta ahora no se equivocara en la elección. No quería que su inocencia fuese lastimada por el amor. Lo único que deseaba era su felicidad.

Apoyó las manos en la silla y se levantó. Cogió un estuche forrado con un paño de seda e introdujo el collar. Lo cerró suavemente y lo guardó en el bolsillo. Apagó las lámparas y, tras revisar que todo estuviese en orden, salió.

No tuvo que hacer ningún recorrido, pues su vivienda estaba situada justo al lado de la joyería.

—Así me gusta, abuelo. Que me hagas caso —le dijo Katrina llenando una copa al verlo entrar en el salón.

Él se acomodó en la butaca y aceptó el vino. No era aconsejable, pero pensó que a esas alturas de la enfermedad ya nada tenía importancia.

—Cuando la razón es indiscutible, no hay tozudo que pueda rebatirla. Incluso diré más: he decidido cerrar la joyería durante dos o tres semanas.

Ella lo miró con extrañeza.

—¡Oh! Tranquila. He pensado que nunca nos hemos tomado un tiempo para nosotros. Me refiero a poder hacer lo que nos plazca. Y sugiero un viaje. Llevo en Flandes más de veinte años y no he salido de Brujas. ¿Qué te parece la idea?

Katrina se mordió el labio inferior.

—Es que… precisamente ahora, como te dije antes, tenemos un trabajo importante para la corte.

Efraím inspiró con fuerza.

—Si es tan importante para ti…

Katrina sonrió ampliamente. Se acercó a él y lo abrazó.

—Nada es más importante para mí que tú, abuelo. Y el plan me parece magnífico. Dicen que Bruselas es una ciudad muy hermosa.

—En ese caso, comenzaremos por allí. Será divertido celebrar tu quince cumpleaños en la posada de un viejo amigo. Llegó a Flandes unas semanas después que yo. Hemos mantenido correspondencia y su taberna está siempre muy concurrida. Pero esta noche disfrutaremos de la cena que Judith nos ha preparado.

Durante la velada estuvieron planeando los pasos a seguir para iniciar su aventura. Katrina rebosaba excitación. Nunca se había planteado la posibilidad de abandonar la ciudad para iniciar un viaje de placer; en realidad, nunca sintió la necesidad de conocer otros horizontes más allá de Brujas. ¿Para qué? Allí era feliz. Pero ahora, la perspectiva de comprobar si en otras ciudades se vivía del mismo modo la atraía enormemente.

Y, dichosos por los planes trazados, se retiraron a descansar.

La felicidad de Efraím era ficticia. Su corazón cansado ya no podía albergar grandes emociones. Solamente sentía que dentro de muy poco dejaría de latir y abandonaría este mundo para ir al *Olam Jaba*,[18] si Yahvé lo consideraba un hombre justo. O tal vez no. Fueron tantos los errores cometidos… Aunque se dijo que esos equívocos serían perdonados por mantenerse fiel a su fe, por no ceder a la tentación de esos reyes desaprensivos.

Pero ahora no era momento de pensar en el día fatídico. Aún tenía tiempo para ser feliz en sus últimos días. Aunque no para revelar el secreto de la familia a su nieta. Lo haría al día siguiente. Se quitó la camisa. Un terrible dolor le traspasó el pecho cortándole la respiración. Jadeando y muy asustado, se sentó en la cama, rezando para que pasara, para que la vida le diese más tiempo. Agarró el vaso y dio un sorbo. El dolor no remitía. Una nueva punzada hizo que el vaso cayese al suelo.

—¡Oh, Dios! —gimió dejándose caer sobre la cama.

---

18. Lugar donde el alma de los judíos puros de corazón disfrutará de la luz divina.

La puerta del cuarto se abrió. Katrina, al ver su estado, corrió hacia él.

—¡Abuelo! ¿Qué te ocurre? ¡Abuelo!

—Hija…, me muero.

—¡No! No lo permitiré. Iré a buscar al doctor.

Él le aferró la mano, al tiempo que se recostaba.

—No puedes… dejarme. No quiero… morir solo. Además, tengo que… hablar contigo. Debes saber…

Ella negó enfáticamente con la cabeza. Era una simple indisposición. Su abuelo siempre había sido un exagerado. Con un poco de reposo se le pasaría.

—Katrina, escúchame. Hay algo muy importante que debes saber.

—No hables, abuelo. Tienes que descansar —le pidió ella.

—No hay tiempo, pequeña. Esto es… el fin. Y antes de irme de este mundo, debo contarte mi… secreto. Un secreto que debes guardar incluso a los seres más… queridos.

—Abuelo…

—Calla, hija. Y escúchame bien. Nuestra familia ha sido custodia de algo muy importante. Durante siglos…, por derecho propio. Ahora tú eres la siguiente guardiana y… por ello corres un gran… peligro… Hay gentes que desean nuestro legado. Nos… siguieron incluso aquí. Por suerte, pudimos librarnos de… él. Pero no habrán cejado. Debes desconfiar de todos…, de todos… ¿Has entendido?

Efraím se apretó el pecho con fuerza. Las punzadas eran cada vez más insistentes y terribles.

—Tengo que llamar al médico —sollozó Katrina. Estaba delirando y eso no podía ser nada bueno. Necesitaba ayuda.

—No estoy loco, pequeña. Hablo con la verdad. Te ruego que no me… interrumpas. Es necesario que lo sepas todo. El…

No pudo seguir. Su corazón le estaba reclamando descansar de tantos años de sufrimiento, de amor, de emociones. No obstante, hizo un esfuerzo. Katrina tenía que conocer el gran secreto o moriría con él. No podía permitir que no retornara jamás a la familia. Jadeando y empapado de sudor, balbució:

—Nuestro mayor bien está en Toledo…, en… nuestra casa…, bajo la luz…, bajo las estrellas… Setim lo ampara…

Katrina, desesperada, mojó un paño en la jofaina y enjugó el sudor de su frente.

—No hables. Descansa.

—Tienes que ir… Recuperarlo… En el baúl hay una llave… de nuestra casa. Ya sabes dónde está. Ve, hija. Ve. Prométemelo.

—Lo prometo —dijo la joven para tranquilizarlo. Ningún judío podía pisar en tierras de los Reyes Católicos.

—Bien —musitó el anciano. Cerró los ojos. Ahora el dolor ya no existía. Una dulce paz se fue apoderando de su cuerpo, de su alma. Estaba de camino hacia el *Olam Jaba*. Por fin podría descansar, dejaría de sentir tristeza y dolor. Y se dejó llevar, sin resistirse. Era la hora.

La lluvia estalló con violencia contra la ventana y el aire helado llenó la habitación. Pero no fue el frío lo que dejó paralizada a Katrina. Una amalgama de sentimientos transitaba como un caballo desbocado en su pecho. Los cascos del desconcierto resonaban impidiéndole escuchar la verdad. Hasta que, no supo cuántos minutos pasaron, rompió a llorar con desgarro. No podía creer que su abuelo la hubiese dejado, y de ese modo tan atroz, retorciéndose, sin recibir la bendición de un rabino. Sobreponiéndose al dolor, le cerró los ojos y seguidamente, sin dejar de llorar, fue a buscar a Nienke.

La hilandera se apresuró a organizar el funeral de Efraím, a llamar a los amigos y al rabino.

Efraím fue lavado minuciosamente y afeitado todo su cuerpo, de acuerdo con las normas sagradas, pues el cuerpo del difunto se consideraba impuro, al igual que todo el que entraba en contacto con él. También le fue colocada una moneda de oro bajo la lengua. Mientras tanto, los amigos prepararon la mortaja. Calzones, camisa y una capa. Katrina se encargó de vaciar todos los depósitos de agua, pues según la creencia se decía que el ángel de la muerte, tras llevarse el alma del difunto, limpiaba su espada en el agua que encontraba más cerca.

Ya preparado, la comitiva se puso en marcha hacia el cementerio. Efraím, siguiendo el rito de los sefardíes, fue enterrado sin ataúd, en contacto con la tierra, de la cual había sido formado, con la cabeza orientada al oeste y los pies hacia el este, para que el día del Juicio Final sus ojos viesen Jerusalén. Seguidamente, el rabino elevó la plegaria por el descanso eterno del alma del finado.

Quien no obtuvo descanso fue Katrina. Las siguientes semanas fueron terribles. No llegaba a acostumbrarse a la ausencia de su abuelo. Ni siquiera el consuelo de Nienke la alejaba de la tristeza en la que había caído. No le apetecía hilar, ni comer, ni salir. Pero su aya y amiga decidió que el duelo ya había durado bastante.

—Querida, debes reponerte de inmediato. Siento ser tan cruda, pero lo cierto es que Efraím ha muerto y tú estás viva. Hay que seguir adelante, y más ahora que tenemos unas perspectivas tan halagüeñas. No podemos retrasarnos en la comanda. ¿Lo entiendes? ¿O acaso quieres tirar por la borda todo tu futuro?

—No es fácil desechar del corazón a alguien que has amado tanto.

—¿Crees que no lo sé? Perdí a mi esposo, a mi hijo. Pensé que jamás podría superar ese dolor y, pese a mis perspectivas, lo hice. Tú ayudaste mucho a ello. Por eso estoy en deuda contigo. Y no permitiré que continúes con esta apatía que no conduce a nada bueno. Así que planeemos lo que hay que hacer. ¿Qué intenciones tienes con la joyería?

Katrina parpadeó desconcertada. Lo cierto era que no había pensado en el futuro.

—Imagino que no pretenderás regentarla. No entiendes el negocio. Si tomases un socio, seguramente te tomaría por idiota y te sisaría. No puedes vivir constantemente pensando que te están engañando. ¿No te parece? Debes cerrarla. De ese modo, te evitarás pagar el alquiler.

—No sé… Aún me siento conmocionada.

—Lógico, querida. No te preocupes. Ya habrá tiempo para pensar en ello, cuando sepas realmente qué recibirás de tu abuelo.

Katrina tomó una cajita y la puso sobre la mesa.

—Aún… no he recibido la herencia. Solamente esto —dijo abriéndola. Sacó el último collar que creó su abuelo.

—Es… ¡maravilloso! Efraím tenía unas manos prodigiosas. Nunca más habrá un orfebre como él —exclamó Nienke al ver los detalles. Las piedras estaban talladas en forma de estrella, bordeadas por un fino hilo de oro.

—Era para mi cumpleaños. No pudo entregármelo personalmente. No es justo. Mi abuelo fue un buen hombre y merecía vivir más años.

—La vida no es justa, cariño. El peor enemigo es una felicidad demasiado prolongada. El dolor nos ayuda a recordar que debemos estar atentos, a madurar. Ha llegado tu hora. Cerrar la puerta del pasado. Ello no significa que olvides. Llevarás siempre a tu abuelo en el corazón, como yo guardo a mi familia.

Katrina inspiró con fuerza.

—Tal vez tengas razón.

—La tengo, preciosa. La tengo.

CAPÍTULO 21

Había sido una batalla muy dura. Tras meses de duros debates y discusiones, Guillermo de Croy había conseguido que, el 15 de enero de 1515, el emperador Maximiliano declarara la mayoría de edad de Carlos. Su tía dejó de ser regente y el príncipe fue declarado gobernador de los Países Bajos.

Carlos, durante todos esos años de aprendizaje, aprendió a controlar el nerviosismo, a mostrar ante todos que la inseguridad que lo atenazaba no existía. Era el futuro rey y era obligación del monarca permanecer firme como una roca.

—Estos puños… ¿Habéis cambiado de proveedor? —dijo acariciándolos, disimulando el temblor de las manos.

—Sí, majestad. Han sido confeccionados en Brujas. ¿No os gustan?

—Sí, Barbe. Son exquisitos. Un trabajo perfecto. Esas hilanderas deben de tener los dedos de un ángel y un corazón puro, porque el trabajo es el reflejo de lo que es uno.

—Sabias reflexiones, señor.

—¿Crees que el mío será tan digno y perfecto?

—Claro, majestad. Sois un joven estupendo. Honrado, piadoso y sensato. Además de inteligente. Y vuestra educación ha sido inmejorable. No debéis temer.

Él, por primera vez en esa mañana, sonrió.

—Mis preceptores no dirían lo mismo. Aún no sé bien el castellano y en cuanto al latín, igual andamos. Nunca les presté la debida atención; de lo cual ahora me arrepiento. Creí que esas habilidades serían útiles a un rey.

—¿Qué decís? Saber de música, de torneos y de caza es una baza importante para las relaciones internacionales. No hay nada mejor para satisfacer a los emisarios que un baile excelso, una buena partida de caza o una liza con bellas damas. Los hombres os contentáis con poco.

—Cierto. Vosotras sois más ambiciosas. Aspiráis a objetos hermosos, joyas, dinero, belleza... Sin olvidar un buen marido que os conceda todos los caprichos.

Barbe entornó los ojos con aire pícaro.

—Anhelamos esas cosas, sí. Pero la principal no se paga con dinero. Me refiero al amor, alteza. El sentimiento más noble que existe.

Carlos también adquirió una pose distendida.

—¿Tú también has caído en esa trampa? Te imaginé más inteligente, querida aya. El amor es un sentimiento... No. Mejor dicho, una ilusión. Deberías saberlo.

—¿Cómo podéis decir algo semejante? ¡El amor es real! Y si no, ahí tenéis el ejemplo de vuestra madre. Incluso muerto, sigue adorando a su marido.

Él apartó el aire relajado y endureció el rostro.

—Y así le va. Todos la llaman Juana la Loca, por esa maldita obsesión que llamáis *amor*. Esa demencia la apartó de sus hijos y ha provocado que en Castilla estallen los conflictos. Sus seguidores se niegan a que yo asuma el mando, mientras que sus detractores opinan que su sucesor debe ser mi hermano Fernando. Y no les falta razón.

—¿Pero qué tontería es esa? Vos sois el heredero, el primogénito. El trono os pertenece por derecho —protestó Barbe.

—Él ha nacido en Alcalá de Henares y ha crecido en la corte española. Cuenta con su propia corte en Aranda del Duero. Ha aprendido las costumbres de los castellanos y está más capacitado para que sus hombros soporten la carga de tan gran imperio.

Su aya tomó las manos del joven entre las suyas.

—Y vos también. Por favor, no os torturéis con pensamientos tan oscuros. En estos momentos no os conviene poneros nervioso ni triste. Es vuestro gran día. El pueblo se inclinará ante vos.

—¿Así lo crees? No sabes lo que daría por ser un joven cualquiera. Alguien anónimo sin obligaciones, sin ser el blanco de todas las miradas, sin que nadie lo juzgue a cada instante por sus acciones.

—Y ellos, no os quepa la menor duda, matarían por estar en vuestro lugar.

—Si supiesen lo que conlleva el cargo... —calló para añadir con tono más ligero—: ¡huirían como alma que lleva el diablo!

—Son los nervios quienes os hacen hablar así.

—Habla la sensatez. Nunca podré comportarme como me plazca, ni escoger a la esposa que me contente. Habré de sufrir a embajadores malcarados, sosos o impertinentes. Callar lo que pienso por el bien de mis súbditos. Y lo más duro, renunciar a la libertad.

—El soberano tiene potestad sobre todos. ¿No es libertad eso?

Carlos se ajustó los puños fijándose de nuevo en ellos. En verdad que eran perfectos.

—Ya que tengo privilegios, según tú, deseo que estas hilanderas trabajen en la corte. Solamente atenderán mis peticiones. Cuídate de ello.

—Así se hará, mi príncipe. Aunque no sé si aceptarán.

Él la miró estupefacto.

—Soy su rey, ¿no?

—Rey sí, pero no tirano... —Barbe, horrorizada, se tapó la

boca con la mano derecha al comprender el desliz cometido—. Perdonadme, señor. Perdonadme el insulto. Os lo suplico.

Carlos le tomó la mano y se la besó.

—No tengo nada que perdonar. Hablas con la verdad, y eso es algo que agradezco enormemente. Son mujeres libres y tienen potestad de elegir. Si no aceptan…, ¡qué se le va a hacer!

Ella sonrió levemente.

—No os preocupéis. Haré lo necesario para que no puedan resistirse a vuestra proposición. No siempre se tiene la oportunidad de vivir en la corte y disfrutar de sus placeres. Y si tenemos en cuenta que su trabajo será bien recompensado…, su estancia en palacio está asegurada.

—Siempre he confiado en ti. Ahora no será menos. Bien. Dejemos estos asuntos banales. Creo que nos esperan. ¿Está todo a punto?

—Todo preparado, mi señor. ¿Y vos?

Él tragó saliva y asintió, no muy convencido.

Barbe, como siempre había hecho desde que era un niño en los momentos que el temor lo acuciaba, acercó la mano para acariciarle los cabellos castaños, pero la retiró al instante. Carlos, con gesto decepcionado, musitó:

—Aún no he sido proclamado gobernante y ya todos me tratan como a un extraño. Incluso tú. Cruel destino me espera. Lo llaman la soledad del poder.

—Es respeto, señor. Comprended que ya no puedo consideraros como a mi pequeño príncipe. Ahora seréis rey. Cada uno en su lugar.

—Cierto. Y quiero que tú permanezcas en el tuyo. Que sigas siendo mi aya, mi querida hada madrina, que me consueles cuando esté triste o te alegres conmigo. No quiero ser tu rey. Para ti siempre seré tu niño. Y como tal, te ordeno que, si cometo algún error, no dudes en decírmelo. Sé que los que estarán a mi alrededor solamente serán aduladores o traidores, y necesito la voz de la sensatez, de la verdad. Pienso gobernar con justicia, y la mentira no ayuda a ello.

—Nunca me opondré a vuestros deseos, majestad. Y sé que ahora necesitáis un abrazo. Venid.

Carlos se dejó arropar por aquella mujer dulce y buena. Su calor apartó el frío mortal que le calaba hasta los huesos. Ella era su bálsamo en las horas oscuras, en los días que se sintió el niño más desgraciado del mundo, abandonado por unos padres que solamente buscaban sus intereses. Claro que Barbe no era perfecta. Nadie lo era. Uno de sus defectos que más le fastidiaban era que, a pesar del amor que le profesaba, nunca le concedió un capricho si carecía de lógica o era banal. El otro, su obsesión por la limpieza. No soportaba los malos olores, así que, a pesar del frío, lo obligaba a tomar el baño cada dos días. Y en cuanto al polvo, constantemente pasaba el dedo por todas las superficies y gritaba airada al servicio si encontraba una sola mota. Gesto que estaba haciendo en ese mismo momento, inspeccionando el arca. Por suerte, el tiempo apremiaba.

—No es momento para supervisiones triviales, ¿no te parece? Deberíamos darnos prisa —la instó.

Ella se frotó los dedos con gesto de aversión. En cuanto terminase la proclamación hablaría seriamente con la camarera del príncipe.

—¿Preparado?

Él asintió. Tomó aire y ella abrió la puerta. Carlos, con porte digno, la cruzó, encaminándose hacia el futuro que desde la cuna le fue asignado.

Durante el acto en Bruselas, el nuevo gobernante, con todo el aplomo que requería la situación, dijo: «Sed buenos y leales súbditos, y yo seré para vosotros un buen príncipe». El pueblo, entusiasmado, lo aclamó.

CAPÍTULO 22

Los jardines estaban desiertos, pues era noche cerrada. El carruaje del archiduque Carlos se detuvo ante la escalinata. Los guardianes, desprevenidos ante su llegada, corrieron para abrir la puerta. Guillermo de Croy bajó y, tras él, Carlos.

—Majestad —se inclinaron los soldados.

Los dos hombres entraron en palacio. El silencio reinaba. Cruzaron el vestíbulo y ascendieron por la escalera, sin encontrar a nadie en su camino.

—Os lo advertí, señor. Debimos esperar hasta mañana —se quejó su tutor.

—Me basto solo para lo que debo hacer —respondió el joven Carlos abriendo la puerta de sus aposentos. Asombrosamente, alguien había sido lo suficientemente rápido como para haber encendido unas lámparas. Tiró la capa sobre el sillón y seguidamente el sombrero.

—El cuarto está helado. ¡Ineptos! Se les ha ocurrido encender las lámparas, pero no el fuego. Ordenaré que os preparen la chimenea —comentó Guillermo tiritando.

—No os molestéis. Lo único que deseo es dormir. El viaje ha sido agotador.

Era cierto. Desde el momento que fue coronado como archiduque, su tutor y ahora consejero decidió que debía emprender un viaje por todo el reino. Era vital que los más importantes le rindieran pleitesía y, sobre todo, que no hubiese dudas de quién debía ostentar el poder. Durante semanas fue de una ciudad a otra, entrevistándose con comerciantes, banqueros y nobles; obteniendo el objetivo que buscaban. Y cuando todo hubo terminado, el joven no quiso esperar para regresar a casa.

—Pero provechoso. Todos, sin excepción, os han admitido como su señor.

—Gracias a vos, maestro.

El hombre asintió ocultando una media sonrisa.

—Vuestro abuelo me designó para educaros, y he procurado hacerlo lo mejor posible. Claro que tan buen resultado no se logra si el alumno no pone de su parte. Y vos habéis sido un estudiante modélico.

Carlos soltó una risa profunda cargada de escepticismo.

—Puede que modélico sí, aunque un tanto estúpido. Los números y algún idioma continúan resistiéndose. Y uno de ellos el principal: el neerlandés. ¿Qué pueden pensar de un monarca que no habla bien su propio idioma y lo hace en francés?

—Aún sois muy joven, mi señor. Tiempo al tiempo. Dejad de preocuparos. Estoy a vuestro lado. Seguid mis consejos y todo marchará a la perfección. ¿O no ha ocurrido hasta ahora? Nadie ha notado vuestra torpeza momentánea.

—Porque vos habéis llevado la iniciativa —rezongó el joven.

—No es extraño. Los monarcas suelen ceder el protagonismo a sus consejeros. Ellos se limitan a corroborar sus alegatos. Tal como hemos hecho. Por otro lado, todos entienden que aún sois muy joven. Y debido a vuestra corta edad, os aconsejo que os metáis en el lecho cuanto antes. Iré a buscar a los sirvientes.

—Dejadlo correr.

—¡No pienso dejar que os resfriéis! Ahora vuestra salud es primordial. Nos veremos mañana. Buenas noches, señor —se despidió su valedor cerrando la puerta.

El joven príncipe se acercó a la ventana. Algunas diminutas luces indicaban que los moradores de las casas aún no dormían. Probablemente sus quehaceres no les exigían tanto descanso como a él. Muchas de esas personas pensarían que el archiduque vivía una existencia cómoda y carente de obligaciones. ¡Cuán equivocados estaban! Su cargo era el más exigente de todos. El poder que le habían otorgado lo obligaba a proteger y hacer prosperar sus dominios: que la economía continuase en alza, que los posibles enemigos de Flandes se mantuviesen a raya para que la paz de la que ahora gozaban no se quebrantase. Y no solamente eso, sino también procurar que la convivencia en la corte no sufriese alteraciones. Nadie podía imaginar cuánto costaba que los nobles no se sintiesen ofendidos por creer que unos recibían más privilegios que otros. Y si era difícil para un rey, mucho más para un joven que acababa de cumplir quince años. Suerte que tenía a Guillermo y a Barbe. Ellos cuidarían de que sus incipientes pasos discurrieran por el camino correcto.

—Señor.

Carlos se apartó de la ventana. El sirviente dejó una bandeja con fruta y bebida. Tomó un poco de vino caliente, mientras el hombre prendía las teas. En apenas unos minutos el fuego ardió en todo su esplendor, trayendo la tibieza a la habitación. Dejó que lo ayudara a desvestirse y lo despidió.

Volvió junto a la ventana. Comenzaba a nevar. No era algo sorprendente: el clima de Flandes distaba mucho de ser acogedor. Imperaba el gris. Era como si el sol temiese despertar en esas tierras, y guardara toda la valentía para Castilla.

A pesar del calor que desprendía la chimenea, recordar parte de las tierras de sus antepasados lo estremeció. La idea de que su abuelo materno se decidiese finalmente por él como su sucesor no era de su agrado. Gobernar Flandes ya le parecía una tarea ardua;

no quería ni imaginar cómo sería mantener el orden en el imperio más vasto que se conocía. Por no hablar de los conflictos que podían surgir a causa de los partidarios de su hermano. No quería ser quien provocase disturbios internos. Aunque, por otro lado, como primogénito tenía el deber moral de aceptar el papel que el destino había designado para él. No podía escabullirse como el mayor de los cobardes. Y si llegaba el momento, cumpliría e intentaría ser el mejor y más justo de los monarcas. Se sacrificaría por el bienestar de sus súbditos y la moral cristiana que siempre había regido su familia.

Pero ahora no era momento de anticiparse a los acontecimientos. Era hora de dormir, de soñar que era otro, un muchacho sin responsabilidades, sin el miedo que se atenazaba como una lapa en el estómago, haciendo planes simples, confiando en los amigos que jamás ocultarían dobles intenciones. Sí. Solamente en el mundo onírico viviría esa existencia imposible.

CAPÍTULO 23

Guillermo de Croy levantó la cabeza. Si no fuese por la incipiente barriga que distorsionaba la figura alta y espigada, podría decirse que Diego López de Haro era un hombre apuesto.

—Tomad asiento. ¿Vino?

—No, señor —rechazó Diego con tono inseguro.

No tenía la menor idea de por qué había sido requerido en la corte, y esperaba que no fuese a causa de algún error cometido sin tener conocimiento de ello. Lo cierto era que, a diferencia de la gran mayoría de los comerciantes, él era honrado. Nunca escatimó peso, ni pulgadas, ni dar una pieza de calidad ínfima por una exquisita; actitud que era recriminada constantemente por su esposa, pues a su parecer, obrando de esa guisa, jamás llegarían a ser tan ricos como los otros miembros de su gremio. Sin embargo, se equivocaba. Su fortuna era cuantiosa, digna del más afamado de los mercaderes, precisamente por ese proceder. Pero lo que su querida esposa desconocía era que, para conseguir tan productivos contratos, su moralidad se volatilizaba y hacía lo necesario, sin importarle quién cayese en el camino. El mundo de los negocios era como una manada de lobos: solamente reinaba el más fuerte y voraz.

Guillermo apartó el pergamino con cuidado. Entrelazó los dedos y, mirando fijamente al hombre que tenía frente a él, dijo así:

—Imagino que os estaréis preguntando el motivo de vuestra presencia aquí. Ante todo, diré que es por una causa que beneficiará a ambas partes. Veréis. Aunque desde el exterior parezca que la vida de palacio es disipada y poco responsable, nuestros ojos están bien abiertos. Y nos hemos fijado en vos. Sois un comerciante notable, de éxito y, sobre todo, íntegro.

—Siempre he procurado seguir los mandamientos de Nuestro Señor y ser un fiel ciudadano, a pesar de no haber visto la luz en Flandes —explicó Diego, ya más calmado.

—Lo cual os honra. Nada es más preciado por nuestro archiduque que un fiel servidor a la Corona, amén de inteligente con los asuntos monetarios y comerciales. Y no digamos la ventaja de ser castellano. El joven príncipe debe practicar dicha lengua. Ya sabéis. Lo más probable es que, a la muerte del rey Fernando, sea su sucesor. Le haríais un gran favor.

—Perdonad que discrepe. El favor se me hace a mí. ¿Y qué deberé hacer con exactitud?

—El archiduque Carlos desea, si aceptáis, que os instaléis en palacio, junto a vuestra familia, y os encarguéis de las finanzas.

Los ojos de color carbón del mercader se abrieron como platos. Era una propuesta difícilmente rechazable. ¡Su esposa e hija brincarían de dicha! No había mejor destino que vivir en la corte, disfrutando de sus ventajas, diversiones y relaciones fructíferas; especialmente para una hija casadera. No le costaría conquistar a un hombre rico o noble, pues era hermosa, educada y de carácter alegre. Incluso podía llegar a conseguir el favor del joven Carlos. Muchas cortesanas en la época de Felipe, gracias a sus servicios, habían sido casadas con notables.

—¿Dudáis? —preguntó Guillermo.

—¡Oh! No, señor. Es que… me ha pillado por sorpresa tan gran honor —respondió presto el comerciante.

—Entonces, ¿puedo decir a su majestad que el puesto ha sido ocupado?

—Podéis. ¿Cuándo debo incorporarme?

—Cuanto antes. Nuestro joven archiduque necesita todo el apoyo de sus súbditos. Estamos en un momento crucial, donde cualquier decisión, gesto o palabra puede ir en su contra…, debido a su juventud e inexperiencia, naturalmente. En absoluto por su falta de valía. Carlos será un gobernante digno de admiración.

—Por supuesto, por supuesto.

Guillermo se levantó dando por concluida la entrevista. El visitante lo imitó, haciendo girar el sombrero entre las manos.

—De nuevo os hago saber el honor que siento. Me instalaré enseguida —afirmó inclinando la cabeza.

Abandonó el despacho y, con el corazón latiéndole a toda velocidad, salió de palacio. Sus pasos se tornaron impacientes. ¡Estaba ansioso por comunicar a la familia tan buena nueva!

Al llegar a su casa de la calle Hoogstraat, territorio en el que se afincaban los procedentes de Castilla, entró como un vendaval, provocando la estupefacción de sus familiares, quienes estaban sentados a la mesa, terminando los postres. Por lo general, Diego era un hombre tranquilo, que no se alteraba jamás, ni en las situaciones más límites, por lo que la preocupación se aposentó en sus rostros.

—Tranquilizaos. Mi estado se debe a la mejor noticia que podíamos esperar —dijo con tono excitado—. Acabo de entrevistarme con Guillermo de Croy. Me ha pedido que sea consejero real en cuestiones de finanzas y, por supuesto, he aceptado. —Se quitó el sombrero y, con una sonrisa divertida dibujada en su orondo rostro al ver las bocas abiertas de su familia, se sirvió una copa de vino.

—Es, es…, ¡es fantástico! —exclamó su hijo Juan.

—Más bien diría que milagroso. No hay mejor negocio que entrar en la corte, hijo mío.

—¿Nos trasladamos a la corte? —inquirió su esposa.

—Así es, querida Hendrika.

Ella se tapó la boca con la mano para evitar el grito de emoción. ¡Señor! Era una situación que muchos ambicionaban y ellos habían sido elegidos. Estarían conviviendo con el que dentro de muy poco se convertiría en el hombre más poderoso de la tierra... ¡Y su marido sería quien lo asesoraría en las cuentas del Estado!

—Bien. Espero que todos estéis a la altura de las circunstancias. Vuestro comportamiento en palacio ha de ser ejemplar —les aconsejó el cabeza de familia.

—Sí, padre —respondieron los hijos.

—Ahora, retiraos. Quiero hablar con vuestra madre.

Obedecieron y dejaron a solas a sus padres. Diego se sentó junto a su esposa.

—Hendrika, creo que esta noticia te ha contentado.

—Por supuesto, esposo mío. Es todo un honor.

—Además de una situación beneficiosa. En especial para nuestros hijos. Sobre todo para Francisca. Es una muchacha joven, hermosa e inteligente. En la corte podrá encontrar al hombre adecuado. Tu misión debe consistir en aleccionarla para que no deje escapar la oportunidad de conseguir marido. Debes aconsejarla en todo momento y, en especial, vigilarla. La corte deslumbra con su opulencia y una joven puede caer en las garras de un desaprensivo. No debe entregar su virginidad al hombre equivocado. Hemos de jugar muy bien nuestras cartas.

—Pondré todo el empeño en salvaguardar su virtud, y nuestra querida niña cumplirá —aseguró ella.

—No solamente eso. Debes instruirla en el arte de la seducción. Francisca debe aprender a conquistar a su futuro marido. Ofrecer todo y dar poco. ¿Comprendes?

Hendrika asintió. Era la táctica de la mayoría de las cortesanas.

—Mi hija será experta en ello. No consentiré que su futuro se vea ensombrecido por un traspié.

—Claro que... si ese traspié sucede con Carlos...

Su mujer lo miró pasmada.

—¿Os habéis vuelto bobo de repente? El rey jamás contraerá matrimonio con una plebeya.

—No he sugerido esa imposibilidad. Hablo de que Francisca pueda convertirse en su amante. Bien es sabido que la familia de la concubina de cualquier monarca siempre sale beneficiada. Por otro lado, si ese hecho llegase a producirse, en el momento en que él se cansara de ella, le buscaría un marido adecuado, que es lo que pretendemos, ¿no?

Ella se mordió el labio inferior con gesto preocupado.

—¿Y si tuviese un hijo?

—Mejor que mejor. ¡Nos caería un título! Entraríamos a formar parte de la nobleza. Mujer, deja de preocuparte. Hoy la fortuna nos ha sonreído y no nos soltaremos de su mano. Así que vayamos a la cama y celebremos tan gran acontecimiento.

CAPÍTULO 24

El consejero del archiduque dio un sorbo a la cerveza y con gesto parsimonioso, acorde con el carácter que lo distinguía, dejó la copa sobre la mesa. Su monarca, tras dar un buen trago, hizo lo mismo.

—Así que consideráis que ese hombre es el indicado para el puesto.

—Sí, majestad. He comprobado su pasado y es impecable. Por supuesto, dentro de los conceptos que entendemos por impecable. Ha demostrado a lo largo de los años que es un buen negociante y que sabe administrar el dinero. Por otro lado, tiene mucha influencia en el comercio con Castilla.

Carlos asintió sin mucho convencimiento.

—¿Y qué hay de su lealtad? ¿Puede llegar a ser corrupto?

—No cabe esa posibilidad. Debéis tener en cuenta que un solo fallo y sus perspectivas de un futuro brillante desaparecerán de un plumazo. Es inteligente y no se arriesgará. Claro que si tenéis otro candidato mejor…

—Sabéis que no domino aún estas cuestiones. Vuestra decisión será la acertada. Ahora, si no os importa, querría tratar otro asunto sobre el que he estado pensando.

—Decid, majestad.

—Es sobre la Orden del Toisón. Por supuesto, no pienso hacer grandes cambios: las tradiciones han de guardarse. Pero me gustaría que una de las ceremonias fuese más solemne. Hablo del réquiem por los fallecidos. El vestuario de los candidatos no es lo suficientemente adecuado. Hay que darle más suntuosidad. Los mantos, túnicas y otros complementos deben ser de terciopelo negro. Con franjas de raso liso. ¿Es factible?

Guillermo, aliviado, sonrió al conocer el capricho de su señor.

—Del todo, majestad.

—En ese caso, ordenad que se modifique el capítulo.

—Lo haré. Sin embargo, dudo mucho que lleguemos a tiempo para la próxima ceremonia. Es dentro de dos semanas y será difícil que los candidatos puedan hacerse confeccionar los trajes.

—Comprendo —dijo Carlos. Tomó la copa y dio otro largo trago de cerveza. Era su bebida predilecta y le sentaba bien. Le aportaba energía. Decidió apurar la copa antes de que se calentase y añadió—: ¿Algún otro asunto importante?

Su consejero sacó del cajón unos documentos.

—Simple burocracia. Este es para conceder el permiso de construcción de un nuevo navío.

—¿No tenemos ya suficientes barcos? —inquirió, con el ceño fruncido, el joven rey.

—¿No querréis ir a Castilla como un monarca pobre? Hay que demostrar a todos vuestros detractores lo poderoso que sois.

—Queda mucho para ello. Preferiría dedicar este expendio a reparar algún ala de palacio.

—Lamentablemente, vuestro abuelo ha empeorado de salud. No tanto como para decir que mañana mismo puede fallecer, pero… Majestad, siempre os he aconsejado bien. Os aseguro que es necesario.

—Está bien —aceptó Carlos tomando la pluma. Leyó por encima y firmó.

Guillermo sopló sobre la tinta y le entregó más pliegos: una ratificación del nuevo abad de la abadía de Santa María Auxiliadora, la aprobación del aumento del salario para los empleados… y el permiso para la celebración de un torneo en las tierras del barón Von Hindrech.

Una vez listo, Guillermo le extendió otro documento.

—Es la sentencia para Geert van de Casteele. Cadena perpetua.

—¿No podría ser exilio? Personalmente, considero que es una sentencia mucho más dura.

—Lo es para un hombre de honor, pero Van de Casteele carece de él. Podría intentar volver y perjudicaros. No hay que darle alas al diablo. Es la mejor condena que puede haber para él, ya que rehusasteis rubricar su muerte.

Carlos apretó los dientes. Geert había sido un fiel servidor durante su infancia. Había confiado en él como si fuese un padre. Sin embargo, esa lealtad se truncó cuando la ambición llamó a la puerta de Geert. Olvidó todo principio en aras de amasar una fortuna. Sus delitos podía entenderlos, pero no podía perdonarlos. Cometió traición a la Corona. Con todo, lo que más le dolía era la deslealtad a su amistad, a su confianza. Geert no podía ni imaginar cuánto le dolió que lo decepcionara. Por ello, apartó el poco de piedad que le quedaba y rubricó con firmeza. Geert pasaría el resto de sus días en la cárcel, expiando el mal cometido.

—¿Es todo? —preguntó con voz ronca.

—Sí, mi señor.

—Podéis retiraros.

El consejero abandonó el despacho. El joven monarca se sirvió otra jarra de cerveza. La saboreó con lentitud. Era de una calidad excelente, elaborada del modo justo. Trigo, avena, cebada, con más cantidad de lúpulos y agua cristalina. Bien cocida y dejada fermentar el tiempo necesario, ni un día más ni un día menos.

La bebió con deleite, meditando en lo mucho que había cambiado su vida. Evidentemente, siempre supo que algún día gobernaría un imperio, aunque no que lo haría tan pronto. Sentía demasiadas responsabilidades sobre su espalda aún por formar. Y no quería ni imaginar cómo sería cuando heredase el reino de Castilla. Era un territorio conflictivo, con nobles que se rebelaban con frecuencia; con alianzas vecinales que debían tratarse con mucha mano izquierda. ¿Y qué decir del Nuevo Mundo? Extensiones vastísimas, virreyes incontrolables, riquezas que potenciaban la corrupción… No estaba seguro de poder hacerse con todo aquello. Deseaba estar muy lejos, ser otro. Sin embargo, el sentido de la responsabilidad le imposibilitaba renunciar.

Los golpes en la puerta lo apartaron del pesimismo. Ladeó el rostro. Su querida aya hizo acto de presencia.

—Majestad.

—Pasa. ¿No vendrás a imponerme una nueva tarea?

Ella sonrió con encanto. Carlos, en ese momento, era ese niño que se refugiaba en sus faldas.

—No, mi señor. Simplemente deseaba haceros compañía y comentar algunos chismes que, estoy segura, os divertirán.

Él le indicó que tomara asiento.

—Cuéntame.

Barbe le relató hechos realmente graciosos que le hicieron olvidar los temores del futuro. Nadie como ella, pensó, para aportarle la calma que necesitaba. Lamentablemente, los ratos de esparcimiento eran breves, pues el deber siempre volvía a reclamarlo.

—Hoy llega el nuevo administrador. Tendréis que recibirlo… ¡No pongáis esa cara! Serán solo unos minutos y después, ninguna obligación más. ¿Cenaréis en el comedor principal o en vuestros aposentos? Yo os aconsejaría que hicieseis acto de presencia. Han sido contratados unos cómicos que son la sensación de la temporada. Os distraerán.

Carlos se levantó con gesto que evidenciaba cansancio.

—Como siempre, deberé hacerte caso. Me irá bien un rato de esparcimiento.

—Vuestra coronación os ha reportado mucho trabajo. Necesitáis descanso. ¿Qué os parecería si programara un viaje a la costa? El aire de mar os sentará bien.

—Por desgracia, aún no puedo relajarme. Mi trono es reciente y quedan muchos cabos que atar, aunque… no lo descarto para más adelante. Cuando la primavera llame a las puertas estaría bien.

—Una época excelente, mi señor.

—¿Has localizado el libro?

—En dos días lo tendréis en vuestro poder.

Carlos asintió satisfecho.

—Ahora, ve a ver si ha llegado ese hombre y avísame para recibirlo.

CAPÍTULO 25

Francisca siempre se había caracterizado por ser una niña sosegada y en especial, obediente. Al crecer, esas virtudes deseadas en toda hija, por suerte para la familia Haro, continuaron. Por ello, cuando sus padres le explicaron los planes de futuro, no alzó ninguna protesta; todo lo contrario. Había sido educada para conseguir una buena posición en la vida, y es lo que ambicionaba.

—¡Es una noticia estupenda, madre! Una oportunidad única que no debemos desperdiciar. Me siento feliz.

Su madre le acarició el cabello con ternura.

—*Dochter*,[19] la felicidad es como un copo de nieve: apenas dura unos instantes. No te ilusiones. Se trata del futuro emperador del imperio más vasto de la tierra. Su destino es acostar en su lecho marital a una noble.

—No soy tan simple. Sé las posibilidades que tengo y no aspiraré a más.

Hendrika sonrió satisfecha. La educación recibida había dado sus buenos frutos. No como muchas de las hijas de sus amigos,

---

19. Hija.

que, contrariamente a los deseos de sus progenitores, habían arruinado sus vidas por no seguir los sabios consejos de los experimentados.

—Me contenta que estés de acuerdo. Ahora, deberás seguir cada una de mis indicaciones a rajatabla; por muy extrañas o incorrectas que puedan parecerte. Nuestra fortuna depende de ello.

—Sí, madre.

Francisca siguió cada una de las instrucciones maternas con gran interés, esperando que, cuando llegase el momento, no fuese causa de decepción.

Ilusionada con la nueva perspectiva que la vida le deparaba, llegó a palacio. Sus ojos verdes miraron asombrados el trajín que allí había. Más que una residencia real, parecía una pequeña villa. En el vestíbulo, aguardaban para ser atendidos vendedores, músicos, embajadores, gentes míseras en busca de un empleo…, todos ellos mezclándose con los cortesanos que iniciaban su quehacer diario.

Un caballero alto y de ojos negros se abrió paso entre la multitud y se acercó a ellos. Se trataba de Maximiliano de Transilvania, secretario del rey, quien los llevó a sus estancias y les indicó las normas y deberes que deberían cumplir a partir de ese momento.

No les fue difícil adaptarse. El ambiente en palacio no era tan rígido como esperaban, ni el joven rey tan taciturno. No es que desbordase alegría, pero la melancolía que le adjudicaban apenas existía. Simplemente era contenido y medía cada uno de sus pasos para no cometer un error. Por esa causa, tuvo mucho cuidado de que nadie se percatase de la atracción que Francisca le suscitó desde el primer instante que le fue presentada. Aun así, no pasó inadvertida para su aya, que lo conocía muy bien. Y como también lo amaba más que nadie en este mundo, decidió que ya era hora de que su protegido se estrenase en el amor. Así se lo hizo saber. Argumentó que un monarca debía conocer todos los aspectos de la vida para poder gobernar con sabiduría. Pero, sobre todo, ser experimentado en los asuntos del lecho. No era prudente mostrar ineptitud ante su futura esposa, que sería la reina… Prácticamente le dio a entender que era un asunto inaplazable.

Carlos, a quien desde niño le habían enseñado a sopesar todas las posibilidades, llegó a la conclusión de que su aya estaba en lo cierto. Y le habló de Francisca. De si existía la posibilidad de que, a pesar de su condición, ella fuese la primera en compartir su lecho.

—Naturalmente, majestad. Los reyes no se sirven de meretrices, sino que sus desahogos quedan a cargo de las cortesanas. Estoy segura de que esa joven os complacerá con gusto. No os preocupéis, señor. Pero si vuestras dudas consisten en no demostrarle vuestra ignorancia, puedo arreglar un encuentro con otra cortesana más experimentada, que os aleccionará.

Él negó con la cabeza.

—Ha de ser ella.

—En ese caso, os aconsejo que no consuméis vuestros deseos en el primer encuentro. El intenso ardor precipita los acontecimientos y no podemos permitir que la dama se lleve una decepción o que vaya diciendo que no sois un amante experimentado.

Carlos inspiró hondamente.

—Pues, siendo así, traedme esta noche a esa cortesana experta. ¿No será vieja o un adefesio?

—Jamás consentiría que vuestra iniciación en el placer fuese con alguien desagradable. La dama en cuestión es hermosa y hace unas semanas cumplió los veinticinco. Dejadlo en mis manos. Hablaré con ella para que todo sea perfecto. Os instruirá profundamente. Cuando toméis a esa doncella, lo haréis con pericia.

Esa noche, el joven príncipe se sumergió en las aguas deliciosas de la carne y su deseo por aleccionar a Francisca se volvió más acuciante si cabía. Ahora que el misterio se había desvelado, esa muchacha preciosa complacería todos sus deseos para elevarlo a la gloria.

Cuando el aya del rey llamó a Francisca, esta ya imaginaba cuál sería el tema de conversación. No tenía experiencia en asuntos amorosos. Sin embargo, desde su llegada a la corte, aprendió rápidamente cuándo un caballero desprendía deseo en su mirada y estos eran más de los esperados…, incluido el rey, noticia que su familia recibió con sumo contento. No así ella. Carlos no era precisamente un hombre agraciado. De mentón prominente, su mandíbula no encajaba con el maxilar superior, lo cual provocaba que tragase los alimentos sin apenas masticar y que no pronunciase debidamente, emitiendo un sonido gangoso. El ideal más alejado para una joven que debía entregar su virtud. A pesar de ello, el deber inculcado mitigaba todas y cada una de sus reticencias: si el rey la quería en su cama, acudiría sin dudar.

—Por favor, tomad asiento —la invitó Barbe.

Francisca se acomodó ante la mesita preparada con unas bandejas de dulces y una jarra de leche. La mujer llenó las dos copas y ofreció unos pasteles a su invitada. Francisca, a pesar de su inapetencia, tomó uno. No debía comenzar con mal pie. Sabía la influencia que esa mujer tenía en el monarca.

—Supongo que os estaréis preguntando el motivo de esta entrevista y, como sois nueva en la corte, os aclararé que no es para haceros ningún reproche; al contrario. El asunto estoy segura de que os beneficiará. Veréis. El rey, como hombre prudente que es, ha considerado que primero debo hablar con vos en su nombre. Le disgustaría que tomarais su proposición como algo ofensivo.

—Mi señor jamás podría ofenderme, madame. Sé que sus decisiones siempre han sido meditadas y que busca lo mejor para sus súbditos —respondió Francisca con tono sumiso.

Barbe sonrió complacida. La muchacha era más lista de lo esperado.

—Efectivamente. Y ha considerado que sois la dama perfecta para acompañarlo en sus momentos de intimidad. A Carlos le complace divertirse cuando el peso del trono le deja tiempo libre y rodearse de jóvenes hermosas. Desgraciadamente, ninguna de ellas sabe jugar al ajedrez. ¿Sabéis vos?

—Sí, madame. Mi madre me aleccionó antes de venir a palacio. También conozco otros juegos de salón que podrán entretener a mi soberano.

—¡Perfecto! El rey estará complacido al conocer vuestra habilidad. Estoy convencida de que esta misma noche, tras la cena, os invitará a jugar. ¿Estáis preparada?

—Será un placer contentar a mi señor.

—Y para mí una satisfacción al tener entre nosotros a una joven tan dispuesta y fiel al soberano. Os auguro un futuro venturoso si no causáis ningún problema. A Carlos le molestan enormemente los conflictos innecesarios y en especial, los caseros. Podéis retiraros.

Francisca, visiblemente emocionada, corrió hacia los aposentos de su madre.

—¿Dónde demonios te habías metido? ¿Acaso no te he dicho que debes ser prudente? No puedes ir sola por el palacio —le recriminó su madre, visiblemente enojada.

—*Het spijt me.*[20] He sido requerida por Barbe.

El rostro de Hendrika abandonó la expresión iracunda por la de expectación.

—¿Y bien? ¿Qué quería? ¿Es lo que pienso?

Su hija cerró la puerta y se sentó sobre la cama.

—Carlos me requiere como su oponente para el juego de ajedrez —respondió con una sonrisa pícara. Para añadir seguidamente—: Aunque… todos sabemos a qué se refiere con jugar. ¿Debo rematar la partida esta noche o, por el contrario, prolongarla durante un tiempo?

---

20. Lo siento.

—Tratándose de Carlos, debemos ser cautas. No podemos rendirnos con tanta facilidad ni hacerle esperar demasiado.

—¿Y qué me sugieres?

—Hay que mantener su interés el máximo de tiempo posible. No sea que a la mañana siguiente su ardor se apague. Considero que una semana será suficiente. Tras tu entrega, el resto dependerá de ti, querida niña.

—Pero… ignoro qué hacer. Cuando os aseguro que soy virgen, digo la verdad.

—Ya te expliqué las artes de seducción convenientes. No obstante, si él requiere algo especial, no dudes en complacerlo o se buscará a otra. Y no queremos eso.

—No temáis, madre. Carlos tardará en obtener todos mis secretos para darle placer. Cada día que pase, deseará recibir uno nuevo. No consentiré que otra me arrebate la posición que estoy a punto de alcanzar —aseguró Francisca.

Hendrika se sentó junto a ella y le acarició el cabello.

—Pequeña, te aconsejo que no te ilusiones demasiado. Nunca podrás ser reina y tampoco su amante eternamente. Los hombres son inconstantes y en especial, los monarcas. Gustan de novedades. Llegará un día que se fijará en otra y tú pasarás a la trastienda. Lo que debes hacer es asegurarte el futuro. Convéncelo de que te busque un marido adecuado. ¿Comprendes?

—¿De verdad crees que alguien de su posición se molestaría? —inquirió, escéptica, su hija.

—No se trata de molestias. Es una norma que siguen en todas las cortes. Pero tú no debes conformarte con cualquiera: asegúrate de que sea un buen partido. Ahora, debemos prepararnos. Ordenaré que llenen la tina y que busquen tus mejores galas y joyas. Hay que deslumbrarlo.

Tras dos horas de preparación, el resultado había dado su fruto. Estaba realmente atractiva. Lo mismo opinó su madre, quien, satisfecha, asintió con una gran sonrisa dibujada en el rostro.

—¿Preparada?

Francisca asintió sin poder evitar el nerviosismo. No le cabía la menor duda de que cualquier hombre caería rendido a sus pies aquella noche. No obstante, el archiduque era harina de otro costal. Era un joven que estaría acostumbrado a las exquisiteces y ella, por muy bonita que la considerasen, no era perfecta. ¿Y si fracasaba? Personalmente, no se sentiría demasiado decepcionada. Carlos, a pesar de la atracción que irradiaba gracias a su poder, no era nada gallardo. Se resarciría con alguien que, con toda probabilidad, le ganaría en belleza. Sin embargo, su familia no se lo tomaría con tanta tranquilidad, y la acusarían de haber echado a perder un futuro lleno de gloria, así que debía poner todo su empeño en conquistarlo. Su madre la había aleccionado en el arte de la seducción, de llevar al límite a un varón hasta que, desesperado, se arrastrase a sus pies.

—Hija —le dijo su padre tomándole las manos entre las suyas—, todos dependemos de ti. Cumple con tu deber.

—Sí, padre.

—Ahora, ve. Rezaremos por ti.

Francisca abrió la puerta. Tomó aire y se unió a Barbe, que la condujo hasta los aposentos del joven rey.

—Recordad que no debéis hablar hasta que él os autorice, ni proponerle nada en absoluto. Todas las decisiones corren a cargo de vuestro señor. En cuanto a vuestra actitud, mostraos recatada y prudente. No alcéis la voz ni parloteéis. Carlos aborrece las voces chillonas y la verborrea incontenible. En cuanto al juego del ajedrez, como imagino que tonta no seréis, dejadlo ganar. A ningún hombre le gusta perder, y menos ante una mujer. ¿Habéis entendido? Es importante que no olvidéis nada si no queréis que no vuelva a requerir vuestra compañía.

—Sí, señora.

—Bien. Preparaos.

Barbe abrió la puerta. El archiduque estaba sentado junto a la chimenea ante una mesa donde reposaba un tablero de ajedrez.

—Señor, aquí está la joven Francisca.

Carlos alzó levemente la mano invitándola a pasar. Su aya cerró la puerta.

—Por favor, pasad —le pidió con voz casi imperceptible mientras clavaba sus ojos azules en ella. Era hermosa y su rostro, aún más angelical. Era la viva imagen de la inocencia, aunque no tanto como para no saber que no había acudido allí solo para enfrentarse a una simple partida de ajedrez.

Francisca hizo una reverencia y se acercó a él. El monarca se aclaró la garganta.

—Me han comentado que sabéis jugar —dijo mostrándole el tablero sobre la mesa.

—En realidad, únicamente he practicado con mi madre. Nunca me he enfrentado a otro rival —respondió ella alisándose la falda con dedos nerviosos.

—Me siento honrado de ser el primero… Me refiero como contrincante. Sentaos, por favor.

Ella obedeció con gesto dócil.

—El honor es mío, majestad. Nadie mejor que vos para iniciarme en el juego… Me refiero con un rival que no se deja ganar. Mi madre es demasiado condescendiente —susurró ella bajando la mirada.

Carlos le tomó el mentón y, suavemente, la obligó a mirarlo.

—No debéis temer cometer errores; pues para mí también es la primera vez que me enfrento a una jugadora, y una tan sumamente hermosa. Así que primero tantearemos nuestros métodos y estrategias, y más adelante decidiremos. ¿Os parece bien?

Por supuesto, no le llevaría la contraria. Carlos era conocido por su actitud pacífica, piadosa y comprensiva; con todo, no dejaba de ser un rey, y los reyes estaban acostumbrados a hacer su santa voluntad. Cualquiera que quebrantara esa norma podía incluso perder la cabeza, y ella era demasiado joven para pasar a mejor vida. Por muy desgraciada que fuese esta, cuanto más tardase en abandonarla, mejor.

—Vuestros deseos son órdenes para mí…, además de sentirme gozosa en complaceros —aceptó dibujando una media sonrisa.

—Una actitud que me agrada. No soporto a los jugadores que se impacientan o exigen prisas. El ajedrez requiere meditación. El jugador debe tomar su tiempo, por muy largo que resulte el envite. La satisfacción final es la que cuenta. ¿No os parece?

—Siempre me he caracterizado por mi paciencia. Podéis pensar todo lo que consideréis necesario, majestad.

—Bien. ¿Comenzamos el juego? —dijo él besándole la mano.

Ella bajó la mirada mostrando turbación. Según los consejos maternos, debía hacerlo esperar, lograr que su deseo fuese aciante al no obtener placer inmediato. Sin embargo, su intuición le decía que Carlos la quería esa noche y, si no lo complacía, perdería la oportunidad. La familia se pondría furiosa. Por otro lado, no tenían por qué enterarse. Así pues, bajó la mirada y dijo:

—Cuando su majestad decida, puede mover ficha.

CAPÍTULO 26

La persecución del sospechoso se truncó cuando el primer investigador fue asesinado veintitrés años atrás. A partir de entonces, el rastro del judío se perdió. No existían documentos de su llegada a Brujas; parecía como si se hubiese evaporado en el aire. A pesar de ello, la búsqueda no cesó. Era demasiado importante el secreto que ese marrano guardaba…, además de peligroso. Tenían que obtenerlo a toda costa. Así pues, durante todos esos años enviaron a Flandes a los hombres más capacitados para encontrar a un fugitivo.

Uno tras otro fracasaron.

Su caso fue distinto. La experiencia le había enseñado que nadie desaparece totalmente, que siempre deja un rastro, y estaba dispuesto a seguir su huella.

Comenzó por lo que sus antecesores obviaron: el registro de la aduana. Nadie entraba en Flandes sin pasar por ella y registrarse; y menos aún los viajeros llegados de Castilla. Y por los datos obtenidos del capitán de la nave, el enviado desde Toledo desapareció un día antes de que arribasen a puerto. Por esa causa, no cabía la menor duda de que ese judío había cambiado de nombre.

En un principio, al ver la larga lista —unos veinticinco—, su euforia inicial se vino abajo. No obstante, la fama que le precedía de no haber fallado en ninguna de sus misiones reafirmó su orgullo y comenzó la investigación.

Durante un año comprobó los datos, acudiendo a las direcciones, sin desanimarse cuando alguno de ellos se había mudado, convencido de que tarde o temprano acabaría consiguiendo su nueva ubicación. Después de tanto tiempo, continuaba sin dar con él, pero ahora, algo le decía que estaba a punto de finalizar su búsqueda.

Se plantó ante la puerta y tiró de la campanilla. Impaciente, golpeando el suelo con el pie derecho, aguardó. No obtuvo respuesta. Miró a través de la ventana. Todo estaba a oscuras. Al parecer, no había nadie. Sin embargo, no claudicó. No se iría de allí hasta comprobar si en esa casa estaba el hombre que los había tenido en jaque durante tantos años.

Cuando estaba a punto de irse, Katrina abrió. Ante ella había un hombre alto, de cuerpo endeble, de unos cincuenta años.

—¿Sí? —preguntó con desconfianza.

—Buenas noches, señora. Acabo de llegar de París y me han dicho que Efraím, el joyero, vive aquí.

Ella, que había estado llorando, arrugó la nariz y se la frotó con el dorso de la mano.

—Era mi abuelo. Hace unos meses que lo enterramos.

Él masculló un juramento. Había llegado demasiado tarde. Sin embargo, aún no se daría por vencido. Tal vez la muchacha supiese algo.

—Lo lamento. ¡No sabéis cuánto me entristece tan terrible noticia! Mi padre me pidió que pasara a verlo, pues eran amigos. Era joyero como él. Aunque no tan bueno, claro está…

Katrina esbozó una leve sonrisa. El hombre parecía de confianza. Además, recordó que su abuelo le dijo que había llegado a la ciudad un antiguo amigo o algo parecido.

—No es porque sea su nieta, pero soy de la misma opinión. ¿Deseáis pasar?

El investigador aceptó encantado. Le sería más fácil contrastar si ese fue el hombre que andaba buscando.

—Sois muy amable, teniendo en cuenta que estáis de luto —dijo entrando en la casa.

—Nunca se le niega un vaso de agua a un viajero cansado. Sé, por los relatos de mi abuelo, lo duro que resulta una travesía por el mar.

—¿Así que os habló de su vida en Toledo? —preguntó él acomodándose ante la mesa.

—Constantemente, señor...

—Josué Espejo.

—Mi nombre es Katrina. ¿Leche? —le ofreció ella llenándole un tazón.

Al tender él las manos para cogerlo, Katrina se fijó en que su dedo meñique estaba cortado.

—¡Hum! Deliciosa. No tiene comparación con la de Francia ni con la de Toledo —exclamó él tras probarla.

—Es por los pastos. El abuelo decía que en Castilla los campos son muy secos. De todos modos, siempre sintió añoranza por esa tierra. Yo nunca podré sentirla, pues no la puedo pisar.

—¿Y os gustaría?

Katrina entornó los ojos.

—No os quepa la menor duda. He oído hablar tanto de ella que es como si la conociese de primera mano. Incluso conservamos la llave de la casa de Toledo, aun a sabiendas de que otros deben ocuparla y que no regresaremos.

—Ninguno de nosotros, por el momento, podremos. Aunque espero que, antes de que mis ojos se cierren, pueda ver de nuevo Sefarad. Por suerte, mi familia pudo sacar, sin que fuésemos descubiertos, algunos bienes que nos unen a nuestro antiguo hogar.

—Mi abuela lo intentó, a escondidas de mi abuelo, y fue detenida. Nada pudieron hacer por salvarla.

—Una situación terrible. Vuestro abuelo debió de sufrir mucho. Perder a la esposa, el hogar, los objetos que nos unen al pasado… Imagino que los soldados le confiscaron los bienes.

—Supongo. Lo cierto es que apenas me hablaba del viaje hacia el exilio. Le afectaba demasiado. ¿Más leche?

Él aceptó con una sonrisa afable.

—Decidme. ¿Qué haréis ahora? Me refiero a que sin familiares y tan joven…

—¡Oh! Mi abuelo me dejó en buena posición. No hay temor al futuro. Sin embargo, ningún bien material podrá mitigar la pena y soledad que siento —respondió ella con semblante afligido.

—La soledad pronto pasará. Sois muy hermosa. No os faltarán los pretendientes. En poco tiempo, os veo convertida en una esposa feliz. —Dejó el tazón vacío sobre la mesa—. Bien. Debo irme. Ha sido un placer hablar con vos. Y recibid mi más sincero pésame.

—Gracias, caballero.

Josué Espejo se levantó e inclinó la cabeza en señal de despedida.

—*Goedenavond.*

—También le deseo buenas noches, señor.

Lo acompañó hasta la puerta y la cerró tras él. La visita llegada del pasado la entristeció aún más. Se asomó a la ventana. Las calles vacías habían sido ocupadas por unos cuantos gatos, que influidos por el hechizo de la luna llena deambulaban, como hacían desde tiempos inmemoriales, dispuestos a cumplir con el rito ancestral de la perpetuación de la especie; se escabulleron al advertir su presencia.

Ella aún no sabía qué rumbo tomar. Se encontraba en medio del desierto, perdida entre dunas y alejada del oasis donde poder saciar la sed, sin que ninguna caravana se detuviese para rescatarla del infierno. Nadie absolutamente podía salvarla del resentimiento que la consumía. Ni tan siquiera la generosa Nienke con su amor, con su paciencia, era capaz de ello. Ya había pasado casi un año de la terrible pérdida y continuaban sin poder sobrellevarlo. Su abuelo fue un hombre bueno, esa fue la causa de todos sus sufrimientos, y Dios se lo había llevado sin mostrar la menor misericordia.

La tristeza dio paso a la rabia. Cerró la ventana y decidió unirse a los felinos domesticados. Sus pasos se perdieron en el camino que no figura en ningún mapa, en ese lienzo llenado con bosquejos y que únicamente el autor es capaz de descifrar. Pero en aquella ocasión no podía comprender qué significaban los trazos, aquellas líneas retorcidas que configuraban el cuadro que el destino le había designado.

Durante una hora estuvo vagando hasta llegar al canal de Poortersloge, frecuentado por los miembros de la alta sociedad. Miró los reflejos de la luna en el agua sin sentir el intenso frío, sin fijarse en los escasos viandantes a aquella hora de la noche. Todos estaban a la mesa disfrutando de la comida, de la conversación familiar. Ella había perdido a su familia. Estaba sola. Porque Nienke la cuidaba como a su hija, pero no las unía ningún lazo de sangre. Era una huérfana.

En lugar de hundirla más en el abismo, esa revelación, sorprendentemente, le infundió una fortaleza inusitada. Estaba el mundo y, contra él, contaba con su capacidad de sobreponerse, de no dejarse arrastrar por ese torbellino que hasta ahora la había mantenido postrada en el rincón oscuro, sin querer ver la luz.

Alzó la cabeza y volvió tras sus pasos.

Al llegar ante la casa, encontró la puerta entreabierta. La empujó y llamó:

—¿Nienke?

Nadie respondió.

Entró. El corazón le dio un vuelco ante el espectáculo que se mostraba ante sus ojos. Todo estaba revuelto: las sillas tumbadas, los cajones abiertos y su contenido esparcido por doquier.

—Katrina, he pensado que…

Nienke llegó en ese momento y dio un brinco sintiendo cómo las pulsaciones se le aceleraban en la garganta.

—¡Dios santo! ¿Qué ha ocurrido? —gimió su amiga al contemplar tal desorden.

—He salido a dar un paseo para pensar y… me he encontrado con… esto —farfulló Katrina con aspecto confuso.

Nienke cerró dando un sonoro portazo.

—Esta ciudad se está volviendo muy insegura. ¡Por todos los demonios! ¡Ya no respetan nada! Y en cuanto a ti, creo que los últimos acontecimientos te han trastornado. ¿No comprendes que una joven nunca debe salir de noche, y menos sola? ¡Ay, Señor!

Katrina levantó una silla y se dejó caer reflejando una gran tristeza. Nienke se arrodilló ante ella y le tomó las manos.

—Cielo, comprendo cómo debes de sentirte. Lo de tu abuelo y ahora… esto. No es fácil para una jovencita asimilar tantas desgracias. Pero no permitas que esto te hunda. Tienes que ser fuerte.

Lo único que deseaba Katrina era llorar. Llorar y llorar hasta que no le quedase ni una lágrima. Pero su abuelo no consentiría que las circunstancias la doblegaran. Como decía siempre, uno no podía controlar el viento, pero podía ajustar las velas. Y lo haría.

—Tu consejo es sabio. La vida sigue y debo incorporarme a su sendero. Una no debe dejarse vencer por la pena. Como dicen los viejos, la risa se oye a mayor distancia que el llanto.

Su aya, con aire satisfecho, enderezó otra silla y se sentó ante ella.

—Me contenta verte tan bien. Aguardaba oír eso desde hace tiempo. Por supuesto, también espero que aceptes la proposición

que tengo que hacerte. Hoy, como sabes, he entregado el segundo pedido para la dama que vive en la corte, y me ha asegurado…
—calló para darle más emoción a lo que iba a decir; Katrina se preguntó qué sería aquello que le hacía brillar los ojos— que el propio rey le ha dicho que nos quiere en la corte, para que trabajemos solamente para él. ¿No es fabuloso? ¡Oh! ¡Aún me cuesta creerlo!

Katrina parpadeó anonadada. ¿Estaba diciendo que le habían propuesto vivir en palacio? No entendía la razón. Eran dos simples hilanderas, mujeres sin la menor importancia.

—Tras la propuesta que nos hicieron hace un año, ¿aún nos quieren como proveedoras reales?

—¡Por supuesto, querida!

—¿Por qué?

Nienke dio un respingo. Sus ojos azules se abrieron como platos al tiempo que su torso se tensaba. Era un gesto característico que solía hacer cuando escuchaba lo que, a su parecer, era la mayor tontería del mundo.

—¿Que por qué? ¡Querida! Sencillamente, porque somos las mejores hilanderas de Flandes y Carlos ha sabido reconocerlo. Deduzco que no desea que nuestras maravillas se las lleven otros. ¿Y bien? ¿Qué dices?

—No sé…

—¿Cómo que no sabes? Chiquilla, no deberías ni dudar. ¡Es una oportunidad única! Claro que ahora que has recibido la herencia, no desearás trabajar. Podrías vivir no con excesos, pero sí dignamente. Sin necesidad, nadie se busca obligaciones ni, por supuesto, un trabajo.

—Hilar es mi pasión. Jamás dejaría de hacerlo, ni aunque mi seguridad financiera estuviese resuelta. Pero ir a Bruselas… Aquí está la joyería, la casa… Son recuerdos que no quiero perder.

—La tienda no es tuya y lleva cerrada desde hace meses. Por otro lado, la casa no te pertenece. Mira. Vivir en la corte nos reportará muchos privilegios: buena vida, viandas exquisitas, hombres interesantes... No pagaremos alquiler; todo lo contrario. Nos pagarán un buen sueldo por el hilado, e incluso puede que encuentres un buen partido.

Katrina arrugó la frente.

—Dudo que el rey se rodee de judíos. Ya sabes la aversión que su familia siente hacia mi pueblo. Por lo que nos hicieron pasar. ¿Sabe que soy judía?

—La verdad, no preguntaron.

—Ya, porque ni siquiera se les ha pasado por la cabeza. Temo que no podré aceptar el empleo, querida Nienke. Más bien, se negarán a que trabaje con ellos. Por otro lado, si llegasen a ignorar mi condición religiosa, a pesar de considerarlo una oferta magnífica, no podría aceptar. Mis antepasados se revolverían en sus tumbas.

—¡No me vengas con esas! ¿Qué tiene de malo trabajar para el rey Carlos? Él no es su abuelo. Además, el tuyo fue recibido con los brazos abiertos en Flandes y jamás fue molestado. Más aún, pudo trabajar y enriquecerse.

—Pero bien lejos de ellos. Insisto, creo que deberás ir sola.

Nienke sacudió la cabeza con énfasis.

—¡Ni lo sueñes! O vienes conmigo o no voy. ¡Que busquen a otras hilanderas! Nosotras ya tenemos una buena clientela.

—Pero... a ti te hace mucha ilusión y es una gran oportunidad. No debes sacrificarte por mí. Ya lo has hecho durante muchos años.

—¿Qué sacrificio? Ha sido un honor estar a tu lado. Eres la hija que no tuve. Y volviendo a la oferta, he dicho que no iré sola. Así que no se hable más —insistió su aya.

Se levantó y se puso el chal, mientras pensaba que era una verdadera lástima que las diferencias religiosas se interpusieran en el camino de gloria que les aguardaba. Claro que si ocultasen ese detalle... Por su aspecto Katrina no parecía judía, sino más bien una muchacha proveniente de una familia del norte, de tez clara, cabello dorado y ojos como la hierba. Su apellido era neerlandés, pues su padre se cuidó de cambiárselo de bien joven. Nadie podría intuir que era judía. Nadie.

Volvió a sentarse y, con una sonrisa pícara, dijo:

—Querida. Ni tú ni yo tenemos que renunciar. Se me ha ocurrido un plan infalible.

—¡Ah, no! Nada de planes —refutó Katrina.

Su aya la miró con gesto ofendido.

—¿Acaso no he demostrado todos estos años mi sensatez?

Cierto. Nienke era la mujer más juiciosa que conocía. Nunca se extralimitó en nada. Sus encajes eran vendidos por su justo precio; no como otras hilanderas, que se aprovechaban de los incautos. Tampoco permitió que su reputación de viuda solitaria tuviese mancha alguna. Cuando algún pretendiente —que a causa de su belleza hubo muchos— obraba de un modo que pudiese perjudicarla, lo despedía con viento fresco. Era una enlutada respetable, y así seguiría hasta que un hombre cabal decidiese llevarla ante el altar. Hecho que de vez en cuando la enfurruñaba, pues decía que a quien había conocido las mieles del placer, le era difícil olvidar su dulce sabor y deseaba disfrutarlo de nuevo.

—Sí, pero…

—Nada de objeciones. No hasta que me escuches, ¿de acuerdo? —insistió su nodriza—. El asunto es simple. Ocultamos tu procedencia judía y se acabaron los problemas.

—Lo más fácil es aconsejar a otro; lo más difícil, a uno mismo —musitó Katrina.

—Tengo toda la razón del mundo. No hay peligro.

—Los documentos no mienten —rechazó Katrina.

—Tu padre y tu abuelo se cambiaron el apellido, y no posees propiedades de ningún tipo. Además, en Bruselas nadie nos conoce. No hay rastro posible.

Katrina frunció la frente. Por un lado, la oferta del rey era muy tentadora, pero por otro, estaba el pasado de la familia, lo mucho que padecieron a causa de esa dinastía. No podía trabajar para Carlos. No sería digna de sus antepasados si lo hiciese. Y así se lo comunicó a su aya y amiga.

—Una vez más, debo sacarte del error —volvió a contraatacar Nienke—. Tu abuelo, cuando Juana y su esposo ascendieron al trono, continuó trabajando aquí y, que yo sepa, nunca tuvo intención de marcharse. Pagó sus impuestos a la Corona y nunca lo noté ofendido o humillado por ello, ¿no es cierto? Por tanto, no existe ningún impedimento para que aceptes ese maravilloso trabajo.

Katrina inspiró hondamente. No deseaba perder todo aquello que la unía a la familia. Sin embargo, era consciente de que no podía regentar la joyería y en cuanto a la casa, sin el abuelo, ya no podía considerarse su hogar.

—Visto así…

—Es puro razonamiento, querida. Sin contar con que tenemos la posibilidad de viajar. Dentro de un tiempo, Carlos será coronado rey de Castilla; quizás decida llevarnos con él…

—¿Olvidas que no puedo pisar esas tierras? Si me descubriesen, la Santa Inquisición no tendría piedad. No pienso correr un riesgo tan innecesario.

Nienke resopló con gesto impotente.

—No lo hay. ¿Quién diablos podría descubrirte en la corte? No conocemos a nadie y ellos, mucho menos a nosotras. Querida, al igual que el hilo, a veces, la vida se nos rompe y lo que debemos hacer es un nudo.

Nienke tenía razón. Al mismo tiempo, la idea de poder ir a Toledo, a pesar del peligro que suponía, la seducía enormemente. Desde la fatídica noche que falleció su abuelo, sus delirios no dejaron de rondar por su cabeza. ¿Y si sus palabras eran la verdad de alguien que sabía que iba a morir? Tenía la oportunidad de encontrar una herencia que al parecer era sumamente importante y peligrosa. Ahora, mirando a su alrededor, con toda la habitación patas arriba, estaba convencida de que así era. Ningún ladrón pasaría por alto el reloj de oro que reposaba sobre el aparador.

¿En qué consistiría esa herencia? No debía de tratarse de dinero. Este, con el paso de los siglos, podía haberse gastado. Se trataba de algo más simbólico; algo secreto y muy muy importante. Le dijo que los habían seguido hasta el barco y que tuvieron que matar a su acosador. En su agonía no le creyó. Pero ahora... La violación de su casa no podía ser una simple casualidad...

—¿Qué ocurre? —preguntó Nienke al ver su ceño fruncido.

Katrina no contestó. El corazón se le había subido a la garganta al concebir una idea terrible. ¿Y si ese judío amable era uno de esos hombres que deseaban su herencia? No era una teoría tan descabellada. Había sacado el tema de llevarse a escondidas objetos prohibidos cuando fueron expulsados de Castilla. Era indudable que se encontraba en peligro; igual que si intentaba regresar a la tierra de sus ancestros. Lo único seguro era cambiar de vida. Sí. Lo mejor era empezar de nuevo, con una labor que adoraba.

—Sé que es una locura, pero... me has convencido. Aceptaremos ese trabajo. Antes deberás instruirme a fondo. Nadie debe sospechar que soy judía —decidió.

—¡Estupendo! Ahora, comencemos por arreglar este desastre. Y esta noche, por supuesto, te vienes conmigo. Dormirás en mi casa. No me sentiría tranquila quedándome aquí contigo, y mucho menos dejándote sola —propuso Nienke.

—Desde luego, no pienso arriesgarme permaneciendo en esta casa. El asaltante podría regresar —aceptó Katrina recogiendo unos papeles.

—Y a primera hora, notificaremos a las autoridades lo ocurrido —decidió su amiga.

—No es necesario. Habría que hacer declaraciones, papeleos y para nuestros planes no nos interesa. Recuerda que hemos de borrar mi pasado para ir a Bruselas. Será mejor que busque una pensión.

—¿Qué dices? Nada de eso. Mi casa es la tuya —se escandalizó su amiga.

Katrina estaba dispuesta a alejarse de su casa. No quería que ese hombre volviese a localizarla.

—Lo sé. Sin embargo, hemos de ser cautas. Nadie debe saber que vamos a la corte. Me despediré de los vecinos diciéndoles que me voy con una prima que vive en la costa.

—¿Por qué? Dudo mucho que el asaltante regrese.

Katrina se mordió el labio inferior y su amiga supo que le ocultaba algo.

—Querida, ¿vas a contarme de una vez qué te ocurre?

No era momento para mantener secretos, y menos con la mujer que la había cuidado como una verdadera madre. Así que le contó la confesión de su abuelo.

—¡Cielo santo! ¿Y piensas que puede ser verdad?

—No lo sé, Nienke, pero lo que sí creo es que un moribundo no suele mentir. Así que, por precaución, es mejor que me aleje de esta casa y haga ver que me he ido lejos.

—Claro, claro. No te preocupes, cielo. Nadie te causará ningún mal. Antes tendrán que pasar sobre mi cadáver.

Katrina la abrazó con fuerza.

—No sé qué haría sin ti.

Su protectora se separó de ella quitándole importancia.

—Las dos nos necesitamos la una a la otra. Tranquila, nos prepararemos a conciencia para el futuro que nos aguarda.

—Dudo mucho que la corte espere el tiempo que necesitamos para que me prepares.

—Siendo así, nos daremos prisa.

—Me veo incapaz.

—No puedes sembrar si antes no apartas las piedras. Hay que tener confianza, y verás como todo irá sobre ruedas. Nadie averiguará nunca lo que ocultamos y seremos las hilanderas más prestigiosas del reino, ¿de acuerdo?

Katrina asintió nada convencida.

CAPÍTULO 27

Nienke y Katrina estuvieron muy ajetreadas con los preparativos de su marcha. No se trataba de un simple traslado: su partida conllevaba un cambio absoluto de vida. En especial para Katrina. Tuvo que aprender a comportarse como una cristiana; no solamente en la actitud, sino también en la parte religiosa, lo cual no era precisamente de su agrado. Bien era cierto que se trataba de pura apariencia. Jamás renunciaría a su fe. Se sentía igualmente como una traidora y su corazón se encogía al pensar en su abuelo, pero, tan pronto como llegaban los remordimientos, se decía que era por una causa mayor: salvar la vida y, después, encontrar la herencia familiar. Así que puso todo su empeño, demostrando una gran habilidad para el aprendizaje.

Nienke estaba eufórica. Su parloteo constante mareaba a su pupila, quien, a pesar de ello, nunca levantó una queja. Agradecía el esfuerzo que estaba haciendo para que su futuro estuviese repleto de éxitos. Un triunfo que auguraba para su destreza con la hilatura, pero también para algo más. Seguramente, con la belleza que la joven poseía, conquistaría a un hombre importante, un caballero rico y, tal vez, incluso noble.

—Eres una soñadora —rio Katrina.

—¿Por qué? Todo es posible. ¿Quién puede negar lo contrario? Posees todos los atributos para ser asediada por cientos de pretendientes. Y en la corte, por lo general, todos son hombres con posibles y la mayoría tienen título.

—No te quito razón, pero olvidas que soy una simple hilandera, y esos caballeros tan magníficos de los que hablas jamás atarían su futuro a una empleada. Sus matrimonios son por simple interés.

Nienke hizo revolotear la mano quitando importancia a ese detalle.

—Siempre ocurre una excepción.

—Y también complicaciones.

—¿Lo dices por lo tuyo? Pierde cuidado. Has asimilado todos los detalles importantes. Nadie dudará de que eres una joven neerlandesa cristiana.

—¿Incluso cuando me niegue a comer algún alimento? —le recordó Katrina.

—Ya hemos hablado sobre ello. Deberás hacer alguna excepción, o harás surgir las dudas. En especial con el cerdo. Es sabido que la negativa a tomarlo es síntoma de ser judío.

La joven apretó los labios.

—Es el alimento más prohibido. No puedo quebrar una norma tan sagrada.

—¿Qué norma sagrada? Es un animal igual que otro.

—Tú no lo entiendes…

—Cierto. No veo qué relación puede tener el gorrino con el pecado. Claro que si eso va a ser un gran problema…

—Como decía el abuelo, romper una promesa moral, aunque esta no sea sancionada legalmente, no deja de ser una culpa moral. Es una ley que no pienso quebrantar, Nienke —insistió Katrina con firmeza.

Su cuidadora y amiga alzó los hombros.

—Siempre podemos decir que su carne te enferma.

—Una excusa que no los convencerá —refutó Katrina.

—Lo hará si ante ellos pruebas un bocado e inmediatamente te sientes fatal. Una respiración dificultosa, un desmayo… A June, la lavandera, le faltó poco para salir de este mundo cuando probó su primer mejillón. Creyeron que se debía a una enfermedad. La cuestión es que, tiempo después, cuando se llevó otro a la boca, le ocurrió lo mismo. Jamás ha vuelto a catar otro mejillón. No son casos tan extraños. Es un misterio. Lo cierto es que a algunas personas no les sientan bien según qué alimentos.

—Sí, puede ser una solución… —convino su protegida.

—¡Claro que lo es! Nienke siempre tiene buenas ideas. Lástima que no sepan apreciarme en todo mi valor. Sobre todo, los hombres. ¿Acaso no soy hermosa y joven aún? ¡Acabo de cumplir treinta y nueve años! —se lamentó Nienke efectuando un gesto melodramático.

—Eres una mujer muy bella e inteligente. Seguro que muy pronto un caballero te valorará como mereces —la consoló su pupila. Y no mentía. Nienke poseía un cuerpo bien proporcionado. Altura, buenas curvas. Un rostro ovalado enmarcado por un cabello dorado con rizos naturales y unos ojos grises semejantes a los misteriosos de los gatos.

—¡Cierto! Ahora tenemos posibilidades en la corte. Creo que deberé poner más atención en cuidar mi aspecto. Ungüentos para el cutis, perfumes y vestidos menos sobrios. Ya hace demasiados años que soy viuda. ¡Merezco volver a divertirme! ¿No te parece? —dijo la mujer atusándose el cabello ante el espejo. Satisfecha, echó una ojeada a la habitación y preguntó—: ¿Crees que nos recibirá el rey?

—Lo dudo mucho —contestó Katrina revisando los cajones del aparador.

—No veo la razón. Según me dijo Marie, aunque fue su aya quien nos contrató, fue el propio Carlos quien solicitó nuestros servicios. Lo más correcto sería que le fuésemos presentadas.

—Un rey no suele ocuparse de algo tan banal. Tiene que recibir a embajadores, nobles, comerciantes... Apenas debe de tener tiempo ni para sus asuntos personales. Y más ahora que ostenta un cargo tan importante a tan temprana edad... —Calló y frunció la frente con aire meditabundo—. Creo recordar que mi abuelo me dijo que nacimos el mismo día y año, así que ahora contará quince. Qué casualidad, ¿no?

—Un hecho que me parece venturoso. Tal vez si se le informa de tal coincidencia, sienta curiosidad por conocerte.

—¿Otra vez fantaseando? Nienke, nosotras no somos nadie especial...

—Eso es un punto de discusión. Yo me considero la mujer más especial que existe. Si los otros no saben verlo, es que están ciegos —replicó Nienke alzando la barbilla.

—No me salgas con esas, me has comprendido perfectamente. Nienke, no te hagas ilusiones. Llegaremos a palacio y nos acomodarán en unas habitaciones humildes. Nos indicarán nuestro lugar de trabajo y ese será el único recibimiento. De hecho, creo que jamás veremos al rey. Seguramente estaremos en el ala de los sirvientes, alejadas de la corte.

—¡Ah, no! Si ocurre eso, me encargaré personalmente de cambiar la situación. No me voy hasta Bruselas para permanecer en la sombra. Me he propuesto una meta, y no cejaré en el empeño hasta que la consiga. ¿Queda claro, jovencita?

Katrina soltó una risa cantarina.

—Del todo.

—¿Has cogido los diseños?

—Están a buen recaudo. Relájate, todo está preparado —dijo su protegida mirando a su alrededor con tristeza.

Allí estaba el sillón preferido de su abuelo, donde todas las noches disfrutaba de una buena lectura o diseñando sus joyas, mientras ella aprendía el arte de la hilatura o conversaba con Nienke... Sí, en esa casa había sido muy dichosa; pero la vida continuaba y había tomado una determinación. No había vuelta atrás. El futuro era Bruselas. Un porvenir que, si no salía como esperaban, tampoco les suponía problema alguno. El dinero ahorrado por el abuelo, las joyas y la venta de la tienda la habían convertido en una mujer acaudalada. No tendría que depender de nadie jamás, y podría huir si se encontraba en peligro. Y eso, pensó, era un aliciente para cometer la mayor de las locuras…, como la que estaba iniciando ahora.

Nienke cerró el último baúl y se acercó a la ventana. Levantó la cortina.

—Ha llegado el carruaje y no hay nadie en la calle. No hay peligro de que te vean. Podemos salir —anunció.

La joven hilandera suspiró levemente.

—En ese caso, es hora de partir.

Nienke abrió la puerta. El cochero entró y cargó con el equipaje. Katrina cerró y subieron al carruaje, sintiendo como el corazón se les aceleraba.

Ya no había marcha atrás. Brujas quedaba en el pasado. Ahora sus pasos las conducían por el sendero de lo desconocido y eso, a pesar de la emoción que les hacía sentir, no evitaba que el temor se aposentara en sus estómagos.

CAPÍTULO 28

La distancia entre ambas ciudades era apenas de cien kilómetros; pero al haber salido al atardecer, pararon dos horas después para hacer noche en una posada. Consiguieron una habitación libre a pesar de lo concurrida que estaba, lo cual fue un alivio. Se encontraban molidas, los últimos días antes de la partida habían sido agotadores, así que casi ni probaron la cena y se retiraron a descansar.

No durmieron mucho. La emoción por saber qué les depararía el futuro las tenía alteradas. Situación que no había cambiado ni un ápice cuando, dos días después de abandonar Brujas, el carruaje se adentró por las calles de Bruselas.

La ciudad no podía compararse con Brujas, pero no había duda de que también contenía gran belleza. Una belleza que comenzó en sus inicios. Unos decían que Bruselas fue fundada por los celtas y otros, cuando Saint-Géry, obispo de Cambrai y Arrás, levantó una capilla dedicada a san Miguel, en el año 695. Más tarde, el emperador germano Otto II confió al duque de Lorena unas tierras en el valle del río Zenne. El duque de Lorena construyó un fuerte en la isla de Saint-Géry, y el lugar fue bautizado como Bruocsela, «capilla del pantano». Pero un siglo después fue abandonada para trasladarse al sur, a Coudenberg.

Hacia el año mil, la diminuta población fue protegida por una muralla y comenzaron a construirse iglesias, hospitales y grandes casonas. Sus habitantes se iniciaron en el comercio, especializándose en los textiles, cuya exportación se veía muy beneficiada por los canales, que llegaban al mar. Poco a poco, el pequeño asentamiento creció hasta convertirse en una ciudad grande y próspera, recibiendo del duque de Brabante la carta magna. Luego pasó a manos de los Habsburgo y, justo ese año, el joven rey Carlos había trasladado allí la capital de su reino.

Katrina y Nienke contuvieron un silbido al ver el edificio. Era enorme, mucho más de lo que habían imaginado, y los nobles habían edificado sus mansiones a su alrededor.

—Te lo dije. Ha sido un acierto venir —susurró Nienke.

—Solamente el futuro lo dirá. Y será de inmediato —replicó Katrina al tiempo que el carruaje se adentraba en la calle Isabel. La cruzó y tomó el camino rodeado por los jardines que presidían el palacio, los cuales se encontraban bastante concurridos: damas que paseaban en compañía de sus mascotas, criadas que cortaban rosas y jardineros que se ocupaban de las espléndidas plantas.

Cuando el carruaje se detuvo ante la escalinata, un criado ataviado con librea colocó una escalerilla bajo la puerta y la abrió.

—Señoras, sed bienvenidas. Madame Barbe, aya del rey, os aguarda. Acompañadme. El servicio se encargará de vuestras pertenencias.

Siguieron al sirviente hasta el interior.

En el gran vestíbulo la actividad era frenética. Decenas de sirvientes iban de un lado a otro cargando bandejas, ropajes o jarrones. En medio de este caos organizado, algunos ciudadanos o gente llegada de aldeas aguardaban impacientes que el consejero real o su sustituto los recibiera para atender sus peticiones. Las mujeres dejaron atrás el barullo, internándose en un corredor adornado con bellos tapices y con varias puertas a los dos lados. El mayordomo abrió la última.

Una mujer de cabellos dorados y ojos del color del cielo se encontraba acomodada en una poltrona junto al gran ventanal. Al ladear el rostro hacia ellas mostró su gran atractivo, al igual que una sonrisa encantadora.

—Señoras, es un honor tenerlas en palacio.

—Al contrario, señora. El honor es nuestro por haber sido elegidas como hilanderas privadas de palacio —respondió Nienke sin poder evitar que sus ojos azules barrieran el pequeño salón.

Allí todo era exquisito: jarrones, bustos de mármol, tapices, muebles... Cada una de esas piezas debía de costar una verdadera fortuna.

—Solo a vuestro excelente trabajo debéis agradecérselo. Al rey le gusta rodearse de lo mejor. Es joven, pero cabal y lo suficientemente inteligente como para discernir cuándo algo o alguien es prodigioso. Vosotras habéis demostrado poseer unas manos únicas, y estoy segura de que confeccionaréis auténticas maravillas para nuestro señor —aseguró Barbe. Se levantó y, sonriendo de nuevo, agregó—: Si me acompañáis, os mostraré vuestro lugar de trabajo y los aposentos.

Katrina y Nienke, impactadas por tantas alabanzas, caminaron tras ella. Subieron por una escalinata de piedra caliza hasta alcanzar la tercera planta.

Se trataba de un lugar más tranquilo. Un solo corredor ocupaba todo el perímetro del palacio con decenas de puertas.

—Es la planta del servicio. Aquí están las habitaciones, los cuartos de la plancha, de las costureras, de los zapateros, el almacén de ropa y afeites, así como el taller de tapices —les explicó Barbe abriendo una de las puertas—. Este será vuestro lugar de labor.

Katrina y Nienke quedaron francamente satisfechas al ver el cuarto. Era muy amplio, con un solo ventanal pero grandioso. Y la vista era espléndida: desde allí podían ver los jardines y, tras ellos, la ciudad. En la pared, junto a la ventana, había un mueble con muchos compartimentos, ideal para organizar los hilos para su trabajo, y en el centro de la estancia, una mesa de madera noble y varias sillas tapizadas con exquisitez.

—¿Está todo a vuestro gusto? Si encontráis alguna carencia, no temáis comunicármela. Mi señor ha ordenado personalmente que no os falte de nada.

—¡Oh! Es perfecto —exclamó Katrina con ojos brillantes. Ni en sus mejores sueños había pensado que el lugar sería tan luminoso, amplio y lujoso.

—Me alegro de oír eso. Ahora, el aposento.

Salieron del increíble taller para entrar por la puerta de al lado. Si el lugar de trabajo les pareció ideal, la habitación las dejó boquiabiertas. Era enorme y la habían acondicionado para albergar a dos huéspedes. Las camas, con doseles de los que colgaban unas cortinas finísimas, estaban ante la chimenea. Por supuesto, había dos baúles, dos butacas, una jofaina para el aseo y, como único detalle decorativo, un tapiz que escenificaba un baile de máscaras. Pero lo más asombroso de todo era que sus cosas ya estaban allí.

—La habitación también es perfecta —aseguró Nienke.

—Al parecer, hemos dado con vuestros gustos. Auguro una alianza muy productiva y venturosa.

—Haremos lo que esté en nuestra mano para que así sea. No queremos defraudar a nuestro rey —prometió Nienke.

—No lo haréis, siempre y cuando efectuéis la labor como él desea. Pero, sobre todo, con vuestra lealtad. Carlos no soporta la traición —afirmó Barbe adquiriendo una pose rígida. Pero, inmediatamente, volvió a sonreír y dijo—: Claro que sé que nunca lo haréis. ¿No es cierto? Ahora os dejo. El viaje os habrá resultado agotador. Mañana ya os indicaré lo que debéis hacer. Mientras acomodáis vuestras pertenencias, ordenaré a la cocinera que venga para que os informe de los horarios de comida y el lugar donde degustarla. Ahora, descansad. Mañana comenzará el trabajo.

En cuanto la puerta se hubo cerrado, Nienke saltó llena de contento. Katrina, por el contrario, permaneció muda, con una expresión preocupada en su bello rostro.

—¿Qué ocurre? Pensé que estabas entusiasmada —se extrañó su protectora.

—Y lo estaba, hasta que esa mujer habló de lealtad. Nienke, ¡les hemos mentido! Si lo descubren…

—Nunca lo harán. ¿O piensas que son idiotas? Imagino que ya habrán investigado y, si nos han aceptado, es que todo está en orden. Así que cálmate y disfruta de nuestra buena suerte, ¿de acuerdo? Ahora, arreglemos este barullo. Mañana debemos estar dispuestas para iniciar nuestra primera labor.

El encargo fue confeccionar unos puños para el rey. Barbe les dio como plazo dos meses, el tiempo que tardaría Carlos en regresar de su recorrido por parte del reino. Así que se pusieron a ello dedicándole todas las horas del día y parte de la noche. Y cuando él regresó, casi habían terminado.

Sin embargo, Nienke se sentía decepcionada. Nadie se había molestado en presentarlas al archiduque. En realidad, desde su llegada, apenas habían intercambiado unos saludos con alguien que no fuese del servicio. Ninguno de sus planes de futuro se estaba realizando y, a pesar de ello, eso no le hacía perder la esperanza. Estaba convencida de que muy pronto saldrían de esa ala que las separaba de la vida social soñada.

—Te lo dije. Somos una mísera mota de polvo en este engranaje —le recordó Katrina.

Su amiga resopló.

—Está bien. Puede que me excediera en mis pretensiones. Pero eso no quita que, al menos, podamos verlo como Dios manda y no desde la lejanía, ¿no te parece?

—Un día u otro lo haremos —dijo Katrina levantándose.

—¿Adónde vas?

—A dar un paseo. Tengo el trasero molido. ¿Vienes?

—No. Prefiero tumbarme un rato.

Katrina bajó la escalera cruzándose con unas lavanderas que reían, seguramente por alguna gracia o chisme. Las dejó atrás y continuó descendiendo hasta alcanzar el corredor que daba al jardín, sin encontrarse con nadie más. Ya afuera, observó a varias damas acompañadas por solícitos caballeros. Optó por tomar el sendero que llevaba hasta un pequeño estanque.

Seis patos se deslizaban suavemente bajo la atenta mirada de unos peces de colores. Katrina se sentó en uno de los bancos, medio oculta por un seto bordeado de tulipanes. Desde esa posición podía divisar gran parte del jardín y a la mayoría de los que por él transitaban. Pero ella se fijó especialmente en uno. Un joven de ojos negros, de cabello tan oscuro como el hollín y rostro escandalosamente apuesto. Un espécimen —tal como le dijo Nienke más tarde— peligroso y que debía evitar a toda costa no tanto por esos atributos pasajeros, sino más bien por su oficio. Pierre Gautier era poeta y francés, un simple bardo sin la menor fortuna y que gozaba momentáneamente del favor del joven rey; y por supuesto, del de numerosas damas. Se contaba que sus versos eran más apreciados en la intimidad de la alcoba o en recovecos oscuros alejados de las miradas indiscretas. Por supuesto, esos chismes eran restringidos; circulaban solamente entre el servicio, pues si llegasen a oídos de más alta alcurnia, el corazón del poeta ya habría dejado de latir. Y si así había sido hasta ahora, desde luego no era por mera discreción —los criados no sentían el menor aprecio por los nobles a los que servían, y si sabían que con sus habladurías podían perjudicarlos, no callaban—, pero Pierre gozaba de gran simpatía entre los hombres, quienes le adjudicaron su protección, y entre las mujeres, que aspiraban algún día a ser ellas las destinatarias de su arte embriagador. Pero Pierre ambicionaba alcobas más altas y Nienke, a que la joven e inexperta hilandera no cayese en las redes de ese seductor.

Katrina no pudo evitar sonreír al recordar los sueños de su protectora. Era como una niña que aún creyese en la magia. Ella no quería romper sus ilusiones, pero la única verdad era que ningún hombre de los que esperaba llamaría a su puerta. No eran más que unas simples hilanderas.

Suspiró al ver cómo el sol descendía en el horizonte, se levantó y emprendió el regreso hasta el ala donde tan lejos quedaban el esplendor y la sofisticación.

CAPÍTULO 29

Katrina se aseó en la jofaina procurando no hacer ruido. Nienke seguía dormida y, a pesar de que el trabajo las aguardaba, no quiso despertarla. Una hora o dos más no influirían en la labor.

Se vistió y peinó su larga melena resguardándola dentro de la cofia. A continuación recogió el orinal y lo dejó en el quicio de la puerta. Nadie debía desperdiciar los orines, pues eran un aliado magnífico para el blanqueo de la ropa.

El criado se plantó ante ella.

—Hoy se te han pegado las sábanas, ¿eh? —comentó guiñándole un ojo. Katrina contestó con una simple sonrisa y él supo que no obtendría ninguna información. Así que cogió el orinal diciendo—: Es el último orinal. Lo están esperando en la lavandería. Hay mucha ropa que lavar. Que pases un buen día.

—Lo mismo te deseo —le despidió ella.

Bajó la escalera y tomó la salida que conducía a los establos. Allí solamente se encontró con más sirvientes, pues los nobles y los trabajadores de más categoría seguían sin duda recuperándose de la larga noche de diversión.

Salió al patio. El perro del herrero, con la lengua colgando, se le acercó y brincó ante ella, que le acarició el lomo y siguió su camino sonriendo. Aquella mañana se sentía, por primera vez en mucho tiempo, feliz. Las penas del pasado parecían pesar menos, y todo gracias al trabajo que había aceptado y a hallarse lejos del lugar donde los recuerdos hubiesen sido más dolorosos.

Con la satisfacción dibujada en el rostro, saludó a las lavanderas que tendían la ropa en el tendedero y entró en el taller de hilado. La lana estaba preparada. Cogió una bola y se sentó en el taburete. Quitó las partes amarillentas y quemadas de la lana, y formó un moño. Seguidamente, lo abrió y lo estiró, y cuando hubo sacado el resto de las impurezas, procedió al cardado. Colocó la lana sobre el cardador, pasándola, una y otra vez, hasta que consideró que estaba lista.

Con un suspiro, se sentó ante la rueca. Colocó la punta de la hebra en la argolla y comenzó a formar el hilo, moviéndolo de derecha a izquierda.

Profirió una queja cuando la lana se le resistió, pero con pericia logró su objetivo. Tras terminar la bobina, la desenrolló con el madejador, formando un ovillo no mayor de cien gramos.

—Un trabajo realmente delicado que vos ejecutáis a la perfección.

La espalda de Katrina brincó al tiempo que volvía el rostro. Sus mejillas se ruborizaron al ver que Pierre, el joven poeta, la observaba desde el quicio de la puerta. Se levantó con tanta precipitación que la madeja cayó al suelo. Él la recogió y se la ofreció.

—Sois muy amable. Gra… gracias, señor —consiguió decir ella, mientras tomaba el ovillo de su mano.

—Por vos haría lo que fuese, mi bella dama —respondió él, con su acento francés, dibujando una enorme sonrisa en su atractivo rostro.

Ella se aclaró la garganta intentando que su voz no temblase.

—No habrá necesidad.

—Eso nunca se sabe. El destino es impredecible, y eso es lo realmente maravilloso de la vida. Sin ir más lejos, me ha traído hasta vos.

—Pues ha sido en mal momento. Debo regresar a mis quehaceres —se apresuró a responderle Katrina, comenzando a liar de nuevo el ovillo.

Pierre, sin dejar de sonreír, ladeó la cabeza, mirándola con intensidad.

—No importa. La ola se aleja de la orilla, pero regresa a ella. Ninguna fuerza puede evitarlo.

Ella guardó la madeja en el bolsillo del delantal y cruzando la puerta, en un murmullo apenas perceptible, le dio los buenos días, caminó a toda prisa y entró de nuevo en las dependencias de palacio.

Con las mejillas arreboladas y el corazón latiéndole descompasado, abrió la puerta de la habitación. Nienke ya estaba ante la puntilla.

—He… ido a preparar más hilo. ¿Cómo vas? —preguntó a su amiga, intentando disimular su turbación.

—En una semana, lista. ¿Y tú?

—Lo mismo digo.

—¿Crees que le gustarán?

Katrina observó las puntillas con ojos entrecerrados.

—Solamente un neófito no sabría apreciar su belleza y perfección.

—Muy modesta —bromeó Nienke.

—Me limito a ser objetiva. ¿O acaso no te parece un primor?

Su amiga extendió la labor sobre la mesa: sus ojos brillaban cuando la examinó.

—Lo es. Ahora esperemos a la señora Barbe. Cuanto antes sepamos el resultado, antes me tranquilizaré.

—Deja de preocuparte. Ella… —calló cuando los golpes sonaron sobre la puerta—. Ahí está. ¡Adelante!

Nienke, sorprendida, realizó rápidamente una reverencia al ver que no se trataba del aya. Era la princesa Margarita.

—Alteza.

—Por favor, alzaos. He oído decir que sois unas excelentes encajeras, y me gustaría ver vuestro trabajo con mis propios ojos.

—Por supuesto, señora.

Nienke hizo una seña a Katrina, y esta le mostró los cojines donde los hilos de puro algodón, sujetados por infinidad de agujas, habían formado el encaje. Margarita los estudió con interés. Le complació comprobar que no había sido engañada: esas dos mujeres poseían unas manos de oro.

—Una labor exquisita. Me gustaría que me confeccionarais unos encajes para un vestido, y también otros para adornar el escote.

—Claro, señora. En cuanto terminemos el encargo del rey, comenzaremos con el vuestro.

La antigua regente no pudo reprimir un gesto de desagrado. Desde que su sobrino alcanzara el poder, ella lo había perdido. Y no estaba acostumbrada. Sus deseos siempre habían sido satisfechos de inmediato; ahora se sentía apartada, relegada a un segundo plano. Y no entendía la razón. El respeto y el amor que Carlos le había profesado desde niño se habían tornado, de un día para otro, en todo lo contrario. Ahora la evitaba y la miraba como el preso lo hacía con su excarcelero. Imaginaba que era consecuencia de su juventud, y confiaba en que el tiempo curaría ese distanciamiento.

—Por supuesto. ¿Deberé esperar mucho?

—Calculamos que en unos siete días podremos iniciar vuestro encargo. ¿Deseáis ver unas muestras?

La princesa accedió gustosa. Katrina le enseñó varios encajes: eran todos tan hermosos que le costó decidirse.

—Los tulipanes estarán bien. Son las flores de nuestra tierra,

¿no es cierto? Bien, señoras. Ha sido un placer conocerlas —se despidió Margarita.

Las hilanderas se inclinaron ante ella.

—¡Hemos triunfado! Auguro una larga estancia en la corte —se emocionó Nienke.

—Y un trabajo agotador. Me parece que todos los nobles son igual de impacientes —remugó Katrina.

—En ese caso, continuemos. Hay que cumplir el plazo —decidió su amiga.

Lo consiguieron.

Barbe fue a revisar el trabajo.

—¿Está terminado?

—En el término que acordamos, señora. Apenas hemos descansado para no decepcionar a nuestro señor. Mirad —respondió Nienke mostrándole el encaje, sin poder evitar que su aliento quedase en suspenso esperando el dictamen.

Barbe lo estudió con atención. Era un trabajo primoroso, hecho con precisión, a la par que bellísimo. Carlos estaría muy complacido. No erró al elegirlas como hilanderas.

—Un trabajo excepcional, señoras. Ningún caballero lucirá unos puños como estos. Sois unas artistas. Y realmente trabajadoras. Habéis superado sus expectativas. Tanto que ahora haréis una creación novedosa para una dama a la que tiene mucho aprecio.

Las hilanderas se miraron con expresión alarmada.

—¿Hay algún problema?

Nienke carraspeó.

—Veréis…, la princesa Margarita nos pidió hace una semana un encargo para ella y, como es natural, no pusimos impedimento alguno. No sería apropiado por nuestra parte denegarle el pedido.

Barbe se mordió el labio inferior. Esa era una situación muy pero que muy embarazosa. No por Carlos. Él era un joven sensato. Sin embargo, Francisca ejercía una gran influencia en él. Debería ser muy diplomática y hacerle ver que su tía tenía prioridad a su joven amada.

—No os preocupéis. Lo arreglaré. Entonces, es hora de recompensar debidamente el esfuerzo realizado. Merecéis un premio; no tan solo monetario. ¿Os parece bien asistir esta noche a la cena de gala? Se celebra la llegada de nuestro rey. Será una velada deliciosa, sin duda.

—¡Oh! Sí… ¡Será un honor! ¡Gracias! —exclamó Nienke, sin poder contenerse.

—Bien, entonces, hasta la noche —Barbe sonrió divertida, dio media vuelta y salió.

—¿Lo ves? ¡No estaba equivocada! Esta noche conoceremos a gente importante y, tal vez, seduzcamos a un hombre galante y rico.

—Sí, claro.

—¿Por qué dudas siempre? Hay que tener confianza, querida. Yo siempre escojo el optimismo. ¿O vas a decirme ahora que me equivoqué al hacernos confeccionar esos dos vestidos tan maravillosos? Anda, alegra esa cara. Debemos ponernos nuestras mejores galas. ¡Venga! No tenemos apenas tiempo. ¡Espabila, muchacha!

Katrina, no muy convencida, abrió el baúl. El vestido era realmente hermoso. Seda verde esmeralda de la mejor calidad, con bordados en hilo de plata. Y por supuesto, con adornos de encaje realizados por sus propias manos. Junto a él, reposaba el cofre con el collar que le creó su abuelo para su quince aniversario. Nunca llegó a ponerse esa joya. Ahora era un buen momento, diría Nienke. Pero ella opinaba que merecía una ocasión más especial que una simple cena en palacio. Era un objeto demasiado querido para algo tan banal. Así que eligió unos sencillos pendientes de oro que representaban dos tréboles de cuatro hojas y una cadena del mismo metal.

Terminaron de arreglarse y Nienke, con ojos chispeantes, dijo:

—Ha llegado el momento tan esperado, querida. Ha llegado la hora de que esos nobles y ricos se fijen en las damas más hermosas de este palacio.

Precisamente, pensó Katrina mientras salían del cuarto, eso era lo último que deseaba.

CAPÍTULO 30

Diego López de Haro miró satisfecho a su hija. En apenas tres meses se había ganado la amistad especial del monarca y, lo más importante, su confianza. Además, y debido a esa circunstancia, en la corte la trataban con respeto e incluso con temor. Nadie quería agraviarla, pues una sola palabra suya e irremediablemente caería en desgracia.

—No estéis tan satisfecho, padre. Las cosas nunca son inamovibles. Y dicen que Carlos no es precisamente constante en asuntos del corazón —le susurró su hijo.

Su padre emitió un chasquido con la lengua.

—Habladurías. Sé de buena tinta que Francisca es la primera mujer que ha ocupado su lecho. Nadie puede saber cómo actúa nuestro monarca con las mujeres. Por otro lado, por el tiempo que llevo aconsejándolo, me ha demostrado que es un hombre tenaz y cuando adopta una decisión, la lleva a cabo como sea.

—Esperemos que así sea. ¿Cómo van vuestros negocios? ¿Ha aceptado Louis Ganvolg?

Su padre inspiró con fuerza y soltó el aire.

—Duda. Está a la espera de la decisión de Carlos.

—Imagino que sabréis cómo convencer al rey. Desde que habéis entrado a su servicio, jamás ha dudado de vuestros consejos.

Diego López de Haro posó la mano sobre el hombro de Juan.

—Eres muy joven aún para entender cómo se conducen estas cosas. Carlos no hace nada sin antes consultar con Guillermo.

—Lo que demuestra que vuestro trabajo es impecable. Todos saben lo exigente y desconfiado que es el secretario. Me han contado que ha estado investigando a Bouinart —intervino Hendrika.

—¡Pardiez! ¡Si es el hombre más honrado que se conoce! —exclamó su marido sin poder dar crédito.

—Esa actitud os reafirma en la labor que ejecutáis, padre. ¡Vaya! Acaba de llegar Beatrice. Creí que no acudiría... Disculpadme, no quiero que el imbécil de Jacobus me tome la delantera —dijo Juan.

—No hay que dejar escapar tan buen partido, hijo mío. Ve.

—Dudo que esa jovencita llegue a entrar en la familia. Su padre aspira a algo mucho mejor —dijo su madre.

—Ahora las cosas han cambiado. Tenemos la confianza del príncipe y, por mi parte, así será por muchos años.

—El curso del río puede cambiar con una gran tormenta. Un solo error y...

—¿Tantos años juntos y aún no me conocéis? —le recriminó él con gesto hosco.

—Solo digo que nos encontramos en la cuerda floja. Es sabido que la corte no es precisamente el lugar más seguro para quien pretende llegar a viejo en ella. Los reyes son de carácter cambiante. Hoy te aprecian y mañana te cortan la cabeza.

—Por el momento la conservaremos y nos enriqueceremos mientras tanto. Si acepta la propuesta de invertir en el trigo, los demás seguirán sus pasos. Mira.

Hendrika observó a Carlos, quien, con gesto galante, le llenaba la copa a su hija. Por el momento, parecía embelesado con ella.

—La evidencia así lo indica. De todos modos, Juan no deja de tener cierta razón. Puede aparecer otra y relegarla.

—Imagino que la habréis instruido para que el capricho dure el máximo tiempo posible.

—Las mismas tácticas que empleé con vos. Y si no tenéis mala memoria, os mantuve entretenido casi dos años; hasta que apareció esa condesa, ¿no es cierto? Así que, si nos la devuelve antes, no será por mi culpa —replicó ella con un deje cargado de acritud.

—*Alstublieft!*[21] No me recriminéis nada, mujer. Supisteis consolaros enseguida. ¿Peter, se llamaba? ¿O Hans? No recuerdo bien. Fueron tantos...

Ella alzó el mentón con gesto indignado.

—Cree el ladrón que todos son de su condición —replicó Hendrika.

Él soltó una risa cáustica.

—Mi consuelo fue su amistad, nada más. Soy una dama, *echtgenoot.*[22]

—No me toméis por memo, señora. Pero dejemos los problemas domésticos y vayamos a ocupar nuestro lugar...

Caminaron hacia la mesa mostrando su mejor semblante, y se sentaron junto a Francisca. Carlos inclinó la cabeza en señal de saludo, y los comensales más cercanos lo imitaron.

—Ahí tenéis la prueba de nuestra posición, querida. No hay peligro alguno. Ahora comed y disfrutad de la cena —susurró Diego López de Haro. Después ladeó el rostro y, dirigiéndose a su hija, dijo—: Estás muy hermosa esta noche, Francisca.

—Y vos muy elegante, padre. El nuevo puesto os sienta muy bien.

---

21. ¡Por favor!
22. Esposo.

—Lo mismo que a ti. Te has convertido en toda una mujer. La más hermosa de todas, por cierto.

Ella sonrió con aire vanidoso. De repente, su sonrisa se congeló al ver entrar en el salón a una muchacha de cabellos dorados y ojos verdes como el trigo por madurar.

—¿Quién es? —musitó.

—No lo sé. Jamás la había visto. Indagaré. Puede que sea una nueva dama de compañía para la tía del rey —respondió su padre observándola con curiosidad.

Carlos hizo lo propio. Sus ojos quedaron prendados de aquellas hebras doradas, de esos dos lagos de aguas serenas, de ese rostro esculpido por el mejor de los artistas. Y todos los resortes de alarma se encendieron en Francisca. No era experta en los asuntos del corazón, pero aquella mirada perdida, extasiada, jamás Carlos la había expresado con ella. Esa joven era un peligro que podía echar abajo sus planes, y debería utilizar todas sus armas para vencerla.

El joven monarca acercó la boca a la oreja de Barbe y preguntó:

—¿Quién es ella?

—Es Katrina y su compañera, Nienke, las nuevas hilanderas —le explicó Barbe—. ¿Recordáis que os pedí permiso para contratarlas cuando os presenté su trabajo?

—Sí, por supuesto. El mejor encaje que jamás vi. Por esa sola causa acepté y ahora, en cambio, me doy cuenta de que mi decisión fue providencial —dijo en tono quedo, sin poder apartar los ojos de Katrina.

Barbe no pudo evitar sonreír maliciosamente.

—Aprecio que no tan solo admiráis su labor, señor. He de reconocer que es hermosa la muchacha, ciertamente.

—La más delicada de las criaturas. ¿Qué sabes de ella?

—Su nombre es Katrina. Hace cuatro meses su abuelo murió y ha quedado sola en el mundo, salvo por la mujer que la acompaña, Nienke, una viuda que cuidó de ella cuando su madre falleció en el parto. No se le conoce hombre alguno.

—Ya —susurró Carlos con ojos fascinados.

—Mi señor, debéis ser prudente. En especial, en presencia de vuestra amante. No sería beneficioso que los celos provocaran malestar en la corte. Os aconsejo que, si deseáis conocer a la joven encajera, lo hagáis discretamente.

—¿Me tomas el pelo? Como señor de todos mis súbditos, no tengo que dar explicaciones en cuestiones íntimas. Si deseo cambiar de amante, lo haré, y no hay discusión posible —replicó él con tono irritado.

—Por supuesto, mi señor. Sin embargo, estas cuestiones deben llevarse con cautela. Las mujeres no somos precisamente seres juiciosos cuando interviene el corazón. Francisca os ama y el despecho podría llevarla a cometer una locura... Por otro lado, ni siquiera estáis seguro de que la hilandera vaya a aceptaros...

Él enarcó las cejas.

—¿Bromeas? ¿Qué mujer despreciaría a un rey que dentro de poco, si Dios así lo dispone, será el gobernante más poderoso del mundo?

—Hay jóvenes que anteponen la virtud a la ambición.

—¿Y crees que es una de ellas? ¿Qué han dicho tus espías?

—Con franqueza, no los utilicé. ¿Para qué? Era una simple hilandera, nadie que os pudiese perjudicar. Como os dije, lo único que sé es que no se le ha conocido hombre y siempre cuidó de su abuelo. En apariencia, una joven ejemplar y virginal. Claro que, si no la tratáis, nunca sabréis si tenéis posibilidades con ella, aunque os aconsejo que no la acoséis. No hay nada más patético que un hombre, y más un monarca, que ejerza su poder para someter a una dama. Un encuentro casual, por ejemplo, sería mejor táctica. A primera hora suele hilar con la rueca... a solas, junto al cuarto del herrero.

—¿Pretendes que actúe como un simple mortal? No tengo la menor intención de hacer nada semejante —rio él.

—En ese caso, dejádmelo a mí. Os proporcionaré un encuentro que no la llevará a sospechar vuestras intenciones, majestad.

Él le dedicó una sonrisa de agradecimiento.

—Como siempre, sabes cuidar de mí, querida aya.

Francisca, con el corazón alterado por el miedo al comprobar que Carlos no dejaba de mirar a esa extraña de cabellos de oro, posó la mano sobre su brazo, intentando que le prestara atención.

—¿Os han gustado las mazorcas, mi señor? Decidí incluirlas en la cena. Es un alimento tan novedoso... Y al parecer se ha adaptado muy bien a estas tierras.

—Sí, sí, me han gustado... —respondió él siguiendo con sus ojos claros a la figura esbelta que se acomodaba al otro extremo de la mesa.

Francisca lanzó una mirada de temor a su madre, pero esta, enfrascada en la conversación del vizconde, no se había percatado de la situación. Le hizo una señal y Hendrika volvió la cabeza. Sus ojos escudriñaron a la joven desconocida, para después mirar al rey. Un nudo en el estómago se le formó de inmediato al ver el peligro que los acechaba.

—Diego, los malos presagios han hecho acto de presencia. Vuestro amo y señor ya no tiene ojos para vuestra preciosa hija.

—¿Cómo decís? —inquirió su marido dejando la copa con gesto adusto.

—Mirad hacia allí —le indicó ella con un leve gesto de cabeza.

Diego López de Haro miró hacia el otro extremo de la mesa.

—¿Os referís a esa joven? ¿Quién es?

—No tengo la menor idea. Pero deberemos averiguarlo cuanto antes. Es realmente hermosa.

—¿Y qué haremos después? Si el rey se encapricha con ella, no podremos evitarlo.

Hendrika arrugó la frente.

—Hemos llegado muy alto y no permitiré que nos releguen. Haremos lo que sea. ¿Queda claro?

Él, que estaba bebiendo cerveza, se atragantó.

—¡Hendrika, por Dios! ¿Os habéis vuelto loca? No podemos solucionar las cosas de ese modo.

—¿Preferís que vuestra hija sea el hazmerreír de la corte? No lo consentiré —siseó su esposa.

—Acordamos que, si la repudiaba, exigiríamos una recompensa. Hendrika, calmaos y dejadlo todo en mis manos. Además, puede que estemos preocupándonos por algo que no sucederá. Por favor, cambiad el semblante. Nadie debe sospechar nuestras cuitas.

Ella aceptó a regañadientes, jurándose que, si él no hacía nada, lo haría ella.

CAPÍTULO 31

Katrina, quien al principio se sintió atemorizada por asistir al banquete, olvidó sus cuitas al ver que las viandas eran escogidas por los comensales y, por tanto, no debería simular nada extraño por verse obligada a comer cerdo. Probó los deliciosos mejillones encebollados, la torta de pescado y los huevos guisados con esa verdura extraña de color rojo llamada tomate, que encontró deliciosa.

—Por fin vemos de cerca al rey —susurró Nienke.

—Lo imaginaba distinto —dijo Katrina.

—No es precisamente una joya. Tiene la mandíbula tan saliente que no encaja con el labio superior. Parece que no puede cerrar bien la boca. Mira cómo mastica. ¡Uf! ¿Y qué me dices de su nariz? Aguileña en extremo.

—La verdad, no es para nada el ideal de belleza que se espera de un monarca —convino Katrina.

—¡Delicioso! Esos indios tienen una comida fabulosa, ¿no te parece? —le preguntó Nienke sirviéndose unas mazorcas.

—Cierto. ¿Qué es eso?

—Se llama maíz —le informó el caballero de barba espesa y ojos saltones que se encontraba a su derecha, acercándole la ban-

deja—. Es un alimento muy apreciado en el Nuevo Mundo, señora. Probadlo.

Katrina aceptó y se propuso disfrutar del privilegio que les habían otorgado, aunque con alguna reserva, claro está, que la prudencia aconsejaba. El engaño que estaba representando podría
verse descubierto si se mostraba demasiado expresiva, por lo que
procuró escuchar más que hablar, dejando que Nienke llevase las
riendas en todo momento. Lo cual no fue impedimento alguno
para ella. Su amiga estaba entusiasmada. Sus mejores sueños se
estaban cumpliendo y no dejó pasar la oportunidad de hacerse
conocer por los caballeros que las rodeaban, consiguiendo que
quedasen seducidos. No era para menos. Nienke, a pesar de ser
una mujer madura, aún conservaba la belleza de su juventud, que,
junto a su carácter alegre, lograba encandilar a cualquiera.

—¿Lo ves? Fue un acierto venir a la corte —le susurró con ojos
chispeantes.

—No saques conclusiones. Temo que esto ha sido una excepción. No olvides que somos simples trabajadoras en palacio.

—También lo son el secretario, el jefe de guardia y otros, y aquí
están.

—¡No puedes compararnos! Será mejor que te hagas a la idea
de que cuando esto acabe, regresaremos a nuestra vida rutinaria y
aburrida.

Nienke frunció la frente al mirar hacia la silla del rey.

—¿Tú crees? Hay alguien que parece muy interesado por ti.
Presiento que lo de hoy no ha hecho más que comenzar.

Katrina siguió la mirada de su amiga, y sus ojos se encontraron
con los de Carlos, que la observaba fijamente. Sobresaltada, volvió
la cabeza, sin poder evitar que sus mejillas se encendiesen.

—¿Y bien? ¿Está interesado en la joven hilandera o no? —susurró Nienke esbozando una sonrisa pícara.

—¡Tonterías! Es simple curiosidad —refutó Katrina.

—Que un rey sienta curiosidad por una simple empleada no

debe de ser muy corriente, ¿no te parece? Querida, has de ser inteligente y aprovecharte.

—¿A qué te refieres?

Nienke sacudió la cabeza con aire incrédulo.

—¡Por Dios! No puede ser que seas tan inocente. Hablo de ganarte el favor del rey.

Katrina la miró boquiabierta. ¿Había entendido bien?

—¿Estás loca? ¡En la vida haría nada semejante! He sido educada en la decencia. Solamente aceptaré entregarme a mi esposo.

—Escúchame, Katrina. Tu vida ha cambiado; ya nada es como antes. Deberás adaptarte a las nuevas circunstancias.

—O tal vez no. Tengo el dinero suficiente para establecerme por cuenta propia. Tú no necesitaste a nadie para salir adelante, y mucho menos necesito yo dar mi doncellez a cualquiera —replicó Katrina.

—Eso no es cierto. Os tenía a Efraím y a ti, y era viuda. Es muy distinto. Una jovencita sola, sin un hombre que la proteja… No. No es prudente. Y dime, ¿qué hay de ese hombre, ese tal Josué, que te persigue? Si estás en lo cierto, no cejará hasta encontrarte. ¿Y qué harás entonces? ¿Huir siempre que esté cerca? Aquí, por lo menos, estás protegida. Y si consiguieses la confianza del rey… Querida, sabes que desde el mismo instante de tu nacimiento he intentado ayudarte. Jamás te perjudicaría. Eres la hija que no tuve. Y un monarca no es cualquier hombre. Puede abrirte muchas puertas e incluso brindarte la protección que necesitas.

—Sé que tus palabras salen del corazón, pero… están equivocadas. No es un buen consejo.

—Mira, lo único que tienes que hacer es ser amable con el rey. Dudo que te fuerce a hacer algo que no quieras. Dicen que es un joven responsable y muy piadoso, a la par que comprensivo.

—Puede que comprensivo, sí, pero lo de piadoso… Tengo entendido que la hija del administrador es su amante.

—Verdad. Con ella sí deberás tener cuidado. Cuando una mujer llega tan arriba, no admite ser relegada. Se convertirá en tu peor enemiga. Si intenta conversar contigo, sé parca en palabras, pues procurará sonsacarte todo para intentar desprestigiarte. Explica lo que acordamos y nada más. Una palabra fuera de lugar y podrían descubrir tu engaño.

Katrina soltó un resoplido.

—¿No hemos quedado en que no seré forzada a nada que no me complazca?

—Exacto. Pero... ¿y si el rey te acabase gustando?

Katrina puso gesto de absoluta disconformidad.

—¿Por qué no? Dicen que es agradable de conversación, todo un caballero y amante de las artes. Cualidades que gustan a cualquier dama. Tal vez con el trato cambie tu opinión sobre él. No todo es físico, querida.

—Creo que corro más peligro en palacio que en la calle. Nunca debería haber dejado Brujas.

—Cielo, tal vez estemos especulando. Lo más probable sea que se interesa por conocer a todos los empleados. Anda, deja de preocuparte. Comienza el baile. Y, por lo que más quieras: aléjate de ese adonis de ojos de carbón. Es un don nadie, un simple poeta del que, por cierto, dicen que es un picaflor. Hay que aspirar más alto... Ese que se acerca, por ejemplo, sería perfecto para ti; es el hijo de un mercader muy importante... Y para mí, ese caballero de cabellos rojos. Me he informado. No tiene esposa y sí una fortuna considerable, además de poseer un título. ¿No sería fabuloso que decidiese gastarla conmigo?

—Nienke, lo mejor sería que fuésemos discretas. Apenas tenemos conocimiento de cómo funciona todo esto y no me gustaría que nos viésemos envueltas en un escándalo o en problemas. Lo que deberíamos hacer es retirarnos ahora mismo y de este modo no meteremos la pata.

Su amiga la miró estupefacta.

—¿Retirarnos? ¡Ni lo sueñes! Ahora comienza lo bueno. Venga, salgamos de este rincón y dejémonos ver. ¡Tengo unas ganas locas de bailar! Hace siglos que no lo hago —exclamó, fascinada al ver cómo el joven rey iniciaba el baile de la mano de su amante.

Un caballero de porte elegante —más tarde supo que se trataba del conde de Monterrubio, de Valladolid— fue presto a solicitarle la danza, mostrándole en todo momento la fascinación que la joven viuda ejercía sobre él. Mientras tanto, Katrina permaneció en un rincón. A pesar de que todo había transcurrido sin el menor problema, aún no confiaba en su buena suerte. Un detalle, una palabra a destiempo, y las mentiras saldrían a la luz.

—¿Me concedéis este baile, hermosa dama?

Katrina ladeó el rostro. Sus mejillas se tornaron carmesí al ver al poeta.

—Lo siento, señor. Ya me retiraba.

—La belleza efímera es la que más se aprecia. Pero también la que más tristeza deja en nuestros ojos, pues nada de lo que queda después puede llenarnos el corazón.

—Me advirtieron que tuviese cuidado con vos, y no se han equivocado —replicó ella.

Pierre adquirió una pose de inocencia.

—Sé que mis palabras ahondan en la sensibilidad de quienes las escuchan, aunque no hallo maldad en ellas para que os previnieran.

Katrina no pudo evitar soltar una risa cantarina.

—Aparte de peligroso, observo que no sois precisamente humilde, señor poeta.

—En cuanto a la humildad, discrepo. Simplemente se trata de franqueza. Mis poemas son apreciados por todos: nobles, criados y gentes de mal vivir. Y, con referencia a lo de que me consideráis peligroso, no veo la razón.

—Dicen que utilizáis vuestras palabras para encandilar a damas, doncellas y criadas, pero que jamás entregáis vuestro corazón a ninguna de ellas.

—Aún no ha surgido la ladrona que se quede con él. Aunque vos bien podríais ser una gran candidata, *chérie* —replicó Pierre.

—Lamento defraudaros. Nunca he tenido voluntad de ser ladrona, sino hilandera.

Él inclinó el rostro y sus ojos negros la traspasaron.

—En ese caso, estaría complacido de que me atarais con vuestros hilos; a no ser que ya tengáis a otro prisionero.

—Mi corazón es libre, señor. Y así seguirá por mucho tiempo. Si me disculpáis, os doy las buenas noches —se despidió Katrina.

Pierre la asió suavemente del brazo.

—No podéis iros así. No sin concederme un baile.

Ella tenía la intención de negarse; su voz, en cambio, se rebeló y dijo:

—Está bien, pero solamente uno.

Proposición que quedó en el olvido tras la primera pieza. Pierre era un bailarín excelente y la música, una diversión de la cual había gozado en tan pocas ocasiones, la trasladó a un estado muy parecido a la felicidad. Entre sus brazos, sus pies parecían volar, y esa sensación le encantaba.

CAPÍTULO 32

Se alejó por el largo corredor y bajó la escalera cruzándose con varios sirvientes, que la miraron descaradamente. Imaginó que se estarían preguntando la razón de que una empleada de su ínfima importancia hubiese sido invitada a una cena real. Los saludó cortésmente y continuó bajando hasta llegar a la planta baja, pensando en lo bien que lo había pasado la noche anterior. Nunca había asistido a una fiesta tan fastuosa; en realidad, fue la primera fiesta de su vida. Por suerte, Nienke la había instruido en diversidad de artes, entre ellas, el baile. Siempre pensó que era una disciplina absurda que jamás llegaría a utilizar, pero tuvo que reconocer que había sido todo un acierto. En cuanto comenzó la primera danza, no dejó de bailar hasta casi el amanecer y su pareja preferida, a pesar del consejo de su amiga, fue ese poeta de ojos negros y voz dulce, que le recitó sus poemas al oído.

Nienke estaba en lo cierto. Pierre era peligroso, un seductor nato, y cualquier incauta podía caer en sus brazos arruinando su reputación. Pero ella no estaba allí para rendirse a los ardides de Cupido. Estaba de paso, hasta que pudiese viajar a Castilla, y ningún trovador la apartaría del camino.

Cierto era que, con el dinero de la herencia, podía costearse el viaje en un barco adecuado e incluso instalarse en Toledo como hilandera. Sin embargo, era mejor aguardar; esperar a que su estancia en la corte le reportara la reputación y seguridad que necesitaba para que nadie sospechase de sus intenciones y de su procedencia. Solo entonces iniciaría la aventura que le propuso su abuelo en el lecho de muerte.

Al pensar en él, se le formó un nudo en el estómago. ¿Qué pensaría al verla allí, entre sus peores enemigos, traicionando la mayoría de sus creencias y de sus costumbres ancestrales? Probablemente la repudiaría, pero ¿cómo lograría su misión si no fuese de este modo? Él comprendería. Estaba segura. Lo más importante era recuperar —si es que existía realmente— su legado. No permitir que cayese en manos de gentiles. Aunque no sería nada fácil. Sabía la calle y el número exacto de la casa que perteneció a su abuelo, pero ignoraba dónde lo había escondido. ¿Cómo daría con él? Sus pistas eran un embrollo sin sentido. Y no podía confiar en nadie. Ninguno de los amigos que quedaron en Toledo pertenecía ya a su comunidad. Eran conversos y harían cualquier cosa por conservar la vida. Nunca ayudarían a una judía, y mucho menos a una que quebrantaba la ley de Castilla; su sola presencia significaba la pena de muerte, tanto para ella como para el que no la denunciase.

Frunció el ceño al pensar si merecía la pena correr ese riesgo. Al fin y al cabo, la confirmación de que su abuelo no deliró antes de expirar eran meras suposiciones. ¿Qué prueba tenía de que quienes registraron su casa pensaban encontrar un tesoro? ¿El hecho de que no robaron nada? No era motivo suficiente y, no obstante, algo en su interior le decía que debía ir a Toledo. Y lo haría.

Sacudió la cabeza y, al llegar al patio interior, se topó con Pierre.

—No puedo imaginar ninguna visión más placentera a primera hora del día que la vuestra, señora —le dijo tomándole la mano. Suavemente, posó los labios sobre ella, mirándola profundamente.

—Pensaba que los poetas no eran madrugadores.

—Compruebo que no me conocéis.

—Ninguno de los dos nos conocemos.

—Eso no es cierto. Suelo informarme cuando algo o alguien son de mi interés. Lo sé todo de vos.

—¿Todo? —susurró ella.

Pierre se apoyó en una de las columnas y cruzó los brazos sobre el pecho.

—Por supuesto. Sé que sois la mejor hilandera de Flandes y la joven más hermosa y que vuestro corazón está libre. ¿Qué puede haber más importante?

Katrina, aliviada por su respuesta, con tono jocoso, dijo:

—El alma, señor. Vos, como poeta, deberíais saberlo.

Él soltó un hondo suspiro.

—El espíritu de un poeta se alimenta de la belleza. Y también de las penas. ¿Vos no querréis entristecerme?

—¿Por qué debería causaros algún mal? No gozamos de la suficiente confianza, señor.

—Eso tiene remedio, si aceptáis dar un paseo esta tarde por la ciudad. Conozco una taberna en la que sirven unos pasteles deliciosos. Promete ser un día espléndido para perderse por las calles de Bruselas.

—Estoy aquí para servir al rey, y mi trabajo me ocupa todas las horas del día. No tengo tiempo para banalidades.

Él, herido por sus despreciativas palabras, con tono irritado, replicó:

—Procurad entonces que sea solo con la lana, señora.

Katrina ladeó el rostro, frunció el ceño y, con tono cortante, le espetó:

—Esa es mi intención, señor.

—Desgraciadamente, las intenciones, la mayoría de las veces, no nos sirven, pues al final son las circunstancias las que rigen nuestros destinos. Tened cuidado —dijo él con tono grave.

Tenía razón, y ella lo sabía muy bien. Toda su familia había sido una víctima de su destino… Pero no quería pensar en eso.

—No será necesario, pero lo tendré. Ahora, si no os importa, tengo mucho que hacer. ¿Vos no? Imagino que el rey no os tendrá en palacio como invitado.

Él volvió a adquirir la pose cínica.

—El rey espera que escriba el poema perfecto, cosa que, lamentablemente, en todo este tiempo me ha sido imposible. Ahora, en cambio, estoy seguro de que le podré complacer, pues he encontrado mi inspiración —dijo mirándola fijamente con esos dos carbones.

—En ese caso, no perdáis tiempo, que es oro. Que tengáis un buen día, señor poeta —lo despidió Katrina.

Él se inclinó exageradamente y a continuación se alejó por el sendero. Katrina no pudo evitar mirarlo. Pierre aparentaba ser un hombre frívolo y exento de preocupaciones. Nada más lejos de la realidad. En sus ojos, al igual que ella, guardaba un secreto doloroso, pero, por mucha curiosidad que sintiese, no intentaría descubrir qué pasó. Los secretos debían guardarse en lo más hondo del corazón.

Inspiró con fuerza y regresó a sus aposentos. Nienke canturreaba mientras preparaba el desayuno.

—Apenas has dormido. Eso no está bien. Hay que cuidar el aspecto. Sobre todo ahora que el rey se ha fijado en ti. Unas ojeras romperían tanta perfección.

Katrina soltó un ruidoso bufido.

—Que se haya fijado o no me importa muy poco. He venido a hilar y es lo que haré. ¿Queda claro?

—Sí, querida.

—¿A qué viene ese tono escéptico?

—Porque estamos hablando del rey. Los deseos de un rey suelen ser complacidos, y quienes se los niegan caen en desgracia. Yo no quiero que te ocurra nada malo, pequeña. No debiste bailar tanto con ese bardo francés. Pudo tomarlo como un agravio hacia su real persona...

Katrina cruzó los brazos sobre el pecho.

—Entonces, ¿por qué no me solicitó ni una pieza?

—Mi querida niña, no pudo hacerlo porque estaba ante su concubina. Y no lo hará si no tiene alguna esperanza de poder conquistarte.

—Debería marcharme ahora mismo de este lugar.

—¿No hablarás en serio?

—Por supuesto que...

No terminó la frase al escuchar los suaves golpes en la puerta, que al instante se abrió para dar paso a Barbe.

—Señoras, siento molestarlas a primera hora de la mañana, pero el deber ha llamado a la puerta..., nunca mejor dicho —dijo con una gran sonrisa.

—Vos nunca molestáis, madame —se apresuró a decir Nienke.

—El rey me ha pedido que la joven hilandera vaya a mostrarle los puños finalizados y unas muestras para su próximo encargo.

En tanto que a Katrina se le subía el corazón a la garganta, a su amiga la invadió un gran alborozo. Su apreciación no fue errada: ¡el joven Carlos había caído rendido ante la belleza de su protegida! Una situación del todo favorecedora para Katrina y, por ende, para ella. La muchacha parecía no darse cuenta —o quizás solo se había quedado paralizada por la noticia—, por lo que cogió los puños y varios esbozos y exclamó:

—¡Cómo no! Estará encantada de complacer a nuestro señor, ¿verdad, querida? Anda, toma. No hagas esperar a su majestad.

Katrina, aterrorizada, siguió al aya del rey. Estaba decidida a no ceder ante ninguna exigencia de Carlos, aun a sabiendas de que esa negativa podría acarrearle graves consecuencias. Jamás debió seguir los consejos de Nienke. Debió permanecer en Brujas y continuar con su vida sencilla, lejos de cualquier ambición. Claro que, se dijo, la irrupción de ese hombre la habría obligado igualmente a cambiar los planes. Algo que probablemente ahora debería hacer de nuevo. Pero ¿adónde iría? Todo Flandes pertenecía a los dominios del rey, no podría ocultarse.

Olvidó esas cuitas cuando Barbe se detuvo ante una puerta y la abrió. Carlos estaba sentado junto al fuego acariciando la cabeza de su lebrel. Alzó la cabeza y dedicó una suave sonrisa a las dos mujeres.

—Señor, os traigo a la hilandera, tal como pedisteis —anunció Barbe.

—Gracias. Puedes retirarte.

Katrina efectuó una reverencia y tragó saliva cuando la puerta se cerró.

—Por favor, sentaos y mostradme vuestro trabajo.

Ella, temblando, obedeció. Él, al notar su nerviosismo, la tranquilizó.

—No temáis. Sé que vuestra labor me complacerá. ¿Me la mostráis?

Katrina le entregó los puños. Carlos los examinó con evidente interés durante unos minutos, que a ella le parecieron eternos.

—Habéis confeccionado unos puños sublimes, mi bella hilandera.

—Con la ayuda de Nienke, mi señor. Ella ha sido mi maestra.

—Amén de hermosa, modesta —dijo él mirándola con intensidad. Esa hilandera era la viva estampa de la mujer ideal. Cabellos rubios, tez pálida y mejillas sonrosadas. Labios rojos, como esos exquisitos tomates traídos del Nuevo Mundo, y ojos azul verdoso, dependiendo de la luz.

—Es la pura verdad, mi señor.

—Pensé que erais encajera, pero tengo entendido que también sabéis hilar. ¿Qué otras virtudes escondéis?

—Tal vez las que yo considere virtudes, para otros sean defectos. Es cuestión de opiniones —susurró ella con las mejillas arreboladas.

—En ese caso, tendré que averiguarlas. Quiero que me contéis todo de vos.

Ella se frotó las manos con gesto nervioso. Mentir al resto del mundo era relativamente fácil. Mentir al rey…, eso era harina de otro costal. Carlos era muy joven, pero había sido educado para sobrevivir en cualquier circunstancia, y muy probablemente había sido adiestrado en el arte de la mentira.

—¿Y bien? ¿Qué me contáis? —insistió él.

—¿Qué puedo deciros? Mi vida es rutinaria y muy aburrida, pero si insistís… Nací en Brujas, el mismo día y hora que vos…

—¿De veras? ¡Así que el destino quiso que viésemos la luz al mismo tiempo! Aunque imagino que vos no nacisteis en un urinario. —El tono jocoso con que lo dijo liberó algo de la tensión que soportaba su invitada; y en el mismo tono continuó hablando—: Fue un hecho que podríamos considerar deshonroso para alguien de mi estirpe. Sin embargo, puede que me condicionara para desenvolverme con sagacidad ante este mundo que muchos consideran una cloaca.

—Mi llegada al mundo aconteció en una cama, pero el parto mató a mi madre. Traje alegría y al mismo tiempo, tristeza.

—Así pues, nuestro nacimiento cambió las vidas de todos los que nos rodeaban. Otra coincidencia. ¿No es paradójico?

—La vida está llena de casualidades, alteza. Pero ¿qué interés tendría el destino en dar la misma importancia a una hilandera y a un rey?

—¿Quién sabe? La providencia es caprichosa. ¿Y qué podéis contarme de vuestra familia?

—Como os he dicho, mi madre murió en el parto. En cuanto a mi padre, había fallecido unos meses antes, así que fue mi abuelo quien me cuidó de niña. Era joyero.

Él esbozó una sonrisa que, debido a la mandíbula saliente, en otro habría resultado grotesca de no haber sido por su extraordinaria personalidad.

—Ahora entiendo vuestra maestría con las manos. Estoy ansioso por admirar vuestro próximo trabajo.

—Creo que… La señora Barbe nos comentó… que deseáis que haga algo para una dama de la corte. Os he traído unas muestras —balbució Katrina entregándole los bosquejos.

Tras estudiarlos detenidamente, apartó unos cuantos, quedándose con dos.

—¿Cuál consideráis más adecuado? —le consultó.

—Depende de cómo sea la dama, mi señor.

Él volvió a sonreír.

—Además de hermosa, sois inteligente y prudente. Virtudes que me complacen en extremo. Creo que, además de mi hilandera privada, también os tomaré como amiga. ¿Os parece bien?

Ella, con las mejillas encendidas, contestó en apenas un susurro:

—Es todo un honor, alteza.

—El honor es mío, Katrina —dijo él mirándola intensamente.

Las expectativas sobre esa muchacha se habían quedado cortas. Era la joven más perfecta, dulce e inteligente que había conocido en su vida, y estaba resuelto a no prescindir de ella. Bien era cierto que, como rey suyo, tenía derecho a demandarle sus apetencias. Pero había de ser cauto, no amedrentarla, pues era evidente que los rumores sobre su virtud eran ciertos. Se ganaría su confianza y apaciguaría sus temores con delicadeza. Sería un reto al que nunca se había enfrentado; al alcanzarlo, obtendría una satisfacción jamás experimentada. Por ello consideró que la entrevista debía darse por terminada.

—Bien. Lamentablemente, mi tiempo es limitado. Así que me decidiré por este encaje.

—¿Hilo blanco o crudo? —le preguntó ella.

—Lo dejo a vuestra elección. A pesar de ser el rey, no soy experto en todas las áreas del conocimiento, y los encajes es una de ellas —bromeó Carlos.

—En ese caso, blanco. Combinará con cualquier tela —decidió ella, ya más calmada, pues en ningún momento él había demostrado que sus intenciones fueran más allá del mero trato profesional. Recogió los dibujos y se levantó.

—Vuestra belleza combina en cualquier situación —musitó el rey, en castellano.

—Sois muy galante —contestó ella.

Él enarcó las cejas con gran sorpresa.

—¿Sabéis castellano?

Ella respondió en ese idioma.

—Mi abuelo se empeñó en que lo aprendiese, alegando que eso honraría a nuestro futuro monarca.

—Espero poder charlar más extensamente con vos en esta lengua. Aún no llego a dominarla como debería. ¿Aceptaríais que os convidase a merendar un día de estos para practicar? —le pidió Carlos.

Ella se inclinó.

—Por supuesto, alteza.

Carlos le tomó la mano y la besó con delicadeza.

—Será para mí un placer volver a disfrutar de vuestra compañía.

—Y yo lo haré con la vuestra, mi señor.

Katrina salió de la estancia, el corazón le latía desbocado, recorrió el corredor y subió al taller.

—¿Qué? —le preguntó Nienke, con la ansiedad dibujada en su rostro, en cuanto entró.

—Te has equivocado. Ha sido una entrevista formal, sin dobles intenciones. Ha elegido el encaje y lo único especial ha sido que me ha pedido que, de vez en cuando, nos veamos para charlar en castellano. ¡Ah! Y parece que le ha impactado el hecho de que naciéramos el mismo día y a la misma hora.

Nienke sacudió la cabeza mirándola con expresión condescendiente.

—Eres más incauta de lo que creía. ¿De veras piensas que solo te desea para parlotear?

—Pues… sí.

Su amiga se dejó caer en la cama y puso los ojos en blanco.

—¡Ay! ¡Bendita inocencia! Te aconsejo que vayas preparándote y haciéndote a la idea de que, tarde o temprano, terminarás en su lecho.

—Jamás —aseguró Katrina arrojando los bosquejos sobre la mesa.

—Esa palabra para mí no existe, querida.

CAPÍTULO 33

Las semanas siguientes contradijeron los vaticinios de Nienke.

Carlos la requería de tanto en tanto, pero simplemente para conversar. Hablaban de cualquier tema, incluso si ella lo desconocía. Era entonces cuando él más entusiasmado se mostraba. Disfrutaba enseñándole materias nuevas o conceptos sobre los cuales discrepaban, mientras que ella lo ayudaba en su castellano. Katrina olvidó sus reticencias hacia el monarca, pues se le mostró como un joven alegre, de gran inteligencia y respetuoso. El impacto inicial de su físico poco agraciado fue diluyéndose sin darse cuenta. Ahora le parecía encantador, y la espera de la siguiente invitación la impacientaba. Pero poco a poco, sus esperas se hicieron cada vez más cortas. Las citas se convirtieron en diarias y a más temprana hora. Le gustaba que desayunase con él; situación en la que se comprobaba que en el aspecto culinario eran bien distintos. Carlos gozaba de una comida copiosa —leche, jugo de capón, dulces—, mientras que ella se conformaba con un simple tazón de leche y unas rebanadas de pan untadas de mantequilla. Durante el desayuno charlaban de todo tipo de cosas, como dos viejos amigos. Lo cierto era que disfrutaba mucho de su compañía.

Tanto que, a pesar de los propósitos iniciales, un día su voluntad cayó rendida ante ese caballero que le mostraba tanta inteligencia y que la trataba con tanta solicitud, y dejó que la besase con ardor. Y, sorprendentemente, no sintió repulsión; todo lo contrario: ese beso íntimo le hizo arder la piel y se preguntó cómo sería estar entre sus brazos. Pero él no fue más allá.

—He sido un atrevido. Disculpad mi osadía, querida Katrina. No he sabido controlarme —Carlos se disculpaba con sus palabras, pero sus ojos azules lanzaban destellos de lujuria.

Ella, con las mejillas cubiertas de rubor, bajó la mirada.

—Sois muy considerado al tener en cuenta mi voluntad, mi señor.

—Jamás os obligaría a hacer nada que no quisieseis, mi bella señora. Por favor, os ruego que me dejéis a solas. Tengo obligaciones que atender. ¿Nos veremos esta tarde?

—Sí, alteza. Aunque, de continuar así, no podré finalizar nunca el hilado.

—Lo que me interesa de vos no es el hilado. Prefiero vuestra grata conversación y disfrutar de vuestra belleza. Id, hermosa Katrina, id a hilar.

Por supuesto, las obligaciones a las que se refería el rey no eran precisamente de Estado: sabía perfectamente que iba a ir en busca de su amante. Y esa actitud, en lugar de tranquilizarla, lo único que le provocaba era irritación. A cada minuto que pasaba, la inquina hacia la amante del rey se acrecentaba en ella.

Por su parte, a Francisca le ocurría algo semejante. Se estaba dando cuenta de que Carlos ya no sentía por ella la misma pasión, y todo por culpa de esa miserable hilandera. No es que los hubiese visto juntos, pero los rumores así lo indicaban. Y estaba dispuesta a deshacerse de esa advenediza. Así pues, pidió a uno de sus fieles admiradores que hurgase en el pasado de Katrina: algo habría en él que hiciese desistir al monarca de seguir con sus intenciones. Pero nada encontraron, así que Francisca pensó que tendría que sembrar ella misma las dudas en Carlos.

—Me han dicho que vuestras hilanderas están haciendo un encaje que pensáis regalarme —le soltó tras separarse de él, jadeando.

—Eso debía ser un secreto.

Ella le acarició el pecho y sonrió con seducción.

—Ya sabéis cómo son las damas de la corte. Los chismes corren como el viento. Por cierto, dicen que la joven hilandera es una pieza de cuidado.

El rey, sudoroso, frunció el ceño.

—¿A qué os referís?

—Aseguran que no tiene escrúpulos y que es capaz de cualquier cosa para prosperar. Que utiliza a los hombres. Ya sabéis a qué me refiero… Parece mentira, con esa carita de ángel, que en realidad sea una bruja. Nunca hay que fiarse de las apariencias, ¿verdad, señor?

Él no contestó. ¿Sería posible que esa joven dulce y recatada fuese una arpía mentirosa? No lo creía y, sin embargo, desde bien niño aprendió que la corte era un nido de víboras dispuestas a lanzar la mordedura mortal. No tendría más remedio que averiguarlo y, de ser así, se vería obligado a exiliarla, a renunciar a su presencia, y su corazón se partiría.

—¡Oh! Siento haberos perturbado. Una persona como vos no debe preocuparse por una simple empleada. Dejaremos esa cuestión a la señora Barbe; ella sabrá lo que hay que hacer, ¿no os parece? Ahora, nosotros tenemos algo más interesante de que ocuparnos. En especial yo —dijo Francisca bajando la cabeza hacia las ingles del monarca. Al principio él no reaccionó ante lo que hacía apenas unos minutos le provocaba una gran excitación, pero finalmente, la boca experimentada de su amante le hizo olvidar todo lo que había a su alrededor, hasta que solamente quedaron esas caricias húmedas que lo elevaron al máximo éxtasis.

Sin embargo, una simple felación no era tan poderosa como

para apartar de su mente el deseo que lo consumía por su bella hilandera, así que esa misma noche, por primera vez, la hizo ir a sus aposentos. Ella, con el corazón acelerado, pensó que el momento esperado estaba a punto de llegar.

—Majestad —susurró inclinándose ante él.

Carlos le tomó la mano y la instó a levantarse. Sus ojos la miraron con intensidad, pero con un halo de tristeza que jamás había visto.

—Necesito que me respondáis con sinceridad.

—Por supuesto, mi señor.

—Me han llegado rumores de que no habéis obrado con decencia.

El corazón de Katrina dio un vuelco. ¿Acaso habría descubierto su mentira? Con el miedo atenazándole el cuerpo, en apenas un susurro, dijo:

—Lamento no comprender a qué os referís. Si pudieseis ser más explícito, sería más fácil para mí poder contestaros.

Carlos, acostumbrado a lidiar con emisarios, reyes y enemigos, paradójicamente, estaba aterrado ante la respuesta que iba a recibir.

—Dicen que os veis con otros hombres.

Ella, aliviada, sonrió.

—Pues quienquiera que diga tal cosa, miente, mi señor. Puede que alguien envidioso le dé demasiado a la mojarra.

—¿Cómo decís?

Ella rio con gracia.

—Es una expresión muy castellana, mi rey. Se dice cuando uno habla más de lo aconsejable.

—Comprendo. Pero mi duda persiste. ¿Aún sois inocente?

—Os juro que mi cuerpo no ha conocido hombre y el único beso que he dado ha sido a mi rey. No sé por qué han intentado desprestigiar mi honor.

Él imaginó enseguida la razón: Francisca estaba celosa e intentaba alejarlo de Katrina, pero su ardid no le había dado resultado. Al contrario, sería ella quien dejase de recibir su favor.

—No sabéis lo dichoso que me hacéis con vuestras palabras —dijo estrechándola en sus brazos. Aliviado, la besó con intensidad. Ella le correspondió con el mismo ardor.

Los deseos contenidos durante tanto tiempo se desataron. Ya era inútil reprimir sus ansias y Katrina se dejó arrastrar, entregándose al hombre del que se había enamorado. Esa noche no solo descubrió hechos desconocidos hasta el momento, sino que dejó que la iniciara en ese arte del que hablaban los poetas, llevándola hacia un mundo que se aposentó en su corazón y en su piel.

—Sois tan hermosa… La flor más bella de mi reino, y no alcanzo a saber por qué permitís a alguien tan poco agraciado como yo arrebataros vuestra doncellez —le susurró él cubriéndola con su cuerpo.

Katrina acarició su mejilla.

—Sois un hombre magnífico, mi señor. Inteligente, considerado y sensible. Cualquier joven se sentiría orgullosa de ser tomada por primera vez por vos.

—¡Oh, mi dulce hilandera! —gimió él hundiéndose en su cuerpo.

Ella ahogó un gemido cargado de dolor, que pronto fue olvidado cuando el placer estalló, elevándola a un mundo nuevo y gozoso. Pensó que era extraño que ese muchacho, con un destino tan imponente y un aspecto tremendamente afeado, la hubiese hecho arder y desear como nunca antes lo había hecho.

CAPÍTULO 34

Desde ese mismo instante, Carlos decidió dar por finalizada definitivamente su relación con su amante y dejó de requerirla a sus aposentos.

Francisca estaba furibunda. Quería acabar con esa usurpadora cuanto antes. Ideó mil planes para aniquilar a tan dura competencia, pero ninguno de ellos resultaba factible. Eran demasiado arriesgados y no quería terminar en el cadalso o desterrada. Aun así, y a pesar de los consejos familiares, no se rindió. Se sentía vejada, el hazmerreír de la corte. Quería venganza. Su familia no le quitó ojo, custodiándola en todo momento, evitando que la desgracia cayera sobre ellos. Por fortuna, la calma regresó cuando el rey optó por recompensar a Francisca con un matrimonio ventajoso con Maximiliano de Transilvania, su secretario; así pues, el plan marcado inicialmente por los padres de la muchacha se hizo realidad y el problema dejó de existir.

A partir de ese momento, la existencia de Katrina dio un giro radical. Se convirtió en una dama exquisita que se desenvolvía en la corte con total naturalidad, como si aquella humilde casa de Brujas no hubiese sido su cuna de nacimiento. No era la reina, pero ejercía como tal. Compartía mesa, cama y despacho con el rey, e incluso tenía potestad para dar opiniones de Estado. Recibió espléndidos regalos: joyas, telas, dinero…, nada de lo que deseaba le era negado.

Katrina se ganó la admiración de muchos y el odio de unos pocos. Las damas imitaban cada una de sus ideas en cuanto a moda o a actitudes. Ahora tenía poder, y ese poder le había sido otorgado por gracia del rey, lo cual la hacía inmune a cualquier afrenta. Nadie, ni tan siquiera aquellos que la aborrecían, alzaban un dedo contra ella por temor a terminar con la soga al cuello.

Sí. Katrina había dejado de ser esa muchacha tímida y miedosa que llegó a la corte un año atrás. Era una cortesana influyente y querida por el gran rey Carlos. No obstante, a pesar de las comodidades que le habían sido concedidas, jamás abandonó la pasión que la llevó junto a su amante y siguió hilando, confeccionando los mejores encajes.

Así fueron pasando los meses, olvidando los temores de que su farsa llegase a ser descubierta, disfrutando de la felicidad que la vida le estaba obsequiando. Disfrutaba eligiendo relojes —la gran pasión de su amado—, catando alimentos novedosos llegados del Nuevo Mundo; aprendió a montar a caballo para, de este modo, poder salir a cabalgar juntos y perderse en la soledad del bosque, disfrutando de su pasión bajo el trinar de los pájaros. En la soledad de sus habitaciones, gozaban de la música, de las charlas llenas de conocimientos por parte de él…, y no solo en cuestiones filosóficas o eruditas. El joven príncipe, en su afán de proporcionarle el mayor placer a su hermosa hilandera, se había ilustrado con nuevos juegos que ponía en práctica en el lecho, los cuales ella aceptaba con agrado. Lejos quedaban los días en que juró que jamás se convertiría en una concubina. Porque tampoco se consideraba tal: era simplemente una mujer enamorada, deseosa de complacer al dueño de su corazón.

Pero la vida no es tan simple, siempre nos tiene reservada

alguna sorpresa. El 22 de enero de 1516, el rey Fernando II de Aragón firmaba su último testamento, dejando a su nieto Carlos el trono de los reinos de Castilla y León, y relegando de ese derecho a su madre, la reina Juana, inhabilitada para el gobierno debido a su grave enfermedad. Mientras tanto, hasta que su nieto llegase de Flandes, la administración de Castilla quedaría a cargo del cardenal Cisneros y la de Aragón, del arzobispo Gonzalo. Dicha decisión quedó ratificada el 23 de enero, cuando el rey Fernando falleció, momento en que Carlos determinó, por consejo de sus colaboradores flamencos, que en cuanto a las tierras de sus abuelos maternos debía ser nombrado «rey». Una carta que llegó el 4 de marzo proveniente del Consejo de Castilla le rogó que respetase los títulos de su madre en tanto que esta viviese, pues aquello sería privar el hijo al padre de sus derechos y del honor. Sin embargo, días después, la muchedumbre aclamó: «¡Vivan los reyes doña Juana y don Carlos, su hijo! Vivo es el rey, vivo es el rey, vivo es el rey». Entonces, Carlos envió una nueva misiva al Consejo de Castilla, ratificando su intención de erigirse rey. Cisneros informó entonces al reino de la decisión del joven Carlos, nombrando cada uno de los títulos que este ostentaba.

Pero no todos los reinos lo secundaron. Mientras que Navarra juró fidelidad al nuevo monarca, no sucedió lo mismo con la Corona de Aragón, pues alegaban que el gobierno correspondía al heredero de Fernando, y que este era la reina Juana. Ciertamente, cuando fue nombrada sucesora se incluyó en su testamento la cláusula de que si el rey, su padre, tenía otro hijo varón, la línea sucesoria pasaría a este. En 1509 el rey Fernando, casado con Germana de Foix, tuvo un heredero, que murió a las pocas horas. Aun así, el primer testamento quedó anulado, por lo que el arzobispo Gonzalo continuó al frente de la Corona, sin reconocer como rey a Carlos hasta que este jurase los fueros y libertades de Aragón.

Esta postura se reafirmó entre el verano de 1516 y principios de 1517, gracias al Tratado de Joyón con Francia. Asimismo, se dispuso que el nuevo heredero al trono debería trasladarse a Castilla, y se le otorgaron ochocientas mil coronas para los gastos del viaje.

Aunque sabía que debía realizar ese viaje si quería reafirmarse en la posición tan delicada en la que se encontraba, seguía sin ser de su agrado. Llevaba mucho tiempo gozando de una existencia tranquila, sin sobresaltos y disfrutando por primera vez de los placeres que la vida le regalaba. Ahora, las obligaciones más ingratas se presentaban de nuevo; como cuando era niño y debía aprender todo aquello que aborrecía. Era consciente de que estaba destinado a una gran labor y que el sacrificio siempre formaría parte de su vida; pero eso no le haría renunciar al ser que más gozo le había reportado.

—Debo viajar a Castilla, y vos vendréis conmigo —dijo como aquel que habla de que está lloviendo, sin la menor emoción.

A Katrina se le atragantó el sorbo de vino y rompió a toser. ¿A Castilla? ¿Con el rey? Aquello era un sueño: ¡lo que siempre deseó desde la muerte de su abuelo iba a hacerse realidad!

—¿Yo ir con vos? —logró decir.

—Eso he dicho. ¿No os place la idea?

—¡Oh! Sí, majestad —exclamó entusiasmada.

—Bien. Pues preparaos. Partiremos en tres semanas.

La noticia del viaje del rey con su joven amante no fue recibida con la misma alegría por todos. Para Nienke, la idea de verse separadas tras diecisiete años la entristeció. Katrina le propuso que los acompañase, pero ella declinó la oferta, pues estaba convencida de que su relación con el conde de Monterrubio —que se había iniciado apenas unos días después de su primer baile— estaba a punto de dar frutos y no quería perder la oportunidad de volver a ser una mujer casada y, además, condesa. Así que le deseó toda la suerte del mundo y, en especial, prudencia. Pero finalmente, Katrina logró convencerla y, emocionadas, prepararon el viaje a Castilla.

La mayoría de los consejeros reales encontraban inapropiado que el futuro rey de Castilla y de otros vastos imperios se presentase allí con su concubina, pero Carlos insistió. Trató de tranquilizarlos, alegando que Katrina viajaba en calidad de intérprete para ayudar a la señora Barbe, de modo que al final logró que se hiciera su santa voluntad.

Las tres semanas siguientes al anuncio del viaje fueron muy ajetreadas para Katrina: tuvo que preparar el equipaje, informarse de las normas que imperaban en la corte de Castilla y de los nombres más influyentes del lugar…, sin dejar de pensar qué haría cuando llegase a Toledo. ¿Reuniría el valor suficiente para realizar el sueño de su abuelo o, por el contrario, lo aparcaría en el olvido y seguiría con la maravillosa vida al lado del hombre del que, finalmente, se había enamorado? Pero al instante apartaba ese pensamiento, diciéndose que aún faltaba mucho tiempo para alcanzar la ciudad tan querida por sus antepasados.

El momento esperado llegó. Embarcaron un día soleado y de mar serena, mientras una multitud se despedía de ellos desde el muelle aclamando a su joven rey.

—El camino hacia la gloria ha comenzado. Ya nada volverá a ser igual —musitó Barbe mirando cómo el puerto empequeñecía a medida que la nave se deslizaba sobre las aguas.

—¿A qué os referís? —inquirió Katrina.

—Hoy parte el muchacho, pero regresará el hombre. Carlos recibirá uno de los mayores imperios que jamás se han conocido. Deberá aprender a gobernar con mano firme y, al mismo tiempo, con misericordia. A discernir entre quiénes son amigos o traidores. A administrar con sabiduría las riquezas que llegan del Nuevo Mundo. A aplacar las rencillas entre los reinos y a mantener la paz con otros monarcas. El joven rey Carlos ha dejado de existir para dar paso al futuro emperador. Sé que es una misión agotadora, y también que siempre se mantendrá firme y determinado para cumplirla hasta el fin. Ha sido educado para ello y su personalidad responsable no le permitirá que nada lo aparte de su camino.

—Lo sé —susurró Katrina sabiendo a lo que se refería. Ella era un obstáculo. Llegaría el día en que Carlos tendría que unirse a una princesa o dama notable, acorde a su posición y a la tarea que tenía asignada, y era evidente que una amante no debería interponerse entre ellos.

Tarde o temprano debería alejarse. Sin embargo, deseó con todas sus fuerzas que ese adiós fuese todavía muy lejano.

CAPÍTULO 35

Tras una travesía tranquila durante la cual Katrina, consciente de que al pisar tierra su relación con Carlos cambiaría radicalmente, apuró cada instante para gozar de su compañía, el 19 de septiembre las naves atracaron en el puerto de Tazones en lugar de Llanes, a causa de los fuertes vientos.

Al ver los navíos y no estar prevenidos de su llegada, los habitantes creyeron que se trataba de un ataque y se dispusieron a defenderse, pero finalmente, al percatarse de quién era el ilustre viajante, le rindieron grandes honores. De allí partieron hacia Villaviciosa, en Asturias, donde el rey se reencontró con su hermana Leonor. Pernoctaron por cuatro noches. La población en pleno salió a recibir a la comitiva, aclamando al joven rey. Al quinto día, aunque la intención del monarca era seguir camino a Oviedo para visitar las santas reliquias, no fue posible a causa de la peste, por lo que se dirigieron hacia Colunga, después a Ribadesella, donde descansaron, para continuar durante cinco leguas, atravesando montañas, valles y ríos de aguas bravas, hasta alcanzar Llanes.

Aquí el recibimiento fue fastuoso. Una procesión con el clero a la cabeza recorrió las calles engalanadas y cubiertas de follaje hasta el lugar de su hospedaje, la casa de don Juan Pariente. Allí se personaron los nobles de la villa, ofreciéndole presentes y reconociéndolo como el «Bienvenido y Estimado de aquella Pobre y Destruida Población», solicitándole que los tuviese por sus recomendados.

Allí pasaron dos noches. La víspera de la partida, la comitiva real acudió al servicio religioso, incluida Katrina, quien, habiendo sido aleccionada por Nienke, siguió el ritual a la perfección. Nadie de los presentes podría imaginar que una judía se encontraba entre ellos, ni que sus rezos mudos no eran elevados a Cristo, sino a Yahvé.

Tras la comida, fueron agasajados con unos festejos. Katrina se acomodó en la plaza cercada por carros, asombrada ante el espectáculo que les estaban ofreciendo. Lo llamaban encierro, y saltaba a la vista que se trataba de algo realmente peligroso. Mozos y hombres corrían ante un toro que, enfurecido, los perseguía con el ánimo de cornearlos. Los gemidos de angustia de los espectadores llenaban el recinto cada vez que alguno era volteado por los aires o pisoteado por tan bravo animal. Por fortuna, solo hubo algún herido leve antes de que le cortaran los jarretes con sus chafarotes y terminasen con su vida.

—¿Os ha gustado, mi querida Katrina? —le preguntó Carlos, mirándola con devoción. Quería complacerla en todo, darle lo que desease, devolverle cada instante de dicha que le proporcionaba.

—Me ha parecido un tanto salvaje, primitivo…, pero interesante, si exceptuamos la muerte del pobre animal.

—¿Pobre? Es uno de los animales más peligrosos. Como peligroso es que continuemos aquí, pues yo también me siento como un toro a punto de embestir —le susurró el rey al oído. Ella, a pesar del tiempo transcurrido a su lado y de la intimidad que compartían, se sonrojó. Él soltó una carcajada y, tomándola de la mano, se levantó y dijo—: Vamos. Tomaremos una leve cena y nos retiraremos al lecho. La jornada ha sido agotadora y mañana nos espera otro largo día de viaje.

En efecto, el camino hacia Valladolid sería realmente duro, pero eso a Katrina le traía sin cuidado: transitaban por una tierra maravillosa, con verdes prados, bosques, lagos bajo un cielo azul y montañas enormes que jamás imaginó que pudiesen existir. Flandes era tan llana, tan oscura, tan fría... Allí era octubre y el clima continuaba siendo benévolo. Pero nada de eso era comparable al hecho de que por fin se encontraba en la tierra de sus antepasados, recorriéndola en plena libertad, sin temor, sin necesidad de esconderse... Y lo más hermoso de todo, junto al hombre que amaba; del brazo de un hombre que era aclamado en cada pueblo o villa que pisaban.

En San Vicente de la Barquera no fue distinto el trato a las otras poblaciones; sin embargo, Carlos enfermó de unas fiebres y tuvieron que permanecer allí catorce días. Durante ese tiempo, Katrina no se movió de su lecho, rezando para que el rey sanase. Y cuando lo hizo, pudieron proseguir el largo viaje camino a Valladolid, un recorrido muy dificultoso debido al mal tiempo, los malos hospedajes y los caminos pedregosos y casi intransitables.

Finalmente, alcanzaron Reinosa, donde fueron alojados en una casa junto al convento de San Francisco que pertenecía a los descendientes de unos marranos. A pesar de esa mancha, la familia era muy piadosa, tanto que vestían con hábitos de la Orden franciscana, incluida su hija embarazada. Aquello le pareció muy extraño al monarca, pero le explicaron que tenían dispensa papal para acostarse los maridos con sus mujeres tres veces a la semana.

Carlos se reunió con Juan de Sauvage, su consejero, quien le puso al tanto de las noticias y rumores que circulaban, los cuales resultaron ser un tanto dispares. Algunos nobles eran partidarios de su llegada, mientras que otros no veían con buenos ojos que alguien tan joven, inexperto y, sobre todo, desconocedor del reino que debía gobernar subiese al trono. Sin embargo, a pesar de las reticencias de algunos de sus súbditos, Carlos no albergó dudas de que era el elegido para tan digno y honroso destino.

Y siguió adelante durante semanas y semanas. Hizo una parada en Tordesillas junto a Leonor para visitar a su madre, a quien los dos jóvenes no habían vuelto a ver desde hacía once años, y también para conocer a su hermana Catalina. El encuentro fue muy emotivo y también lo embargó de tristeza, al comprobar que su madre no había tenido ninguna mejoría de su enfermedad. De ella obtuvo el permiso para gobernar en su nombre, así como recibió el encargo de que su padre el rey Fernando, aún insepulto, recibiese un entierro digno.

Estos hechos provocaron gran tristeza en el joven rey. Por fortuna, la compañía de la mujer que lo cuidó como una madre, y también de la joven que le llenaba el corazón de dicha, logró calmar su pesar.

Mientras ocurrían estos hechos, el cardenal Cisneros partió de Madrid y aguardó al nuevo rey en Roa, a unos sesenta kilómetros de Valladolid, pero falleció antes de que lograran verse. Los nobles castellanos tomaron esto como una afrenta, pues culpaban a Carlos de retrasar su viaje precisamente para que esa entrevista jamás se llevase a cabo, y veían en ello una forma de beneficiar a Chièvres, consejero privado del joven Carlos y cuyo origen era flamenco.

El siguiente paso del joven monarca fue encontrarse con su hermano Fernando, quien, al ser natural de Castilla, contaba con muchos apoyos para ser serio candidato a gobernar esas tierras. A pesar de ello, Fernando lo recibió como su rey y Carlos, en agradecimiento, le impuso la Orden del Toisón de Oro.

Finalmente, después de soportar lluvias torrenciales, días soleados, caminos abruptos, la enfermedad —que mantuvo a Carlos postrado en cama casi diez días— y obstáculos que les parecieron infranqueables, el 9 de febrero de 1518 la comitiva real, formada por Carlos, Fernando y Leonor, entró en Valladolid.

Una vez Nienke y Katrina se acomodaron en el castillo, las

circunstancias de la joven pareja de amantes cambiaron radicalmente. Su relación debía ser ocultada a los ojos de los nobles castellanos, por lo que Katrina fue presentada como ayudante de la
señora Barbe y los privilegios de los que había gozado hasta el
momento, borrados de un plumazo. El protagonismo y los honores recayeron entonces en la abuelastra de Carlos, Germana de
Foix, viuda del rey Fernando y que tan solo contaba veintinueve
años. El joven rey se mostró muy gentil con ella y organizó banquetes y torneos en su honor.

Ahora, Katrina no era más que una simple servidora doméstica
del rey, cuya presencia pública en la corte era inexistente. Ya no
participaba en los banquetes, ni se codeaba con la nobleza. Su
único trabajo público consistía en ser la traductora de la señora
Barbe; el resto del tiempo permanecía encerrada en su habitación
o se dedicaba a pasear por los jardines. Suerte que había traído
consigo sus enseres para el encaje y podía ocupar la mente y la
tristeza en tejer.

Claro que eso sucedía solo durante el día porque, en cuanto el
sol caía y el monarca se retiraba a sus aposentos, gozaba de nuevo
de la compañía del hombre que le había robado el corazón. Entonces recuperaban las horas de separación dejándose llevar por la
pasión, susurrándose al oído palabras de amor, abrazados toda la
noche hasta que el amanecer, como un dictador, les ordenaba que
debían cumplir una vez más la condena de ignorarse. A pesar de
ello, Katrina no se quejaba, ya que sabía muy bien cuál era su
condición: la de plebeya y ramera, privada del derecho a culminar
el amor que sentía hacia Carlos.

—Es un derecho que jamás obtendrás, cariño. Pero eso ya lo
sabías. ¿No es cierto? —trató de consolarla Nienke, acariciándole
su dorado cabello.

Ese temor que siempre la inquietó sobre su relación llegó cuando Carlos fue recibido por las Cortes de Castilla. Le juraron como
rey, concediéndole seiscientos mil ducados a cambio, por supues-

to, de ciertas condiciones: que se instruyera para hablar correctamente el castellano, que cesara de designar a extranjeros como sus consejeros y se rodeara de gentes de Castilla, la prohibición de la salida de metales preciosos y caballos, que dispensase un trato más respetuoso a su madre, Juana, y el juramento de elegir la esposa adecuada, y lo antes posible, para dar un heredero a la Corona.

Sin embargo, Katrina nunca hubiese imaginado que ese iba a ser su menor problema. El destino, una vez más, decidió que su vida debía cambiar radicalmente.

CAPÍTULO 36

Carlos había salido a cabalgar con la reina Germana. Siguiendo la petición de su abuelo de que no la abandonara tras su muerte, pues no contaba con nadie más, y de que no le quitara las rentas del reino de Nápoles, trataba de distraerla con su compañía.

A Katrina le parecía una mujer agradable, pero personalmente deseaba que estuviese bien lejos, pues le robaba el tiempo que podía pasar junto al rey. Además, las murmuraciones que corrían sobre ella aseguraban que fue por su causa que el rey Fernando perdió la vida. Unos decían que por unas hierbas que él tomó, con la esperanza de que obrasen el milagro de dejar preñada a su joven esposa. Otros, que el motivo no era otro que la lascivia de la soberana, la cual agotó a su marido de tal forma que lo llevó a la tumba. Fuese verdad o falacia, la cuestión era que Carlos hacía oídos sordos y cumplía la palabra dada, de modo que, tras despachar los asuntos oficiales, se acercaba al palacio contiguo y comía con su abuelastra, jugaban al ajedrez o salían a dar un largo paseo.

Katrina, que al principio consideró lógico el trato por la cierta relación familiar que los unía y los honores que debía dedicarle por su gran nobleza, comenzó a molestarse. Cierto que el amor que el rey le profesaba continuaba siendo tan intenso como al inicio de su relación, pero se había acostumbrado a ser el centro de atención y ahora se veía relegada socialmente. Y así se lo hizo saber. Carlos le pidió paciencia y le aseguró que, en cuanto su posición estuviese reafirmada, volverían a estar como antes. Katrina no dudaba de que él creyese eso realmente, pero ella era más realista y consciente de que ya no estaban en Bruselas. Castilla era una tierra muy distinta; más intolerante y decorosa. La fe católica era la ley, y no admitía el concubinato, ni el adulterio. En cuanto Carlos tomase una esposa, su posición aún sería más humillante, pues debería permanecer en la sombra como si fuese una simple ramera. Y eso no podía consentirlo. Aun así, su corazón se negaba a buscar otro camino.

Dejó de pensar en ello. ¿Para qué preocuparse antes de tiempo? Cuando llegase el momento, decidiría.

—¿Estáis bien? —se interesó Barbe al ver la sombra que cruzaba su hermoso rostro.

Katrina torció la boca en una sonrisa apática.

—Solamente cansada. Iré a dar un paseo —respondió clavando la última aguja a la labor.

Barbe le posó su mano sobre el hombro.

—Sé lo que os ocurre, pequeña, pero ya sabíais que este momento llegaría cuando aceptasteis compartir la vida con el rey. Sois inteligente. Debéis sopesar la situación y decidir qué os conviene más, si quedaros con las condiciones que eso conllevaría, o seguir sola vuestro camino.

Katrina dejó el hilado sobre la mesa, se levantó y salió del cuarto sin decir nada. Bajó la gran escalera y salió al jardín. Paseó sin rumbo fijo. Se sentía confusa, como si su mente fuese una madeja enredada y fuese incapaz de encontrar el hilo principal. ¿Qué debía hacer? Tener que acostumbrarse a su nuevo estatus si se quedaba le producía dolor, pero si se marchaba, tampoco se libraría de él.

Sus dudas dejaron de acosarla al escuchar accidentalmente la conversación que se estaba produciendo tras el seto. Aquella voz… no es que le resultase cotidiana, pero sí familiar. Curiosa, apartó unas ramas y escudriñó. La voz era inidentificable, pues su dueño se encontraba de espaldas. Solo cuando se dio la vuelta reveló de quién se trataba, y ese descubrimiento le heló la sangre.

Jadeando, se dejó caer en el banco. ¡Allí estaba el hombre que la visitó en Brujas! El hombre que, con toda seguridad, registró su casa para encontrar el secreto que su abuelo escondía. El hombre que conocía su engaño y que la delataría sin dudar. Y no podía confiar en que Carlos la ayudase si eso ocurría, por mucho cariño que sintiese por ella. No estaban en Flandes, y en Castilla los judíos tenían prohibida la entrada. El nuevo rey no debía incumplir su propia ley. La arrestaría la Santa Inquisición y sería quemada en la hoguera. No tenía más opción que huir. Pero ¿adónde? ¿Y cómo?

En ese momento no podía pensar. Tenía que esconderse, evitar que ese hombre la viese. Se levantó precipitadamente, abandonó el jardín y corrió a encerrarse en su habitación. Por suerte, Barbe no estaba. Mejor. De esta forma no podría ver su terror y ella no tendría que inventarse una excusa razonable para su nerviosismo.

Desesperada, caminó de un extremo a otro de la habitación, intentando pensar con rapidez.

La puerta se abrió y ella lanzó un leve chillido.

—¿Qué te ocurre? —le preguntó Nienke al ver su faz pálida.

—Está aquí… El hombre que vino a verme a… mi casa. Si me ve, estoy perdida. Le contará todo al rey y se pondrá furioso. Por mucho que me estime…, me mandará apresar —jadeó Katrina.

Su amiga soltó un gemido.

—¿Qué vamos a hacer?

—Tú no lo sé. Yo me voy.

—¿Adónde? Katrina, cálmate. Debemos pensar.

—No hay tiempo. Mi única salvación es marchar lejos. Tú no tienes por qué venir —dijo Katrina abriendo el arcón.

—El conde está a punto de pedirme que me case con él y... No importa. Tú eres mi mayor prioridad. Juré cuidar de ti y lo haré.

—Nienke, no tienes obligación alguna. Además, deseo que seas feliz. Lo mereces. No te preocupes, estaré bien.

—No puedo...

Katrina tomó sus manos entre las suyas.

—Es mejor así. Las dos juntas llamaríamos mucho la atención. Además —añadió, intentando sonreír— es la oportunidad que tanto he esperado para ir a Toledo. Te escribiré en cuanto llegue, ¿de acuerdo?

Nienke asintió con ojos húmedos.

—Está bien, pero nada de cartas por el momento. Sería arriesgado. Deja que pase el tiempo. Y cuando escribas, hazlo a nombre de Hans Morganson. Es un primo lejano mío; así nadie sospechará. Ahora debes darte prisa..., vamos, márchate ya.

Katrina frunció la frente. Sí. La única solución era irse cuanto antes, desaparecer... Sin embargo, existía un escollo infranqueable: no podía abandonar el palacio cargada con un baúl, o de lo contrario el rey sería informado inmediatamente y le exigiría una explicación. Siempre podría decirle que no estaba dispuesta a continuar en la sombra, pero eso no le daría la libertad, pues Carlos la obligaría a permanecer a su lado. No, tenía que pensar en algo más factible.

Sus ojos verdes, ahora nublados por un halo de pavor, cayeron sobre la labor. ¡Ahí estaba su salvación! Saldría a por madejas y huiría lo más lejos posible. No le permitirían ir sola, ni tampoco podría llevar equipaje, pero era la única solución. Cogería las joyas y el dinero, lograría despistar a su escolta —ya encontraría la manera de hacerlo— y, una vez libre, buscaría una posada y se informaría del medio de transporte que le permitiera ir a Toledo.

Ya que el destino la urgía a abandonar el castillo y a Carlos, estaba decidida a ir a la ciudad de sus antepasados e intentar descubrir el misterio que le ocultaron.

Abrió el arcón y extrajo una cajita de madera con adornos de forja. La abrió. En su interior guardaba las joyas que había acumulado durante su relación con Carlos, el dinero y los pagarés que se trajo de Flandes. Tomó una bolsa y volcó en ella todo su contenido, excepto la llave de la casa de Toledo, que escondió en su pecho. Luego se preocupó de ordenar los vestidos antes de cerrar el arcón, para que nadie intuyera que su desaparición se debía a una huida.

—Ve a ver a Laurent Vital y dile que necesitas ir a la ciudad, que quieres comprar material para los encajes, o un regalo para sorprender al rey. Seguramente te pondrá una acompañante y muchas menos pegas que la señora Barbe. Trata de despistarla y huye a toda prisa. Creo que todas las mañanas parte un transporte, no tengo la menor idea de adónde, pero te alejará de Valladolid. ¿Entendido?

Katrina se puso la capa y dijo:

—Tengo miedo.

—Lo sé, querida. Pero ahora debes ser fuerte, o tu vida puede convertirse en un infierno.

Se abrazaron con fuerza, sollozando.

—Anda, ve. El tiempo corre en tu contra. Ten mucho cuidado. Y no olvides que te quiero.

—Yo también.

Salió de la habitación y fue al despacho del rey, pues Laurent era su doméstico privado. Este la recibió con frialdad. No le caía bien esa muchacha que había sorbido los sesos a su señor. Sin embargo, reconocía que lo hacía feliz. Así pues, como la joven alegó que quería comprarle un regalo para celebrar sus logros en Castilla, algo así como una sorpresa, no se negó a su petición de que guardara el secreto y no dijera nada al rey sobre su salida, a pesar de que este quería ser puesto al tanto de todas sus andanzas. Aun así, como supuso Nienke, exigió que la acompañara una de las doncellas, la vieja Gertru.

Eran las diez de la mañana cuando cruzaron la puerta del castillo y al hacerlo, algo se quebró dentro de Katrina. A su mente acudieron los recuerdos de la niñez, cuando los nubarrones que le deparaba el destino estaban lejos y transitaba por la vida con inocencia, ignorando que un día un hombre misterioso la obligaría a dejar la felicidad atrás. Una dicha que había creído recuperar entre los brazos del rey y que ahora, nuevamente, le era arrebatada. Lo único que deseaba era llorar, y no podía hacerlo. Era momento de seguir adelante, determinada a tomar las riendas de su vida, sola, por primera vez, y eso la aterraba. No le quedaba otra opción.

Su carcelera, en cambio, le estaba impidiendo seguir con sus planes. Al parecer, la anciana se había tomado muy en serio lo de custodiarla y no le quitaba ojo de encima.

La oportunidad se le presentó al toparse con un mercado lleno de gente, la suficiente como para despistarla. ¡Tenía que aprovecharla! Localizó un puesto donde se agolpaba la multitud, se acercó a él y le pidió a Gertru que se quedase vigilante. Y en cuanto logró introducirse entre la masa, echó a correr sin mirar atrás, sin saber adónde. Mientras se perdía por entre las callejuelas, de lo único de lo que era consciente era de la necesidad de no detenerse, o estaba perdida. Ya no podía dar marcha atrás.

Solo al cabo de un buen rato se detuvo, jadeante, y se apoyó en una pared, sintiendo el corazón desbocado. Ya estaba hecho. Ahora debía serenarse y buscar un escondite... No tuvo que andar demasiado, pues al extremo de esa misma calle había una posada. No era elegante, ni tan siquiera limpia, pero tampoco podía elegir: era un lugar donde esconderse, y con eso bastaba. Cuando preguntó al posadero el modo de llegar hasta Toledo, descubrió que el carruaje partía en apenas una hora; lo justo para ir a la otra parte de la ciudad.

Así pues, Katrina tomó una cerveza, fue al retrete y salió de nuevo, rezando para que le diese tiempo de abandonar Valladolid antes de que advirtieran su ausencia, y recordando ese viejo proverbio que decía: «Con la mentira se puede ir muy lejos, pero sin esperanzas de volver».

CAPÍTULO 37

Ya se disponían a partir cuando llegó, sin resuello, y subió al carruaje.

Al menos, no viajaría sola. Un hombre pulcramente vestido, pero incapaz de ocultar su incipiente panza, se apartó para cederle el sitio. Katrina prácticamente se dejó caer sobre él.

—Justa, pero a tiempo —le dijo el hombre con amabilidad.

Asintió, mirando a la anciana sentada frente a ella. Iba acompañada por un crío que no debía de tener más de cinco años, y ambos la miraban con curiosidad. Una curiosidad que ella no se molestó en aclarar. Apoyó la espalda en el respaldo e intentó apaciguar su respiración, pero la tensión solo comenzó a diluirse en el momento que se pusieron en marcha.

Por el momento, lo más difícil estaba hecho; ahora debía rezar para que nadie siguiese su pista. Cerró los ojos y los mantuvo así durante un par de horas, escuchando el parloteo de sus acompañantes sobre los motivos de su viaje, tan distintos del de Katrina. El hombre, que dijo llamarse Hipólito, explicó que se dedicaba a la cerámica y que iba a reunirse con un posible cliente en Madrid. Por lo visto, adornar paredes y cualquier cosa con azulejos se había convertido en la última moda en Castilla, cosa que le beneficiaba enormemente. Por su parte, la mujer, de nombre Jovita, dijo que se detendría en una pequeña villa de Segovia para entregar al chiquillo al único familiar que le quedaba tras la muerte de su madre. Un fallecimiento repentino: se levantó de la mesa y se desplomó. Fue un duro golpe para el pequeño Ernesto y aseguró que jamás se repondría de ello.

Katrina deseó que Yahvé le concediese a ella también una muerte tan dulce porque, si la atrapaban, sufriría a manos de la Inquisición los peores tormentos. De eso estaba segura. Solo de pensar en las torturas que había escuchado se le erizaba el vello.

La charla cesó cuando se detuvieron en un pequeño pueblo para comer. Katrina lo hizo sola. Tras aliviar las necesidades, continuaron.

La primera noche la pasaron en Medina del Campo, en una posada situada al pie del castillo de la Mota. De no haber sido por el pavor que la invadía, Katrina habría apreciado su belleza, su inmensidad, pero lo único que hizo fue cenar con prisa y encerrarse en la habitación. Apenas pegó ojo y al amanecer, tras un desayuno frugal, se pusieron de nuevo en marcha.

Ese día la lluvia acompañó toda la jornada, convirtiéndose en nieve al llegar a Segovia, por lo que agradecieron enormemente el calor que la chimenea desprendía cuando entraron en la posada. En esta ocasión no pudo evitar a sus compañeros de carruaje, pues la mesa más acogedora estaba ante el fuego y decidieron compartirla... Hecho que lamentó profundamente cuando la anciana empezó a comer mostrando su dentadura mellada y produciendo todo tipo de extraños ruidos, pues a Katrina se le quitó el hambre de repente.

—Un día realmente infernal, ¿no es cierto? —dijo el hombre, intentando entablar conversación.

—Sí —se limitó a responder Katrina.

—Puede que tengamos que permanecer aquí varios días —comentó Jovita—. Lo sé de todas todas. Me crie en el campo y conozco la naturaleza.

El rostro de Katrina se contrajo en un rictus de preocupación. No por el hecho de tener que quedarse más tiempo de lo previsto en Segovia, sino porque en ese instante dos soldados cruzaban la puerta de la posada. Bajó el rostro y se concentró en la sopa.

—No sois de por aquí, ¿cierto? —inquirió Hipólito.

—De... Flandes. Perdonad que... hable poco. No saber mucho castellano —farfulló mirando de reojo a los militares. Los vio sentarse y soltar un par de risotadas. Y respiró aliviada. No parecían andar detrás de una fugitiva.

—¡Flandes! —exclamó sorprendida Jovita—. ¿Y qué se os ha perdido por estas tierras?

Hipólito consideraba que la mujer se estaba comportando con una educación penosa, y así se leía en su cara. Sin embargo, él también sentía curiosidad por la respuesta, así que pasó por alto la grosería y esperó a que la joven flamenca hablase.

—Por salud... Tengo... familia en Alcalá de Henares.

—¿Familia? —se extrañó la mujer.

—Señora Jovita, muchos de nuestros hombres han ido a servir al rey en esos lares, o se han instalado allí como comerciantes. ¿No es así, señora...?

Ella se levantó y dijo:

—Ka... Catalina. Y sí. Mi padre era soldado del rey y como ha muerto, pues... he decidido regresar a casa. Ahora, si me disculpan... Estoy tan agotada por el viaje que no me apetece ni cenar. Buenas noches.

Jovita miró los platos prácticamente sin tocar, levantó los hombros y decidió que desperdiciar tanta comida debía de ser un pecado. Cogió lo que Katrina había dejado y dio buena cuenta de ello.

—Una muchacha muy extraña... y he apreciado que no lleva equipaje —comentó el ceramista.

La anciana se rechupeteó los dedos.

—¿Cómo no va a serlo, si es de Flandes?

—También lo es el rey —apuntó, observando cómo Catalina subía la escalera.

—Otro raro. Dicen que apenas habla nuestra lengua, que come cosas extrañas y que abusa de una bebida que es del color de los meados. No será nada bueno para nosotros, no, señor. Fernando era mejor candidato —reflexionó un momento antes de añadir—: ¿Pensáis que esa tal Catalina llegó con la comitiva del rey?

—¿Quién sabe? Pero dudo mucho que nos dé explicaciones. Al fin y al cabo, solamente somos compañeros de viaje —respondió Hipólito.

—Que se alargará. Lo digo yo —insistió Jovita.

No erró. Tres días tuvieron que aguardar en la posada, durante los cuales apenas se dejó ver. La excitación de la huida había aletargado el dolor por haberse alejado del hombre que amaba, de la mujer que fue su madre, del oficio que era su vida. Pero ahora, encerrada en ese cuarto y viendo como la nieve caía implacable, la tristeza la envolvió y lloró con desgarro, hasta que ya no pudo más. Y cuando la nieve remitió, nadie habría sido capaz de adivinar el infierno que estaba soportando.

Subió de nuevo a ese carruaje para alcanzar Ávila, dejando atrás la ciudad con el mayor acueducto romano que quedaba en pie.

En ese nuevo tramo de su viaje se les unió un joven cuyo aspecto era un tanto extraño. Tenía unos ojos saltones como los de un sapo, y una nariz tan angulosa como la de un cerdo. Afortunadamente, suplía esa fealdad con un carácter alegre y parlanchín. Apenas dejó que sus acompañantes abriesen la boca, lo cual Katrina le agradeció en extremo.

A la hora de comer arribaron a su destino, momento en que Jovita y el crío se despidieron y tomaron una carreta para ir al pueblo del muchacho. Tras el almuerzo, continuaron por los caminos embarrados a causa de la nieve derretida y al anochecer, alcanzaron la villa de Madrid.

Hipólito le deseó suerte. Ciertamente la necesitaba. El carruaje que salía a la mañana siguiente hacia Toledo estaba completo, por lo que tendría que buscar algún otro medio de transporte para llegar allí.

Pensó que nada conseguiría encerrándose en su dolor, así que, en esta ocasión, Katrina salió a visitar la villa, que se encontraba tanto en plena expansión como repleta de mendigos. En el mercado, compró ropa que ni en sus peores momentos pensó llevar, pero tenía que pasar desapercibida, y nada mejor para ello que vestir como una campesina. Comió en mesones donde se reunían los literatos, e incluso asistió a una representación teatral. Madrid bullía lleno de vida, sin duda, pero en ella reinaban la suciedad y la pobreza, y no podía compararse con Brujas o Bruselas.

A los cinco días de su llegada a la ciudad, ya no le quedaba nada por ver. Afortunadamente, encontró un transporte que podía sacarla de la ciudad ese mismo día. No le importó que no fuera nada elegante. Lo único que deseaba era llegar cuanto antes a Toledo, y si había de hacerlo montada en un carro lleno de paja, bienvenido fuese.

Y de este modo encauzó la última etapa de su viaje.

Allí estaba al fin, dos jornadas después de dejar Madrid, frente al puente de Alcántara, a punto de entrar en la ciudad de la que tanto había oído hablar y que, enclavada en lo alto de la colina, se mostraba en toda su plenitud.

No había sido nada fácil llegar hasta allí. Habían transcurrido dos largas semanas en la más absoluta soledad, sin la protección de su abuelo ni de la dulce Nienke, pernoctando en míseros hospedajes, soportando duras jornadas de viaje en carruajes, carretas o a pie. Pasó por aldeas y ciudades, siempre con el temor en el corazón a ser descubierta, vistiendo casi como una mendiga harapienta, sin apenas abrir la boca con aquellos que iba encontrando en el trayecto. Pero nadie andaba buscándola por los caminos; al parecer, su desaparición no había tenido consecuencia alguna en la corte, y llegó a la conclusión de que nunca había tenido para Carlos la importancia que ella había imaginado.

Nada más lejos. El rey, al ver que las horas pasaban sin que su Katrina apareciera, removió cielo y tierra para encontrarla. Los soldados registraron cada rincón de Valladolid: tabernas, posadas, callejuelas inmundas, cobijos de limosneros e incluso burdeles. Todo por órdenes de su rey, quien les había exigido explícitamente que no regresaran sin ella; pero no tuvieron más remedio que hacerlo con las manos vacías. Ahora bien, sí volvieron con la información de que una mujer se interesó por el transporte que iba hacia Toledo, y que posiblemente podía tratarse de Katrina por su descripción. Carlos, negándose a renunciar a ella, envió a varios hombres tras su pista; pero fue imposible seguirle el rastro, y así se lo comunicaron.

Cierta mañana, sin embargo, volvió a brillar un rayo de esperanza.

—Señor, Luis Mendoza desea veros. Dice que tiene información sobre Katrina.

—Que pase —ordenó Carlos.

Mendoza se presentó ante el rey y se inclinó.

—Es un honor conoceros, majestad.

—Dejaos de formalidades y hablad —le pidió con tono ansioso.

—Antes de nada, debería poneros al corriente de la misión que me fue encomendada hace casi veinte años, o de lo contrario no podréis comprender el alcance de esta conspiración.

—¿Conspiración? ¿Acaso decís que Katrina ha cometido traición? ¿Y quién demonios sois vos? —inquirió Carlos mirándolo con gesto hosco.

—Majestad, os pido paciencia.

Carlos le indicó con la mano que continuase.

—Como decía, hace veinte años ya se me encargó un tema muy delicado, en el cual todos mis antecesores habían fallado. Debía encontrar a un judío que marchó a Flandes y que tenía en su poder un objeto que podría poner en peligro a toda la cristiandad. Una vez allí, comprobé uno a uno a los judíos que vuestros abuelos habían expulsado hasta que al fin, después de varios años, di con él. Desgraciadamente, había fallecido, pero sí llegué a conocer a su nieta.

—¿Estás insinuando que Katrina es esa muchacha? Nada más lejos de la realidad. Ella no es judía. Es más, siempre se ha mostrado muy piadosa, y acudía a todos los actos religiosos. Yo mismo he presenciado cómo seguía los rituales —lo interrumpió el rey.

—Mi señor, creedme cuando os digo que los marranos son embusteros por naturaleza, y que no se detienen ante nada para alcanzar sus metas. Katrina von Dick es nieta de Efraím Azarilla, me lo confirmó el hombre que falsificó sus papeles al llegar a Brujas. Majestad, pensadlo bien. ¿Qué ganaría yo contando esta historia? ¿Tal vez un severo castigo por mentir? Digo la verdad, y la huida de esa joven no hace más que confirmar mis palabras, ¿no os parece?

El rostro del monarca se tornó lívido. ¿La mujer a la que había entregado su corazón era una pérfida mentirosa? ¿Una judía que pensaba derrocar a los cristianos? No era posible. No…

Pero cabía esa posibilidad, o podía negarlo. Nunca se molestaron en investigarla, ni si realmente su negativa a comer cerdo se debía a esa intolerancia que la enfermaba. En realidad, a pesar de la intimidad que los unía, tenía que admitir que Katrina nunca le habló con profundidad de su pasado.

—Suponiendo que esa historia fuese cierta, ¿a qué nos enfrentamos?

—Permitid que me abstenga de informaros en este momento.

Hay demasiadas orejas que escuchan tras las paredes… ¿Os parece bien que nos reunamos en la capilla?

—Acompañadme.

Allí, arrodillados ante el altar, Mendoza le contó el secreto y Carlos, invadido por el miedo, oró con fervor para pedir que jamás saliese a la luz.

A partir de ese momento, el rey se sumió en un estado de melancolía que parecía incurable. Su apetito, del que siempre gozó en extremo, se tornó inapetencia. Dejó de disfrutar de las salidas a caballo o de la caza y se encerraba en su cuarto durante horas. Nada ni nadie pudieron sacarlo de ese sombrío estado de tristeza.

Pero Germana, negándose a que el joven rey continuase abatido y desatendiese los importantes asuntos que lo habían llevado a Castilla, se esforzó en ayudarlo y poco a poco, gracias a su tenacidad, sus atenciones terminaron por surtir efecto. Carlos comenzó a notar cómo esa punzada que sentía en el pecho se hacía menos dolorosa, y cómo la sombra que ocupaba por entero su corazón se diluía para dejar espacio a otro ocupante: su abuelastra.

Fue en los brazos de ella donde Carlos encontró la medicina que lo aliviaba y, aun así, en ningún momento logró curarlo por completo. Siempre persistió la huella imborrable que la joven hilandera imprimió en él y jamás desistió de la idea de encontrarla, preguntándose dónde estaría su primer gran amor. Esa mujer que lo engañó como a un bobo.

Porque, al final, lo que más atormentaba a Carlos no era el hecho de que lo hubiese traicionado, sino el de dudar de si alguna vez llegó a amarlo después de todo.

CAPÍTULO 38

Poco podía imaginar Katrina que al fin se hallaba en Toledo, en la ciudad que fue llamada de las Tres Culturas.

El carro comenzó a transitar por el puente de San Martín sobre el río Tajo y se detuvo tras cruzar la puerta, dando por finalizado su peregrinaje. Katrina tomó el hatillo con la ropa que usaban las campesinas que había comprado y comenzó a caminar calle arriba sin rumbo fijo, al igual que los proyectos para su futuro. En su escapada de Valladolid solamente pensó en encaminarse a Toledo, sin decidir qué haría cuando alcanzase la meta, pues su falta de previsión estaba avalada por una bolsa repleta de joyas y pagarés que custodiaba con firmeza bajo el brazo. Sin embargo, ya no podía aplazar más esa decisión. ¿Le convenía asentarse en Toledo? ¿O, por el contrario, debido a su sangre judía y a haber engañado al rey, marchar de nuevo una vez que hubiese conseguido su objetivo?

Sacudió la cabeza. No, lo prioritario ahora era encontrar un lugar donde hospedarse. Antes de preguntar, temerosa aún de ser reconocida, comenzó a recorrer las calles bulliciosas, llegándole el olor del pan recién horneado, los golpes del martillo sobre el metal o las ruedas que se sobresaltaban ante un adoquín más alto que el otro. Toledo comenzaba a despertar y ella, a iniciar una nueva existencia. Mejor o peor, no lo sabía. Lo único cierto era que no había marcha atrás y que sus pies, cansados, debían seguir caminando hacia el horizonte. Como siempre decía su abuelo, nunca comenzaba a clarear hasta que la oscuridad no era completa.

Al tomar la dirección que se adentraba en la ciudad, pasó por delante de un edificio aún a medio construir de grandes dimensiones. Más adelante, le dirían que se trataba del monasterio franciscano de San Juan de los Reyes, patrocinado por la difunta reina Isabel. Continuó por la Cava Baja, encontrando a su paso dos posadas. Ninguna de las dos fue de su gusto: eran sucias y la clientela ofrecía un aspecto un tanto inquietante. Finalmente, se decantó por una en la calle Caños de Oro, El Buen Yantar, sin saber que había ido a dar por casualidad con una posada ubicada en uno de los antiguos barrios judíos.

Su decisión se debió a la posadera, una mujer oronda, de humor alegre y afable, que se sorprendió al descubrir que Katrina era oriunda de Flandes y se interesó, sin mostrar en ningún momento curiosidad morbosa, por el motivo de su viaje a Toledo. Katrina respondió con una nueva mentira: su médico le había recomendado un clima seco y soleado, y ella se había decantado por Castilla y por esa magnifica ciudad de la que tanto había escuchado hablar. La mujer, que se llamaba Esperanza, le aseguró mientras le mostraba el cuarto que su decisión era del todo acertada, y que su salud se restablecería.

La habitación no era nada lujosa; al contrario. Cama, arcón y jofaina era lo único que tenía, pero se respiraba limpieza, y por eso no dudó un momento en hospedarse allí. Y no erró, pues la comida, haciendo honor al nombre de la posada, también era exquisita. El único inconveniente que se aposentó como una losa en su conciencia fue tener que renunciar a una de las leyes más sagradas de Yahvé: la prohibición de comer cerdo. Debía comportarse como cristiana; pues ya no gozaba de la protección real y si era descubierta, terminaría en la hoguera y el legado familiar se perdería en el olvido. Y tenía la obligación de recuperarlo. Costase lo que costase. Su abuelo seguramente lo entendería… o quizás no. Él jamás renunció a la verdadera fe y se jugó la vida, la posición y su familia por ello. Pero su caso era distinto, se dijo. Ella jamás había sido intimidada para que renunciara a sus creencias: simplemente, simuló ser algo que no era. Jamás sintió realmente los rezos que musitaba en la iglesia cristiana, y en cuanto a la comida, Dios entendería que lo hacía para salvar la vida. ¿O no perdonaría a aquel que estuviera hambriento y se llevase a la boca lo que fuese para subsistir?

En estos momentos, estaba obligada a seguir fingiendo, cosa que no le resultaría difícil gracias a Nienke y los casi dos años que había pasado junto al rey, que le habían inculcado las costumbres cristianas. Además, su aspecto la alejaba mucho del típico semblante de una hija de Abraham, y la mayor ventaja de todas: no tenía conocidos en la ciudad.

Lo más complicado, por tanto, no era pasar desapercibida, sino encontrar ese misterioso legado del que le había hablado su abuelo. En primer lugar, tendría que acceder a la casa de sus antepasados, la cual seguramente estaría habitada y no podría ponerse a hurgar entre sus cosas. Y en segundo lugar, ¿por dónde empezar esa búsqueda? No tenía la menor idea de la clase de objeto o escrito que debía encontrar. En realidad, se dijo, aquel viaje era un sinsentido. Aunque hubiese hecho realidad el sueño de su abuelo de que uno de sus descendientes regresara a la tierra añorada, a Sefarad, jamás podría cumplir su último deseo de recuperar la herencia de los Azarilla.

Una vez que reposó la comida, decidió conocer más a fondo la ciudad. Abandonó la zona de la Cava y llegó a Santa María la Blanca, una antigua sinagoga que había sido convertida en iglesia; puede que su abuelo hubiese ido a orar allí en multitud de ocasiones. Luego continuó hasta alcanzar la sinagoga del Tránsito. Allí fue donde los últimos judíos de Toledo se reunieron para ser informados del terrible edicto de los reyes don Fernando y doña Isabel. Un escalofrío le recorrió la espalda. Por muchas historias que le hubiera contado su abuelo, hasta ahora no había podido comprender el pavor que tuvieron que sentir… El mismo que ella al tener que escapar precipitadamente de Valladolid, sin saber qué sería de su vida a partir de ese instante. Pero, al igual que ellos, no se dejaría vencer; seguiría adelante por el camino que la vida estaba trazando para ella.

Apartó los pensamientos aciagos y continuó su deambular por la deslumbrante ciudad. A su paso se encontró con edificios regios, tabernas concurridas por parroquianos alegres y tiendas donde uno podía encontrar cualquier cosa que se propusiese: forjas, joyerías, panaderías de donde surgía un aroma delicioso, carpinterías, tintorerías… Cierto que Brujas o Bruselas no carecían de nada, y que sus edificios eran infinitamente más imponentes y habían sido construidos por los mejores artesanos. ¡Y qué decir de sus canales, sus jardines con hierba fresca y flores exultantes! A los ojos de un extraño, Flandes gozaría de una belleza indiscutible, nada comparable a ninguna ciudad de Castilla. Y, sin embargo, Toledo tenía algo de lo que su tierra carecía, y era magia, misterio. Esas calles albergaron en su día a cristianos, judíos y árabes, y su huella podía respirarse por todas partes. Sí, definitivamente, Toledo era una urbe magnífica, y ahora entendía por qué su abuelo la había añorado hasta su último aliento.

Fascinada, continuó su paseo. Tomó la calle San Juan de Dios, en la que, justo en el centro, había una panadería. El estómago le rugió ante el increíble olor que de allí salía, así que no pudo resistirse y entró. La tahona era reducida, pero en el mostrador exhibían una gran variedad de pastelillos. Se decantó por uno hecho de mazapán que, según le dijo el tendero, era la especialidad. Y no le extrañó: ¡estaba delicioso!

Con el sabor dulzón aún en el paladar llegó a la iglesia de Santo Tomé, junto al palacio de Fuensalida y el Taller del Moro. Sin darse cuenta, había llegado a la calle donde residió su familia. El corazón casi se le paralizó al reconocer allí, frente a ella, el edificio que su abuelo tantas veces le describiera. A su mente acudieron imágenes de la niñez, de su abuelo junto a su cama contándole la historia familiar, de las alegrías y penas pasadas, de lo dichosos que se sintieron cuando compraron la casa que se mostraba ante sus ojos, húmedos por los recuerdos.

A pesar de que el exterior del inmueble era sencillo, podía apreciarse que su interior sería imponente y que, como temió, estaba habitado. Una joven recostada en el alféizar de la ventana estaba mirando hacia el infinito, con esa expresión que adoptan los que están hastiados.

Ella nunca se había sentido así. Desde bien niña se mantuvo ocupada; en especial con el encaje, que le reportaba una gran felicidad. Pero en ese momento, la tristeza se aposentó en su corazón. Sí, había llegado a su destino. A un destino cuya misión le sería imposible de realizar.

CAPÍTULO 39

Llevaba una semana en la ciudad y aún no había decidido qué hacer. Al menos por el dinero no debía preocuparse: tenía más que suficiente para vivir cómodamente durante varios años. No obstante, la inactividad y la imposibilidad de entrar en esa casa para encontrar el legado la irritaban. Tenía que buscar urgentemente algo con que ocupar el tiempo; desgraciadamente, las herramientas de trabajo se habían quedado en Valladolid.

Pero una vez más se sobrepuso y no se dejó hundir ante la adversidad. Compró lo necesario para confeccionar ella misma el cojín, adquirió el hilo —por supuesto, no de la calidad a la que estaba acostumbrada— y en dos días, ya estaba iniciando un encaje.

Esperanza quedó impactada ante la labor.

—Jamás había visto hacer nada semejante con unos hilos y agujas —exclamó asombrada. Le parecía una tarea complicadísima y consideró a su ilustre huésped una gran artista.

—Pues yo lo encuentro de lo más normal —dijo Katrina.

—¿Por qué no os dedicáis a ello profesionalmente y las vendéis a la gente adinerada? Os sacaríais unos buenos doblones por ello.

Katrina le aclaró que ese ya era su oficio en Flandes y convino en que su idea no era del todo desacertada. Aún no sabía cuánto tiempo más se quedaría en Toledo, pero desde luego quería emplearlo para evadirse de los recuerdos que aún le laceraban el alma. Su corazón continuaba atado a ese joven en cuyos hombros recaía la responsabilidad de gobernarlos a todos, y a una tierra que estaba segura no volvería a pisar y había perdido para siempre. Sí. Era un plan perfecto.

La posadera, entusiasmada, le indicó varios pasos para iniciar el negocio. Antes que nada era preciso buscar un buen local en una calle con buena reputación y arreglarlo con elegancia. Luego, había que promocionarse entre los nobles toledanos. Katrina no tendría que preocuparse de nada, pues ella misma se encargaría de hacer los preparativos.

Fue de una gran ayuda. Esperanza la tomó bajo su protección como si se tratase de una hija. No es que no hubiese parido: en realidad, lo hizo en cinco ocasiones. Cuatro varones. Dos de ellos fallecieron a causa de unas fiebres, uno emigró al Nuevo Mundo y el otro permaneció en Toledo, pero se había casado con una tintorera y no quería hacerse cargo de la posada. Y la única niña murió en el mismo instante de nacer. En cuanto a su marido, se había ido de este mundo unos meses atrás, sin dejar un ápice de pena a los que le rodearon. El hombre no se caracterizó precisamente por su carácter bondadoso ni su inteligencia: borracho, jugador, mujeriego y, por si eso fuese poco, gustaba de resolver las discusiones con la mano, por lo que la viudedad fue una bendición para Esperanza. Por primera vez en muchos años, El Buen Yantar comenzó a dar beneficios en lugar de deudas y, junto a ellos, resurgió el buen humor que había perdido en cuanto el cura los declaró marido y mujer. Ahora era una mujer liberada y con potestad para hacer lo que le viniese en gana, y su voluntad en ese momento era ayudar a esa jovencita de cabellos de oro y ojos como las esmeraldas.

Durante los siguientes días fueron de un lado a otro en busca del lugar adecuado para abrir el negocio, además de ropa, pues una costurera, según Esperanza, debía vestir más acorde con el nuevo estatus que se suponía iba a tener. Transcurrida una semana, aún estaban como al principio. Unos locales les parecieron demasiado reducidos, otros en muy mal estado, y cuando daban con el idóneo, el precio resultaba escandaloso. Pero finalmente, cuando ya habían perdido toda esperanza, se toparon con el perfecto: estaba situado junto a la catedral, sitio de paso de todos los feligreses y, en especial, de los acaudalados. Como era de esperar, el alquiler sobrepasaba el presupuesto que se habían marcado, pero Katrina optó por no buscar más.

El local le transmitió sensaciones agradables. Su orientación permitía que el sol penetrase con fuerza a través del ventanal y durante toda la mañana, lo cual supondría un menor gasto en velas o aceite. El alquiler incluía además la vivienda de la parte superior, la cual estaba en muy buen estado y, aunque no era muy espaciosa, para ella era suficiente. Así que, desatendiendo las protestas de Esperanza, se quedó con él. Claro que antes debía ver al propietario y llegar a un acuerdo. Su posadera le aconsejó que no aceptase el precio inicial, pues, según ella, siempre lo hinchaban —por si caía un incauto, especialmente los nuevos cristianos— y el dueño era un viejo judío convertido cuando la expulsión.

Cuando Esperanza dijo aquello, no apreció en el tono de su voz odio o desprecio por ese detalle, pero, a pesar de ello, Katrina quiso asegurarse de que no estaba ante una fanática religiosa. Dada su situación, no le convenía en absoluto relacionarse con alguien que pudiese denunciarla en un futuro, y comentó que ese proceder le causaba desprecio.

—A mí me da igual, yo no soy quién para entrometerme en la vida de nadie. ¿Que uno quiere creer en Jesucristo? Que lo haga. ¿Que prefiere a Mahoma o a Yahvé? Estupendo. No seré yo la que le haga desistir de sus creencias. A mí lo único que me importa es que todo aquel que pase por la posada pague religiosamente y que se comporte con honradez. ¿Y no es eso lo que predican todas esas creencias? Muchacha, hazme caso: ocúpate de tus asuntos y todo irá bien. Si cada uno fuese a lo suyo, no existirían los problemas. Te lo digo yo —dijo Esperanza dejando caer el cuchillo con rabia sobre la gallina.

El golpe no se debía precisamente a la cuestión religiosa, sino más bien por las murmuraciones que sobre ella se escuchaban en el vecindario. Se especulaba que la muerte de su marido al caerse por la escalera no había sido para nada un accidente. Aseguraban que Esperanza, harta de recibir golpes y soportar las borracheras de Justino y de que dilapidara los beneficios de la posada, lo ayudó a espicharla de un empujón. Katrina, por supuesto, no lo creía; estaba segura de que Esperanza era una buena mujer... Claro que incluso ella misma era un vivo ejemplo de que las apariencias engañan.

Así que, al día siguiente —pues según Esperanza no había que perder tiempo, por si alguien les tomaba la delantera—, fueron sin tardanza a ver al dueño del local.

Entraron sin llamar, pues se trataba de un despacho, y vieron sentado ante la mesa a un anciano que estaba comprobando unas cuentas.

El viejo alzó el rostro, esbozó una sonrisa típica de todo negociante y las recibió así:

—Sed bienvenidas, señoras. ¿En qué puedo ayudaros?

Esperanza tomó la palabra.

—Venimos a informarnos de la casa que tenéis en alquiler aquí al lado. Condiciones y todas esas cuestiones.

—Cómo no. Por favor, tomad asiento.

Ellas se acomodaron.

—Mi amiga, la señora Catalina, desea poner un negocio y nos parece adecuada para ese fin... salvo por el precio. El que nos dijo vuestro empleado nos parece un tanto excesivo —objetó Esperanza.

—Es lo que manda en el mercado, señora. Aunque siempre podemos llegar a un acuerdo. ¿Y podríais decirme en qué consiste ese negocio?

—Un taller de encaje. Era mi oficio en Brujas —respondió Katrina.

El hombre, por unos segundos, se perdió en el pasado, en ese tiempo aciago, cuando su vida dio un vuelco, al igual que la de sus amigos. Unos partieron a África y otros a Flandes.

Apartó los recuerdos y se concentró en los negocios. Era un plan perfecto el de esa hermosa jovencita, pues estaba harto de alquilar a gente que montaba una carnicería, una pescadería, una ebanistería o cualquiera de esos oficios que deterioraban sus propiedades. Esa era la causa de que, a pesar de encontrarse en un lugar estratégico y elegante, el edificio siguiera vacío.

—Me parece correcto. ¿Y decís que sois de Brujas? Dicen que es una ciudad hermosa, señora…

—Catalina von Dick. Ella es Esperanza Lozano, dueña de la posada El Buen Yantar. Me aconsejó que buscara sus servicios, por ser el mejor y más justo con sus clientes.

Él hinchó el pecho con orgullo, sin poder erguirse demasiado, pues su espalda estaba encorvada por una incipiente malformación.

—Y no se equivocó. Juan Albalat es el mejor y más fiable negociante de la ciudad.

Al escuchar su nombre, Katrina empalideció. ¡Ese era el amigo del que tanto le había hablado su abuelo, aquel que renunció a Yahvé y se quedó con su casa!

El señor Albalat, al ver su rostro, preocupado, preguntó:

—¿Os encontráis mal? ¿Queréis un vaso de agua?

Katrina aceptó y lo apuró hasta la última gota.

—¿Mejor?

—¡Oh! Sí… *Dank je*. Es el calor. No estoy acostumbrada —farfulló ella.

—¿Calor, querida? ¡Si estamos en pleno marzo! —se extrañó Esperanza.

—Señora Lozano, tengo entendido que en Flandes apenas brilla el sol. Puede que nuestra dama flamenca acuse en demasía el cambio de temperatura. Pero no se preocupe, ya se habituará… Ya veo que el color ha vuelto a sus mejillas, así que retornemos a los negocios. Decís que el precio del alquiler os resulta elevado, pero debéis tener en cuenta la situación y el buen estado de la finca. Otros estarían dispuestos a ofrecerme mucho más por ella.

Esperanza lo miró fijamente y replicó:

—Entonces, ¿a qué se debe que lleve varios meses vacía? ¿Acaso tiene algún defecto que tratáis de ocultarnos? Señor Albalat, yo también poseo un negocio y soy gata vieja, así que tendréis que darme alguna razón más creíble.

El anciano asintió al tiempo que sonreía.

—Veo que me encuentro ante una experta. Está bien. Como sabréis, no voy escaso de dinero; todo lo contrario. No hay otra razón que mi reticencia a alquilarla a cualquiera. Muchos dicen que abrirán una cosa y luego, instalan otra que no siempre conviene para la conservación de la finca.

—¿Y somos nosotras idóneas? —quiso saber Esperanza.

—En principio, sí. Depende de si podéis pagar el precio inicial menos un diez por ciento.

—Quince —regateó Esperanza.

Él inspiró con fuerza.

—No se hable más. Lo dejamos en un quince. ¿Trato hecho, señora Von Dick?

—Sí, por supuesto —musitó ella, aún impactada.

—En ese caso, mañana a primera hora tendréis los documentos listos. Ha sido un placer conoceros.

Esperanza se levantó y Katrina hizo lo propio.

Una vez en la calle, Esperanza comentó que todo había salido mejor de lo esperado. Katrina —ante la extrañeza de su amiga—

asintió sin mucho entusiasmo, alegando que se encontraba agotada y deseaba ir a descansar. Así pues, olvidaron los planes de ir a una taberna y regresaron directamente a la posada.

Una vez allí, Katrina se encerró en la habitación. Se sentía desmoralizada. Albalat, como viejo judío y amigo de la familia, podía conocer el secreto que guardaban e incluso poseerlo. Y se dijo que, probablemente, su viaje a Toledo no había servido de nada. Tanto si lo tenía como si no, nunca podría hacerse con él. La última voluntad del hombre que la cuidó hasta su muerte no iba a cumplirse.

CAPÍTULO 40

Miguel Albalat aguardaba impaciente a que le entregasen la espada que encargó. Y aunque ardía en deseos de verla, ni tan siquiera a él, uno de los hombres más influyentes de Toledo, le estaba permitida la entrada en la fundición. La fabricación de la espada toledana, famosa en todos los confines de la tierra, era un secreto muy bien guardado. Él, sin embargo, acostumbrado a que no le fuese negado nada, había logrado por una suculenta cantidad de dinero que le fuese revelado. Conocía todos los detalles. La particularidad era que se utilizaban varios minerales, ya que a los consabidos hierro y acero les sumaban otros como el silicio, carbono, azufre, níquel, cromo, magnesio y fósforo, y se fundían todos en el horno. Luego se dejaba enfriar lentamente y se introducía en un crisol, que se sellaba para evitar la oxidación. Una vez lista, la aleación se llevaba a la fragua, donde se comenzaba a forjar la espada. Hasta aquí el proceso era similar al de otra herrería en cualquier parte del mundo, pero en Toledo no terminaba ahí. El gran secreto de la dureza y flexibilidad de las espadas de Toledo estaba en el «alma de hierro», una lámina de hierro dulce escondida en el interior del filo que impedía que el arma pudiese quebrarse con facilidad.

La puerta del santuario se abrió. El forjador, como si de una reliquia santa se tratase, sostenía la espada en las manos: hoja deslumbrante de acero y puño adamascado con incrustaciones en oro. Miguel la tomó en sus manos sintiendo como el corazón se le aceleraba. Tanteó el filo. ¡Podría cortar una pluma en dos! Era el sable más perfecto que había poseído. Volvió a depositarlo cuidadosamente en la caja forrada de seda carmesí y cerró la tapa.

—Envíamelo cuanto antes.

—Sí, señor.

Albalat pisó la calle pensando que la vida lo trataba con generosidad. Siempre que lo hacía, retornaba a él ese remordimiento que años atrás le impidió dormir serenamente, y al instante se obligaba a olvidarlo: era evidente que hizo lo correcto o, de lo contrario, no habría sido tan afortunado.

Tenía dinero, mucho dinero. Una esposa —nada atractiva, por cierto— que le otorgó un título nobiliario y dos hijos inteligentes, y ningún suegro al que rendir cuentas. Era un hombre que, a pesar de las obligaciones, se sentía libre. Libre para organizar los negocios, ya que su padre se había hecho viejo y había delegado bastante en él; libre para disfrutar de hermosas mujeres siempre que le viniese en gana… Lo único que lo aprisionaba, se dijo mientras abría la puerta del negocio, era el recuerdo del fratricidio, pero algún día también conseguiría cortar esas cadenas.

Dejó el sombrero sobre la mesa y se dispuso a revisar los documentos. Por el desorden, supo que su padre había estado allí el día anterior. Un rictus de enojo asomó a sus mejillas: no podía soportar que algo estuviese fuera de su lugar. Lo ordenó y comenzó a trabajar. Al ver el segundo papel, soltó un reniego. ¿Cómo demonios se le había ocurrido alquilar esa casa a tan bajo precio? Debería hablar seriamente con él y rogarle que rompiese el acuerdo, así como que a partir de ahora se dedicase tan solo a descansar. Ya era hora de que le cediese la dirección total del negocio. ¡Por el amor de Dios, tenía cuarenta años y un gran prestigio en la ciudad y en el resto de Castilla! Nobles, pobres, burgueses e incluso los miembros de la Santa Inquisición lo respetaban. Gozaba de un poder inimaginable tanto por su fortuna como por el temor que inspiraba. Nunca consintió que nadie lo apartase del camino trazado, pues eliminaba cada escollo que no le permitía caminar con ligereza. Muchos de esos escollos habían terminado bajo el filo de su espada o condenados por herejes. Su palabra bastaba para que los inquisidores no dudasen de la acusación, pues alguien que fue capaz de entregar a su propio hermano era de total confianza.

Un rictus amargo se dibujó en su rostro, prematuramente envejecido por años de vicio, trabajo y buen vino, al regresar de nuevo esos recuerdos que aún lo laceraban. Y maldijo una y otra vez la debilidad que le impedía borrarlos para siempre. La misma que le hizo negarse rotundamente a bautizar a su hijo con el nombre del hermano que murió a causa de un ladrón asesino en un oscuro callejón. Lo intentó todo. Se deshizo de sus pertenencias, prohibió que se hablase de él en las reuniones familiares, y ni aun así. Su cerebro se empeñaba en recordar su imagen nítida, llena de juventud.

La campanilla le anunció que alguien llegaba. Alzó la mirada. La mujer, de aspecto un tanto vulgar y, además, demasiado robusta, no ayudó precisamente a que su mal humor mejorase. Todo lo contrario de la muchacha que entró tras ella, cuya aparición causó un efecto muy beneficioso. De repente, la vida le parecía llena de luz. Era la joven más hermosa que había visto, como un ángel reencarnado en mujer. Sus ojos eran dos piedras preciosas que evocaban los pastos y sus cabellos, hebras de oro.

Carraspeó intentando salir del ensimismamiento y dijo:

—¿Qué se les ofrece, señoras?

—¿No está el señor Albalat? Ayer acordamos con él alquilar la casa cercana a la catedral —explicó Esperanza.

Ahora entendía la debilidad del viejo. Un hombre sería capaz de hacer cualquier cosa por una muchacha como aquella.

—El señor Albalat es mi padre. Aquí tengo la documentación. Todo está en regla. Solamente falta la firma y el pago de dos meses por adelantado —les aclaró.

Katrina abrió la bolsita. Sacó los maravedíes y los puso sobre la mesa. Albalat mojó la pluma en el tintero y le entregó el documento. Katrina lo firmó.

—¿No va a leerlo? —inquirió él.

—Confío en vuestras mercedes. Me han dicho que sois del todo fiables —respondió ella forzando una sonrisa.

—No lo dudéis. Os aseguro que con nosotros no tendréis problema alguno.

—Lo mismo decimos. Muchas gracias por todo —se despidió Esperanza.

Katrina hizo lo mismo y salieron.

—¡Ya está! Tu negocio ya marcha.

—El trabajo sí, por el momento. Los clientes son difíciles de conseguir, y más teniendo en cuenta que aún no me ha dado tiempo de realizar muestras para que vean cómo lo hago —apuntilló Katrina.

—¡Ay, chiquilla! ¿Por qué eres tan pesimista? Nunca hay que perder la esperanza. Mírame a mí. Hace apenas medio año, creía que mi vida estaba en un pozo sin fondo, pero no era así. Dios me echó una cuerda y salí a la superficie. Tú también saldrás adelante. Y una servidora te ayudará en todo lo que pueda. Solo dime qué hay que hacer, y lo hago.

Katrina la besó en la mejilla.

—Por el momento, seguir siendo mi mejor amiga.

Esperanza se colgó de su brazo y, alegres, marcharon juntas a la posada.

Los días que siguieron fueron muy ajetreados. Katrina, aparte de hilar durante horas, sacaba tiempo para adecentar el que iba a ser su nuevo hogar y visitar asiduamente a la costurera. Tenía que presentar una imagen de joven solvente, en la que pudiesen confiar.

El agotamiento la ayudó a no pensar en su delicada situación ni en los proyectos que, por el momento, eran inalcanzables. Y un mes después, ya tenía varias muestras de encaje y la casa a punto para instalarse. Había llegado el momento de iniciar el negocio.

Esperanza se alegró mucho por ella, aunque la entristecía que Katrina se marchase de la pensión. Había tomado un gran cariño a esa joven de apariencia frágil, bajo la que escondía una gran fortaleza. Y además, un secreto. Naturalmente, ella jamás la acosaría para que se lo contase. Esperaría al día que recuperase la confianza en su prójimo; tal vez entonces le explicaría por qué sus maravillosos ojos estaban empañados por la bruma de la tristeza.

Cuando abrió la tienda al público, esa tristeza desapareció, aunque solo momentáneamente, pues a la semana el decaimiento retornó. Tan solo dos mujeres se habían interesado por su labor, y eso significaba que el costo, por desgracia, no estaba a la altura de sus bolsillos. Al parecer, en Toledo no seguían la moda de Flandes, y se dijo que iniciar el negocio había sido un error. Decidió que lo mejor sería cerrar y dedicar el día a dar un paseo, comer con Esperanza o, sencillamente, no hacer nada, como mandaba la ley de Moisés. Claro que eso no lo podía hacer. Ningún detalle debía revelar lo que de verdad era. Así pues, dio un suspiro, abrió la ventana y expuso los encajes.

Sus ojos verdes repararon inmediatamente en aquella figura alta y delgada, sintiendo como el estómago se le encogía. Paralizada por el miedo, pensó que todo había terminado, que de nada había servido escapar. ¡La habían encontrado!

Pierre, el poeta, estaba recostado en el quicio de la puerta, con una amplia sonrisa en su atractivo rostro.

—Cuando me dijeron que se había instalado una encajera en la ciudad, jamás pude imaginar que se tratase de vos. En la corte estarían encantados de saber vuestro paradero. Corren muchos rumores y todos están ansiosos por saber la verdad. Unos dicen que después de sacar provecho de la generosidad de Carlos os fugasteis con vuestro verdadero amor, y otros que fue el rey quien os echó para sustituiros por Germana. Pero no temáis, no seré yo quien les resuelva el misterio.

—¿Están aquí? —inquirió ella en apenas un murmullo.

—No, van de camino a Zaragoza.

Ella respiró aliviada.

—Pensé que os alegraríais de verme, Katrina. Siempre intuí que os agradaban mis versos…

—Vuestra intuición no es muy acertada, señor. Ahora, si no os importa, os rogaría que os marchaseis. Tengo mucho que hacer.

—No veo a los clientes. Temo que Castilla no sea tan refinada como Flandes, madame. Mal negocio habéis montado —opinó Pierre.

—¿Y vos qué hacéis aquí? ¿Es que ya no le interesan al monarca vuestros poemas? —replicó ella con sarcasmo.

—¿Y a vos? ¿Os dejó de interesar meteros en el lecho con él? Tal vez sea cierto el rumor de que lo único que os importaba era enriqueceros. ¿Les sacasteis buena tajada a vuestros favores? Viendo esto, cualquiera diría que no os dejó en el desamparo —replicó Pierre con tono acerado.

Katrina, sulfurada, alzó la mano y lo abofeteó. Él se frotó la mejilla, sin dejar de sonreír.

—Mejor una bofetada sincera que un beso hipócrita.

—Salid de mi tienda —siseó Katrina.

Pero Pierre hizo todo lo contrario. Avanzó y, en un acto irreflexivo, la atrajo hacia su pecho, buscó su boca y la besó con voracidad. Ella se retorció e intentó zafarse y apartarlo de sí, pero él no la soltó; al contrario, continuó hostigándola, como si un impulso animal lo empujase a castigarla por su desprecio. Y gimió complacido cuando el cuerpo de ella comenzó a ceder, y sintió cómo su boca se tornaba dócil, casi complaciente. Y en ese momento, algo lo instó a detenerse. Se apartó y con una gran sonrisa inclinó la cabeza.

—Ha sido un enorme placer volver a veros. Lamentablemente, me es imposible seguir deleitándoos con mi presencia. Señora —dijo.

Ella, con las mejillas encendidas y ojos refulgentes de ira, alzó de nuevo la mano y lo abofeteó con más fuerza.

—Sois… ¡Sois un maldito bellaco! ¡Fuera de mi vista! —jadeó.

—Veo que sois aficionada a golpear a vuestros admiradores. Eso no está nada bien —la reprendió él con semblante sombrío.

—Solamente a los que se sobrepasan. Ahora, idos.

—Como ordenéis —replicó él inclinándose de nuevo; luego dio media vuelta y se alejó calle abajo.

Katrina se apoyó en la pared, con la respiración aún agitada. ¡Se había comportado como una estúpida! Si el francés se enojaba con ella, podría revelar su escondite y debería huir de nuevo. Tenía que enmendar el error. Tomó un papel y escribió con rapidez. Salió, cerró la puerta y colgó la nota.

Pierre iba ya por el final de la calle. Evitó correr, pues eso llamaría la atención, pero caminó lo más aprisa que pudo. El poeta dobló la esquina. Cuando ella lo hizo, no quedaba rastro de él.

—Señora Von Dick. ¡Qué agradable casualidad!

Katrina se dio la vuelta sobresaltada. Era Miguel Albalat.

—Buenos… días, señor.

—¿Os encontráis bien? —se interesó el hombre al ver sus mejillas arreboladas.

—A decir verdad, no mucho. Me siento un tanto mareada —musitó ella.

—Si me permitís el atrevimiento… Acompañadme a esa taberna y bebed algo, os reconfortará. O si lo preferís, permitidme que os lleve a casa.

—Lo de la bebida está bien. Sí —decidió. Por nada del mundo quería que alguien la viese entrar en casa con un hombre, por mucho que este fuese su casero. Debía guardar una buena reputación o sus posibles clientes, de los cuales la mayoría serían mujeres, la repudiarían.

Entraron en el local, que estaba atestado. En una de las mesas, Pierre charlaba con un hombre de aspecto hosco. Por suerte, la mesa libre a la que Miguel y Katrina se sentaron se encontraba justo detrás de ellos, y el poeta no se percató de su presencia.

—Os sugiero un vaso de vino. Eso os animará —ofreció Miguel. El posadero atendió la orden y ella dio un sorbo—. ¿Mejor? Ya os lo dije. Y decidme, ¿cómo va vuestro negocio?

—No muy bien. En realidad, mal. Aún no he conseguido ningún encargo —contestó Katrina.

Él esbozó una sonrisa.

—Si esos son todos vuestros problemas, ya tenéis el primero. Pronto será el cumpleaños de mi esposa y quiero regalarle algo fuera de lo habitual. Un encaje me parece perfecto.

—Gracias, señor —dijo ella mientras pasaba el dedo por una hendidura de la mesa.

Miguel se fijó en ese detalle que le llevó atrás, muy atrás en el tiempo. Ilana hacía lo mismo siempre que se encontraba nerviosa. Alzó la mirada y clavó sus ojos en la joven, creyendo ver algo en su rostro de su añorado amor. Pero no, eso era una locura, un desatino debido a la frustración de no haber obtenido en la vida la única cosa que verdaderamente deseó. Y rechazó al instante esa insensatez.

—No debéis dármelas. Solamente es un trato comercial. Estoy seguro de que… —Miguel calló al ver entrar a un soldado.

Katrina reconoció que era un capitán y, de nuevo, la inquietud la embargó. Por suerte, Albalat no pareció darse cuenta de ello, pues se levantó y le dijo:

—Disculpadme unos minutos. He de hablar con el capitán Valera.

Ella asintió con un gesto cortés y en cuanto se alejó, apuró el vino, se recostó en la silla y cerró los ojos. Las voces de la mesa de Pierre le llegaron ahora con más claridad. Le era imposible seguir el hilo de la conversación, solamente escuchaba palabras inconexas, pero fueron suficientes para descubrir que el poeta había perdido su acento francés para pronunciar un perfecto castellano. Y algo aún más sorprendente: que el otro hombre lo llamaba Gonzalo.

Miguel regresó.

—Perdonad la tardanza. ¿Os encontráis mejor?

Katrina, deseando salir de allí, se levantó.

—¡Oh, sí! Vuestra recomendación ha sido mano de santo. Y ya estoy lista para enseñaros las muestras de encaje. ¿Tenéis tiempo ahora?

—Para vos, tengo todo el tiempo del mundo.

CAPÍTULO 41

Tras atender a Albalat, que le encargó encaje para adornar un pañuelo, se puso inmediatamente a trabajar. Intentó concentrarse en la labor y no pensar en lo acontecido en la taberna. Pero era imposible no hacerlo. Se preguntaba si realmente había escuchado bien, si tal vez el ruido y las voces murmuradas la habían confundido... Clavó las agujas y repasó las palabras deshilvanadas, que dibujaron una línea en su frente. No, no estaba equivocada: aquel tipo tan extraño lo llamó Gonzalo. ¿Por qué Pierre se hacía llamar de un modo distinto en Toledo? Quizás ese era realmente su nombre, y no el que usaba en la corte. Desde luego, era más que posible, porque su castellano era impecable, pero ¿por qué razón? ¿Qué escondía?

Sacudió la cabeza. No le importaban en absoluto las intrigas de ese bribón. Lo único de lo que debía preocuparse era de salvar su pellejo y conseguir que Pierre, o Gonzalo, como diablos se llamase, no contase a nadie que se encontraba en Toledo. El problema era que no tenía la menor idea de dónde encontrarlo, y dudaba mucho que regresase a la tienda después de cómo lo había tratado. Tenía que dar con él, fuera como fuese. No quería huir de nuevo. Se sentía bien en Toledo. Había hecho una gran amiga, abierto su propio negocio y, además, estaba demasiado cerca de su objetivo como para rendirse ahora por ese pequeño contratiempo. Convencería a ese rufián; si le daba el dinero suficiente, lo alentaría a callar sin que hiciese preguntas. Y ella tenía más que de sobra.

Musitó una exclamación de enojo cuando los hilos se le enredaron. Dejó el cojín a un lado. No estaba de humor para hilar. Lo mejor era cerrar e ir a la posada para comer con Esperanza; puede que ella tuviese alguna idea de por dónde podía moverse un hombre como Pierre o, mejor dicho, Gonzalo.

La gran sonrisa con que la recibió Esperanza se transformó en un rictus al ver la preocupación en el rostro de su joven amiga. Con una leve señal de cabeza le indicó que la siguiera hasta su cuarto, donde, una vez la puerta cerrada, dio unos golpecitos sobre la cama y la invitó a sentarse.

—Y bien. ¿Qué ocurre?

—¿A mí? Nada. ¿Qué te hace pensar eso?

—Soy gata vieja, he visto mucho en este mundo y a cientos de parroquianos que han pisado esta posada. Podría, si supiese, escribir un libro entero sobre la naturaleza humana, así que cuéntame. ¿Es por la tienda?

—No, no. Hoy precisamente, el casero me ha encargado un encaje para su esposa.

—¿Su esposa? ¡Pero si el carcamal es viudo!

—Fue su hijo.

Esperanza osciló la cabeza de un lado a otro en señal de desacuerdo.

—Aléjate de él. Ese hombre es peligroso. Ninguna mujer a la que ronda está a salvo.

—¿A salvo de qué? Miguel Albalat no tiene el menor atractivo para mí. Todo lo contrario. Es el tipo de hombre en el que jamás me fijaría.

—Cielo, si el rico pudiese contratar a otras personas para morirse por él, los pobres podrían ganarse la vida maravillosamente. Ese hombre sabe latín. Puede seducir a la más reticente con sus agasajos. Al menos, tú pareces ser un hueso duro de roer, no eres tan frágil como aparentas… Bueno, eso creo, aún no te conozco del todo en realidad… Pero dejemos eso. ¿Puedes explicarme qué es lo que te inquieta?

—Necesito encontrar a alguien y no sé por dónde empezar. Apenas conozco la ciudad y he pensado que tú me dirías cómo.

Esperanza enarcó una ceja con gesto pícaro.

—No es lo que piensas —se apresuró a decir la chica.

—¿Entonces?

—Solamente quiero hablar con él.

—En fin, si no quieres contármelo… no te preocupes, preciosa. Ya lo harás cuando estés preparada. Tendrás que darme algún dato para que pueda ayudarte: qué clase de hombre es, a qué se dedica, sus hábitos…

—Es poeta.

—¿Un poeta? ¡Válgame Dios! ¿Y dices que no tienes interés sentimental por él? —exclamó la posadera.

—Ninguno, créeme. De hecho, lo aborrezco. Es descarado, orgulloso y miente como un bellaco. Hace tiempo lo conocí como Pierre Gautier, el poeta francés. Hoy me he topado casualmente con él en una taberna…

—¿Y qué diantre hacías tú en una taberna? —se enojó Esperanza.

—Fui con Albalat… ¡No pongas esa cara! Ya te contaré más adelante, ¿de acuerdo? Lo que quiero es que me digas por dónde puede merodear alguien como él o dónde buscaría hospedaje.

Su amiga soltó un largo suspiro.

—Con estos datos, difícil me lo pones. Si me contaras más… Pero no confías en mí.

Katrina le tomó las manos entre las suyas.

—Lo hago. Me has ayudado mucho y eres una buena persona. Sin embargo, es mejor que te mantenga en la ignorancia, al menos por el momento. No quiero perjudicarte.

—Entiendo que huyes de algo y que, si interrogan a la posadera, esta no pueda decir nada, porque nada sabe. No temas. Hicieras lo que hicieses, por terrible que fuese, tienes mi total lealtad. Estoy segura de que tuviste buenas razones para ello.

—Agradezco tu confianza y lamento no poder abrirte mi corazón. Pero te diré que en la taberna descubrí que el poeta hablaba perfectamente castellano y que el hombre con quien estaba, quien, por cierto, tenía un aspecto bastante siniestro, lo llamó Gonzalo.

Esperanza frunció la frente.

—Esto no me huele nada bien, Catalina. ¿No sería mejor que lo olvidaras?

—Tengo que dar con él. Es de vital importancia.

—Entonces te pido prudencia. Ese tal Pierre, o Gonzalo, no se reunió precisamente con un caballero. ¿Sabes si es rico o tiene posibles?

—¿Un poeta? —inquirió Katrina con escepticismo.

—Cierto. No conozco a ninguno rico. En ese caso, puede que esté en la zona del arrabal, cerca del Campo del Brasero. Nadie decente se acerca allí, a no ser que sea llevado a rastras por la Inquisición —dijo Esperanza sin poder evitar un escalofrío. Al ver el rostro perplejo de Katrina, le aclaró—: En realidad, la zona se llama de la Vega, pero le cambiaron el nombre desde que esos malditos curas decidieron quemar allí a los herejes. Ahora la actividad ha decaído. Hace más de veinte años, cuando expulsaron a los judíos, las brasas de la hoguera no se apagaron en meses. ¡Con eso lo digo todo! Fue una época oscura y de terror. No tan solo estaban en peligro aquellos judíos que no pudieron partir. La ciudad entera lo estaba. Cualquiera podía acusar a su vecino, a un hermano o a un desconocido. No importaba si la denuncia contenía verdad: la Inquisición estaba sedienta de sangre y bebió con ansia. Por suerte, aquello solo duró unos meses; después retornó la calma, aunque, de vez en cuando, todavía se resarcen. Siempre hay mala gente que venga sus envidias y rencores de esa manera tan monstruosa. Hay que ser cauto y no salirse de las normas, por si acaso, ¿entiendes? Sigue este consejo y todo irá bien. En cambio, me parece que estás intentando complicarte la vida. No es que me importe el motivo, pero sí me preocupa que pueda volverse contra ti.

—Precisamente por eso debo encontrar a ese hombre. Mi futuro depende de ello. He de evitar que hable de mí. He de conseguir que aparente que nunca nos hemos conocido.

—Deduzco que él sí sabe tu secreto —dijo Esperanza decepcionada.

—Él estaba junto a mí en ese momento que nadie debe llegar a saber —le aclaró Katrina. Y al ver su expresión suspicaz, añadió—: Y no por lo que piensas. Nunca fuimos amantes. Ya te he dicho que nunca me ha gustado tratar con él. ¿Me ayudarás?

—Lo haré. Pero no consentiré que vayas a ese lugar. Deja que me encargue de ello.

—Pero...

—Nada de peros. Ese no es lugar para una joven de tu condición. Además, si, como dices, puede ponerte en peligro, es mejor que te dejes ver lo menos posible. Daré con él y te lo traeré. ¿De acuerdo?

—De acuerdo —aceptó Katrina no muy convencida.

CAPÍTULO 42

Juan Albalat terminó las cuentas. Había sido un año realmente productivo, y una gran sonrisa se dibujó en su rostro ajado, que, al instante, se quebró por el terrible dolor que le traspasó el pecho. Siempre había tenido achaques, pero nunca sintió nada parecido; como si algo se quebrase en su interior. Jadeando, intentó levantarse inútilmente, pues otro nuevo pinchazo de ese aguijón que lo torturaba se lo impidió. Un presentimiento atroz lo llenó de pánico. No. No quería morir. Y menos como un perro, solo, sin nadie que le tendiese la mano. Quiso lanzar un grito de auxilio, pero la voz tampoco le respondió. Apoyó las manos sobre la mesa, en un intento desesperado por librarse de ese destino aciago. De nuevo, otro latigazo lo fustigó cortándole la respiración. Imploró a lo Divino que lo salvase, aun sabiendo que nadie atendería su ruego. Ni el Dios de los cristianos ni el de los judíos moverían un dedo para salvar a un hombre que antepuso sus riquezas y necesidades a cualquier fe. Estaba condenado, su alma ardería eternamente en el infierno, lejos de su querida esposa. Sollozando, recibió un nuevo golpe y pudo sentir cómo el corazón se le quebraba y cómo la vida, lentamente, fluía lejos de él. La visión del pasado fue perdiéndose en la neblina hasta que la negra oscuridad lo llenó todo.

El cuerpo sin vida de Juan Albalat fue encontrado por su hijo. Miguel permaneció petrificado en el umbral de la puerta durante unos segundos. La causa no era otra que la sorpresa; en ningún momento se mostró afligido por la pérdida de su progenitor. Jamás sintió que los uniese un lazo estrecho, la verdad. Respetaba a su padre, sí, pero nunca le profesó amor. Es más, nunca experimentó dicho sentimiento. La única vez que estuvo cerca fue con Ilana, pero la vida le arrebató la oportunidad de completarlo y lo único que le quedó fue la pasión. Un arrebato indomable por conseguir todo cuanto se le antojase. Y prácticamente lo había conseguido, a excepción de la posesión más preciada del viejo Efraím. Pero no se daba por vencido. La buscaría hasta el fin de sus días. Por el momento, otra de sus aspiraciones acababa de cumplirse: ahora era dueño y señor de toda la fortuna de los Albalat.

Apartando el impacto inicial, se acercó a la mesa. En un acto irreflexivo y del todo innecesario, tomó la mano de su padre y comprobó si aún existía vida. Lo único que encontró fue frialdad; la misma que utilizó para comunicar a la familia el triste óbito.

Su hija Clara no se sintió afectada por la pérdida, pues desde el momento que fue obligada a contraer matrimonio, convirtió su corazón en una piedra; ni tan siquiera el nacimiento de su hijo lo erosionó. Su nuera, sinceramente, nunca lo apreció. Y su yerno, Alfonso Osorio, quien planeó su asesinato nada más comprometerse con su hija y hubo de cancelarlo porque el viejo zorro se cubrió las espaldas en su testamento, alegando que si no moría de muerte natural, todas sus posesiones serían entregadas a beneficencia, estaba celebrando su desaparición con el mejor de sus vinos. Después de tantos años de espera, había llegado el momento de su triunfo: la fortuna de los Albalat, al fin, pasaría a sus manos. El desgraciado de Miguel tenía los días contados, y él se encargaría personalmente.

Para el resto de la ciudad, la noticia del fallecimiento del banquero más prestigioso de Toledo dejó a muchos indiferentes y solo un tanto conmocionados a los que tenían tratos con él. Por supuesto, ninguno de ellos le profesaba amistad; no olvidaban que era un judío converso y, por ello, poco de fiar, aunque jamás les causó problemas. Ahora bien, se preguntaban si su hijo sería capaz de mantener las condiciones y el trato que recibieron, y por esa causa todos, sin excepción, fueron a presentar sus respetos a la familia.

—¿Crees que deberíamos dar nuestras condolencias? —quiso saber Katrina.

—En absoluto. No era más que tu casero.

—Pero era un hombre importante, ¿cierto?

Esperanza arrugó la nariz.

—Lo era, sí. Pero nunca me gustó.

—¿Por su conversión?

—¡Quia! Porque no solo enseñaba los dientes, sino que también mordía. Cuando judío, se hartó de prestar dinero; sobre todo, a aquellos que sabía que jamás podrían devolverle los intereses. Fue de este modo como amasó su fortuna: no teniendo piedad para con los deudores. Se quedaba su casa o, en los casos más extremos, con todo, sin importarle la situación en que los dejaba. Incluso hubo alguno que, incapaz de ver una salida, se tiró del puente. Y más tarde, cuando el edicto de expulsión, no reparó en medios para seguir conservando su medio de vida. Y no hablo solo de renunciar a su fe. Por alguna extraña razón, también consiguió que el fiscal de los reyes se casase con su hija. Muchos dicen que lo embrujó. Claro que yo no creo en esas cosas; más bien me inclino por los dineros. Muchacha, es el poder más grande que existe en este mundo. Consigue cualquier cosa, menos conservar la bondad de aquellos que lo consiguen. Solamente la aparentan. Si donan a los pobres es para ganar prestigio, no por caridad cristiana; y esa virtud Albalat no la adquirió al convertirse. Dicen que, al no poder ejercer ya la usura, se valió de la Inquisición para apoderarse de más propiedades. Una denuncia, y hecho. A esos curas les basta una duda, por pequeña que sea, para alargar el brazo y arrastrarte hasta los sótanos de tortura. Así que ten presente en tus oraciones, como hago yo, que esa duda nunca recaiga sobre ti.

Katrina no pudo evitar un estremecimiento que Esperanza, erróneamente, atribuyó al cortejo fúnebre de Albalat, el cual pasaba ante la tienda justo en ese momento. Una comitiva digna de un rey: carruaje tirado por caballos blancos, plañideras y un séquito de hombres y mujeres vestidos de negro de la cabeza a los pies, mostrando una aflicción que cualquiera hubiese jurado que era real. Esperanza, aun sin tener el menor respeto por el difunto, se santiguó.

—Por lo que se ve, era muy apreciado por otros, a pesar de todo —comentó Katrina al ver la gran cantidad de gente congregada.

La posadera soltó una onomatopeya despectiva.

—¡Santa inocencia! Son lobos con la misma loma. ¿Acaso no sabes que la apariencia lo es todo para esos estirados? Deben simular que apreciaban al viejo o el sucesor puede que no les dé el mismo trato. Cuestión de negocios, chiquilla. ¿O es que no ves cómo tolero a los clientes más insoportables? ¡Si no fuese porque me dejan su dinero, otro gallo nos cantaría!

—Tengo entendido que el difunto vivía en una casa que no era acorde a su riqueza. Es algo que me parece extraño. ¿Sabes la razón?

—Cuentan que era de un viejo amigo y que se la compró cuando abandonó el reino. Imagino que para él era como un lazo que lo unía al pasado al que renunció. Lo más seguro es que su hijo se deshaga de ella. Ese es aún peor que su padre: si ese era perro, este es león. Estoy convencida de que si nos hubiese atendido él, ahora no tendrías la tienda a ese precio. Date por afortunada.

—Lo seré si encuentras a ese poeta. ¿Aún no sabes nada?

—Paciencia, preciosa. Solamente han pasado dos jornadas. No

es fácil dar con alguien que no quiere ser encontrado. ¿Puedes decirme al menos de qué se esconde?

—Lo ignoro por completo.

Esperanza arrugó la nariz.

—De veras —insistió Katrina—. En ese asunto, sé lo mismo que tú. ¿Será una dificultad?

—Nos lo pondrá más peliagudo. Pero tranquila. Por el momento, no ha habido problemas, ¿verdad?

La joven asintió sin mucho convencimiento. La corte iba camino de Zaragoza, y si Pierre había mandado la información de su escondite, aún tardaría en llegar. Sí. Tenía tiempo para huir antes de que la apresasen; pero seguía queriendo quedarse en Toledo. Por ello debía saber cuanto antes si el poeta la había delatado.

—Bueno, dejemos la cháchara. Creo que se acerca un nuevo cliente. A ver si lleno la pensión, que la vida está muy *achuchá*. Se le ve joven y pulido. Le subiré el precio y… ¡Virgen Santísima! ¡Pero si es Francisco!

El hombre, de unos cuarenta años, alto, de rostro agraciado y corpulento, sonrió ampliamente.

—Querida Esperanza. Tenía tantas ganas de darte un abrazo… ¿Cuánto hace que no nos vemos? ¿Cinco años? Sí, demasiado tiempo.

Ella lo estrechó contra su pecho con efusión para después apartarse y mirarlo con el ceño fruncido.

—Te han salido arrugas, hermano.

—Y tú estás igual de lozana y hermosa —rio él besándola en la mejilla.

—¿Qué se te ha perdido por aquí? ¿Y tu esposa? ¿No ha venido contigo?

—Veo que tu verborrea sigue imparable —dijo él sin dejar de sonreír.

Esperanza, habituada a tratar con todo tipo de gente, aprendió que el aspecto era pura fachada y se fijó en sus ojos. Estos no reían; mostraban la preocupación que escondía.

—¿Qué ha pasado? —inquirió acariciándole el brazo con gesto protector.

Francisco suspiró hondamente y, con tono apagado, contestó:

—Julia enfermó de fiebres. Durante semanas intentamos que curase y, finalmente, falleció hace seis meses. Decidí que ya no había nada por lo que quedarse en el pueblo; así que vendí las tierras y la casa… y aquí estoy.

Ella le frotó la espalda con cariño.

—Has hecho lo correcto. Viudo y sin hijos, la vida es demasiado solitaria. Con tu hermana estarás bien… Además, me irás al pelo. Necesito ayuda. Últimamente la ciudad recibe muchos visitantes y la posada necesita arreglos y… ¡Oh! ¡Cuánto lo lamento, querida! Te había olvidado. Francisco, esta es Catalina, una amiga.

Él inclinó la cabeza.

—Un placer, señora.

—Catalina, dadas las circunstancias, tienes que quedarte a cenar… No, no, no. No acepto un no por respuesta. Hemos de celebrar la llegada de mi único hermano. ¿Entramos? —sugirió Esperanza.

CAPÍTULO 43

Pierre se deshizo del abrazo de la rabiza con gesto inapetente, lo que provocó que le soltase una ristra de improperios que hubiesen escandalizado hasta a un criminal.

—¡Lameculos! ¡Soplapollas! —masculló levantándole el dedo corazón para mostrar su desprecio.

Él sonrió con desidia y cogió la copa de vino apurándola de un solo trago. No había ido a Toledo para divertirse, ni se sentía tan desesperado como para aceptar los favores de una furcia avejentada y que con toda seguridad le pegaría un mal que lo mortificaría. Tenía cosas más importantes que hacer.

Chasqueó la lengua ante el avance de otra en busca de un cliente. Aunque esta era de mayor calidad, bastante más atractiva y rolliza, levantó la mano indicándole que diese media vuelta. Ella lo ignoró y continuó caminando.

—¡Largo! No me apetece fornicar —le espetó.

—A mí tampoco, señor. ¿O es que no sabéis distinguir entre una dama y una pelandusca? Os creía más sagaz.

—¿Acaso nos conocemos?

—No.

Pierre miró fijamente a la mujer. Vista de cerca no tenía el aspecto de una buscona. Su rostro, a pesar de ya haber pasado la cuarentena, no era hermoso, pero sí atractivo y rebosaba lozanía; una característica poco habitual en las mujeres de vida fácil. Tampoco daba la talla de alguien que viviera en aquel barrio. No era potentada, pero tampoco una miserable. Sus ropas eran cuidadas. Y se preguntó qué estaría haciendo en una posada tan infame. Por supuesto, él no tenía más remedio. Tenía que ocultarse para llevar a cabo su plan.

—¿Y qué queréis entonces? —prosiguió Pierre, ya intrigado—. Con franqueza, no me imagino qué puedo ofreceros si no deseáis que os meta en la cama. No sois la clase de mujer que se mueve por estos contornos tan…, digamos, lúgubres.

—Os agradezco vuestra apreciación. He de decir que es del todo correcta. He venido hasta aquí porque deseo hablar con vos.

Él soltó una leve carcajada.

—Os aseguro que no soy la compañía más adecuada para ello y, como bien habéis dicho, no nos conocemos. Por tanto, vos y yo no tenemos nada que decirnos. ¿De qué pueden hablar dos extraños? Habéis hecho un viaje en vano. Así que, si me disculpáis, estoy a punto de cenar y me gusta hacerlo solo.

Esperanza, obviando su impertinencia, se sentó.

—¿No me habéis oído? ¿Acaso sois sorda? —mascó él entre dientes.

—Oigo perfectamente, señor. Por esa causa, me complacería mucho que me recitaseis uno de vuestros poemas, Pierre.

El nervio de la mejilla derecha del hombre se tensó.

—Veo que ahora sí os gustaría hablar conmigo. ¿Cierto? —le azuzó Esperanza.

Él llenó otra copa y se la ofreció, guardando aún silencio.

—No bebo, gracias. Ni vos deberíais hacerlo. Sé lo maléfico que puede tornarse el vino. Mi difunto esposo fue una víctima a la que le destrozó la vida. Se tomaba hasta las zurrapas. En realidad, la palmó por su culpa. Embotado y unas escaleras… y todo terminó. Que en gloria esté, que yo estoy en la mía.

—¿Habéis venido a parlotear de vuestro esposo? —refunfuñó él intentando recordar de dónde la conocía.

Esperanza sonrió delicadamente.

—No os rompáis la testa. Nunca nos hemos visto.

—En ese caso, solo me queda pensar que alguien os ha hablado de mí.

—Alguien que está muy interesado por vos. Mejor dicho, que desea que le hagáis un gran favor.

—Jamás los concedo a no ser que saque provecho de ello.

—Sin duda, lo sacaréis.

—¿Cuánto ofrece?

—Lo más lógico hubiese sido preguntar primero qué desea que hagáis, ¿no?

—Os equivocáis. Dependiendo de la cantidad, considero si es o no interesante saber qué debo hacer. Soy hombre al que no le gusta perder el tiempo. ¿De cuánto estamos hablando?

—De silencio.

Pierre arqueó una ceja.

—¿Y qué clase de pago es ese?

—Una fortuna si uno no quiere que se sepa su secreto.

Él curvó el torso y, con un susurro, dijo:

—¿Por qué suponéis que tengo uno, misteriosa dama?

Esperanza alzó la barbilla y lo observó con fijeza. Era un hombre realmente gallardo. Alto, atlético, sin llegar a estar fornido. De piel morena, ojos de carbón, nariz un tanto prominente pero perfectamente adecuada para su rostro, y con una sonrisa encantadora. Pero engañosa. Su mirada, a pesar de tener el color de la madera de ébano, era fría como el acero. Como si tiempo atrás algo o alguien le hubiese arrancado el alma. Pierre era un hombre duro, calculador y precavido. No era prudente enemistarse con él. Jamás perdonaría una afrenta; como tampoco que lo engañaran. No sabía la razón por la que Catalina lo temía tanto, si es que era verdad lo de que jamás tuvieron trato íntimo. Lo que sí era una certeza era que, si no lo tenías por tu amigo, mejor estar lejos de él.

—¿Si os llamo Pierre o Gonzalo me equivocaría?

Él alzó la espalda en señal de alerta.

—Por favor, no os alarméis. Ya os he dicho que no deseo dinero ni complicaros la existencia. Me conformaré con que mantengáis la boca cerrada.

—¿Sabéis que estáis siendo muy enigmática? Me gustaría saber sobre qué asunto debo mantener el pico cerrado. ¿Os importaría aclarármelo, señora...?

—Sé qué sois inteligente. No hacen falta nombres, ¿verdad?

—Vos sabéis el mío.

Esperanza sonrió con malicia.

—Lo dudo. Os hacéis llamar de dos modos distintos, por lo que estamos en las mismas condiciones. Ninguno sabe quién es quién.

—Cierto es. Y dejando las filosofías, volvamos a lo principal. ¿Qué debo callar?

—Lo de vuestro conocimiento de cierta dama llegada de Flandes. Os ruega encarecidamente que la olvidéis y que jamás comentéis nada de su pasado. Y, sobre todo, que si preguntan, no tenéis noticias de que se encuentra aquí. A cambio, ella borrará de la memoria que os ha conocido y, aunque he de confesar que la curiosidad es grande, que utilizáis dos nombres. Ella no se entromete en vuestros asuntos y vos tampoco en los suyos. ¿Os parece buen trato?

Él volvió a reposar la espalda en la silla y se sirvió otra copa.

—No era necesario que os tomarais tantas molestias, señora. Yo soy el menos interesado en remover lo que ya pasó.

—Me alegro por ello y espero que ese desinterés no se torne un problema en el futuro.

—Tengo por norma no complicarme la vida, señora, así que podéis decirle a Ka..., a esa señora, que se quede tranquila. Estaré mudo, ciego y sordo en cuanto a su existencia. Aunque he de decir que con una mujer como ella es difícil. Quien la conoce no puede olvidarla.

—Pues habréis de hacer un esfuerzo. Por el bien de ambos. Como dicen, cuando ves llegar la tormenta, busca refugio.

—Soy de la misma opinión. Siempre huyo de los problemas.

Esperanza se levantó con aire satisfecho. Había solucionado el apuro de su amiga con gran facilidad. Ese hombre era implacable pero sensato, y sabía lo que le convenía.

—Ha sido un placer hacer tratos con vos. Deseo que os vaya bien.

—Os deseo lo mismo —la despidió él.

Ella se marchó y él se mordió el labio inferior. A partir de ahora, se dijo, debería ser más cuidadoso. Había cometido un error al no prestar atención a aquellos que lo rodeaban. Lo mejor sería cambiar de posada.

CAPÍTULO 44

Katrina se sentía mucho más calmada desde que Esperanza le aseguró que Pierre había aceptado el trato y no contaría a nadie su secreto. No confiaba en el poeta, pero algo le decía que cumpliría su palabra.

Con lo que ella debía cumplir era con los encargos, pues se estaba acercando la fecha de entrega y aún le faltaba bastante. Pero lo cierto era que no le apetecía nada seguir hilando. Hacía un día precioso, el sol brillaba con una intensidad que jamás vio en Flandes y deseaba sentir su calor sobre la piel. Así que cerró la tienda y decidió deambular sin rumbo fijo por la ciudad.

Toledo le encantaba. Era una ciudad llena de vida: mercados diarios, viajeros llegados de pueblos o ciudades cercanas, y también del extranjero… En cuanto a comercios no podía compararse con ninguna urbe de su tierra natal, pero no por ello dejaban de ser muy variados y sus artesanías, espectaculares.

Katrina se detuvo ante el artesano que estaba adornando una caja con damasquinado. Primero, dando suaves golpes, preparó el metal para quitar la tersura. Después la rayó con un buril, tomó el hilo de oro y lo fue incrustando dándole forma de flor. Finalmente, lo golpeó de nuevo con el martillo y quedó lista.

—Es preciosa —le dijo.

—Aún no está terminada, joven. Ahora hay que pavonarlo. Se pone al fuego con sosa cáustica y nitrato de potasio. Una vez a punto, se vuelve a repasar con el buril. ¿Os apetece comprar una?

Ella entró en la tienda y curioseó. Había gran variedad de objetos: cajas, espadas, marcos para cuadros… Optó por llevarse un joyero con damasquinado de inspiración muy parecida a sus hilados. Sería perfecto para guardar su mayor tesoro.

Al pensar en él, no pudo evitar que sus pasos la condujeran por el camino del que debía alejarse, pero una fuerza irresistible la arrastraba hacia esa casa. La que había pertenecido a la familia. Se plantó ante ella y la miró largamente, intentando imaginar cómo había sido la vida allí. Seguramente no tan distinta a la de los demás. Entre esos muros hubo risas, llantos, emociones, miedos. Esperanza de alcanzar la felicidad, y dolor cuando esta se les escapó de las manos debido al decreto de los reyes. Allí habían vivido su madre, su abuelo. Y no podía entrar, ni ver con sus propios ojos esos espacios que siempre le describió Efraím. ¿Estarían igual o, por el contrario, los Albalat habrían borrado el paso de sus seres queridos? Probablemente. Cuando alguien se introducía en el espacio que antes ocuparon otros, solía crear el suyo propio. Si ella no lo había hecho en su nueva vivienda, era porque estaba en alquiler y no quería arraigar sentimentalmente en un hogar que no fuera suyo. O tal vez porque, en el fondo, era consciente de que su estancia en Toledo era de paso. Sería una locura establecerse con la espada de Damocles sobre su cabeza: un día u otro, podría descubrirse su secreto, y sería una tonta si no aceptara que su futuro no estaba en esa ciudad.

Pero de lo que no tenía ninguna duda era de que no se iría de allí sin antes intentar localizar el objeto tan preciado por su familia. Era su legado; era de justicia que estuviese en sus manos. Solo así el alma de sus antepasados podría descansar en paz. Y si lo lograba, se iría bien lejos, donde nadie cuestionase su religión. Estaba cansada de huir, de esconder lo que verdaderamente sentía, de ser tan cobarde como para comportarse como una cristiana quebrantando todas las leyes de Moisés. Era preciso que entrase en esa casa. Tenía la llave y, ahora, la oportunidad, pues tras la muerte del viejo Juan Albalat había quedado vacía. En cuanto se armase de valor, iría como los gatos, de noche, y penetraría en ese santuario para tomar lo que era suyo… si es que aún seguía allí, claro está. A lo mejor los Albalat habían dado con la herencia y sus esfuerzos habrían sido en vano, pero para comprobarlo, debería entrar.

—Lo que ocurre una sola vez, probablemente no ocurra nunca más, pero lo que ocurre dos veces, probablemente ocurra una tercera vez. Pensé no veros más y el camino ha vuelto a reunirnos.

Katrina se giró con brusquedad. Sus ojos esmeraldas chispearon iracundos al ver a Pierre.

—¿Vos? Hicisteis un juramento y lo habéis roto —le recriminó.

—¿No pensaréis que me importáis tanto como para seguiros? Prometo que esto es fruto de la casualidad. Toledo no es una ciudad tan grande como para que esto no pueda suceder.

—Pues en el futuro, procurad que no vuelva a pasar —replicó ella con tono acerado.

—Lo intentaré. Sin embargo, para ello habríais de decirme por dónde os movéis. ¿No os parece? Por el momento, procuraré evitar esta parte de la ciudad.

—Nunca suelo venir por aquí. Estaba… paseando.

—Y observando esta casa muy pensativa. No creo que sea meritoria de admiración. De hecho, yo la encuentro más bien vulgar; puede que la razón sea que pertenece a los Albalat.

—¿Cómo lo sabéis?

—Todo Toledo lo sabe. Al fin y al cabo, es una de las familias más influyentes. Teniendo en cuenta que eran judíos… Han conseguido sobrevivir y conservar sus riquezas. Muchos no pudieron hacerlo, pues tuvieron que marchar o morir a manos de la Inquisición —respondió él. Su tono cargado de rabia extrañó a Katrina.

Pierre, al notar su sorpresa, dijo—: No soy tan desalmado como se supone, señora. La injusticia también me indigna.

—¿Consideráis que no fue justo que se expulsara a los herejes? No profesaban la verdadera fe.

—No es el hecho de la expulsión en sí, sino el modo tan brutal, despojando a seres inocentes, cuyo único pecado era creer en un Dios distinto, de todas sus posesiones e incluso de su vida. Si bien aún me parece más despreciable que muchos renegaran de sus convicciones por mantener sus riquezas.

—Considero que no somos quiénes para juzgar el comportamiento de nadie. Hay que entender que no todos son tan valientes cuando se les amenaza con la hoguera —refutó ella.

—¿Por eso escapasteis?

Katrina lo miró indignada.

—Nunca he recibido amenazas, señor. Me fui por voluntad propia. Ya os lo dije entonces, y os ruego ahora que no insistáis en ello, por favor.

—No insistiré. Aun así, seguiré haciéndolo con respecto a mis intenciones con vos.

—Nada lograréis. No siento la menor simpatía por vos, así que no perdáis el tiempo y dejadme en paz. Recordad vuestra promesa —replicó, intentando mostrar una convicción que no sentía en absoluto.

Desde que la besó, la percepción de Pierre, o Gonzalo, o como se llamase, ya no era la misma. Se había introducido en su mente, en sus sueños, evocando el calor de su boca. Una boca que la hizo sentir sensaciones que Carlos jamás le provocó. Y eso la asustaba, pues le hacía cuestionarse si lo que sintió por el rey era realmente amor o solamente un deseo físico. Nadie que amaba profundamente, o que lo había hecho, se encendía con tanta facilidad con otro hombre, y menos por un simple beso. Como también el hecho de que sus sentimientos hacia Carlos fuesen cada vez más distanciados, menos nítidos. Cuando tuvo que partir de su lado pensaba en él cada minuto, mientras que ahora transcurrían días sin que sus pensamientos le llevasen su risa, sus caricias o su voz torpe relatándole historias fascinantes.

—Prometí no revelar nada de vuestro pasado, pero en ningún momento hablé de no veros. Vuestra amiga entendió mal. Y no volváis a decirme que me marche.

—En ese caso, seré yo quien se vaya.

—¿Ya habéis perdido interés por la casa?

—No tengo interés alguno.

—Vuestros ojos no decían lo mismo. Parecían estar muy lejos de aquí, y tristes. ¿Acaso os trae malos recuerdos?

Ella tragó saliva, pero logró decir:

—¿Qué recuerdos? Nunca estuve en Toledo, a diferencia de vos. Y decidme, ¿cómo debo llamaros? ¿Pierre o Gonzalo?

Él sacudió la cabeza regañándola.

—¿Y sois vos quien me culpa de haber roto el trato?

Katrina asintió.

—Tenéis razón. Nada de preguntas. Ni más encuentros. Sería peligroso para ambos. Como sabéis, las mujeres no podemos controlar la curiosidad, y no quiero que mi debilidad os traiga problemas.

—¿Y por qué deducís que podría tenerlos?

—Es evidente. Cuando alguien utiliza dos nombres distintos, no es precisamente por nada bueno. Ahora, si me disculpáis, debo regresar a la tienda.

—¿Han mejorado las ventas?

—Mi vida comienza a encarrilarse. Espero que vuestra presencia no trunque la tranquilidad de la que ahora disfruto.

—La tranquilidad significa aburrimiento. Yo puedo llenaros de emoción. Ya os lo demostré y me pareció percibir que estabais de acuerdo conmigo.

Katrina sonrió seductoramente.

—Lo sé. Y es una lástima que no pueda aceptar vuestra proposición. Ya he tenido demasiadas emociones. Ahora solo busco paz, y jamás me la reportaría vuestra misteriosa vida.

—¿Acaso la vuestra no lo es?

—¿Qué tiene de misteriosa? Fui amante de un hombre al que amé con todo mi ser, y decidí que había llegado el momento de terminar. Como dijisteis, sus atenciones se encarrilaron hacia otro lado y no me gusta ser segundo plato. Así que puse tierra de por medio y mis pasos me trajeron hasta aquí, del mismo modo que hubiesen podido dirigirse a cualquier otra parte. Ahora lo único que deseo es vivir mi vida y que el pasado me deje en paz.

Pierre movió la cabeza en señal de desacuerdo.

—En ese caso, lamento deciros que no lo habéis hecho nada bien. Si el rey no ha desistido de encontraros, abrir un taller como hilandera no es precisamente una buena tapadera, ¿no os parece?

—El rey tiene cosas más importantes en las que pensar que en mí. Que tengáis un buen día, señor —replicó Katrina. Dio media vuelta, el corazón le latía desbocado, y se alejó a toda prisa.

Regresó a la tienda y a los pocos minutos, el sonido de la campanilla le hizo alzar la cabeza. Albalat entraba para buscar el encaje.

—Buenos días, señor —lo saludó dejando el cojín sobre la mesa.

—Buenos días, Catalina.

Ella abrió el arcón y extrajo el encargo. Un tanto nerviosa, a pesar de saber que era un trabajo excelente, se lo mostró.

—¿Qué os parece?

Él lo cogió. Sin duda, las manos de esa muchacha eran delicadas como las de los ángeles, así como su aspecto. Era virginal, casi intangible, pero sumamente excitante para él. Ardía en deseos de cortejarla y sentirla entre sus piernas gimiendo de placer. Ese pensamiento lo alteró de un modo brutal. Carraspeó intentando controlarse y dijo:

—Una maravilla. Jamás hubiese imaginado nada igual. Este

será el mejor regalo que haré nunca a mi esposa. Será la primera de la ciudad que pueda lucir este espléndido pañuelo. No sé cómo agradecéroslo.

Ella, violentada por la mirada lasciva de Albalat, musitó:

—No hay nada que agradecer, señor. Me dedico a ello y ya me pagáis su valor.

—No es bello lo que cuesta mucho, pero cuesta mucho aquello que es bello. Considero que habéis pedido demasiado poco por este primor, por tanto, debo compensaros de otro modo. ¿Tenéis algún capricho que pueda conseguiros?

—Ninguno, señor. Tengo todo lo que necesito.

Él arqueó una ceja clavándole sus ojos negros.

—¿Estás segura? Pensadlo, os lo ruego. Quiero pagaros como merecéis. Claro que, si ello puede ofenderos, me conformaré con que aceptéis ser mi invitada para cenar. Doy una fiesta. Os divertiréis.

Katrina sabía el motivo de ese interés: su esposa se había ausentado de la ciudad para visitar a su madre enferma y Esperanza la había puesto al tanto de la vida disipada de Albalat.

—Creo que no sería correcto que presentaseis a vuestros ilustres invitados a una simple hilandera.

—¿Vos simple? Querida Catalina, ¡vos sois una artista! Sois comparable a un gran pintor —la aduló él impostando la voz para darle un toque suave, sin conseguirlo. Su tono seguía siendo áspero y ronco, casi tan desagradable como su mirada lasciva.

—Y vos demasiado generoso al catalogarme. Por favor, señor, no insistáis.

Él exhaló un hondo suspiro de decepción. Pero no se daba por vencido. Tarde o temprano hallaría el modo de que cayera en sus redes; y si no era por las buenas, sería por las malas. Toda mujer, por muy honorable que fuese, tenía un pasado, y ella no iba a ser una excepción. Encontraría una tara y la haría pagar por ello metiéndola en su cama.

—Es una lástima. Mis fiestas son muy apreciadas por el empeño que pongo en que sean inolvidables…

Lo que realmente deseaba Katrina era que se olvidase de ella y, sobre todo, poder entrar en la casa de su difunto padre… De repente, la idea le llegó como un relámpago.

—Tengo referencias de que sois un hombre meticuloso y perfeccionista, a la par que honrado. No dudo de que será un éxito. Y… ahora que pienso, sí que podéis hacerme un favor.

—Pedid lo que deseéis, que si está en mi mano, os complaceré —dijo él esperanzado.

—La casa de vuestro padre, que en gloria esté…, tengo entendido que está vacía. Me gustaría alquilarla. Siempre y cuando no esté en venta, o tengáis intención de ello. El piso de la tienda es correcto, pero un tanto pequeño. Además, ya he pasado muchos años sin disfrutar de la maravillosa luz de esta tierra. La vi paseando y me pareció un lugar ideal.

Él chasqueó la lengua con fastidio. Para un favor que le pedía, no podía concedérselo.

—Lamentablemente, ayer la alquilé…

Katrina no pudo evitar la frustración. ¡Ahora sí le resultaría del todo imposible buscar su legado!

—… Pero si queréis, tengo otros inmuebles que poseen las mismas características.

—Os agradezco el interés, pero, como sabéis, las mujeres somos caprichosas y si no es esa, prefiero no mudarme.

—La esposa de mi cliente también quedó fascinada por la casa. Tanto que, aun sin tener la seguridad de que su marido sea trasladado aquí, la alquilaron. Si dentro de unos treinta días no vienen, estará otra vez libre.

Ella dibujó una gran sonrisa. No por el hecho que le había contado, sino porque hasta entonces tenía la oportunidad de colarse en ella e intentar buscar su herencia.

—En ese caso, esperaré. Ahora, si me disculpáis, me aguardan para comer.

—¿Algún admirador?

—No, señor. Tan solo se trata de una buena amiga.

Albalat le entregó una bolsa y ella la guardó en el cajón, cerrándolo con llave.

—¿No lo contáis?

—Confío en vos. En realidad, toda la ciudad lo hace. ¿Por qué debería ser yo la única recelosa? —dijo forzando una sonrisa.

—Es grato saberlo, mi bella dama. Os deseo buen día —dijo él besándole la mano.

CAPÍTULO 45

Al principio ideó mil y una formas de deshacerse de su enojoso suegro. Los dos primeros intentos fracasaron: el viejo poseía una salud de hierro, y el veneno lo único que consiguió fue enfermarlo. También descartó utilizar a un sicario, pues con ese método se corría el riesgo de ser víctima del peor de los chantajes. Así que, finalmente, fue él quien se convirtió en chantajista. Bajo la amenaza de desvelar el secreto que el viejo Albalat escondía, el dinero jamás le faltó.

Pero ahora, al fin, había llegado el momento de recibir su verdadera recompensa. Conteniéndose las ganas de arrancarle el documento al notario, aguardó estoicamente a que este leyese las últimas voluntades del difunto. El primer pensamiento fue para los criados, a quienes pagó su fidelidad con una suma considerable equivalente al salario de cinco años. Después, como era lógico, anunció la herencia de su único hijo varón: una docena de casas, cinco terrenos de labranza, ocho solares en la ciudad y doscientos mil doblones. Seguidamente, la voz profunda y casi inaudible del notario dio a conocer la parte de su esposa Clara: dos casas, la mitad de las joyas maternas y cien mil doblones.

El antiguo fiscal de la corte hinchó el pecho con satisfacción. El viejo judío no había roto la palabra dada: le había convertido en dueño de una inmensa fortuna. Miró a su esposa e inclinó levemente la cabeza.

Ella, por el contrario, no sentía nada. Ni tan siquiera pena por la muerte de su progenitor. Dejó de amarlo y respetarlo cuando la prometió a ese hombre despreciable, y aun así, nunca hubiese imaginado lo que tuvo que soportar. Su crueldad quedó manifiesta en la misma noche de bodas. La trató como a una vulgar ramera, forzándola, desgarrándola sin la menor compasión. Y una vez usada, al dar a luz a su segundo vástago —que por desgracia falleció al poco tiempo de nacer, al igual que el primero—, harto de su insulsa esposa y de que solamente le diese hijos enfermos, la olvidó. Fue el único momento desde que se desposara que agradeció algo a Dios. Y ahora, ese cerdo era dueño de lo que por ley le pertenecía. No era justo que fuese recompensado, mientras que ella había sido castigada por renunciar a la verdadera fe. Y ese pensamiento la despertó. La frialdad de tantos años fue derretida por el odio, y de nuevo en su corazón y en su vientre se desató la tormenta. Era tan feroz que deseaba gritar, golpear a ese desalmado, acabar con su vida. Pero no hizo nada de ello. Había soportado durante mucho tiempo el peor de los suplicios sin alzar la voz, y así seguiría. Ya había perdido la voluntad de rebelarse.

Por su parte, su hermano tampoco estaba satisfecho con la herencia. No entendía cómo su padre había cedido tamaña fortuna a ese hombre. Bien era cierto que los ayudó a permanecer en Toledo y a conservar sus riquezas, pero durante años le había entregado lo suficiente para que su bolsa fuese sumamente abultada, aunque él, en cambio, se dedicase a dilapidarla con el juego y las rameras. Ahora, haría lo mismo con el legado y su hermana terminaría siendo la esposa de un empobrecido endeudado. ¡No podía consentirlo! Se había sacrificado para proteger a la familia, y ese bastardo no iba a tirar por tierra todo su esfuerzo.

Al igual que su hermana, abandonó la casa del notario sin mostrar la menor emoción. Solamente Osorio era incapaz de esconder la dicha que sentía. Tanta que, al llegar a casa, abrió el barril del caldo más exquisito de sus bodegas y se sirvió una copa, seguida de otra y otra, ante la mirada asqueada de su esposa.

—¿Qué? Claro, a ti te da lo mismo. ¡Por las barbas de Satanás! Pensé que obtendría una mujer bonita y ardiente. ¿Y con qué me encuentro? Con una que tiene agua en lugar de sangre. He tenido que gastar una fortuna en putas porque mi esposa no me ha satisfecho en la cama y solamente me dio hijos incapaces de vivir.

Ella, que siempre se había mantenido callada, no pudo evitar contestar mirándolo iracunda.

—Vos lo habéis dicho. ¡Soy vuestra esposa, no una mujerzuela, por lo que nada tenéis que reprocharme! He cumplido con el deber más sagrado, que es el de daros hijos. No hay más que exigir.

Él, perplejo, la miró boquiabierto.

—¿Y dónde están? Ni uno sano me proporcionasteis. ¡Todos muertos! ¡No me habéis servido para nada!

—Mi dinero os ha sido de mucha utilidad para vivir a cuerpo de rey. Y si ninguno está vivo, es por vuestros excesos. Vuestra simiente es la que está podrida por el vicio.

—¡Rediez! Al fin, después de veinte años, sacáis también la maldad que uno esconde.

—¿Maldad? ¡No me habléis del mal precisamente vos! Hoy habéis demostrado que nunca os importamos. Estáis ufano con la muerte de mi padre —le recriminó Clara.

Su esposo soltó una gran risotada.

—¡Mira que sois boba! ¿Acaso llegasteis a pensar que os apreciaba? Para mí siempre habéis sido unos marranos, unos seres mezquinos que se vendieron por salvar el pellejo, así que no me vengáis ahora con aspavientos. Ninguno tenemos derecho a sentirnos ofendidos. Vosotros me ayudasteis a salir del atolladero y yo hice lo mismo. Creo que estamos en paz.

—No habléis de paz. Nuestras almas están condenadas.

—La vuestra mucho más. Yo jamás he renegado de mi Dios.

Los ojos de ella mostraron una tristeza infinita.

—A mí me obligaron.

—¿Y eso es una excusa? —inquirió él llenándose de nuevo la copa. Dio un trago largo y añadió—: Vuestro hermano menor no fue convencido y pagó las consecuencias. Al menos, fue valiente y fiel a sus creencias.

—No sabéis lo que decís. Murió a causa de un asalto —le recordó su mujer.

Alfonso Osorio volvió a reír con ganas.

—¿De verdad lo creísteis así? Lo que yo digo: tengo una esposa totalmente boba. Vuestro estimado hermano, Diego, jamás aceptó la nueva condición de la familia. A escondidas practicaba la ley de Moisés, por lo que se convirtió en un peligro para los Albalat y algo había que hacer. Miguel optó por deshacerse personalmente del problema. Así que dejad de decir que soy un desalmado egoísta, porque está claro que en vuestra querida familia habita el mismísimo diablo.

Ella lo miró llena de repulsión y sacudió la cabeza, negándose a creerlo.

—No... No es cierto. Lo decís para mortificarme. ¡Vuestra lengua está movida por el odio! Os estáis vengando porque siempre supisteis que me vi forzada a ser vuestra esposa y que nunca albergué ningún aprecio hacia vos. Todo lo contrario, siempre me habéis dado asco. Pero por suerte, pronto os cansasteis de mí y no he tenido que soportar que un viejo panzudo y repugnante me tomara, ni que vuestro fétido aliento me provocase vómitos. Y doy gracias a Dios por concederme esa dicha. ¡Os aborrezco! ¡No sabéis cuánto! Y si tuviese valor, os mataría con mis propias manos. ¡No sois más que una piltrafa! Un viejo decrépito a quien, si no fuese por vuestro dinero, ni las putas osarían recibir en su cama.

El rostro de su esposo se tornó rojo como la grana, apretó los dientes y tiró la copa al suelo. Con ojos destellantes de ira, avanzó hacia ella. Clara retrocedió intimidada.

—¿Así que mi ausencia en vuestro lecho ha sido una bendición? Pues a partir de ahora, os hundiré en el infierno —mascó entre dientes. La agarró del brazo y apretó con fuerza.

—¡Soltadme! ¡Me... hacéis daño! —gimió ella retorciéndose.

—Una esposa debe ser obediente, y vos no lo estáis siendo en absoluto. En realidad, no me estáis mostrando ningún respeto, y creo que ha llegado la hora de que comprendáis que soy vuestro amo y señor. A partir de ahora haréis lo que se me antoje y sin una queja. ¿Queda claro?

Ella, aterrorizada, aún pugnó más por zafarse de su garra.

—¡Dejad de moveros, zorra! —bramó él zarandeándola con rudeza.

Ante su falta de obediencia, la abofeteó con saña, hecho que no aplacó a Clara. Volvió a pegarle de nuevo, esta vez con el puño. Ella gritó ante el agudo dolor. Furioso, la empujó y ella cayó estrepitosamente al suelo. Su cabeza recibió un duro golpe, pero, por desgracia, no llegó a perder el conocimiento, lo cual hubiese sido mucho mejor de haber sabido lo que le esperaba. Con ojos desorbitados vio cómo su marido alzaba el pie y lo estrellaba contra su costado. Un dolor intenso le cortó el aliento. Él sonrió con maldad. Esa perra se acordaría el resto de su vida por haberlo insultado. Sin esperar a que el aire volviese a los pulmones de la pobre desgraciada, le arreó otra patada, esta vez en el estómago. Ella se encogió sin que el grito espeluznante pudiese salir de su garganta, sin darle tiempo a prepararse para la siguiente. Alfonso, ciego de ira, la pateó una y otra vez.

—Por favor..., por favor. No, más... no —suplicó Clara.

Él, respirando entrecortadamente y sudoroso, asintió.

—Tenéis razón. No quiero mataros; eso sería demasiado bueno para vos. Os encerraré y haréis lo que os mande. Sea lo que sea —decidió.

La levantó con brutalidad y la llevó a rastras hasta la habitación, tirándola de bruces sobre la cama. Ella jadeó al entender su intención. Esta vez sí gritó. Podía soportar los golpes, el dolor, pero no que la ultrajase.

Su marido le agarró el cabello y tiró con fuerza. Ella apretó los dientes. Él, respirando con dificultad, se colocó entre sus piernas y sentenció:

—Como perra que sois, merecéis que os cubran como una perra.

Le rasgó la ropa interior y, bajándose los pantalones, la penetró por el ano. Ella gritó cuando sintió el desgarro.

—Eso es, zorra. ¡Gritad! Me gusta que griten mientras fornico —jadeó Osorio embistiéndola con brutalidad.

Ella intentó no complacerlo, no gritar, pero el inmenso dolor que le causaban sus terribles embestidas se lo impidió. Notó cómo la sangre escapaba de su cuerpo y se mezclaba con el semen. Él, exhausto, se apartó. Bajó de la cama y salió dando trompicones, cerrando la puerta con llave.

Ella rompió en un llanto amargo. Completamente dolorida, se arrastró hasta llegar al borde de la cama. Se dejó caer e intentó ponerse de pie, sin conseguirlo. Pero debía hacer un esfuerzo. Si no se marchaba de esa casa, él la mataría. Tenía que pedir ayuda a su hermano. Él la salvaría de ese monstruo. Soportando el agudo dolor, logró tenerse en pie y, con pasos lentos y torpes, llegar hasta la ventana. Por suerte, el cuarto estaba a pie de calle. Abrió. Era noche cerrada. Tras varios intentos, pudo encaramarse y saltar. Se aferró a la pared y caminó procurando no gritar de dolor. Alcanzó la esquina y una sombra se abalanzó sobre ella.

—No… Os lo suplico. No me peguéis más —sollozó.

El hombre la sujetó.

—Tranquilizaos, señora. No pienso lastimaros. ¿Qué os ha pasado?

—Mi… marido… Él…

Su salvador la llevó bajo la tea aún encendida. Sus ojos grises la miraron horrorizados. Jamás había visto algo parecido. El rostro de la mujer estaba entumecido, sus labios hinchados y un mechón había sido arrancado de su cabeza.

—¿Esto os lo ha hecho vuestro esposo?

Clara asintió.

—¿Cómo os llamáis?

—Clara —susurró, y seguidamente, perdió el sentido.

CAPÍTULO 46

Esperanza terminó de limpiar la última mesa y se enjugó la frente con aire cansado. Las fiestas dedicadas a san Juan siempre traían a muchos fieles y la pensión estaba al completo. Desde luego, la llegada de su hermano le había traído ayuda extra. Sin embargo, esa noche no había aparecido y la sirvienta tampoco acudió al sentirse repentinamente enferma, así que tuvo que trajinar ella sola.

—¡Esperanza! ¡Ayúdame!

Ella brincó sobresaltada y miró hacia la puerta. Sus ojos se abrieron como platos al ver a Francisco cargando con una mujer. Por suerte, los pocos huéspedes de la pensión ya estaban en sus habitaciones y no habría chismes al día siguiente.

—¡Virgen Santísima! ¿Qué rayos haces con esa mujer? ¿Te has vuelto loco? Aquí no admito este tipo de indecencias —protestó.

—¿Qué indecencias? La he encontrado malherida en medio de la calle —replicó su hermano subiendo la escalera.

—¿Adónde vas? Los clientes… ¿No sabes quién es? Puede ser una buscona, una cortabolsas o una asesina. Además, no hay ni un cuarto vacío —protestó Esperanza.

—La llevaré a mi habitación.

—¡Ni lo sueñes! Me ha costado mucho levantar este negocio y no pienso mandarlo al cuerno por una indiscreción.

Francisco se sentó manteniendo a la mujer en su regazo.

—¿Y qué quieres? ¿Que la deje fuera, en la calle? No pienso hacerlo. Puede morir.

—¡Pues por eso mismo! No quiero que sea aquí. Llévala a un hospital; allí la cuidarán y, en caso de que la espiche, Dios no lo quiera, no tendremos nada que ver. ¿O quieres que vengan a hacernos preguntas que no podremos contestar? No tenemos ni idea de quién es y el alguacil no nos creerá. Francisco, te lo ruego, sé razonable.

—Antes de desvanecerse dijo que se llamaba Clara. Y por las joyas que lleva, no es ninguna criminal. Me parece toda una dama.

Ella dio un respingo ante esa noticia, y se inclinó para observarla. El rostro de la desgraciada estaba hinchado debido a los golpes que le habían dado. Aun así, pudo reconocerla.

—¡Madre del amor hermoso! Es la mujer del antiguo fiscal de don Fernando y doña Isabel —exclamó. Se santiguó y, sacudiendo las manos, prosiguió—: Debes sacarla de aquí cuanto antes. Si nos encuentran con ella, nuestras vidas no valdrán ni un doblón. ¡Pensarán que le hemos hecho esto para robarle!

—Me dijo que fue su esposo quien la apaleó.

—¿Su marido? ¿Y la has creído? ¡Iluso! Estás hablando de gente noble.

—Que son los peores. No podemos dejarla a su merced, por muy importante que sea ese animal. La acabará matando —masculló su hermano.

—Nosotros no somos nadie para entrometernos en un matrimonio. Bastante tenemos con salir adelante. Además, lo que ocurra entre esposos, cosa de ellos es. Así lo dice la Santa Madre Iglesia.

—Y también dice que hemos de socorrer al necesitado, y esta mujer necesita nuestro auxilio. Nosotros somos buenos cristianos, Esperanza. ¿De verdad tu conciencia te permitiría vivir tranquila sabiendo que la has enviado a una muerte segura? ¿Podrías ir el domingo al servicio religioso y rezar sintiéndote libre de pecado?

Ella se frotó las manos con gesto nervioso.

—¿Por qué siempre tienes que causarme estos dilemas? ¡Oh! Está bien…, pero insisto en que este no es buen lugar para esconderla. Hay demasiados testigos. La llevaremos a casa de Catalina.

—¿Podemos confiar en ella?

—Ciegamente. Es mi mejor amiga y le he hecho muchos favores. Y también es compasiva. Vive cerca de la catedral. Pero espera, no puedes ir cargando con ella, llamaríamos demasiado la atención. La cargaremos entre los dos. Si nos cruzamos con alguien, pensará que hemos bebido demasiado.

Esperanza atisbó a un lado de la calle; luego, al otro. Estaba desierta. Hizo una señal a su hermano y, sujetando a Clara con fuerza, salieron.

El trayecto hasta la tienda de hilados se les hizo interminable, temiendo que los dos escasos viandantes con los que se cruzaron se diesen cuenta de que no eran un trío de borrachos. Por fortuna, nadie los paró. Una vez delante de la casa de Catalina, Esperanza golpeó con insistencia la puerta. Rezongó por lo bajo una maldición, preguntándose por qué rayos tardaba tanto.

Tras dos o tres minutos de espera, vieron encenderse una luz a través de la ventana y, seguidamente, a Catalina que se asomaba y suspiraba aliviada al reconocer a Esperanza. Les indicó con la mano que aguardasen y bajó.

—Esperanza, ¿qué haces aquí a estas horas? ¿Qué ocurre? —inquirió tras abrir la puerta.

—Necesitamos tu ayuda.

Ella dudó unos segundos al percatarse de que la mujer que los acompañaba estaba desvanecida.

—Por favor, no podemos dejarla en la calle.

—Está bien. Pasad —dijo haciéndose a un lado para que metieran a la mujer.

Katrina cerró la puerta tras ellos, encendió otra lámpara y les condujo escaleras arriba. Una vez que la tendieron en la cama, Katrina se acercó a ella y soltó un gemido al ver los moratones.

—¿Qué le ha pasado?

—Su marido. Le ha dado una paliza, es lo que dijo antes de perder el sentido —le explicó Francisco llenando la jofaina de agua. Mojó un paño y se lo pasó con cuidado por las heridas.

—Por eso no podemos llevarla a un hospital ni acogerla en la pensión —le explicó Esperanza—. Podrían reconocerla y se la entregarían de nuevo, y Dios sabe qué le podría pasar. ¡Menuda mala bestia! Osorio nunca ha sido un santo, pero esto...

—¿Quién es Osorio?

—Era uno de los fiscales de don Fernando y doña Isabel. Gozaba de gran poder. Sus consejos eran estudiados y el resto de los mortales lo temían como al mismo diablo. Con una sola palabra suya, podía sentenciar a alguien o perdonarle la vida. Cuando murieron los reyes, el nuevo gobierno prescindió de sus servicios, y muchos se alegraron de que hubiese caído en desgracia. Pero nada más lejos. Su boda con Clara, esta pobre mujer, lo hizo muy rico y ahora que su suegro, tu casero, ha muerto, aún lo es más.

Katrina los miró perpleja.

—¿Es la hermana de Miguel Albalat?

—Sé lo que piensas, pero te aseguro que no corres peligro alguno. Le daremos noticia de esto y vendrá a por ella —se adelantó Francisco.

—Mejor será que callemos, por el momento —refutó su hermana.

—¿Por qué? Sería lo más prudente —objetó Katrina—. Si tardamos en decírselo, puede pensar que nos ha movido algún interés. No es que no quiera ayudarla, nunca he negado la ayuda a nadie, pero esto puede traerme complicaciones. ¿Y si se nos muere?

Su amiga negó.

—¡Qué va a morirse, mujer! Aunque es justa tu queja. Temo que he sido muy egoísta al pedirte esto. Sin embargo, es demasiado tarde para armar alboroto. Mañana, a una hora prudente, daremos aviso a su hermano. ¿Te parece bien? Ahora veamos qué podemos hacer para curarla.

—Tengo unos ungüentos. Iré por ellos —dijo Katrina.

Salió del cuarto sin poder evitar la preocupación. No quería tener ningún trato con los Albalat y aquello podía ponerla en una situación comprometida. ¿Y si su hermano opinaba que el marido tenía toda potestad con su esposa? Podría acusarlos de intromisión, y ella lo que en verdad necesitaba era pasar lo más desapercibida posible. Sacudiendo aún la cabeza, entró en la otra habitación, abrió el baúl, del que extrajo un tarro, y regresó junto a los demás.

—¿Ese es el ungüento? Trae, se lo daré —dijo Esperanza quitándoselo de las manos.

—Considero que deberíamos ponernos de acuerdo para dar una explicación a mi casero —propuso Katrina—. Podemos decir que estábamos cenando y acudió a nuestra puerta, y que al decirnos que la había apaleado su esposo, indecisos, optamos por llamarlo a él.

—Estoy completamente de acuerdo. Por nada del mundo quiero que se sepa que estuvo en la pensión. Podría ser fatal para el negocio. Esa gente es muy poderosa y no sabemos cómo puede reaccionar. Y hablando de la pensión, debería regresar. No puedo dejar a los clientes desatendidos —convino Esperanza.

—No podéis dejarme sola con ella —jadeó Katrina.

—No temas, Catalina. Yo cuidaré de Clara. Id a acostaros. Si surge algún contratiempo, os avisaré.

—Espero que no, o tu insensatez causará la ruina, de seguro. ¡Hombres! Cuando han de comportarse como caballeros no lo hacen, y en cambio meten la pata a destiempo —se quejó su hermana.

—No habrá problemas. Ve tranquila.

Francisco pasó el resto de la noche pendiente de la pobre mujer, quien de vez en cuando se agitaba lanzando gemidos lastimosos. No era para menos. La paliza había sido brutal. Si por él fuese, ese cerdo recibiría un castigo ejemplar. Él mismo estaría gustoso de ser el ejecutor.

Rayando el amanecer, el ruido en la calle lo llevó hasta la ventana. Varios soldados corrían con gesto adusto, seguramente en busca de Clara. De pronto, pensó que podían volverse las tornas y ser él el ajusticiado si lo encontraban con la esposa de ese animal. Sería una locura ir a casa de Miguel Albalat. No lo conocía de nada y podría creer que, en lugar de haber ayudado a su hermana, fue el causante de su desgracia.

—¿Qué ocurre? —preguntó Katrina asomándose a la puerta.

—Temo que la andan buscando.

—¡Ay, Señor! Nunca debimos traerla aquí —jadeó ella.

—Es difícil que imaginen que se encuentra en vuestra casa. De todos modos, creo que deberíamos deshacernos de ella cuanto antes. Yo no puedo ir a ver a su hermano. No confiaría en mí. Vos lo conocéis.

Katrina lo miró con gesto asustado.

—¿Yo? No… No quiero mezclarme en esto.

—Desgraciadamente, ya lo estáis. Y vos sois la única que puede solucionarlo. Katrina, dudo mucho que Albalat crea que alguien tan dulce y bondadoso como vos intentase atentar contra la vida de Clara.

Ella se frotó las manos con indecisión. Por nada del mundo deseaba ver de nuevo a ese hombre, pero, por otro lado, era peor que su hermana permaneciese en su casa. Francisco estaba en lo cierto.

—Está bien. En cuanto salga, atrancad la puerta. No abráis a nadie, ni siquiera a Esperanza. No deben verla aquí.

Una vez vestida, salió y se encaminó con pasos apresurados hacia la casa de su casero.

Al llegar, dudó. Su intención al esconderse en Toledo era pasar desapercibida, y solo había logrado todo lo contrario. ¿Por qué demonios todo lo había hecho tan mal? Debió cambiar de nombre, vivir con discreción y no abrir jamás una tienda de encajes. Pero, claro, la pasión por el hilado vencía cualquier acto coherente, y en consecuencia, el tal Pierre la había descubierto. Una vez más, su presencia la perturbaba. No tanto por el hecho de que la delatase, pues algo le decía que podía confiar en él, aunque solo fuese en ese aspecto. Cuando estaban en Bruselas, su presencia la trastornaba. Sus ojos negros la juzgaban, le decían sin palabras que se estaba equivocando. Por supuesto, no por altruismo. Ese poeta seductor opinaba que él debía ser el objeto de sus atenciones. ¡Maldito arrogante! Estaba acostumbrado a que todas las mujeres cayesen rendidas a sus pies. Pero ella no era cualquier mujer. No se dejaba arrastrar por un rostro bello, ni por un cuerpo cincelado como los dioses del Olimpo; si hubiese sido así, jamás se habría arrojado a los brazos del rey.

Su recuerdo, que antes le producía dolor en el pecho, ahora era una leve punzada. Decían que el tiempo lo curaba todo. Pero apenas habían pasado cuatro meses y, con un sentimiento de vergüenza, se dijo que era muy poco tiempo. ¿Tal vez lo que sintió no fue amor? ¿Puede que se tratase de simple admiración? Fuera como fuese, el beso del poeta aún le ardía en la boca, y le era imposible borrar su recuerdo, su calor, su sabor… Sacudió la cabeza para apartar esos pensamientos. Ahora tenía que arreglar lo de esa mujer y, seguidamente, su futuro.

Tomó aire y alzó la mano para golpear la puerta. Una fuerza descomunal se lo impidió.

—¡No, no debéis entrar ahí! Sería muy peligroso para vos. ¡Seguidme!

Katrina, aturdida, siguió al seductor y mentiroso poeta. La llevó lejos de la casa, desoyendo las protestas de la joven. Solamente cuando consideró que estaban lo suficientemente lejos, la soltó. Ella, con ojos furibundos, le espetó:

—Pero… ¿cómo os atrevéis a tratarme de este modo? ¡No sois nadie para inmiscuiros en mi vida! ¿Qué os habéis creído? ¡Disculpaos inmediatamente!

Él la miró con gesto socarrón.

—¿Por qué debería? En cuanto habéis oído la palabra *peligro*, no os ha costado seguirme.

—¡Eso es absurdo! No tengo nada que temer. Y menos que nadie de Miguel Albalat. Es mi casero, un hombre de negocios y del todo honrado.

—Ya.

Katrina abrió los ojos como platos.

—¿Acaso pensáis…? ¡Oh, no! Iba a darle un recado y…

—Vuestros motivos no me interesan, señora. Sin embargo, no podía permitiros entrar. La casa está llena de soldados y el antiguo consejero real iba con ellos. Os aseguro que no habría sido prudente presentaros en ese momento.

—¿Por qué razón creéis que estaba en peligro? Nada tengo pendiente con la justicia. En cambio vos, puede que demasiadas cuentas con ella —replicó Katrina con tono helado.

—Quien para excusarse acusa se declara culpable.

—¿Y de qué soy culpable, si puede saberse?

—Creo que no es lugar para mantener una conversación tan imprudente. Entremos en esa taberna.

Ella negó con la cabeza.

—No pienso ir a ningún lado con un mentiroso, señor Pierre o, mejor dicho, Gonzalo.

—No veo la razón, mi bella señora. Vos también sois muy diestra en mentir —contestó él. Ella fue a abrir la boca, pero él la acalló diciendo—: No pongáis ese gesto de ofendida. Sabéis que digo la verdad. ¿Entramos y lo comentamos con más comodidad?

A regañadientes aceptó.

No había casi nadie a una hora tan temprana. Aun así, el poeta escogió una mesa apartada. Pidió vino y dos escudillas de sopa. Ella no la aceptó.

—Os aseguro que no lleva gorrino —dijo él.

—Sois muy considerado al recordar mi intolerancia a él y así evitar que enferme. De todos modos, no tengo apetito —dijo ella esbozando una media sonrisa forzada.

—¿Seguro que enfermaríais?

Katrina se levantó.

—Vuestro proceder es indigno. Me seguís, me raptáis, y ahora me ultrajáis con insinuaciones ignominiosas.

—No seáis tan altanera, mi hermosa dama. Os aclararé que no os seguía. Fue pura casualidad veros.

—¡Ah! —exclamó ella.

—Es la verdad.

—¿Pretendéis que crea a un hombre que miente constantemente y que no cumple su palabra?

—Creo recordar lo que dije y fue que procuraría no confraternizar con vos; y también que la ciudad no era tan grande como para que la casualidad no nos jugase una mala pasada. Hoy ha sido uno de esos días, y he de decir que para vuestro bien.

—Realmente, sois muy arrogante. Vos no podéis salvarme de nada sencillamente porque no hay nada que salvar. Que en esa casa estuviesen los soldados y Osorio no era motivo alguno de preocupación para mí: no tengo nada que esconder. Sería mejor que cuidaseis de vos mismo, señor embustero.

Él levantó una ceja y dijo:

—¿Ni tan siquiera sobre el asunto con el rey?

—No hay nada turbio en ello. Decidí ponerle fin y me marché. Si os pedí prudencia, fue porque no deseaba remover el pasado o que el rey me exigiese que retornase a su lado. Eso es todo. Por el contrario, vos empleáis dos nombres, lo cual significa que algo escondéis, y no precisamente glorioso.

—¿No habéis pensado que esos dos nombres puedan pertenecerme? No soy el único ser humano que es bautizado con el nombre paterno y el del abuelo.

Ella no pudo contestar, pues razón no le faltaba. Sin embargo, no le creyó.

—Ni el primero que pone una excusa tan endeble para defenderse.

Él tomó la copa de vino, dio un sorbo largo y se recostó en el asiento. Sus ojos negros la miraron con fijeza.

—Temo que la falta de confianza no nos llevará a ningún lado.

—Yo no tengo la menor intención de ir con vos a ninguna parte. Y, si me disculpáis, vuestra interrupción me ha obligado a retrasar algo muy importante que he de hacer.

—Me pregunto qué asunto os traéis entre manos con vuestro casero. Espero que no os hayáis tomado muchas confianzas con él, o podría descubrir vuestro secreto.

El corazón de Katrina se aceleró. Tal vez ese hombre conocía su pasado, el engaño que acompañaba su vida.

—¿Calláis?

—¿Qué... qué queréis que diga? Por mucho que lo niegue, vos insistiréis.

—Sois terca. Y creedme que ahora no os conviene, y menos conmigo. No os quiero ningún mal. Quiero ser vuestro aliado.

—¿Por qué? ¿Qué interés tenéis? ¿Tal vez coaccionarme? ¿Por esa causa vais tras de mí? Os aseguro que vuestro beso no significó nada, por lo que nada obtendréis de mí en el aspecto físico.

—He de confesar que mis pensamientos, últimamente, no tienen más meta que esa. Pero, por supuesto, no quiero aprovecharme de vos. Y vuelvo a repetir que no os sigo. Mi interés es el mismo que el vuestro: no quiero que hurguen en mi pasado.

Ella inspiró hondamente. Acababa de confirmarle sus temores.

—Ya que, al parecer, tanto sabéis sobre mí y que queréis que sea vuestra aliada…, ¿os importaría ponerme al tanto de vuestros problemas?

—El que menos sabe, menos riesgo corre.

Katrina, con ojos llameantes, se alzó.

—La clase de asociación que proponéis no me interesa. No es justa.

—Pero es sensata.

—Ese es vuestro parecer, no el mío. Si me disculpáis…

—¿Seguís empeñada en ir a casa de Albalat?

—Y vos en hurgar en mi vida. Pero no, me olvidaba, no ibais tras de mí. En ese caso… —Calló y se mordió el labio con aire pensativo. Sonrió a medias y dijo—: Pues lo único que se me ocurre es que os interesaba Osorio o mi casero. Sobre este último, puedo decir que es ambicioso, inmisericorde y arrogante. ¿Tal vez os estafó en la compra de una casa?

—Frío.

—En ese caso, se trata de Osorio. Francamente, nunca tuve referencias de él hasta ayer, cuando…

—¿Cuando…? —la instó él a seguir.

Ella carraspeó y comenzó a caminar.

—Tengo que irme.

Él la sujetó por el brazo.

—Osorio es un hombre muy peligroso. No es bueno que os mezcléis con él. Y, francamente, no imagino en qué puede relacionarse una mujer como vos con un tipo como él.

—Sé que es peligroso.

—¿Entonces? Confiad en mí, os lo ruego.

—¿En alguien que me miente hasta en su nombre?

—Me llamo Gonzalo. No soy francés, sino de Toledo, como todos mis ancestros. Y al igual que vos, me escondo del pasado o mi vida no valdría ni un doblón, pues tengo prohibido pisar estas tierras. ¿Os parece ahora que podéis confiar en mí?

Katrina, con semblante circunspecto, volvió a sentarse.

—¿Cómo me descubristeis?

—No coméis cerdo, he observado que nunca hiláis los sábados y en la iglesia, digamos que nunca os he visto fervorosa.

—Esos detalles no indican que uno sea... Ya me entendéis. Solamente alguien igual podría percatarse. ¿Vos lo sois? —susurró ella mirando a su alrededor con gesto asustado.

—No. Mis orígenes familiares son musulmanes. Yo fui bautizado, pero ya sabéis cómo van estas cosas. Nunca han confiado en los nuevos cristianos. Mi familia fue víctima de una acusación falsa y todos fueron ajusticiados.

Ella asintió al entender. ¡Gonzalo era uno de los suyos! Alguien a quien la intolerancia obligaba a mentir, a huir de un lugar a otro, a sentirse tan vejado que solamente las ansias de venganza eran el motor que lo obligaba a seguir adelante.

—Osorio fue el culpable. Y ahora queréis venganza.

—Más bien busco la justicia que no tuvo mi familia.

—Es un hombre muy poderoso.

—Torres más altas han caído. No cejaré hasta verlo en el infierno —siseó Gonzalo.

—¿Y cómo lo conseguiréis?

—Por esa causa voy tras él. Intento encontrar alguna debilidad que le haga caer en desgracia, pero, hasta el momento, no he tenido suerte —masculló él.

Katrina lo miró durante unos segundos. Tal vez lo que había ocurrido la noche anterior le sirviera para su fin. Y se lo contó.

El rostro de Gonzalo se iluminó y sus ojos de carbón destellaron, evidenciando el dulce sabor de la venganza.

—Ahora, os contaré lo que vamos a hacer.

—¿Vamos? No quiero verme mezclada en asuntos turbios. Conocéis mi situación. No —se negó ella.

—Por eso mismo, mi bella dama, por eso mismo. No tenéis alternativa; si no, puede que mi promesa se rompa, y no me gustaría faltar a mi palabra. Nunca lo he hecho. ¿No querréis ser la primera persona que me obligue a convertirme en un bellaco, ¿verdad?

—Para mí ya sois un miserable. En este momento me estáis chantajeando, y eso nunca lo haría un hombre de honor —le echó ella en cara.

—Espero que algún día cambiéis de opinión… Pero dejemos ese asunto para más adelante. Lo más urgente ahora es preparar nuestros próximos pasos. No podemos dar ni uno en falso o nuestras vidas estarán sentenciadas.

—¿Y si vuestro plan sale mal? Estáis enfrentándoos a gente muy peligrosa y que goza de una posición relevante —se preocupó Katrina.

—Estad tranquila. Os juro que, sea cual sea el resultado, nunca podrán relacionarnos.

CAPÍTULO 47

Una vez seguros de que Osorio había dejado la casa de su cuñado, Katrina se dispuso a informar a Albalat del estado de su hermana. Pero ahora, no se trataba de un simple trámite. Ahora, estaba a punto de adentrarse en un laberinto en el que podía perderse. Y lo que debería hacer es escapar, irse lejos. Sí, sin duda era lo más sensato. Sin embargo, estaba en Toledo por una razón y hasta que no obtuviese el legado, no se iría de allí.

Así pues, a pesar de estar temblando como una hoja, golpeó la puerta.

La recibió un lacayo perfectamente vestido y de modales exquisitos.

—¿En qué puedo ayudaros?

—Deseo ver a vuestro señor. Anunciad a Catalina, la hilandera.

—Temo que está ocupado. ¿Puedo sugerir que solicitéis día y hora?

—Decidle que tengo noticias de doña Clara.

El hombre, sin perder la compostura, dio un leve respingo.

—De inmediato, señora. Por favor, seguidme.

La llevó hasta la biblioteca y le indicó que se acomodara. Ella permaneció de pie, paseando de un lado a otro, angustiada porque aquello no iba a salir bien. Miguel Albalat podía ser ambicioso, arrogante y puede que incluso cruel, pero dudaba de que se prestase al propósito de Pierre. Seguramente desearía ser el único ejecutor del castigo hacia el animal de su cuñado.

Brincó sobresaltada cuando la puerta se abrió con brusquedad.

—¿Qué sabéis de Clara? —le espetó Albalat.

—Ha... sufrido un percance. Está en... mi casa.

—¿Y por qué acudís a mí en lugar de a su esposo? —inquirió él con suspicacia.

—Temo que no sería prudente. Doña Clara me suplicó que fuese a buscaros a vos... Lo mejor será que me acompañéis; ella misma os lo aclarará todo.

Albalat la estudió con gesto hosco. Estaba habituado a que la gente intentase engañarlo y olía la mentira a una legua. Esa muchacha decía la verdad. Aun así, conocía a muchas que podrían llegar a ser grandes actrices y ella podía ser una de ellas.

—No suelo abandonar mi casa en la madrugada para seguir a alguien que no me cuenta lo que ocurre.

—La indiscreción causa problemas, y aquí hay demasiadas orejas. Lo haré por el camino.

Él inspiró hondamente y asintió.

—Vamos.

Mientras andaban, Katrina le explicó que su hermana había sido atacada y que ella le había dado cobijo. Cuando llegaron a la tienda subieron a la habitación, donde Pierre y Francisco los estaban aguardando.

—Son de confianza —le aclaró Katrina.

Albalat dirigió los ojos hacia la cama y vio a su hermana allí tendida, amoratada y molida a palos. Sus ojos lanzaron destellos de ira. Inclinándose ante Clara, masculló:

—¿Quién es el culpable?

—Mi... esposo.

Su hermano apretó los dientes y los puños.

—Lo mataré —jadeó.

—No os lo aconsejo, señor —intervino Pierre.

Albalat se dio la vuelta con brusquedad.

—¿Y a vos quién os ha dado vela en este entierro? ¡Haré lo que tengo que hacer! No puedo obviar esta afrenta a mi familia. ¡Mi honor está en juego!

—Por supuesto. Sin embargo, un duelo no bastaría para aplacar vuestra ira. ¿Qué satisfacción hay en clavar el estoque a un hombre que se comporta como un cobarde pegando a una mujer? Sin contar con que saldríais perjudicado. La justicia no pasaría por alto vuestro enfrentamiento con un familiar, por muy notable que seáis. Opino que Osorio merece un castigo que lo haga sufrir, que le haga sentir que nunca debió llegar a este mundo. ¿No sería esto más gustoso para vos? Una venganza en toda regla.

Albalat frunció la frente.

—¿Y vos qué interés tenéis en esto?

—Con franqueza, ninguno. Aunque me repatea que una bestia como ese hombre pueda salir impune.

—Soy de la misma opinión —secundó Francisco.

—Si acudís a la ley, es probable que nada se haga, pues tiene grandes aliados —apuntó Pierre.

—¿Y qué sugerís?

—Deberíais salir del cuarto. Necesita reposo y no que se discuta a su alrededor —les pidió Katrina mojando un paño en la jofaina.

—Cierto. Salgamos —convino Francisco.

Una vez fuera, Albalat instó a Pierre a que continuase hablando.

—Propongo tenderle una trampa de la que le sea imposible escapar. ¿Qué os parecería entregarlo a la Santa Inquisición?

Albalat levantó una ceja.

—¿Os habéis vuelto loco? Ningún inquisidor osará ponerle la mano encima a Osorio.

—Parece mentira que digáis algo semejante. Cualquier inquisidor estará encantado de que le entreguemos a un hereje, cualquiera que sea su condición. Ya sabéis que no hay mayor placer para esa horda sedienta de sangre que llevar a la pira a un notable. Demuestran al pueblo que nadie escapa de la Justicia Divina.

Albalat se mesó la barba con gesto reflexivo. No era mala idea; sin embargo, no era tan fácil acusar ante el tribunal inquisitorial a alguien de la categoría de su cuñado. Necesitarían pruebas y, por supuesto, no tenían nada.

—La idea es de mi gusto; aun así, es difícil llevarla a cabo. Tendremos que demostrar la acusación, y Osorio es un depravado, pero para nada hereje.

—¿Un hombre con tantos recursos como vos va a rendirse tan fácilmente? El dinero todo lo puede. Buscad gente que os deba favores, a quienes podáis extorsionar. Si tenéis que amenazar, hacedlo. La cuestión es que ese malnacido reciba el castigo justo.

—Tratándose de él, si lo acuso de blasfemia, lo único que lograré será que sea desterrado, lo azoten o lo metan en prisión. Y yo quiero verlo muerto —siseó Albalat.

—En ese caso, acusadlo de sodomía —apuntó Francisco.

—Pecado nefando... —musitó Albalat—. Eso sería perfecto, pero indemostrable. Nadie sería tan idiota de declarar que ha sido sodomizado, pues le va la vida en ello.

—No sería necesario. Si su esposa declarase que...

—¡No! Ella no tiene que verse mezclada en esto —refutó Albalat.

—Lamento deciros que ya lo está. Y estoy seguro de que deseará justicia. Y, como habéis dicho, por los caminos legales no la obtendrá —intervino Francisco.

—No correrá riesgo alguno. Su estado será suficiente acicate para doblegar el escepticismo del inquisidor. Puede alegar que vio a su esposo con un joven en actitud obscena y que, por esa causa, él le dio una gran paliza. Por supuesto, como no habrá joven, pues escapó, su palabra y lo evidente bastarán. Será torturado debido a su negativa de los hechos, expuesto al escarnio público y condenado a morir sin los testículos y bocabajo. ¿Os parece un castigo justo?

Albalat dudó. A pesar de lo sensato del razonamiento, Clara tendría que verse involucrada, asistir a un juicio, y quedar expuesta a las murmuraciones de la ciudad; no creía que pudiese resistirlo. Sin embargo, lo hizo cuando fue entregada a ese hombre: fue fuerte y sobrevivió a la tristeza, a la frustración a la que la vida la condenó. Puede que ahora desease recuperar el tiempo de felicidad que le fue arrebatado.

No se equivocó.

Cuando recuperó el sentido y habló con su hermano, no dudó un segundo. Él tampoco, tras escuchar la atrocidad que había soportado de ese hijo de mala madre.

—Si soy la única posibilidad para condenar al infierno a ese monstruo, haré lo que sea. Si he de mentir, no sentiré remordimiento alguno. Adelante, hermano —siseó.

Él asintió. Determinado a acabar con Osorio cuanto antes, se levantó, regresó junto a los demás y se dirigió a Katrina:

—Quisiera pediros un favor. ¿Podríais cuidar de Clara en tanto que yo lo preparo todo?

Katrina tardó unos segundos en contestar. Pasar desapercibida se estaba haciendo cada vez más dificultoso. Sin embargo, no tenía alternativa: se trataba de su casero y, aunque le pagaba religiosamente el alquiler, no quería exponerse a que le rescindiera el contrato.

—Por supuesto —dijo intentando dibujar una media sonrisa.

—Gracias. Os pondré al tanto de todo, y pedid lo que necesitéis.

Dicho esto, se fue.

—Yo también debo irme. Mi hermana se estará tirando de los pelos, muerta de ansiedad por la falta de noticias. Volveré más tarde —se despidió Francisco.

En cuanto quedaron a solas, Katrina miró a Pierre con enojo.

—¡Buena me la habéis hecho! Sabéis que no quiero líos y estoy metida en este hasta el cuello. ¿Y si me hacen declarar en el juicio? No podré, podrían reconocerme.

—¿A qué viene ese temor? Según dijisteis, vuestra huida fue por motivos personales, por no querer ser segundo plato. ¿O tal vez por lo que vos y yo sabemos? Claro que puede haber otra razón…

—¿Para qué discutir? Al parecer, lo sabéis todo de mí. En cambio, los demás seguimos sin conocer el pasado del señor poeta —replicó ella con retintín.

—Sois de memoria olvidadiza. Os di una pequeña pincelada, que, por cierto, era la más importante.

—¿Y para cuándo el cuadro entero?

—Puede que para cuando el velo de la desconfianza entre nosotros se levante. ¿Estáis dispuesta a descorrerlo? ¿No? En ese caso, espero que lo estéis para invitarme a desayunar.

Ella soltó un bufido.

—Coméis y os marcháis. Este asunto me ha robado mucho tiempo en lo mío.

—¿Hilar?

—Exacto. Hilar. Es con lo que me gano la vida y pretendo seguir haciéndolo —contestó ella, diose media vuelta y bajó a la cocina.

Pierre sonrió. La frustración acumulada durante semanas en la ciudad sin conseguir su objetivo al fin estaba a punto de dar fruto.

CAPÍTULO 48

Los acontecimientos que siguieron fueron más rápidos de lo esperado. Apenas terminaban de desayunar cuando se presentaron los enviados de la Santa Inquisición. Katrina explicó lo sucedido la noche anterior y, tras ello, pidieron ver a la víctima, a quien permanecieron interrogando durante casi una hora.

Cuando salieron, sus rostros no podían ocultar su satisfacción. Hacía meses que no tenían un caso como aquel. Sería un ejemplo para la ciudad; porque, sin duda, Osorio era culpable. Tenían el testimonio de su esposa y de los criados, quienes aunque al principio fueron reacios a ir contra su amo, las amenazas de continuar con el interrogatorio en la mazmorra los hizo hablar.

El antiguo fiscal de don Fernando y doña Isabel, perplejo, vio como era conducido a las mazmorras de la Inquisición. Solamente cuando se cerró la puerta tras él pudo reaccionar; gritó enfurecido y aporreó la puerta, pero ya era tarde. De sobra sabía que cuando alguien entraba en la Casa Santa, el único modo de salir de allí era para ir al cadalso o al destierro. Pero no. Él era don Alfonso Osorio, y cuando todo se aclarase, les haría pagar por esa humillación.

A medida que las horas pasaban, su ánimo menguaba. Y cuando el sol dio paso a la luna, su cuerpo comenzó a temblar. La celda era húmeda y sin ventana; la oscuridad, total. Su respiración se tornó entrecortada y casi agónica cuando escuchó cómo algo se deslizaba a sus pies. ¡Ratas! ¡Dios! Odiaba las ratas. Su cuerpo se cubrió de sudor y un escalofrío le recorrió la espalda.

El sonido de la llave en la cerradura lo sobresaltó. La tenue luz de la tea le hizo cubrirse los ojos.

—Ya era hora. ¡Sacadme de aquí! ¡Quiero ver a vuestro superior! —exclamó.

El guardián no abrió la boca y lo empujó. Osorio se revolvió indignado.

—¡Esto ha sido un atropello! ¡Y exigiré responsabilidades!

Lo único que obtuvo fue ser llevado ante un reducido tribunal, de tan solo dos sacerdotes, donde le fueron leídos los cargos de los que se le acusaba: pecado nefando, blasfemia y adoración al diablo.

Osorio sacudió la cabeza con énfasis.

—¡Eso es mentira! ¡Soy un buen cristiano! —gritó.

—Los hechos demuestran lo contrario —refutó uno de los jueces.

—¿Qué hechos? Yo no he hecho nada contrario a la ley de Dios. Soy un fiel cristiano. Doy limosna a los pobres, a la Iglesia; no falto a los oficios religiosos… Vos lo sabéis, padre Donoso. Y jamás he practicado la sodomía. ¡Jamás! Esto, sin duda, es obra de alguien que me quiere mal y me tiene ojeriza. Decidme quién me acusa y seguro podré rebatir su falsedad.

—La señora Clara Osorio, vuestra propia esposa.

El rostro de Alfonso se encendió. La muy zorra se estaba vengando. Pero no se saldría con la suya. Él era un hombre importante. Su consejo había sido escuchado por reyes, por nobles de la más alta alcurnia, incluso por esos sacerdotes que ahora pretendían deshacerse de él o, en el peor de los casos, llevarlo a la pira.

—¿Y os fiais de una nueva cristiana? ¡Cielo santo! Lleva sangre judía en las venas. La mentira está arraigada en su naturaleza.

El otro sacerdote, que hasta ahora había permanecido callado, dijo:

—En ese caso, decidme: ¿por qué la apadrinasteis?

Osorio se revolvió el cabello con gesto impaciente.

—Padre Ambrosio, me engañó. Toda su familia lo hizo. ¿Es que no lo veis? ¡Por el amor de Dios! Soy un hombre influyente, respetado; nunca me he visto envuelto en nada turbio. Mis negocios, al igual que mi vida, han sido claros.

—No seáis tan modesto, Osorio. Son bien conocidas de toda la ciudad vuestras correrías en los burdeles, en casas de juegos y a saber qué más.

—¡Bah! Menudencias, padre. ¿O acaso soy el único? Si buscáis, hallaréis a miles como yo. La acusación es pura falacia. Mi esposa acaba de heredar de su padre, que en gloria esté. Está claro como el agua que lo que pretende es quedarse con todo. La avaricia la ha llevado a acusar a un inocente.

—¿También mienten los criados? —preguntó Donoso.

—El dinero suelta muchas lenguas.

—Ningún cristiano devoto falta a uno de los mandamientos. ¿O vais a decirme también que corre sangre marrana por sus venas? Osorio, deberéis aportar pruebas más contundentes.

—¿Y cuáles aportan ellos, decidme? ¿Su palabra? ¡Pues a mí no me basta! Mi abogado opinará lo mismo que yo y no encontrará nada que pueda condenarme.

—Negar vuestros pecados aún os perjudicará más —le recordó Ambrosio.

—Y vuestra tozudez os llevará a un ridículo espantoso cuando sea declarado inocente —replicó Osorio con gesto altivo.

—Pero en tanto que no sepamos quién tiene la razón, permaneceréis encarcelado. ¡Ah! Y mañana seréis interrogado de nuevo.

La faz del acusado se demudó, pues sabía perfectamente en qué consistían esos interrogatorios. Apabullado por los acontecimientos y el futuro que le aguardaba, no alzó la voz cuando fue conducido de nuevo a las mazmorras. Tampoco lo hizo al día siguiente, nada más amanecer, al ser trasladado a una nueva cámara, que no era otra cosa que el cuarto de torturas.

Siempre se consideró con gran hombría. Había pasado a espada a decenas de hombres que lo habían ofendido. Con su inteligencia hizo suculentos negocios y por su entrepierna pasaron las mujeres más deseadas de la ciudad. Se libró de varios atolladeros con las autoridades utilizando argucias, extorsionando, asesinando. Salió herido en muchas riñas e incluso se quebró algún que otro hueso. Y a pesar de ello, ahora le invadía el pánico ante la visión de esos instrumentos —los látigos de hierro, el potro, el garrote—, pero, en especial, la del hombre sentado tras la mesa que lo miraba fijamente, con esos ojos negros inmisericordes, que le hablaban de lo que pronto iba a suceder si no se declaraba culpable. Pero no lo haría. No admitiría esa falacia. ¡Jamás!

—Por favor, señor Osorio, sentaos —le pidió el sacerdote.

Él obedeció notando cómo sus manos temblaban. El sacerdote continuó mirándolo con fijeza durante unos segundos que a Osorio se le hicieron eternos. Finalmente, dijo:

—¿Os declaráis culpable de la acusación de pecado nefando, blasfemia y adoración de Satanás?

—Padre Juan, esto es un absurdo. Me conocéis. La acusación no es cierta. Me han tendido una trampa. Mi esposa desea quedarse con todo lo que poseo. Como sabéis…

—Conozco vuestras alegaciones.

—Entonces, como hombre sensato que sois, convendréis en que estamos perdiendo el tiempo.

—Estoy de acuerdo. Así que confesad. Cuanto antes lo hagáis, antes terminaremos con todo esto.

Osorio soltó un bufido.

—¿Que confiese? ¡Mi honor me lo impide, pues soy inocente! —gritó. Y, fuera de sí, dio un puñetazo en la mesa. El sacerdote permaneció impasible, lo cual aún lo enfureció más—. ¡Me habéis escuchado, viejo idiota? ¡No soy culpable! ¿Acaso es tan difícil que lo entendáis, mentecato? ¡Lo que debéis hacer es soltarme! Y si no lo hacéis, ateneos a las consecuencias. ¡Tengo amigos muy poderosos!

—¿Como Satanás?

—¡No! ¿No escucháis? Soy un hombre de iglesia. Nada tengo que ver con herejías.

—Tal vez sea cierto. Pero en cuanto a lo de sodomía… Hay testigos de ello, Osorio.

—Mienten —siseó el acusado.

El cura inspiró con fuerza. A pesar del parecer popular, no le gustaba llegar al límite con los reos, prefería que confesasen desde un principio. El que Osorio se negase a ello significaba que debería pasar a la siguiente fase. Se levantó y, como si su mente hubiese traspasado la puerta, esta se abrió. Dos sacerdotes hicieron acto de presencia.

—Comenzad —ordenó.

—Pero… ¿qué vais a hacer? ¡No! ¡No podéis torturarme! ¡Soy un ciudadano honorable! —gritó el desgraciado.

—Entonces, confesad.

—Repito que no soy culpable. Esto no es necesario. ¡Cometéis un grave error! —gimió Osorio.

—Vuestra obstinación es la única responsable, señor. Ahora, ateneos a las consecuencias —replicó el sacerdote. Cruzó la puerta y, tras cerrarse, los inquisidores se hicieron cargo del acusado.

De nada sirvió revolverse, ni chillar, ni suplicar; fue desnudado y atado al potro. La primera vuelta fue dada. Osorio sintió como los huesos se tensaban.

—¿Insistís en que no habéis cometido sodomía? —le preguntó el torturador de más edad.

—¡No he hecho nada!

La consecuencia de su negativa fue otra vuelta más. El desdichado gritó despavorido.

—¿Insistís en no confesar? ¿En negar vuestras blasfemias?

—¡Lo niego!

La siguiente vuelta quebró sus piernas. Un aullido espeluznante abandonó su garganta y también su voluntad se le escapó. Llorando como un niño, bramó:

—¡Confieso! ¡Sí! ¡Soy culpable de todo! ¡De todo!

Los inquisidores se miraron con gesto de frustración. El gran Alfonso Osorio había cantado nada más empezar, privándoles de la oportunidad de aplicarle más tormentos. A pesar de ello, los reconfortó saber que el espectáculo en el Campo del Brasero sería uno de los recordados durante generaciones, pues, por un lado, hacía muchos años que no se ajusticiaba a un hombre de su alcurnia, y por otro, era evidente que, tras admitir sus pecados, el juicio sería rápido y la condena, que no era otra que la hoguera, justa.

Como vaticinaron, el juicio, en esta ocasión público debido a la notoriedad del reo, no dio ninguna opción a Osorio. Uno tras otro, sus criados, antaño fieles, declararon contra él. Su esposa, mirándolo con odio, como no podía ser menos, relató las barbaridades a las que tuvo que someterse desde que se convirtió en su esposa y otras más nacidas de su imaginación, o de la mente de su hermano.

El público, que abarrotaba la sala, asistía embobado a los acontecimientos. Osorio era un hombre conocido por todos y el hecho de que ahora estuviese siendo juzgado por la Inquisición era celebrado por la mayoría y reprobado por muy pocos. Lo cierto era que el sentimiento que más reinaba en ese momento era el de satisfacción por la futura condena de un ser considerado despreciable por la mayoría.

Aun viéndose perdido y terriblemente atormentado por el dolor de sus piernas rotas, Osorio se dijo a sí mismo que no sería el único perjudicado.

—Respetable tribunal, sé que ya de nada servirá negar mis pecados, pero he de decir que el tormento fue el que me obligó a admitir lo que nunca hice. Como también que mi esposa y mi cuñado son los artífices de mi perdición. Siempre han sido ambiciosos. No es de extrañar, pues son judíos conversos, y todos sabemos que no son de fiar. Por haber sido los causantes de muchos males de los cristianos, nuestros queridos reyes don Fernando y doña Isabel optaron por expulsarlos. Los Albalat optaron por quedarse y abrazar la fe cristiana. ¿Pero en verdad lo hicieron?

Clara y su hermano lo miraron iracundos.

—¡Esto es inaceptable! ¿A quién se está juzgando, a un hereje o a unos nobles ciudadanos de fe inquebrantable? —protestó Miguel.

—Cierto. El reo no debe escudarse en otros para defenderse —convino el inquisidor general.

—No me escudo en nadie, solo hablo de la verdad. Para seguir manteniendo sus posesiones y no ser exiliado, don Miguel de Albalat urdió el asesinato de su propio hermano.

El rostro de Miguel se tornó cenizo y el miedo lo recorrió de arriba abajo, pero se sobrepuso lo suficiente para decir:

—¿Lo veis? ¡El demonio ha tomado posesión de él! ¿Cómo, si no, diría algo tan atroz? Yo amaba a mi hermano y lloré su muerte durante meses; y aún la lloro.

—Lo sé de buena tinta —ratificó Osorio—, porque vino a contarme que había descubierto a su hermano practicando los ritos de Moisés ya siendo cristiano y, para evitar el escarnio de la familia, decidió él mismo quitarlo de en medio. El cardenal Cisneros fue testigo de ello.

—Satanás habla por su boca. ¡Está poseído! ¡Hay que hacerlo arder en la hoguera para que el mal libere su alma! —gritó Miguel.

Los jueces asintieron. El inquisidor general alzó la mano y, dirigiéndose al reo, le ordenó:

—Levantaos para escuchar la sentencia. ¡Ah! Olvidaba que no

podéis. Os dispenso de ello. Alfonso Osorio, por vuestros pecados de sodomía, blasfemia y herejía, os condenamos a morir en la hoguera mañana a las nueve.

—¡No! ¡Soy inocente! ¡Inocente! —bramó Osorio.

En el rostro de Pierre se dibujó una gran sonrisa. Jamás habría esperado que su venganza hubiese sido tan fácil y, aun así, no se sentía del todo satisfecho. Habría sido más satisfactorio ser la mano ejecutora. En cualquier caso, lo que durante tantos años le había estado reconcomiendo por dentro había dejado de existir. Ahora se sentía liviano.

Clara, por el contrario, sentía cómo su corazón latía desbocado. Conocía a Miguel, cada una de sus reacciones, y cuando su marido lo acusó de la muerte de su querido hermano pequeño, había podido leer el pavor en su rostro.

—Juré proteger a la familia y lo he hecho. Ese bastardo no volverá a molestarte —dijo Albalat entre dientes.

Ella rompió a llorar. No por sentirse libre de un marido que siempre aborreció, sino por estar ante el asesino de su propio hermano.

CAPÍTULO 49

Diez años habían pasado desde la última vez que pisara Toledo. En ese tiempo, la ciudad se había mantenido en el pasado. Apenas se hacían construcciones. No eran necesarias: los judíos dejaron atrás cientos de viviendas vacías, y algunas de ellas aún lo estaban. Por otro lado, ninguno de los monarcas que sucedieron a Fernando e Isabel hizo nada para modernizarla; sus habitantes tampoco. Solamente los marranos, gracias a su ambición, hacían que Toledo siguiera prosperando tras la expulsión. Ahora, mientras paseaba por sus callejuelas, veía como de las innumerables tiendas y comercios, apenas si quedaban la mitad. La urbe que asombró al mundo, la Ciudad de las Tres Culturas, actualmente no era más que una provinciana.

—¡Roscas! ¡Roscas para la ejecución! —gritó el vendedor de dulces.

Se interesó por la identidad del sentenciado. Casi quedó petrificado al descubrir que se trataba de Alfonso Osorio. La Santa Inquisición no se andaba con menudencias. Él tampoco. Aquella zorra embustera no se saldría con la suya. Si sus indagaciones estaban equivocadas, o la joven ya había abandonado la ciudad, daría con ella, aunque fuese lo último que hiciese en la vida. Por su propio honor y por petición real.

Aún podía recordar la última entrevista que mantuvo con Carlos. Estaba abatido y aquejado del mal de gota, cosa nada extraña. Sus excesos en la mesa eran conocidos y ningún médico lograba hacerle entender que debía moderarse. Pero su mal no radicaba simplemente en el dolor físico. Su corazón se encontraba roto, traicionado por la mujer que seguía amando, a pesar de recibir el consuelo de su abuelastra. Le costó un gran esfuerzo convencerlo de que Katrina era una mentirosa, que se había aprovechado de él y que estaba dispuesta a poner en peligro la verdadera fe. Finalmente, aceptó la verdad y le hizo prometer que la traería hasta su presencia. Y es lo que haría.

Suspiró levemente y miró la comitiva, que provenía de la capilla del Santo Oficio: al frente, el que portaba la Cruz Verde, símbolo de la Inquisición; tras ella, a caballo, el fiscal del tribunal. Luego, el reo, quien marchaba sobre una carreta debido, imaginó, a las consecuencias de la tortura. Osorio llevaba puestas la casulla del sambenito, pintada con motivos infernales, y en la cabeza, la coroza de cartón. Cerraban la comitiva los llamados *familiares de la Inquisición*, es decir, los que representaban a las comunidades religiosas y a los lanceros.

Decidió asistir a la ejecución —el asunto que lo había traído hasta allí llevaba años esperando, unos minutos más no importaban— y se encaminó a la plaza. Esta se encontraba abarrotada debido a la notoriedad del inculpado. No obstante, pudo ver la tarima principal, donde se hallaba el obispo, gentes nobles y, seguramente, los familiares.

—Fíjate en la pobre mujer. Incluso desde tan lejos se puede apreciar la paliza que le propinó ese endemoniado —dijo una voz de hombre a su espalda.

—Ya lo decía yo. Ese tipo nunca fue trigo limpio. Nadie decente se casa con una conversa. Todos sabemos que, a pesar de recibir el sagrado bautismo, esos marranos tienen su corazón emponzoñado por Moisés. ¡Y pensar que los reyes confiaron en él...! —comentó una mujer.

—Doña Clara siempre ha dado muestras de ser una ferviente cristiana. La he visto todos los días de guardar en la iglesia. Y es caritativa. Nunca baja la escalera de la catedral sin dar antes unas monedas a los menesterosos.

La mujer soltó una sonora exclamación y susurró:

—Apariencias. Te lo digo yo. Seguramente ha sido ella quien lo ha inducido a someterse a Satanás, pero claro, como no puede probarse… Lo mejor que podrían hacer las autoridades es deshacerse de esos falsos conversos; mismamente como hicieron con los que se negaron a abrazar la verdadera fe. ¡Voto a Dios! No prestan con usura, pero ahora son banqueros. Y digo yo: ¿no es lo mismo? Los mismos perros con diferente collar. A todo reo se le confiscan las propiedades y tengo oído que, en este caso, pasará todo a su viuda. ¿Y por qué? Simplemente porque es la hermana de Albalat. Su poder es incluso mayor que el del Santo Oficio. Se chismorrea que muchos de esos curas acuden a él para que pague sus, digamos…, errores.

—Está visto que, de los que nos encontramos aquí, los primeros que deberían acompañar a ese desgraciado son los miembros del clero.

—¡Chitón! O puede que seas tú el próximo en arder —le aconsejó la mujer.

—No he dicho más que la verdad. Todo está podrido. ¡Todo!

—Podrido o no, una cosa es cierta: no hay nada peor que un judío converso. Llevan la maldad desde su nacimiento.

Él convino en que tenía razón la mujer. Esos perros judíos eran pasto para las tentaciones y, sin embargo, el que abrazaba la fe de Cristo sinceramente era más estricto e intransigente que un verdadero cristiano de cuna. El mismo Torquemada, sin ir más lejos, condenó a cientos de sus antiguos hermanos.

El tambor redobló y el silencio se adueñó de la plaza. El fiscal leyó la acusación y seguidamente la sentencia, mientras el verdugo prendía la tea.

Osorio miró la llama con ojos desorbitados. En ese preciso instante fue consciente de que iba a morir, y que iba a hacerlo de un modo espantoso. Cuando el verdugo lo bajó del carromato, chilló despavorido. Los asistentes soltaron carcajadas y le gritaron todo tipo de vituperios, mientras que en la tarima reinaba el silencio. Miguel Albalat mantenía una media sonrisa triunfal en su rostro. Clara, por el contrario, no mostraba ninguna emoción, a pesar de que su corazón latía desbocado. El peor de sus sufrimientos estaba a punto de desaparecer y, contrariamente a lo esperado, no podía sentir dicha. No. Sencillamente, porque a su lado se encontraba el hombre que mató a su hermano. Ya no albergaba ninguna duda. Lo vio en sus ojos cuando le preguntó de nuevo. Se había deshecho de un demonio, y el infierno le había enviado a otro para seguir haciendo de su existencia una pesadilla.

El condenado fue atado al poste. La tea se acercó a la pira de leña y prendió.

—¡Soy inocente! ¡Inocente! —bramó Osorio.

La masa lo abucheó.

—¡Soy un ferviente cristiano! —insistió él retorciéndose, notando las llamas que comenzaban a lamerle los pies. Intentó defenderse de nuevo, pero el humo lo obligó a toser. Ya no había marcha atrás: la sentencia se estaba ejecutando y en pocos minutos, el desgraciado sentiría el fuego devorando su carne.

El primer mordisco ardiente le hizo lanzar un berrido espeluznante. Contrariamente a lo esperado, el público enmudeció al ver las llamas ascender hacia el cielo. Un olor nauseabundo junto a los gritos de Osorio los envolvió.

Muchos miraron absortos; algunos cerraron los ojos, incapaces de soportar tal horror. Clara y su hermano no bajaron la mirada. Era el justo castigo que esa bestia merecía, y contemplaron cómo el fuego apagaba los lamentos, cómo el crepitar ascendente ocultaba el cuerpo ya sin vida de Osorio.

—Esto ya está. Marchémonos —dijo Albalat.

Clara, aún inexpresiva, obedeció.

La mayoría decidió emularlos. El espectáculo ya no ofrecía emoción. Otros, por el contrario, sin nada mejor que hacer, continuaron ante la pira degustando una jarra de vino o un trozo de pan. Uno de ellos era Pierre. El objetivo que lo había llevado a Toledo estaba cumplido, y la obsesión que durante años llenó cada rincón de su odio se había mudado. Ahora solamente quedaba el vacío.

Inspiró con fuerza y comenzó a alejarse de la plaza, pero, al doblar la esquina, tropezó con un hombre.

—Disculpad.

—¿No sois Pierre, el poeta?

Él miró al hombre. Ese tipo de baja estatura, rostro aguileño y ojos nítidos como el mar le resultaba familiar, pero no tenía ni idea del porqué. Todos sus sentidos se pusieron en alerta.

—¿Y vos? —inquirió adoptando un marcado acento francés.

—Veo que no me recordáis. En cambio, yo aún recuerdo uno de los versos que dedicasteis a la marquesa de Chambreau. Coincidimos en su castillo del Loira, claro que no fuimos presentados. Creo que tuvisteis que partir precipitadamente; si no recuerdo mal, al marqués le pareció demasiado apasionada la oda.

Pierre, sin bajar la guardia, soltó una carcajada.

—Siempre me han perdido las cuestiones de faldas. En mi defensa, solo puedo decir que muchas veces no soy yo precisamente quien da el primer paso. Las damas son propensas a encapricharse de los hombres que les hablan con dulces palabras, señor…

—Luis Mendoza. ¿Y qué os trae por Toledo?

—Mi oficio. Espero ganarme la confianza de algún noble y ser su protegido. ¿Y a vos, si no es mucho preguntar?

—Negocios.

—Espero que os sean productivos.

—Yo también. ¿Lleváis mucho tiempo en la ciudad?

—Apenas unos días. Aún no he contactado con ningún posible

admirador de mi arte. Puede que vos conozcáis a un mercader rico que desee un poeta para sus convites.

—Lamentablemente, no os puedo ser de ayuda. Acabo de llegar esta madrugada y me he encontrado con este auto de fe. Hacía tiempo que no se ajusticiaba a alguien notable.

—No sigo estas cuestiones. Mi alma está encaminada a algo más sublime.

Luis Mendoza esbozó una ligera sonrisa.

—Ya, vuestros versos. Bien. Espero que todo salga como pensáis. Debo comenzar a moverme o los negocios no vendrán solos. Ha sido un placer volver a veros.

—Lo mismo os deseo, señor. Ha sido un honor conversar con alguien a quien le impactó tanto un poema que aún no se ha olvidado de él —dijo Pierre inclinando levemente la cabeza.

Echó a andar, pero Mendoza lo detuvo.

—¿Conocéis a alguna hilandera que ejerza en la ciudad?

Pierre parpadeó ante el impacto de la pregunta. Sin embargo, se repuso tan rápidamente que Mendoza no pudo percibir su desasosiego.

—Pues, la verdad, no. Como os he dicho, apenas llevo unos días en la ciudad. ¿Os dedicáis al negocio del hilado?

—Más o menos. En realidad, a un poco de todo. Busco lo que nadie encuentra, y así el negocio es próspero.

—Que tengáis suerte, entonces. Aunque para la cuestión de hilado, nada mejor que Flandes, o eso dicen. Señor —respondió Pierre.

Lo saludó de nuevo y se largó a toda prisa. Algo le decía que debía avisar a Katrina de la presencia de Mendoza en la ciudad.

CAPÍTULO 50

Gracias a Dios, Katrina no tuvo que asistir al juicio, lo cual aligeró la tensión que llevaba soportando los dos últimos días. Tampoco quiso presenciar la ejecución: no quería ser testigo de tanta crueldad hacia un ser humano, por muy malvado que este fuese, como tampoco de un ritual en el que perdieron la vida muchos de su pueblo.

Después de varios meses tenía en sus manos la primera carta que le enviaba Nienke. Con dedos ansiosos rompió el lacre.

Mi querida Katrina:

Ante todo, decir que te extraño muchísimo. También quiero tranquilizarte de mi situación cuando escapaste. Como puedes suponer, fui interrogada de inmediato. Expliqué que desconocía tu pasado; pues nuestra relación se inició en cuanto te contraté para trabajar a mi lado. Por supuesto, no me creyeron. Por fortuna, el conde intervino y me dejaron en paz. ¡Ay, Katrina! La vida aquí no es lo mismo sin ti, no solo por tener lejos tu cariño, sino porque, desde que te fuiste, me vi en la obligación de tomar una ayudante; y aunque me pese decirlo, es un tanto patosa y suele acabar con mis nervios. Por fortuna, mi relación con el conde es mucho más sólida y he de comunicarte que hace apenas unas semanas, ante el estupor de todos, ¡me pidió en matrimonio!

La corte está tan escandalizada de que una plebeya alcance la categoría de condesa que durante una buena temporada intentaron convencerlo de que cometía un gran error. En particular la condesa Van Horlandad, que estaba convencida de poder conquistar al viudo más deseado de Flandes. ¿La recuerdas? Imagino que sí; nadie podría olvidarse de esa nariz de buitre, ¿cierto? Sin embargo, a mi futuro esposo le importa un comino lo que digan los demás y, por supuesto, ya sabes que a mí siempre me ha gustado hacer lo que me place y, como deseo convertirme en su esposa, pues acepté con mucho gusto. Así que en pocos meses entraré a formar parte de la nobleza castellana y las jornadas de duro trabajo tocarán a su fin, aunque nunca dejaré de realizar mi gran pasión, que, como sabes, es el hilado, con la diferencia de que a partir de ahora será por puro placer.

Lo único que empaña mi dicha es que no podrás acompañarme el día de mi boda, porque las críticas que oigo a mi espalda de que me uno al conde por interés me tienen sin cuidado.

Hablando de murmuraciones, circulan todo tipo de ellas debido a tu desaparición. Unos dicen que se debió a un amante secreto y otros, a que el rey te apartó porque se había cansado de su bella hilandera. Sin embargo, Carlos, que es un hombre magnífico, jamás ha hecho comentario alguno. Nadie sabe que ese hombre le contó la verdad. Eso sí, sé de buena tinta que, a escondidas de todos, anduvo buscándote. No para vengarse por tu engaño. Creo, sinceramente, que te amaba de verdad y, a pesar de las apariencias, los amores que ahora mantiene con otras mujeres no pueden compararse con la relación que mantuvo contigo; aunque finalmente se dio por vencido. Por otro lado, también corren rumores sobre la relación del rey con su abuelastra, y he de decir que son ciertos. ¡Señor! Es una situación de locos. Para mí que el desengaño que sufrió contigo lo ha llevado a comportarse como un botarate. De todos modos, ya se encargarán sus consejeros de apartarlo de esa insensatez y volverá a ser el joven cuerdo y responsable de antaño.

Pero volviendo a ti, mi querida niña, has de saber que no dejo de rogar a Dios para que te proteja y, en especial, por que esa mujer en la que dices confiar sea leal de verdad. Sabes que te amo como a una hija y mi corazón se partiría si te ocurriese algo irreparable. Ten mucho cuidado. Sé prudente y no llames la atención. Claro que difícil será siendo una joven tan hermosa. Y, por favor, al menor síntoma de peligro, huye sin pensarlo. Y si precisas auxilio, no dudes en ponerte en contacto conmigo.

Estimada Katrina, recibe todo mi amor y no olvides que siempre estarás presente en mis oraciones. Escríbeme pronto, pues me tienes en vilo.

Te quiere,

Nienke

Katrina apretó la carta contra su pecho. Sus ojos se humedecieron al recordar los tiempos felices, cuando no había peligro, cuando lo único que ambicionaba era hilar y vivir junto a la mujer que consideraba su madre, junto al abuelo. Pero esto pertenecía al pasado y jamás retornaría. Nienke se casaría y formaría su propia familia; y eso le alegraba. Merecía ser feliz mucho más que nadie en el mundo. Y ella no podía, no quería perjudicarla. Nunca volverían a verse. Nadie debía relacionarla con la muchacha que engañó al rey, nunca.

Se enjugó el llanto con el dorso de la mano. No podía permitirse ser débil. Tenía que seguir adelante y mantenerse en guardia ante el menor atisbo de peligro. Pierre no había mentido después de todo: Carlos iba tras ella, y no precisamente por amor. Su empeño venía provocado por el deseo de castigar a la muchacha que lo dejó en ridículo ante todos sus vasallos, ¡y ella había sido tan estúpida que no se molestó en cambiarse el nombre y se estableció en Toledo! La tienda era un reclamo para el justiciero que la andaba persiguiendo. La única solución era irse de la ciudad, y rápido, pero no antes de entrar en esa casa y buscar la herencia familiar.

El sonido de la campanilla le hizo dar un respingo. Con el corazón desbocado, se acercó a la ventana y discretamente atisbó.

Era Pierre. Lo mejor sería, sin duda, ignorarlo; sin embargo, sabía que ese hombre jamás se daba por vencido e insistiría, si no ahora, más adelante, así que abrió.

—¿Qué deseáis? Estoy muy ocupada. Si venís a contarme lo satisfecho que os sentís por la ejecución, no me interesa. Lo único que sé es que esta relación transitoria ha llegado a su fin. Es hora de que cada uno continúe con su vida.

—Vos a hilar y yo... a lo mío.

—Eso es.

—Pues temo que, por el momento, deberéis esperar a perderme de vista. Más bien diría que deberemos mantener una relación más estrecha.

Ella levantó las cejas y lo miró con descrédito.

—¿Con vos? Antes me uniría a un asno. Dejad de insistir. No me gustáis; es más, me resultáis del todo irritante.

—Dicen que los amores reñidos son los más queridos —replicó él. Katrina soltó una risa cáustica. Pierre dejó escapar un suspiro de desilusión y dijo—: Veo que tendré que esforzarme en convenceros de que en realidad estáis loca por mí. Pero dejemos eso ahora. Mi presencia está motivada por un asunto que me ha preocupado. Puede que solo sea una percepción equivocada, pero, por si acaso, he venido a avisaros de que un hombre me ha preguntado si conocía a una hilandera.

—¿Y eso os extraña? He adquirido gran fama gracias a mis labores primorosas —dijo ella levantando la barbilla con orgullo.

—Lo cual es admirable. ¿Os suena el nombre de Luis Mendoza?

—Para nada.

—Nosotros coincidimos en casa de un marqués, en Francia. No llegué a hablar con él en esa ocasión y, sin embargo, Mendoza me recordaba perfectamente. Según me ha dicho, a causa de un poema, y os aseguro que ese no es precisamente un romántico. Sus ojos esconden crueldad. No me fío ni un pelo de él.

—Vuestro parecer es libre. Y ya que me habéis venido con el cuento y estoy informada, os rogaría que os marchaseis.

Él sacudió la cabeza mirándola con reprobación.

—Estoy al tanto de vuestra vida, y me cuesta creer que alguien con la amenaza de la justicia tras el cogote sea tan estúpido.

Las mejillas de ella se encendieron de indignación.

—¡No solo osáis molestarme, sino que también me insultáis! Os ruego por última vez que abandonéis esta casa.

—Lo haría con gusto. Lamentablemente, me importa lo que pueda ocurriros. Ese hombre no está aquí por mercadería. Algo me dice que va tras de vos y, aunque peque de inmodestia, os aseguro que no suelo equivocarme en estos asuntos. ¿Es que habéis olvidado que el rey ordenó que fueseis llevada ante él? No penséis ni por un momento que olvidará el asunto. Es hombre metódico, insistente y, sobre todo, terco.

—Lo sé —musitó Katrina.

—Seguramente os duela lo que voy a decir, pero el rey no os quiere precisamente por asuntos amorosos. Puesto que está confirmada la relación con su abuelastra, solamente nos queda la opción que vos y yo sabemos. Así que dejad de lado la aparente antipatía que os provoco y permitid que os ayude. ¿De verdad no conocéis a Mendoza?

—Nunca estuvo en la corte, ni tampoco en Flandes. Difícil será que nos hayamos visto alguna vez. Puede que si me lo describierais…

—De unos cincuenta años, alto, debilucho y con el dedo meñique amputado.

Ella se tapó la boca para ahogar el gemido.

—No estaba equivocado. Lo conocéis y supongo que no os es grata su presencia en Toledo, ¿cierto?

Katrina, pálida, asintió.

—Vino a verme a Brujas diciendo que era hijo de un amigo del abuelo. Tras su visita, encontré la casa revuelta. No dudé ni un momento que fue él.

—¿Qué buscaba?

—No lo sé —mintió ella.

Naturalmente, él no la creyó, pero se abstuvo de insistir. Ahora lo más urgente era sacarla de la tienda.

—En ese caso, no es conveniente que os encuentre. Tenéis que iros.

—Sí… Claro. Me esconderé en la pensión.

—Nada de eso. Mendoza parece ser un buen sabueso. Os encontró en Brujas y ahora os ha seguido hasta aquí. ¿Cuánto creéis que tardará en relacionaros con Esperanza y Albalat? Vendréis conmigo. Esta noche abandonaremos la ciudad.

—¿Qué? No pienso ir a ningún lado con vos —protestó ella.

—Permitidme recordaros que no os quedan más opciones.

—No me creáis tan simple, señor. Escapé de la corte y llegué hasta aquí por mis propios medios. Ahora haré lo mismo. Además, ¿cómo puedo confiar mi vida a alguien que me oculta la suya?

—Os he dicho más de una vez que lo hago por vuestra seguridad. Y en cuanto a mi vida, ya os dije en la taberna cuál era mi pasado y las razones que me llevaban a odiar tanto a Osorio.

Ella levantó los hombros con desidia.

—La verdad es que me es indiferente lo que me escondáis. Me marcho. Sola. Y no volveremos a vernos. De todos modos, os agradezco el interés mostrado y vuestra ayuda.

—Estáis cometiendo un error. Mendoza no va a permitir que os escapéis por segunda vez. Os perseguirá como un lobo, ¡y no dudéis que os hincará las fauces! —soltó Pierre con tono enojado.

—Intentaré apartarme de su cacería. Ahora, tengo que prepararme. Gracias de nuevo, Pierre.

Él la miró huraño. Sacudió la cabeza y abrió la puerta. Ladeó el rostro y dijo:

—Gonzalo. Mi nombre es Gonzalo.

—*Veel geluki*,[23] Gonzalo —le deseó ella.

Él cerró y ella, sin perder un segundo, subió al piso de arriba. Escribió una nota que entregó a un muchacho y después, se puso a preparar el equipaje. Por último, guardó el dinero y los pagarés en una bolsa que escondió bajo su enagua y sacó del escondrijo la cajita que compró al llegar a Toledo. Allí estaba la llave. La llave que utilizaría esa noche para entrar en la casa donde vivieron sus ancestros. Se la colgó al cuello y la ocultó entre los senos, justo en el preciso momento que llamaban a la puerta. Se trataba de Esperanza.

—¿Qué ocurre? Tu nota me ha dejado muy preocupada —preguntó alarmada.

—Tengo que irme. Me ha surgido un asunto urgente.

—¿Algún difunto en la familia?

—No puedo decir más.

La posadera asintió con énfasis.

—Ya sabía yo que ocultabas algo. A mí me importa un rábano que me lo digas o no. Lo que me apena es que no confíes en mí.

—La ignorancia evitará que tengas problemas. Querida amiga, necesito tu ayuda. He de salir de la ciudad con total discreción, por lo que no puedo ir a la posta para comprar el pasaje, ni tampoco llevar el equipaje. ¿Te importaría encargarte de eso?

—Por supuesto. ¿Adónde?

—A la ciudad más alejada de Toledo.

Esperanza le tomó las manos entre las suyas.

—¿Estarás bien?

—Claro —respondió Katrina intentando sonreír.

—¿Volveremos a vernos?

—Solo Dios lo sabe. Y para que no me olvides, toma esto.

---

23. Mucha suerte.

La posadera miró el colgante de oro con zafiros incrustados.

—¡Oh! No puedo aceptarlo. No. Es demasiado…

—No mereces menos. Has sido la única ayuda que he recibido en esta ciudad y también, la mejor amiga.

Embargadas por la emoción e intentando contener el llanto, se abrazaron.

—Voy a echarte tanto de menos…

—Lo sé. Ahora ve a la posta. El tiempo corre en mi contra.

Esperanza salió, paró un carro y cargó el equipaje. Durante la hora que tardó en regresar, Katrina no dejó de ir de un lado a otro, sintiendo como el temor volvía a aposentarse en el estómago.

—El primer viaje sale a las cinco de la mañana. Te vas a Valencia. Creo que es una gran ciudad. A una muchacha acostumbrada a las brumas del norte le parecerá el paraíso. Dicen que siempre luce el sol —dijo la posadera intentando aligerar, sin conseguirlo, el pesar que las afligía.

—En ese caso, me siento afortunada. Gracias por todo, querida amiga.

Se abrazaron de nuevo y Esperanza desapareció para siempre de su vida; al igual que todos aquellos a los que había amado. Y se preguntó si su destino estaba marcado por la fatalidad.

—Ahora no puedo pensar en eso —masculló.

Echó una ojeada a su alrededor e, ignorando la punzada que sintió en el corazón, abrió la puerta y la cerró tras ella. Era el momento de iniciar una nueva vida.

CAPÍTULO 51

A Mendoza le sorprendió la rapidez con la que resolvió el asunto. Nunca imaginó que una mujer a la que consideraba inteligente hubiese obrado con semejante estupidez. En lugar de permanecer en el anonimato, hizo todo lo contrario. Media ciudad conocía a la hilandera llegada de Flandes y entre esa mitad, nada menos que Miguel Albalat. El converso le sería de gran utilidad. Conocía la clase de hombre que era. Su ambición lo ayudaría a coger a esa marrana que estaba en poder de algo tan sumamente peligroso, que haría temblar los cimientos del imperio más poderoso del mundo.

Dispuesto a ello y a no fracasar en esta ocasión, fue a la tienda, pero, al no encontrarla, se puso a preguntar al vecindario. Todos le hablaron del mismo modo. Catalina, al parecer, era una joven agradable, muy discreta y, sobre todo, trabajadora. Se alegraban de que el viejo Albalat le hubiese alquilado la tienda. Y les extrañó que estuviese cerrada. Por lo general, siempre se encontraba hilando. Ya puestos, no se abstuvo de preguntar por lo acontecido en la mañana, y entre unos y otros le pusieron al tanto, además de añadir sus propias conclusiones acerca de los trapicheos que se traía esa familia.

No quiso pensar en que estuviese sobre aviso. Apenas hacía unas horas que estaba en la ciudad, nadie conocía su llegada... Nadie, salvo ese poeta de tres al cuarto. Claro que era improbable que supiese el motivo de su viaje, y mucho más que conociese a la hilandera. Tal vez, se dijo, ella lo hubiese visto en la plaza y ahora estaba ya lejos de Toledo. Soltó un reniego. Todo aquello no eran más que conjeturas. Lo mejor sería hablar con su casero.

Como era de esperar, fue recibido de inmediato al anunciarse como hombre del rey.

—¿En qué puedo serviros, señor Mendoza?

—Vengo en busca de información.

—Un favor fácil, siempre y cuando tenga conocimiento de lo que os interesa. ¿Una copa de vino?

Mendoza aceptó y se acomodó ante Albalat. Dio un sorbo y asintió levemente con la cabeza.

—Un caldo excelente. No hay nada parecido en Flandes.

—¿Venís de allí? —se interesó Albalat.

—De Valladolid. Vine con la comitiva real. He llegado esta mañana y he presenciado la quema.

—Un asunto muy desagradable; y muy doloroso para la familia, como podréis imaginar. Mi cuñado siempre pareció ser un hombre cabal y cristiano. Nos tuvo bien engañados. Aunque, con franqueza, he de decir que no lamento su final; sobre todo, tras conocer el infierno que le hizo pasar a mi hermana. No comprendo por qué jamás me lo confesó.

Por la sencilla razón de que las acusaciones seguramente eran falsas, pensó Mendoza. Los años le habían enseñado que el ser humano es capaz de cualquier barbarie para conseguir sus objetivos, y los comentarios de los vecinos lo llevaron a la conclusión de que la herencia del viejo prestamista era sumamente importante, y que sus hijos no deseaban que Osorio tomase posesión de ella. Y esa deducción le resultaría muy útil para sus aspiraciones.

—El miedo atenaza la voluntad, del mismo modo que los chismorreos pueden hundir la reputación de un hombre. No es mi intención ofenderos, pero, en el poco tiempo que llevo aquí, ya he escuchado ciento y una versiones de los hechos. Incluso hay quienes dicen que habéis tendido una trampa al señor Osorio para que vuestra hermana sea la única beneficiaria de la herencia.

El rostro de Albalat se tornó grana por la indignación.

—¿Eso dicen? Las malas lenguas corren más que el viento, y la mayoría de las veces, mienten —siseó.

Mendoza dejó la copa sobre la mesa y en su boca se dibujó una media sonrisa.

—Por supuesto. Sin embargo, ciertas calumnias llegan a surtir efecto... ¡Oh, no! Yo no he creído ni una palabra, naturalmente. Me consta que sois un hombre leal a la Corona; en realidad, toda vuestra familia lo ha demostrado desde la conversión. Por ello no he dudado ni un momento en acudir a vos para pediros ayuda. Se trata de un asunto sumamente escabroso y que requiere de gran discreción. Si llegase a otros oídos, el mismísimo rey tomaría cartas en el asunto.

Albalat, más tranquilo, se aclaró la garganta y dijo:

—Tenéis mi palabra de que lo que se hable aquí no saldrá de estas cuatro paredes. ¿De qué se trata?

—Solamente puedo decir que hay alguien que posee algo que nuestro monarca necesita, y que recompensaría generosamente a todo aquel que lo ayude a encontrarlo.

—Ante todo, voy a aclarar que la recompensa es lo de menos. Si el rey me necesita, lo haré gustoso sin recibir nada a cambio, simplemente por considerarme un súbdito leal. Como habéis dicho, la fama que me precede es justa.

—Entonces, vayamos al asunto. Me han dicho que tenéis como inquilina a una joven de Flandes.

—Cierto. Pero... ¿qué tiene que ver ella con el rey? —se extrañó Albalat.

Mendoza sonrió, pero sus ojos se mantuvieron fríos e inquisitivos. Albalat comprendió que no debería hablar hasta que el otro lo autorizase.

—Lo siento. Y, respondiendo a vuestra pregunta, sí. Mi padre le alquiló la tienda y yo no vi objeción alguna. Se la veía responsable y deseosa de iniciar un negocio, cosa que se confirmó. Jamás tuve problemas con el alquiler. Claro que, visto lo sucedido en el seno de mi propia familia, cualquier cosa es posible.

—Me interesa conocer sus movimientos: adónde va, con quién se relaciona, amantes… Lo que sea.

—Nunca se le ha conocido conducta escandalosa, ni tampoco frecuenta tabernas. Si sale alguna vez, es para ir a la posada El Buen Yantar, donde vivía antes de venir a la tienda. Puede que doña Esperanza, la dueña, sepa algo más.

—Lamentablemente, no puedo involucrarme con extraños en este asunto.

—Entiendo. ¿Puedo ofrecerme para indagar yo en vuestro lugar?

—Sería de gran ayuda.

—Pero entonces, deberíais ponerme al tanto, hasta donde podáis, de la cuestión. Lo digo para que mis indagaciones vayan por el camino correcto.

Mendoza dio otro sorbo a la copa sin dejar de estudiar a Albalat. El tipo era astuto. Su sugerencia, en apariencia inocente, escondía la terrible curiosidad que sentía. No obstante, tenía razón: algo debería darle. Unas migajas para aplacar sus ansias ambiciosas. Unas pinceladas que, por supuesto, serían borradas en cuanto lograse su propósito. El desgraciado ignoraba que, tras su colaboración, este mundo dejaría de existir para él.

—La muchacha, tenéis que reconocerlo, es hermosa. Esa belleza no pasó por alto a nuestro monarca y la convirtió en su favorita, lo cual no tiene nada de particular. Durante su estancia en la corte se comportó con total corrección: era atenta con el rey y mostraba verdadera devoción por él, consiguiendo que la dicha llenara el corazón de Carlos. Sin embargo, como sabéis, no es oro todo lo que reluce. La joven ocultaba un gran secreto; uno que puede ser muy perjudicial para la Corona. Estaréis de acuerdo conmigo en que, si llega a saberse que es judía, la reputación del baluarte de la fe católica quedará en entredicho. Debo dar con ella y acallarla para siempre. Ya me entendéis.

—¿Estáis seguro? La he visto con mis propios ojos asistir a misa y rezar con fervor. Y nunca ha cerrado la tienda los sábados.

—Amigo mío, lo estoy. Más que eso, puedo asegurar que su familia procede de esta ciudad. ¿Os suena el apellido Azarilla?

El semblante de Albalat empalideció.

—Ya veo que sí. Al fin y al cabo, vuestras familias estaban bien relacionadas antes de la expulsión, según tengo entendido. Incluso he descubierto que estabais comprometido con la hija de ese judío. Katrina Panhel es la nieta de Efraím.

—¿Catalina es nieta de Efraím? —musitó Albalat.

¡Por eso encontró algo familiar en su rostro! ¡Por eso vivía obsesionado con ella desde que la conoció! Era el fruto de la mujer que amó con toda su alma y que, sin saberlo, aún continuaba amando. Y ahora ese hombre pretendía que le entregase a un pedazo de la carne que una vez fue suya.

—Así es. ¿Algún problema para que no podáis ayudarme?

¡Claro que lo había! A pesar de su ambición, de la crueldad que todos le atribuían, y no sin razón, no estaba dispuesto a perder de nuevo la oportunidad de recuperar la dicha que una vez sintió en el pasado, y Catalina era el instrumento para conseguirlo. Daría con ella, sí, pero para su propio provecho. La ayudaría a salvarse y, como agradecimiento, se vería arrastrada hacia sus brazos.

—En absoluto. Como bien habéis dicho, fueron amigos en el pasado, hasta que se convirtieron en enemigos al no querer abrazar la verdadera fe —contestó Miguel recuperando la frialdad.

—Me alegro por ello. Y bien, conociendo los hechos, ¿creéis que os será más fácil dar con ella?

Albalat, haciendo gala de su reputación, sonrió con maldad.

—Pan comido, señor. No hay nada más confiable que nombrar una antigua amistad y, en honor a esta, asegurar que el interés que lo mueve a uno es el auxilio. Esa joven caerá en mis redes con la misma facilidad que un pececillo. Dadlo por hecho.

Mendoza asintió satisfecho.

—La Corona os estará muy agradecida.

—¿Deseáis aguardar aquí? Puedo ordenar que os preparen un refrigerio.

Mendoza se levantó y Albalat hizo lo propio.

—Tengo otros asuntos que atender.

—Yo saldré ahora mismo.

—Mejor será que no nos vean juntos. Aguardad unos minutos. Regresaré dentro de una hora.

Mendoza, tras asegurarse de que nadie podía verlo salir, abandonó la casa.

Se equivocaba. Gonzalo, apostado en una esquina sumida en la sombra, lo observó con ojos entrecerrados. Ahora estaba confirmado que ese tipo iba tras Katrina. Ya se disponía a seguirlo cuando Albalat pisó la calle. Cambió de opinión y optó por ir tras este.

Vio como Albalat, con semblante taciturno, caminaba con pasos apresurados hasta llegar a El Buen Yantar, pero se abstuvo de entrar tras él. El motivo de su visita a la posada podía ser tanto para agradecer la ayuda prestada por lo de su hermana Clara, como por orden de Mendoza. Su intuición le dijo que se trataba de esto último. Así que, impaciente, aguardó a que Albalat saliese, lo cual hizo tras varios minutos. Una vez que se hubo alejado lo suficiente, Gonzalo entró en la posada.

La posadera estaba cuchicheando con su hermano, y su rostro no mostraba precisamente tranquilidad. Albalat la había trastornado.

—Doña Esperanza, ¿qué ocurre? ¿Qué quería Albalat? —preguntó acercándose a ellos.

Ella miró a su hermano y después a Gonzalo.

—Creo que podemos confiar en él —dijo Francisco.

—Preguntó por Catalina. Dijo que tenía algo importante que decirle, que se trataba de su seguridad.

—¿Os dijo la razón de ese peligro?

—No.

—¿Y le informasteis de dónde está Catalina?

Esperanza mostró expresión de ofensa.

—Por supuesto que no. No soy tan idiota, señor. Albalat es un tipo poco de fiar. No le daría ni la talla de mis zapatos. Le dije que nos vimos anoche y que no me habló de hacer nada especial para el día siguiente; y que si no la encontró en la tienda, sería porque tendría que hacer algún recado.

—Hicisteis bien. No quiero ni pensar qué harán con vuestra amiga si dan con ella —musitó Gonzalo.

Francisco lo miró con gesto preocupado.

—¿Así que es cierto que doña Catalina corre peligro? ¿Por qué?

—Asuntos del pasado que es mejor no conozcáis.

Esperanza asintió.

—Siempre supe que se escondía de algo, pero yo nunca se lo reproché. Todo el mundo tiene derecho a guardar su intimidad.

—Eso os honra, doña Esperanza. Y también la fidelidad que, a pesar de ello, le demostráis. Por eso deberíais decirme dónde está. Sola no podrá salir de la ciudad y, si se queda, su vida no valdrá ni un doblón. Os aseguro que es así, y lo que quiero es ayudarla —insistió Gonzalo.

La mujer se frotó las manos con aire dudoso. Cierto era que ese joven apuesto y agradable los había ayudado con el asunto de Clara; no obstante, no lo conocían de nada. ¿Y si era él quien deseaba la perdición de Catalina?

—¿Y por qué debemos confiar en vos? —inquirió Francisco.

—O en mí, o en Albalat. Decidid quién os ofrece más crédito, pero rápido. El tiempo corre en su contra.

Esperanza miró a su hermano e hizo un leve movimiento de cabeza.

—Está en la posada La Cueva del Pozo. Permanecerá allí esta noche. Después, piensa abandonar la ciudad al amanecer.

Él alzó las cejas.

—En la calle del Ciervo.

—Gracias.

Dicho esto, salió a toda prisa.

CAPÍTULO 52

Katrina nunca se había sentido tan nerviosa; ni tan siquiera cuando tuvo que huir de Carlos. Ahora no solo era urgente escapar, sino también llevar a cabo lo que la llevó a la ciudad. Debía hacerlo, por muy peligroso que fuese. El sacrificio de la familia merecía el riesgo, aunque la búsqueda resultase infructuosa, de lo cual estaba prácticamente segura. La casa era grande y no tenía la menor idea de por dónde comenzar, ni qué buscar, pues solamente contaba con los datos inconexos de las últimas palabras de un moribundo.

Se llenó la copa de agua, pues tenía la garganta reseca, y la apuró sin respirar. Con un ligero temblor en la mano, la dejó sobre la mesa; luego se levantó y se acercó a la ventana. Aunque el sol estaba ya iniciando su descenso, la calle continuaba muy transitada. Toledo era una ciudad bulliciosa. Los negocios, el arte y formar parte de la ruta que llevaba al sur siempre atraían a mucha gente. Debería aguardar a que fuese noche cerrada, a que la ciudad durmiese.

Los golpes en la puerta, aunque discretos, la hicieron saltar. Se acercó lentamente y en apenas un murmullo, preguntó:

—¿Quién es?

—Abrid. Soy Gonzalo.

Ella permaneció quieta.

—Abrid si queréis seguir viva. ¡Por Dios santo! Abrid de una maldita vez —dijo él en tono más alto.

Katrina giró la llave y él entró, cerrando a toda prisa.

—¿Cómo me habéis encontrado?

—Cuando alguien desea huir, no debe confiar en nadie. Para vuestra fortuna, lo habéis hecho con amigos. De lo contrario, ahora estaríais camino de las mazmorras de la Inquisición. Debemos partir ahora mismo.

Ella lo miró estupefacta.

—¿Qué? No pienso irme hasta mañana y, por supuesto, lo haré sola.

—¡No se puede ser más estúpida! ¿Pero no veis que van tras de vos y que no lograréis nada sin ayuda? Es un hombre del rey y tiene plenos poderes para atraparos. Seguramente hará registrar todos los carruajes que partan de la ciudad. No tenéis escapatoria, a no ser que nos vayamos ya. ¿Lo entendéis?

Katrina se paseó de un lado a otro. Entendía la situación, pero se negaba a partir teniendo tan cerca la posibilidad de recuperar el legado de la familia. Nunca podría regresar. Había hecho una promesa y, si para ello debía poner en riesgo su vida, lo haría.

—No.

Él resopló y la miró enojado.

—¡Pardiez! Pero… ¿qué os ocurre? ¿Tan poco valoráis la vida?

—Por supuesto que deseo vivir, al igual que vos. Pero no puedo irme hasta mañana.

—¿Qué es más importante que salvar el pellejo?

Ella dejó de caminar.

—Os agradezco vuestro interés, pero no me haréis cambiar de opinión. Por favor, marchaos.

—No.

Katrina lo miró con gesto irritado.

—En verdad que sois testarudo. ¿No entendéis que no pienso convertiros en mi compañero de viaje? Ocupaos de vuestros propios asuntos, que, imagino, serán muy complicados.

—Mi asunto ya se arregló. Toda la ciudad de Toledo fue testigo de ello.

—En ese caso, ya nada os retiene aquí.

Él soltó una risa cáustica al tiempo que sus ojos la recorrían de arriba abajo.

—¿De veras lo creéis?

Ella le dio la espalda para que no viese la desazón que la embargó. Desde hacía algunos días, ese entrometido se había aposentado en su cabeza de un modo que jamás le había pasado con Carlos. Era una sensación que no le gustaba. No. Ya se había complicado la vida, y no pensaba hacerlo nunca más. Volvió a mirarlo e, intentando simular firmeza en la voz, dijo:

—Sí. Quitaos esa idea. Vos y yo no tenemos nada en común.

—Os equivocáis. Los dos somos fugitivos de la justicia.

Katrina dibujó una sonrisa.

—Vamos avanzando. Ya sé algo más de vos. Pero la cuestión es que ya es demasiado tarde para hacer confidencias. Mi tiempo es oro en estos momentos, y no puedo perderlo en conversaciones que no llevarán a ningún sitio.

—¡Oh, claro! Preferís lanzaros hacia una carrera que tan solo os llevará al patíbulo. Mirad. Conozco a los hombres como Mendoza. Son como lobos sedientos de sangre y no abandonan nunca la persecución de su presa. Lo sé por propia experiencia. Fuimos bautizados, por supuesto contra nuestra voluntad, para que, después de humillarnos, de robarnos nuestra identidad y de seguir sus normas, nos acusaran de herejes. ¿Y sabéis por qué? Porque mi familia era muy rica; tanto que era un botín demasiado apetecible para Osorio. Suerte que aún nos quedaban algunos amigos y nos dieron aviso, pero no todos pudimos escapar. Mis padres, mis abuelos y mi hermana fueron arrestados. Sufrieron tortura, las peores que podáis imaginar. Amina, mi hermana, no pudo resistirlo y murió. ¿Sabéis cuántos años tenía? Trece. ¡Solamente trece años! —dijo él con los dientes apretados.

—Lo… lo siento. No sabía… —murmuró Katrina.

—Por supuesto que no. Vos no sabéis nada de sufrimiento, ni de atrocidades. Habéis crecido en una tierra libre, donde nadie es perseguido por sus creencias. En cambio, yo he tenido que ver cómo mis seres queridos eran llevados a la hoguera, cómo sus cuerpos eran consumidos por las llamas…

Su voz se quebró. Apretó los puños en un intento de evitar las lágrimas, pero no pudo. Katrina, impactada por su dolor, lo atrajo hacia ella y lo abrazó.

—No debéis pensar en ello. Ya pasó —lo consoló.

Gonzalo enmarcó la cabeza de Katrina entre sus manos.

—Algo así no puede borrarse de la cabeza, jamás. Y no quiero que vuelva a suceder. No quiero, no… no quiero ser testigo de una muerte más, e injusta. Y si os quedáis, no podré salvaros. Tenéis que venir conmigo —dijo con tono desesperado.

Ella era consciente de que necesitaba a alguien que la ayudase, y ahora se daba cuenta de que por fin lo había encontrado. Gonzalo era un ser desarraigado como ella, lleno de rencor y deseoso de venganza. Podía confiar plenamente en él.

—Vine aquí para cumplir con un deber de la familia, y no puedo irme habiendo estado tan cerca.

Él inspiró hondamente.

—Tus antepasados vivían aquí. ¿Por ello mirabas siempre esa casa? ¿Os pertenecía?

—Sí. Junto a mi corazón llevo la llave. Mi familia pertenecía a una larga estirpe de judíos de Toledo. Siempre se dedicaron a la joyería. Sus clientes eran príncipes, reyes y nobles. Cuando el edicto se dictó, decidieron no abandonar su fe y emprendieron el viaje hacia el exilio. Los Albalat, por el contrario, se bautizaron, se quedaron en Toledo y alcanzaron su posición. Osorio se casó con la hermana de mi casero, mientras que su hermano pequeño murió a causa de un robo.

—Me inclino más por la versión que dio Osorio, y más ahora que me has confirmado que no tienen escrúpulos.

—Puede ser. Lo más paradójico es que mi madre estaba prometida a él. Fue muy duro para ella dejar atrás al hombre que amaba, y su tierra. En cuanto a mi abuela, corrió peor suerte, pues perdió la vida. Era tanta su añoranza que, a pesar de la prohibición, se llevó la primera joya que mi abuelo le hizo. La descubrieron y la llevaron presa; nunca más se supo de su suerte. Mi abuelo, aun roto por el dolor, siguió el camino hasta llegar a Flandes. Dentro de tantas desgracias, le quedaba el consuelo de que, al contrario de muchos otros, pudo llegar con bastante dinero. Se establecieron en una pensión que fue pasto de las llamas y lo perdió todo. La salvación fue mi padre. Mi madre, a pesar de no amarlo, se casó con él para sobrevivir, pero murió en el parto. Como ves, sí sé del dolor…, aunque yo no lo haya padecido en mi propia carne, pues la pena de tener que escapar de los brazos de Carlos no puede compararse con lo que ellos pasaron.

—¿Y aún siente dolor tu corazón? —quiso saber él.

¿Sentía dolor? No. Solamente añoranza; la misma que se siente con la pérdida de un buen amigo. En realidad, ahora era consciente de que nunca lo había amado, de que lo que experimentó con Carlos solo fue atracción por el hombre inteligente, divertido y atento. Algo muy distinto a las emociones que le provocaba Gonzalo, cuya sola presencia la aturdió en el mismo instante que se conocieron y ahora…, ahora el corazón le bombeaba aceleradamente al notar su cuerpo pegado al suyo.

—No —confesó.

Él le acarició la mejilla.

—Me alegro. No sabes cuánto —dijo buscando su boca.

Ella intentó no sucumbir, pero fue imposible. Dejó que su boca la saborease con glotonería y correspondió del mismo modo. Gonzalo le provocaba una pasión que jamás sintió con el rey. Notaba cómo su piel ardía, cómo su cuerpo anhelaba más y más…

Pero no era el momento propicio. Apagaría ese fuego cuando todo hubiese terminado. Se separó de él respirando entrecortadamente y dijo:

—No…

—Katrina, es absurdo negar lo evidente. Tus ojos ya me dijeron que esto ocurriría, aun sin tú saberlo.

—En estos momentos mi prioridad es otra.

—¿Qué esperas encontrar en esa casa? En ella solo hay fantasmas, Katrina. Puede que incluso Albalat tirase todas las pertenencias de tu familia.

—No lo creo. Mi abuelo dejó mi herencia oculta, y esta noche es la última oportunidad que tengo para entrar a recuperarla.

Él asintió.

—Está bien. No será difícil teniendo la llave. Lo cogeremos y nos marcharemos a toda prisa.

—Temo que la cosa sea bastante más complicada. No tengo la menor idea de qué puede ser, ni el lugar donde lo guardó. Tan solo sé pistas inconexas…

—Hemos de abandonar la ciudad antes del amanecer o estaremos perdidos.

—Si no doy con ello, prometo que lo haremos.

—En cualquier caso, no podemos ir ahora. Hay que aguardar a que sea noche cerrada. Y se me ocurren un montón de cosas para que la espera no se nos haga tan larga… —dijo él abrazándola de nuevo.

—Gonzalo, no…

—Calla y bésame, mi bella hilandera.

No protestó más. Era absurdo negar lo evidente y se dejó arrastrar por esa fuerza imparable que era el amor. Y esta vez, sí supo lo que era ser devorada por la pasión del hombre que amaba.

CAPÍTULO 53

Tras hacer una visita a la casa de la Inquisición y vigilar la tienda, Mendoza llegó a la conclusión de que la muchacha había huido. Solamente esperaba que Albalat hubiese tenido más suerte que él.

—¿Qué habéis descubierto?

Albalat carraspeó incómodo. Por su experiencia sabía que un tipo como ese no se conformaría con su respuesta. Su situación estaba a punto de tornarse peligrosa. Pero siempre salía airoso de los conflictos, y en este caso no sería distinto.

—La posadera no sabe nada.

—¿No sabe, o no ha querido hablar? —inquirió Mendoza con ojos gélidos.

—Os aseguro que soy perfectamente capaz de discernir cuándo alguien miente. No he llegado a esta situación privilegiada por ser un cándido. Repito que esa mujer está en la inopia.

Mendoza esbozó una sonrisa malévola.

—Por supuesto. Sois hombre de recursos. No podemos olvidar que incluso os librasteis de alguien tan incómodo como vuestro hermano...

Albalat alzó la barbilla con gesto ofendido.

—¿Acaso creéis esa falacia? Fueron acusaciones de un poseído. Mi hermano murió a causa de un delincuente, no lo olvidéis.

—Por favor, Albalat, no me toméis por ingenuo. Todos sabemos de lo que es capaz un hombre cuando ve peligrar su posición o su vida, y la vuestra corría el riesgo de terminar en la hoguera o en la miseria. He procurado informarme. Me han detallado la confesión de vuestro cuñado y, al parecer, vuestro hermano no tenía la menor intención de profesar la fe cristiana, por lo que optasteis por la mejor solución. Y de veras que no os lo recrimino. Todo aquel que es bautizado y continúa judaizando y ejerciendo la herejía no merece otro final. Vos supisteis darle el castigo justo y, de paso, afianzar vuestra seguridad y la de toda la familia. Y he de decir que os salió bien. El sacrificio de un eslabón que hace peligrar la cadena entera es del todo justificable. No os preocupéis, no pienso delataros. Al fin y al cabo, ¿de qué serviría tras el tiempo transcurrido? ¿Verdad?

Albalat asintió. Ni tan siquiera la muerte podría mitigar el remordimiento. El rostro de su hermano sin vida permanecía nítido en su memoria, como un fantasma que le impedía gozar de todos sus logros y que —de eso estaba seguro— continuaría atormentándolo en la otra vida.

—Bien, olvidemos el pasado y centrémonos en el presente. Vos estáis convencido de que esa mujer no sabe nada y yo, de que está al tanto de todo. Así que tenemos que hacerla hablar. ¿Cómo? Existe un método infalible: hasta el más inocente confiesa una culpa que jamás ha cometido.

—Entiendo —musitó Albalat sin poder evitar un estremecimiento.

—Veo que sois inteligente. Ahora, id a la tienda y vigilad por si ella regresa. No lo creo, pero es mejor no perder ningún frente.

Mientras tanto, iré a ver al inquisidor para denunciar a la posadera. En un par de horas estará en el potro dándonos el paradero de esa hilandera.

Clara, horrorizada, salió del lugar donde había permanecido escondida durante la conversación. Miguel era un monstruo, un ser abyecto a quien tan solo le importaba él mismo. Años atrás mató a su querido hermano, pero en esta ocasión no le permitiría salirse con la suya. Entró en el despacho, cogió una de las llaves que Miguel guardaba en un cajón y, poniéndose la capa y sin pensarlo, salió.

Casi a la carrera, tomó las calles que llevaban a El Buen Yantar y, jadeante, entró. Francisco estaba preparando las mesas para la cena de los clientes.

—Francisco, es urgente que… hable con vos y con vuestra hermana. Es cuestión de vida o muerte. ¡Rápido!

Él, al ver su rostro lívido y que habría abandonado el lecho para ir hasta la posada, no dudó un momento de esa afirmación.

—Venid —le pidió.

Entraron en la cocina. La posadera estaba canturreando mientras daba vueltas al cocido.

—Hermana, doña Clara tiene algo importante que decirnos —dijo Francisco.

Esperanza se dio la vuelta, se limpió las manos en el delantal y se arregló un mechón rebelde.

—Señora, es un honor teneros en mi cocina.

—No es momento para formalidades, Esperanza. He venido para advertiros de que mi hermano y un tal Mendoza tienen intención de acusaros ante la Inquisición —les dijo Clara.

La faz de los dos hermanos se demudó.

—¿Por qué? Nosotros no hemos hecho nada —jadeó Francisco.

—Al parecer, sí. No han creído que no sepáis nada de la hilandera y están dispuestos a todo para encontrarla. Ignoro el motivo, pero es la verdad.

—¡Ay, Dios mío! ¿Qué vamos a hacer? —gimió la posadera al borde de un ataque de ansiedad.

—Lo primordial ahora no es pensar, sino escapar cuanto antes y bien lejos.

—Pero... nadie puede dejarlo todo así, tan de repente. Tenemos un negocio, clientes que atender. Mi hermana ha luchado mucho para sacar esto adelante —protestó Francisco.

—Se puede, si con ello le va la vida a uno. ¡Oh, no dudéis más! Apenas os queda tiempo, pueden presentarse en cualquier momento. Coged lo imprescindible y salvad el pellejo. ¡Ya! —los instó Clara.

—Pero... ¿adónde iremos? —musitó Esperanza sumida en el desconcierto. No entendía qué estaba pasando. ¿Qué podía haber hecho Catalina para que la Inquisición quisiese torturarlos?

—Mi familia tiene una casa en la calle Taller del Moro; la que tiene las celosías trabajadas en forma de racimos de uva. Es el último lugar donde os buscarían. Tomad la llave. No encendáis luces y permaneced allí hasta recibir noticias mías. Por nada del mundo debéis salir de la casa. Me encargaré de organizar vuestra salida de la ciudad.

Francisco cogió la llave.

—¿Por qué hacéis esto?

—Os debo la vida. Además, no puedo secundar en esto a mi hermano. Sencillamente, no puedo —musitó reflejando un gran dolor.

—¿Y si descubre que nos habéis ayudado?

—No tendrá tiempo. También pienso irme de la ciudad. No soporto más estar aquí. Pero dejemos mis asuntos. Lo urgente ahora sois vosotros.

—Pero… mis ahorros. Están en el banco…

—Doña Esperanza, olvidad eso. Yo os ayudaré en todo, ¿de acuerdo?

Aturdidos, Esperanza y Francisco se apresuraron a recoger lo imprescindible: algo de ropa, dinero y comida.

—Recordad que por nada del mundo debéis abandonar el escondite hasta que yo os lo indique. Tened mucho cuidado.

—Gracias, doña Clara.

—No me las deis aún. Nos volveremos a ver.

El recorrido hasta la casa les pareció eterno. Se sentían aterrorizados y no dejaban de lanzar miradas furtivas, esperando que un grupo de soldados se abalanzase sobre ellos para llevarlos a las mazmorras más temidas de la ciudad. Por suerte, llegaron ante la casa sin contratiempos. La oscuridad se estaba acercando y la calle estaba poco transitada; aun así, aguardaron a que quedase totalmente vacía para abrir la puerta. Entraron precipitadamente, y solo cuando cerraron la puerta tras ellos se permitieron respirar con alivio.

—No entiendo nada. Nada —se lamentó Esperanza dejándose caer en el banco de piedra junto al jardín abandonado.

Su hermano se sentó junto a ella.

—Es bien fácil. Catalina oculta algo y ellos desean saberlo. ¿El qué? Es un misterio que, lamentablemente, no podremos resolver. Lo único cierto es que no le ha importado ponerte en peligro.

Esperanza lo miró con reproche.

—¿Por qué la acusas sin tener pruebas? Catalina siempre ha demostrado ser una joven decente, cristiana y afectuosa conmigo. Bien sabes que los motivos de la Inquisición nunca son altruistas. ¿Cuántas veces se ha ajusticiado a inocentes para arrebatarles sus riquezas? Sin ir más lejos, en estos momentos nos están inculpando de algo que no es cierto.

—¿Ah, no? Sabes dónde está Catalina —le recordó su hermano mirándola ceñudo.

—Y, por lo que he dicho antes, no me dio la gana de decírselo a Albalat. Y como ves, hice bien. Dudo mucho que Catalina sea un peligro para la cristiandad o la sociedad. Pero dejemos de discutir y entremos...

CAPÍTULO 54

Cuando la guardia de la Inquisición llegó ante la posada, les sorprendió el tremendo revuelo que se había formado y el humo que salía del edificio. Decenas de personas, unas iracundas y otras sumidas en la curiosidad, ocupaban parte de la calle entorpeciendo los carruajes o a los viandantes, quienes, al ver la situación, se unían al gentío.

El capitán se abrió paso a empujones y, plantándose ante la multitud, gritó:

—¡¿Qué diantre ocurre aquí?! Tú, cuenta.

El hombre, de aspecto menudo y envejecido prematuramente, carraspeó intimidado y contestó:

—No lo sé, señor. Yo pasaba por aquí y...

El capitán señaló a otro.

—Soy arriero y me dedico al transporte de encargos, principalmente de los estudiantes de la universidad. Hoy me he hospedado en la pensión, como suelo hacer todas las noches antes de partir. Estábamos a punto de cenar cuando el humo, que provenía de la cocina, comenzó a extenderse. Al parecer, la posadera dejó la olla en el fuego más de lo prudente y la sopa se quemó. Por suerte, no hay fuego, sino...

—¿Y la posadera?

—No lo sé, general.

—Capitán, ¿alguien la ha visto?

Nadie contestó.

—¿Nadie? —insistió el militar.

—Cuando salimos a toda prisa, ella no estaba entre nosotros. Puede que saliese antes y por ello se dejó la comida en el fuego, o que siga dentro —sugirió otro de los huéspedes.

El enviado de la Inquisición soltó un reniego y, con gesto adusto, ordenó a los hombres que registrasen la posada, al tiempo que pedía a los curiosos que se dispersasen bajo amenaza de ser detenidos. Nadie desobedeció. La gran mayoría conocía el oficio del capitán, por lo que, en apenas unos minutos, allí solo quedaron los implicados en el suceso.

—Señor, nada. La casa está vacía.

Su superior apretó los dientes. Al inquisidor no iba a gustarle en absoluto que llegase con las manos vacías.

—¿Qué? ¿Cómo es posible? —masculló Mendoza.

—Puede que le diesen aviso —sugirió el capitán.

—¡No seáis absurdo! Era un asunto restringido.

—Es la única explicación posible, señor Mendoza. Solamente lo sabíais dos personas, e imagino que no habréis sido vos —dijo el inquisidor.

Mendoza arrugó la frente. ¿Sería plausible que Albalat lo hubiese traicionado? ¿Y por qué? No tenía lógica alguna. Había demostrado que no le importaba procurarle mal a cualquiera si con ello obtenía beneficios, y esa gente no le reportaba ninguno... A no ser que, en esta ocasión, su beneficio fuese salvar a esa hilandera; al fin y al cabo, estuvo enamorado de su madre. Un caso de sentimentalismo. De ser así, pagaría muy cara esa debilidad. Nadie se reía de él. Absolutamente nadie.

—Puede que tengáis razón —murmuró.

—No dudéis, amigo mío. Albalat es un converso, después de todo. Era cuestión de tiempo que cometiese una felonía digna de su raza. Incluso estoy por creer que la acusación hacia Osorio era falsa.

—Lo más seguro, aunque seguía siendo un mal hombre. No tenéis que tener cargo de conciencia.

—Purgó sus pecados —dijo el inquisidor.

Mendoza entrecerró los ojos y aseguró:

—Y Albalat su traición. ¿Me prestáis dos soldados?

—Tomad todo lo que necesitéis. Este asunto es muy grave. No podemos permitir que esa hereje ponga en peligro nuestra fe.

Mendoza abandonó la sede de la Santa Inquisición y se encaminó a casa de Albalat. Una vez allí, procuró que los soldados aguardasen sin ser vistos y llamó. La entrada no fue cuestionada, ya que el dueño había dado orden de que si se presentaba lo dejaran pasar.

—Por favor, acomodaos.

—No, gracias.

Albalat percibió en su voz un tono que le inspiró desconfianza y todos sus sentidos se pusieron alerta.

—Comprendo. Vuestras ocupaciones no os permiten relajaros.

—Así es. Cada paso que doy me lleva a un nuevo conflicto.

—¿Acaso no han confesado?

—Difícil está, teniendo en cuenta que han tomado las de Villadiego. ¿Vos no sabréis nada al respecto?

Albalat dio un respingo.

—¿Por qué debería? Estoy tan interesado como vos en este asunto. Nunca se presenta una oportunidad tan magnífica para ser recompensado por la Corona. ¿A cuento de qué pondría en peligro tal beneficio?

—Sé que siempre habéis obrado en propio interés, y por eso mismo, dudo de vuestra honradez en esta cuestión. La muchacha es hija de la mujer que amasteis, y puede que un absurdo sentimiento de conmiseración os llevase a darle aviso del peligro que corría.

Albalat soltó una risa cáustica.

—¿No hablaréis en serio?

El rostro de Mendoza agudizó su dureza.

—Totalmente. Don Miguel, soy hombre avezado y pocas veces dejo que me tomen el pelo. Y en esta ocasión, me da el pálpito de que estáis intentándolo. La posadera abandonó precipitadamente su casa, con tanta prisa que por poco provoca un incendio, lo cual me lleva a pensar que alguien la alertó. Y como solamente estábamos al tanto de nuestras intenciones vos y yo...

—¿Qué? No. Yo no os he traicionado. No soy tan... idiota —jadeó Albalat.

—Entonces, ¿quién? Dos y dos suman cuatro. No hay otra posibilidad, amigo mío.

Albalat pensó con celeridad. Ese hombre lo creía culpable y tenía que demostrar su error como fuese.

—En esta casa no estamos solos. Los criados pueden haber escuchado. Es la posibilidad más lógica, ¿no os parece?

Mendoza frunció la frente y asintió.

—Tal vez, aunque no veo motivo para que se inmiscuyesen. Pero tenéis razón, no hay que descartar posibilidades. Traedlos para que los interrogue.

Albalat ordenó la presencia del servicio. Uno a uno, Mendoza los interrogó, y cada uno de ellos dio una respuesta que no favorecía en absoluto a su señor.

—¡Alguno miente! ¡Deberíais llevarlos al potro para obligarlos a decir la verdad, en lugar de insultarme! —exclamó este con el rostro encendido.

—¿Qué escándalo es este? —preguntó doña Clara entrando en el salón.

Mendoza miró a la mujer. Su rostro aún presentaba las señales a causa de la paliza que le propinó su esposo y sus pasos seguían siendo un tanto indecisos. Tenía entendido que faltó muy poco para que ese animal le quebrase la pierna. Aun así, su belleza era notable.

—Señora, lamento este alboroto, no era mi intención perturbar vuestra convalecencia.

—Pues lo habéis logrado, señor…

—Mendoza, a su servicio.

—Bien, señor Mendoza. No sé qué querréis de mi hermano, pero al parecer no es nada agradable, por lo sulfurado que está. ¿Podríais contarme el motivo de vuestra presencia en esta casa? —inquirió ella con tono nada cordial.

—Cómo no. Vuestro hermano y yo tenemos un asunto entre manos de relevancia nacional, y por el momento, se ha echado a perder porque creo que se ha ido de la lengua…, a no ser que nuestra conversación privada fuese escuchada por otros.

—¿Estoy incluida en ese apartado?

—¿Estabais en la casa hace unas horas?

—No me he movido de aquí desde… desde lo que me pasó. Es la primera vez que me levanto del lecho en el día.

—Siendo así, estáis descartada como sospechosa.

—Lo mismo que mi hermano, señor. Es un hombre honorable y jamás incumple la palabra dada. Si os prometió discreción, la ha cumplido —replicó Clara con tono acerado.

Mendoza encarriló sus ojos de carbón hacia el servicio. Ninguno pudo evitar estremecerse. Culpable o no, nadie que se enfrentase a un hombre amigo de los inquisidores se sentía a salvo.

—Pues quedan vuestros empleados.

—¡Yo no he hecho nada! —gritó la cocinera.

—¡Ni yo! —aseguró el mayordomo.

Las sirvientas, muertas de miedo, emitieron las mismas protestas.

—Si vuestra acusación es que salieron para contar lo que aquí se habló, soy testigo de que no lo hicieron. Edelmira, la cocinera, estaba junto a Mercedes preparando la cena. Higinia, mi doncella personal, estaba junto a mi lecho. ¿No es así, Higinia?

—Sí, señora —afirmó la anciana, a pesar de ser mentira. No sería ella quien la desmintiese. Primero porque jamás debía contradecirse a los señores y segundo, porque ese tipo no le agradaba en absoluto. Estaba empecinado en sacar de esa casa a un culpable para llevarlo a la cárcel y, por supuesto, no sería a su ama. Si mintió, por algo sería. Siempre se había caracterizado por su sensatez.

—¿Y tú? —preguntó Mendoza señalando con el dedo a la jovencita que temblaba como una hoja.

—Eustaquio y yo estábamos… arreglando la plata. El señor puede confirmarlo, pues la sopera se nos cayó al… suelo y salió de su despacho para pedirnos que tuviésemos más cuidado.

—Como veis, nadie abandonó la casa, señor —repitió Clara.

—Según decís, eso parece. Sin embargo, tengo algo que puntualizar. Vuestro hermano sí abandonó esta casa tras conversar conmigo.

—Es cierto, señora. Tras el incidente el señor salió —aclaró Eustaquio.

—Vos mismo me pedisteis que lo hiciese. ¿No es así? ¿A qué viene ahora esta actitud tan desconfiada y agresiva hacia mi persona? Me he limitado a seguir vuestras órdenes y, como os dije, no saqué nada en limpio de esa posadera. Además, he dejado bien claro que con traicionaros solamente conseguiría mi perdición, y no soy hombre que se arriesgue a ello —masculló Albalat.

—Y yo también os he dado mis deducciones.

—¡Por el amor de Dios! Su madre no significó nada para mí y su hija, menos.

Mendoza hizo oscilar la cabeza de un lado a otro.

—Yo lo único que sé es que alguien los puso sobre aviso y ahora les he perdido la pista, cosa que supone un gran contratiempo para mi trabajo. Y, lamentablemente, visto lo visto y escuchado, no me queda más remedio que deducir que vos sois el culpable.

—¡No! —bramó Albalat.

—Mi hermano ha demostrado a lo largo de su vida que ha sido fiel a la Corona y a la Iglesia. Hoy mismo ha presenciado la ejecución de un hombre al que, a pesar de pertenecer a la familia, no dudó en denunciar por sus actitudes herejes y salvajes. ¿Y ahora os atrevéis a asegurar, sin pruebas, que es culpable de traición? Señor, esto es intolerable —protestó Clara.

—Si como decís es inocente, no le importará acompañarme.

—No voy a ir con vos a ningún lado. Todos sabemos cómo se arrancan las confesiones, aun siendo falsas, a los detenidos —se negó Albalat.

—A quien confía en su verdad, nada puede hacerle mentir. Muchos detenidos íntegros no fueron acusados y regresaron a sus casas. Si habéis dicho la verdad, este episodio podréis contarlo como una anécdota.

El rostro del acusado se demudó. Si Mendoza estaba dispuesto a llevárselo, nada podría impedirlo. Y no podía permitirlo. Sabía que no resistiría la tortura y que terminaría como muchos otros, en la hoguera o desposeído de todo su patrimonio y exiliado.

—¿Puedo coger la capa?

Mendoza alzó la mano y ordenó a una de las sirvientas que cumpliese su deseo, lo cual frustró el plan de escapatoria de Albalat.

—¿Nos vamos?

—Pensadlo bien. No tengo motivos para cometer esa felonía que erróneamente me adjudicáis —dijo Albalat en un último intento de hacerlo entrar en razón.

Clara, cojeando, se acercó a su hermano y le posó la mano sobre el hombro con gesto protector.

—Miguel, si pones trabas, será peor. Ve con él y aclaralo. Eres un hombre notable de la ciudad; seguro que tras declarar comprobarán que ha sido un terrible error.

—Pero…

—Ve. La verdad, como el aceite, siempre flota en el agua. Uno no debe temer si tiene el corazón limpio de culpa.

—Yo no lo habría expresado mejor, señora —dijo Mendoza.

Apoyó la mano en el brazo de Albalat, indicándole que era hora de irse, y caminaron hacia la puerta seguidos por Clara. Al abrir, vieron a los dos soldados.

—¿Es necesario? —gimió el detenido al ver cómo la segunda oportunidad de fugarse se le escapaba.

—Tened un poco de cortesía, señor. Mi hermano es un hombre respetado y, si lo ven de esta guisa, aunque sea inocente, los rumores se desatarán —pidió Clara.

Mendoza levantó la mano y los soldados dieron unos pasos hacia atrás.

—Nos seguirán discretamente.

Clara asintió para dar confianza a su hermano, lo cual no surtió efecto. Miguel había empalidecido y daba la impresión de que podía desvanecerse en cualquier momento. Se quedó allí, mirando cómo se alejaban, y, tras desaparecer al doblar la esquina, entró y cerró la puerta.

Debería sentirse culpable. Era su hermano, sangre de su sangre, y, en cambio, su corazón permanecía frío e indiferente. No podía lamentarse por la suerte de Miguel. Años atrás cometió un crimen que quedó impune, y había llegado la hora de que pagase.

CAPÍTULO 55

No entendía por qué ponían su inocencia en tela de juicio. Era un hombre notable de Toledo, él no había hecho nada. No sería de justicia ser condenado por un acto que le era ajeno.

—Señor Albalat, los hechos están en vuestra contra —le dijo el inquisidor Lucas Montesdeoca.

—¿Qué hechos? Es una palabra contra la otra.

Los ojos grises, sin vida, del inquisidor lo fulminaron.

—¿Decís que el señor Mendoza, hombre del rey, miente?

—Nada más lejos de mi intención. Solamente digo que se me está imputando un acto que no he cometido. Padre, siempre me he comportado como un súbdito leal a la Corona. Todas mis acciones han sido para favorecerla.

—¿Olvidáis que llevo en la Santa Inquisición desde mucho antes de que nacierais? Sé todo de vos. Y cuando digo todo, es todo.

Albalat sacó el pañuelo de la manga y se secó el copioso sudor que le cubría la frente.

—En ese caso, estaréis al tanto de que soy un buen ciudadano. Nunca he faltado a los servicios del domingo de mi parroquia. He dado sumas sustanciosas para el arreglo de la iglesia y también para que la obra hacia los pobres pueda sustentarse. Preguntad a los notables y os dirán que soy un hombre honrado y que se compromete con las causas del reino.

—Y si sacáis algo para vuestro provecho…

—Favor con favor se paga, ¿no es cierto? Pero ello no significa que sea un traidor. Tenéis que creerme. Yo no he puesto en aviso a nadie. Me limité a seguir las órdenes de Mendoza. Fui a esa posada, no saqué nada en claro y así se lo comuniqué a él, para que actuase como creyese más oportuno. Además, ¿por qué, según vos, siendo un hombre ambicioso, pondría en peligro mi vida? Yo no conocía a esa gente.

—Tengo entendido que la posadera estuvo en vuestro despacho —le recordó el inquisidor.

—Acompañó a la hilandera para sellar el contrato. Una transacción que no hice yo; fue mi padre quien alquiló la tienda. Os aseguro que si hubiese sabido quién era ella, la habría denunciado sin dudar.

Montesdeoca alzó las cejas.

—¿Me estáis diciendo que ignorabais el origen de la cortesana del rey?

—¡Cómo iba a saberlo! Ellos se fueron hace veinticinco años y esa muchacha no se parece en nada a su madre. ¿Cómo iba a suponer que alguien de cabellos dorados, ojos como la hierba fresca y asidua a la iglesia era una perra judía? Y si mi padre la hubiese reconocido, lo hubiese dicho. Nos engañó, como a todos —replicó Albalat.

—Es posible —musitó el sacerdote.

—¿Por qué os es tan difícil de creer? Vuestras acusaciones carecen de toda lógica. ¿Qué sacaría yo poniéndome en contra de la Corona? —se exasperó Albalat.

—Lo que unos pocos saben…

El detenido soltó una risa cargada de escepticismo.

—¡No seáis iluso, padre! Eso son cuentos de niños.

—En ese caso, decidme la razón por la que comprasteis la casa de Efraím.

Albalat se removió inquieto.

—Por supuesto, no lo hicimos para ayudar a un amigo, pues, desde el momento que no aceptó la verdadera fe, se convirtió en nuestro enemigo. Pero ya sabéis cómo van estas cosas. Al principio, como todos los de mi antigua comunidad, creíamos en esa leyenda de que estaban en posesión del objeto, y vimos la oportunidad de poder encontrarlo. Lo cierto es que removimos aquella casa de arriba abajo y nos quedamos con las manos vacías, os lo aseguro. Todo era un puro cuento. Y por eso mismo, es absurdo que ahora me acuséis de haber ayudado a esa hilandera para favorecerme personalmente. No existe motivo alguno para que me imputéis. Soy libre de pecado.

—No hablemos de pecados, amigo Albalat. Nadie se salva de cometerlos; está arraigado en nuestra alma desde el momento de venir al mundo. Por esa causa, nosotros, hombres de Dios, estamos obligados a purificarla. Y vos, como converso, sois más débil ante las tentaciones.

Albalat volvió a enjugarse el sudor con gesto atemorizado.

—Mi fe es inquebrantable. Jamás cometería actos de herejía. ¡Jamás!

—Torres más altas han caído; vuestro cuñado, sin ir más lejos. Cristiano desde la cuna y ya habéis visto cómo ha terminado. El diablo no hace distinciones a la hora de tentar.

—Insisto en que no tenía motivos para traicionar a nadie ni para beneficiarme.

—No está claro. Puede que descubrieseis que la leyenda era cierta y por ello os aliasteis con esa concubina del demonio.

—¡No! —gritó Albalat.

Montesdeoca inclinó el torso, apoyó las manos bajo la barbilla y lo escrutó con ojos gélidos.

—¿Por qué sois tan tozudo? Decid la verdad y os prometo que se os tratará con justicia.

—¡La estoy diciendo! No alerté a nadie. ¿Por qué tuve que ser yo? En la casa había más gente. Cualquiera de los criados pudo hacerlo —se desesperó el acusado.

—Vuestra hermana testificó que nadie había salido. ¿Acaso miente?

—Ella... está pasando por una experiencia muy dura. Acaba de perder al marido y de una forma que nadie desea. Se ha sentido muy humillada y ya sabéis cómo son las mujeres... Son seres simples, incapaces de razonar. Seguramente no estaba con sus cinco sentidos. Lo único que hace desde hace horas es llorar y guardar cama. No podía estar al tanto de los movimientos del servicio. Lo que tendríais que hacer es interrogarlos uno a uno, al igual que lo estáis haciendo con un hombre destacado de la ciudad.

El inquisidor se levantó y caminó hacia la puerta.

—Desde luego, no hemos descartado esa posibilidad. Todo se andará. Pero lo primero es lo primero. Ahora estamos intentando discernir si nos estáis diciendo la verdad... No, no protestéis de nuevo. Conozco vuestras alegaciones y no nos convencen. Os daremos tiempo para que meditéis. Lamentablemente, tengo otra urgencia que debo atender y debo dejaros. El hermano Eustaquio os acompañará a otra habitación —dijo. Abrió. Otro sacerdote, cuyo aspecto no era más tranquilizador que el de Montesdeoca, los aguardaba.

—Estáis cometiendo un grave error —susurró Albalat con un nudo en el estómago. Sabía cómo eran tratados los reos. Con todo, él no era un preso común; no se atreverían, sin tener pruebas, a tratarlo como a los demás.

Pero cuando entró en la sala, sus esperanzas se vinieron abajo. Era la sala de torturas. Y no estaba solo. Dos desgraciados estaban siendo torturados sin la menor piedad. El joven, colgado de una cuerda, pataleaba con desesperación intentando que el torturador no acercase su cuerpo a la cuna de Judas, mientras una anciana, desvanecida, estaba sentada en la silla de pinchos. Su cuerpo desnudo presentaba orificios inyectados en sangre.

—Esto es... un terrible error. No he hecho... nada —jadeó Albalat.

—En ese caso, no debéis preocuparos.

El alarido del desgraciado que fue sentado sobre el instrumento de tortura que se le introdujo en el ano le heló la sangre.

—Es la consecuencia de ir contra la naturaleza que nos dio Nuestro Señor. Por favor, sentaos —dijo el inquisidor.

Albalat obedeció, medio en trance, como si todo aquello lo estuviese viviendo otra persona; pero las manipulaciones de dos sacerdotes junto a su cuello lo devolvieron a la realidad.

—¿Qué...? ¿Qué hacéis? —jadeó al ver que iban a colocarle la horquilla.

Cerraron el aro de hierro en torno a su cuello y le colocaron la barra terminada en púas bajo la barbilla, de forma que su cuello quedó tensado hacia atrás. Un solo movimiento brusco y uno podía terminar con los pinchos incrustados en la garganta.

—No temáis. Esto será un mero trámite si os decidís a confesar la verdad —le dijo el más anciano apretando las tuercas.

Albalat intentó decir algo. Desistió. La tensión no estaba al máximo y ya notaba las puntas de las horquillas arañándole la piel.

—Os dejaré para que meditéis —dijo el padre Eustaquio.

Albalat, impotente, vio cómo se iba. Sus ojos desorbitados se clavaron en el otro torturador, que echaba un cubo de agua a la mujer. Esta recobró el conocimiento. Para su desgracia, pensó. El verdugo, con la maldad reflejada en sus ojos de carbón, posó la mano sobre su pecho y la empujó contra el respaldo. El aullido fue espantoso.

—Confiesa, mujer. Di que has traicionado la ley de Dios para adorar a Alá —le exigió el inquisidor.

La acusada musitó algo ininteligible.

—¿Cómo dices?

—Sí...

El cura hinchó el pecho con satisfacción. Alzó la mano y su testaferro sacó a la mujer de la silla.

—¿Lo ves? Siempre es mejor decir la verdad desde un principio. Nos hubiésemos ahorrado tantas molestias desagradables. Llevadla a la mazmorra —dijo. Se dirigió al otro reo y le preguntó—: ¿Confiesas tú también?

El muchacho negó con la cabeza. El cura movió la suya en señal de desaprobación. El torturador lo bajó y trasladó su cuerpo destrozado al potro. Fue atado y la rueda giró. Albalat pudo oír claramente cómo el hueso crujía. El alarido también quebró la fortaleza de Albalat. Alzó la mano para llamar la atención del inquisidor. Este acudió.

—¿Queréis confesar?

Albalat musitó una afirmación. El sacerdote salió de la sala de torturas y en apenas unos minutos llegó acompañado de Montesdeoca y Mendoza. Le quitaron la horquilla.

—Me contenta que no tengamos que ir más allá para haceros proclamar la verdad —dijo este.

—Hablad —le exigió Mendoza.

—Confieso que mi primera intención fue esconder la situación de Catalina, pero no para apoderarme de su secreto. Desde el momento que la vi quedé prendado y pensé que si le ofrecía mi protección conseguiría cumplir mi deseo. Pero no fue posible, pues, como he dicho cientos de veces, ignoro dónde está.

—¿Volvemos a las andadas? —masculló Mendoza.

—Confieso que soy culpable del pecado de lujuria. No de traición. ¡Lo juro por Jesucristo! Si tuviese idea de dónde pudiese esconderse, os lo diría —exclamó Albalat.

Mendoza, finalmente, llegó a la conclusión de que decía la verdad. Para un hombre como él, acostumbrado a las comodidades, a que nadie se interpusiese en su camino y mucho menos a sufrir daños físicos, el mero hecho de haber estado en la horquilla bajo amenaza de torturas terribles bastaba para que no se arriesgase a mentir. Cruzó las manos tras la espalda y comenzó a caminar. Sin alzar la mirada, dijo:

—Sabemos que no ha salido de la ciudad, por lo que está oculta en algún lado. ¿Se os ocurre adónde puede haber ido?

—Que yo sepa, únicamente se relacionaba con esa posadera y, en cuanto a sus familiares, es imposible que la hayan acogido. No queda ninguno en Toledo. Todos se fueron cuando la expulsión.

—Y cada uno de ellos se llevó la llave de su casa consigo, por si alguna vez regresaban. ¡Ilusos! —comentó Montesdeoca.

Mendoza alzó la cabeza. Su expresión dejó en suspenso a los otros.

—Eso es. Puede que esté en la antigua casa de su abuelo.

—Suponiendo que esté vacía —puntualizó el inquisidor.

—Lo está —le comunicó Albalat.

—¿Cómo lo sabéis?

—Porque es mía. La he alquilado, pero no la habitarán hasta la semana que viene. Ahora recuerdo que me preguntó si podía cambiar el taller por la casa.

—¿Y por qué razón ha preferido ocultarse en lugar de irse bien lejos cuando tenía ocasión? —se extrañó el sacerdote.

—Puede que para recuperar el objeto. Yo no lo encontré, pero quizás ella sepa el escondrijo —sugirió Albalat.

—Una idea excelente. Al final, habéis sido de gran ayuda.

—Os dije que siempre estoy dispuesto a servir a la Corona —dijo Albalat aliviado.

—Lamentablemente, en esta ocasión ha sido demasiado tarde. Llevadlo a la celda.

Los ojos de Albalat casi se salieron de las órbitas.

—No me miréis así. Comprended que sabéis demasiado y en este asunto, cuantos menos estén inmiscuidos, mejor. No queremos competencia ni nadie que se vaya de la lengua. Además, es hora de que paguéis todas las tropelías que habéis cometido a lo largo de vuestra vida. Tarde o temprano, como dice la Biblia, el castigo llega.

—¡No hablaré! ¡Lo prometo!

—Desde luego que no lo haréis; no si pasáis el resto de vuestros días solo en una mazmorra. ¡Lleváoslo de aquí!

CAPÍTULO 56

Katrina se acercó a la ventana. La ciudad dormía, al igual que Gonzalo. Su rostro mostraba placidez. No era de extrañar. Había saciado su sed de venganza y ahora, su lujuria.

Ella, por el contrario, se sumergió aún más en el mar de la duda. Siempre pensó que su relación con Carlos le descubrió lo que era realmente el placer y ahora, había comprobado que aquello no fue más que una mera pincelada. Gonzalo la guio por una senda donde cada recodo, cada nueva bifurcación, la llevaron a un goce exquisito. Y, temerosa, se dijo que la experiencia no fue tan solo carnal, que el corazón estaba implicado. Era una situación nada deseable. Su vida era demasiado complicada para llevar el lastre del amor. Lo que debería hacer era irse de ese cuarto y escapar del pasado, pero, sobre todo, del presente, de ese hombre tan peligroso que le había robado la voluntad.

—¿Me dirás la razón de esa cara tan seria? —le preguntó él desde la cama.

Katrina se giró.

—Ha llegado el momento y estoy temerosa. Algo me dice que tendremos problemas.

Gonzalo se levantó, se cubrió con la camisa y se acercó a ella. La tomó del mentón y sonrió.

—Menos mal. Por un momento he llegado a pensar que te había decepcionado y que no soy tan habilidoso como dicen.

—¿Siempre te tomas las cosas a la ligera? —le recriminó ella.

—Mírame bien. ¿Me ves alterado o miedoso? No. Sencillamente, porque todo saldrá bien. Entraremos en la casa, cogeremos esa fabulosa herencia y nos largaremos bien lejos. ¿De acuerdo? Ahora terminemos de vestirnos.

Una vez arreglados, abandonaron la pensión. La soledad y el silencio fue lo único que hallaron a su paso. Aun así, no bajaron la guardia: los sabuesos de Castilla jamás dormían, tan solo dormitaban dispuestos a saltar en cualquier momento sobre su presa.

Dejaron atrás el antiguo zoco árabe del barrio de Assuica y se adentraron por la calle del Mármol, junto al monasterio de San Juan de los Reyes, sin cruzarse con nadie. Continuaron hasta alcanzar la calle de Santa Ana, en donde se encontraba una de las sinagogas más importantes para el pueblo judío, la Sinagoga Mayor, que fue construida en el año 1260 con un permiso especial del rey Alfonso X. Tras el fanatismo de un tal Vicente Ferrer que predicaba contra el pueblo hebreo, el edificio fue convertido en iglesia cristiana de nombre Santa María la Blanca.

El sonido de unos pasos les dejó helados. Gonzalo la tomó de la mano y la arrastró hasta la entrada del callejón de los Jacintos —que, según decía una leyenda, vio los amores entre un cristiano y una judía, que terminaron en tragedia—, justo antes de que una pareja de soldados se topase con ellos. Aguardaron a que se alejasen para abandonar el escondite, sin dejar de mirar de un lado hacia otro, sintiendo cómo el corazón les latía desbocado.

Con pasos cautos pero ligeros continuaron avanzando hacia su destino. Llegaron a la calle del Horno, cerca del arrabal más grande de los judíos que existió en Toledo y de la sinagoga del Tránsito. Gonzalo no pudo evitar el recuerdo de que, siendo un niño, todos los jueves por la tarde acudía a los baños de la casa de los descendientes de Samuel Ha-Leví. No se trataba de ningún acto religioso —su familia, contrariamente a la acusación, jamás traicionó la nueva fe que abrazaron—, sino de una simple costumbre. Los baños eran el mejor lugar para las relaciones sociales.

Instintivamente sacudió la cabeza. No era momento para sentimentalismos. Encarriló sus pasos hacia la plaza del Conde, situada en la parte trasera de la iglesia de Santo Tomé. Por segunda vez, el ruido de pisadas los alertó e hizo que pegaran sus cuerpos a la pared de la iglesia, quedando sumergidos en la oscuridad. Otros dos soldados pasaron ante ellos. Ya lejos, volvieron a caminar. Doblaron la esquina y alcanzaron su destino, la calle Taller del Moro.

La casa estaba a oscuras. Ninguna luz traspasaba sus ventanas.

Katrina tragó saliva mirando fijamente la puerta.

—¿Vamos? —susurró Gonzalo.

Ella aferró la llave con fuerza en la mano.

—¿Y si ya no funciona?

—De un modo u otro, entraremos —aseguró Gonzalo.

Ella inspiró y, sin aguardar un segundo más, introdujo la llave en la cerradura: encajó a la perfección. Ahora tan solo faltaba ver si abría. Dio una vuelta y el sonido apenas audible del engranaje la llenó de alegría. Una vuelta más y la barrera que la separaba de su afán más desesperado cayó.

—¡Bien! —exclamó Gonzalo.

Katrina volvió a colgarse la llave al cuello y empujaron la hoja de madera con cuidado. Un quejido sordo se elevó en el silencio. Conteniendo el aliento, miraron a su alrededor. Nadie. Entraron precipitadamente, cerrando tras ellos.

Las nubes que habían ocultado la luna de pronto se dispersaron y ante ellos apareció un pequeño jardín, ahora lleno de hierbajos debido al inexistente cuidado.

Katrina no pudo evitar que se le hiciese un nudo en la garganta. Casi veinticinco años atrás, sus antepasados pisaron ese suelo por última vez, sabiendo que jamás ninguno de sus descendientes podría volver a pisarlo. Y allí estaba ella, desafiando a todos, dispuesta a recuperar la herencia familiar. No tenía la menor idea de cómo, pero no se daría por vencida. Hasta el último minuto lo intentaría.

El quejido de Gonzalo rompió el hechizo. Se giró atemorizada y vio cómo un objeto brillante avanzaba hacia su cabeza. Pero cuando iba a golpearla, la voz de una mujer lo impidió.

—¡No! Es Catalina. Pero ¿qué estás haciendo aquí?

Katrina miró perpleja a Esperanza y a su hermano, que apartaba la improvisada arma de defensa.

—Es una larga historia —respondió inclinándose junto a Gonzalo, quien ya se incorporaba frotándose la cabeza.

—¡Voto a Dios! ¿A qué ha venido eso? Estamos de vuestra parte —masculló mirando a Francisco con reproche.

—Lo siento. Pensábamos que eran ellos.

—¿Quiénes?

—No podemos quedarnos aquí. Es peligroso. Vayamos dentro —instó Esperanza.

Las sensaciones que invadieron a Katrina al adentrarse en ese santuario de recuerdos para su querido abuelo la obligaron a respirar con dificultad. Apenas podía verse nada, pero sabía exactamente dónde se encontraba debido a las incontables veces que Efraím le explicó cómo era cada rincón de la casa. Estaban en el vestíbulo. Recreó en su mente cada objeto, cada mueble, sabiendo que ya no quedaría nada de eso. De repente, un halo de luz comenzó a disolver las sombras.

—¡Es peligroso! —protestó Gonzalo.

—Hay postigos en las ventanas —dijo Francisco.

Katrina miró a su alrededor con incredulidad. Los Albalat no habían tocado nada. El enorme jarrón de porcelana, las sillas tapizadas con seda granate y la pintura que evocaba una costa agreste junto al mar; un mar que nadie de la familia había visto hasta el momento que tuvieron que embarcar hacia Flandes.

—Es mejor que bajemos al sótano —sugirió Francisco.

Katrina caminó delante de él. Cruzó el zaguán y avanzó hacia el final del corredor, luego tomó el pasillo de su izquierda y abrió la tercera puerta.

—Pero… ¿cómo sabes el camino? —inquirió Esperanza.

—Como he dicho, es una historia muy antigua —respondió bajando la escalera.

Los demás la siguieron. Una vez abajo, se sentaron sobre unas cajas. Ella no dijo nada, la posadera la miró impaciente. Era absurdo seguir callando. La situación había cambiado por completo: había sido descubierta y dentro de unas horas debería abandonar la ciudad para siempre. Suspiró y dijo:

—Mi verdadero nombre no es Catalina von Dick, sino Katrina Panhel. Esta casa perteneció a mi familia, judíos que no aceptaron convertirse cuando los reyes, Fernando e Isabel, dictaron el edicto de expulsión. Terminaron en Flandes, donde yo nací. Hará cosa de dos años, mis servicios como hilandera fueron requeridos en la corte, a la que me trasladé, y con la que después vine a Castilla.

Esperanza parpadeó confusa.

—¿Eres judía?

—Lo confieso, sí. Por eso debo abandonar Toledo cuanto antes. Andan tras de mí. Lo que no comprendo es por qué estáis en esta casa.

—Imagino que Gonzalo os habrá puesto al tanto de que Albalat vino a preguntar por vos. Al parecer, no creyó que no supiésemos nada. Apenas una hora después, doña Clara vino a advertirnos de que vendrían a prendernos, y nos dijo que nos ocultásemos en esta casa en tanto que preparaba nuestra huida de la ciudad. Hemos de hacerlo hasta que nos dé aviso —le explicó Francisco.

—¿Qué quiere ese hombre de ti? —quiso saber Esperanza.

—Temo que está confabulado con un tal Mendoza —intervino Gonzalo—. Desean algo que posee Katrina.

—¿Qué? —dijeron los dos hermanos al unísono.

—Eso me gustaría saber a mí también, pues, al igual que vosotros, lo ignoro —respondió Katrina con tono apagado.

—¡Esto no puede ser! —exclamó Francisco.

—Es la verdad. Estando en su lecho de muerte, mi abuelo tan solo me dijo unas palabras incoherentes con referencia a mi legado, del cual ignoro en qué consiste. Solamente sé que está en esta casa. ¿Dónde? No lo sé, ahí está el problema. Y solamente tengo unas horas para encontrarlo.

Esperanza sacudió la cabeza con gesto preocupado.

—¿Por qué no confiaste en mí?

Katrina le tomó las manos y le sonrió con afecto.

—Ser judío en esta tierra es peor que ser el portador de la peste. Amiga mía, no dije nada para protegerte y, en particular, porque no deseaba perder tu cariño.

—No debiste temer. Te quiero como a una hermana.

Gonzalo carraspeó.

—Esta escena es muy emotiva, señoras, pero les recuerdo que el tiempo pasa, y muy deprisa. Hay que comenzar a buscar. ¿Por dónde empezamos?

—No podemos ir a picos y a remicos.[24] Primero deberíamos conocer qué datos son esos que la señora Katrina posee —comentó Francisco.

—Mi abuelo dijo que estaba protegido bajo las estrellas, bajo luz, y que *setim* lo amparaba. Y nada más —dijo Katrina.

—Eso es un embrollo. ¡Así es imposible encontrar nada! —exclamó Esperanza.

---

24. Hacerlo a trompicones.

—Si alguien lo intentó antes, desde luego, buscaba en el lugar equivocado. Pero ahora tenemos una pista bien clara. El objeto, o lo que sea, no está en la casa, sino en el exterior. ¿No lo veis? Bajo las estrellas, la luz —dedujo Gonzalo.

—¡Claro! —exclamó Katrina emocionada.

—En el jardín. Pues deberemos aguardar a que claree —aconsejó Francisco.

—Aun así, lo veo dificultoso. Puede estar enterrado en cualquier parte y, por lo que he visto, hay mucho donde cavar —los desanimó Esperanza.

—Si supiésemos qué significa *setim*... ¿No tienes ni idea? —musitó Gonzalo.

Katrina, con expresión decaída, negó con la cabeza.

—Hay luna llena. Podríamos comenzar a tantear el terreno —propuso Francisco.

Sin que nadie dijese nada, se levantaron al unísono.

—Mirad si hay palas o algo con lo que podamos escarbar la tierra —dijo Francisco.

Encontraron una y varias maderas que podían servir para sus propósitos y, así pertrechados, salieron del sótano y fueron al jardín. La luna, efectivamente, lucía en todo su esplendor e iluminaba lo suficiente para apartar la negra oscuridad de la noche. Sus ojos recorrieron el espacio.

—¿Y si está bajo alguna de las piedras del suelo? —comentó Esperanza.

—Hermana, no metas el palo en candela —se quejó Francisco.

—Es una posibilidad, ¿no?

—Una de tantas. Pero ahora, centrémonos en la primera idea. Comenzad a cavar —dijo Gonzalo.

Removieron la tierra reseca con ahínco, esperanzados en dar con aquello que era tan importante para Katrina. Dos horas después, el agotamiento y la falta de resultados comenzaron a hacer mella en su ánimo.

—No hay nada más que remover. Aquí no lo escondió el abuelo.

—No pensaríais que íbamos a caer de pie como los gatos. Quedan las baldosas —insistió la posadera.

—Pues comencemos a golpearlas —dijo Francisco.

Se colocaron uno al lado del otro y, una a una, fueron tanteándolas hasta llegar al final del jardín.

Katrina se sentó en el muro que bordeaba la parte que antaño estuvo sembrada y cubierta de flores.

—Nada. Firmes como una roca.

—Pues aquí no hay más por donde buscar —se lamentó Esperanza.

—Está a punto de amanecer y debemos irnos. Cuanto más tiempo permanezcamos, más peligro corres, Katrina —dijo Gonzalo.

—Dudo que la busquen aquí. Además, imaginarán que ya se ha ido de la ciudad. Podemos seguir indagando. No hay que rendirse tan pronto —replicó Esperanza.

Gonzalo se sentó junto a Katrina.

—No debéis subestimar a Mendoza. El abuelo de Katrina marchó a Flandes y, tras más de veinte años, dio con ellos, lo cual significa que es un sabueso muy concienzudo y tenaz. A estas alturas, incluso puede que sepa que aún se encuentra aquí; de ser así, tendremos serias dificultades para salir de Toledo. Habrá puesto vigilantes en todos los puentes. Será una barrera infranqueable.

—Entonces, del único modo que podrías salir es con la ayuda de Moisés. Si fue capaz de separar el mar con su vara mágica, serán pan comido para él unos soldados —comentó Esperanza.

Gonzalo dejó escapar media risa.

—Sería más factible ese milagro que pasar desapercibidos ante los guardias. Pero me temo que… —calló al ver cómo Katrina se levantaba lentamente y su rostro mostraba una expresión realmente extraña.

—¿Qué te ocurre, Katrina? ¿Te he ofendido? —inquirió Esperanza.

—En absoluto. Tu comentario me ha hecho recordar algo muy importante. No llegué a aprender hebreo, solamente las palabras necesarias para los rezos, pero hay una que quizás nos ayude a resolver el enigma. *Setim* no es nada, pero *shittim* quiere decir acacia, un árbol del que se sacó la madera para construir el arca de la alianza, y también la vara de Moisés.

—Lo que nos lleva a esto —dijo Gonzalo con tono excitado, señalándoles el árbol que se encontraba a su espalda.

Los demás lo miraron como si fuese la mayor de las maravillas.

—¿A qué estamos esperando? —dijo Francisco, caminando hacia la acacia rodeada de arbustos que habían crecido salvajes. Los demás lo siguieron.

—Hay que limpiar todo. ¡Vamos allá! —dijo la posadera con determinación.

Arrancaron la mala hierba. El tronco apareció limpio, mostrando las ramas.

—¿Tendremos que arrancarlo? —quiso saber Francisco.

—No. Para los judíos es un árbol sagrado; si hay algo aquí, estará enterrado a su alrededor.

Cavaron sin encontrar nada.

—Otro fracaso —musitó Esperanza.

Gonzalo no quería darse por vencido. El moribundo había dicho claramente que *shittim* lo amparaba y allí debía de estar. Palpó cada nudo, cada surco del tronco. De pronto, sus dedos rozaron un bulto que parecía ajeno al árbol.

—¿Qué habéis encontrado? —preguntó Francisco.

Gonzalo no respondió; por el contrario, continuó su exploración hasta que decidió tirar de lo que parecía una rama fuera de lugar. Sin apenas dificultad la separó de su escondrijo.

La posadera miró perpleja el trozo de madera arrancado, como si en ella se hubiese esculpido una serpiente.

—¿El tesoro es una simple rama?

—Es más que eso, ¿cierto, Katrina? —dijo Gonzalo entregándosela. Ella la tomó casi con reverencia. Él miró a Esperanza y a su hermano—. De niño escuché rumores de que en Toledo hubo una familia que era heredera de algo mágico de origen divino. Unos decían que era el Santo Grial, otros la mesa de Salomón y el resto, que se trataba de la vara que empleó Moisés cuando guio al pueblo hebreo tras su salida de Egipto.

—¿Y esta es la vara? —musitó Francisco sin poder dar crédito.

—Lo es. Por ello mi familia ha sido perseguida durante tantos años. Dicen que tiene poderes divinos y que quien la posee jamás enferma, pues su poder lo cura al instante —confirmó Katrina.

—¿Y para qué quieren los cristianos ese bastón? Perteneció a un judío; para ellos son hijos de Satanás.

—Si se probase su poder, se confirmaría que el pueblo hebreo posee un objeto divino que se nombra en la Biblia, y todas las acusaciones vertidas sobre él no tendrían valor alguno. Los expulsados podrían exigir el regreso a sus tierras y que sus posesiones y riquezas les fuesen retornadas. No pueden arriesgarse a ello, como tampoco a que se cuestione la religión católica —explicó Gonzalo.

—¿Puedo? —dijo Esperanza acercando los dedos a la vara. Katrina asintió. La posadera la acarició suavemente, como temiendo estropearla o que la fulminase por no pertenecer al pueblo hebreo.

—Ahora que ya tenéis la herencia de la familia, ¿qué pensáis hacer con ella? —se interesó Francisco.

—Llevármela lejos. Muy lejos de aquí. A un lugar donde no puedan localizarme —respondió Katrina.

—¿Y por qué no la utilizáis como salvoconducto? Si la entregáis a Mendoza, os dejará marchar y se olvidarán de que existís.

—No es buena idea, amigo mío. Todo aquel que sepa algo de este asunto, perderá la vida. No querrán testimonios —refutó Gonzalo.

—Lo que significa que nosotros también estamos en peligro —murmuró Esperanza.

Su hermano le rodeó los hombros con el brazo.

—No debes preocuparte. Ya sabes que doña Clara piensa ayudarnos a salir de la ciudad.

—¿Es de confianza? No olvidéis que es hermana de Albalat, y él está metido en esto. Y...

Gonzalo calló abruptamente. Su cuerpo se tensó.

—¿Qué ocurre? —susurró Katrina.

—Alguien se acerca. Y son varios hombres. Temo que nos han encontrado. ¿Hay alguna salida trasera?

—Mi abuelo me contó que había un pasadizo secreto en la cocina. .

—Pues démonos prisa.

Entraron en la casa y corrieron hasta alcanzar la cocina. Katrina entró en la alacena y retiró unas estanterías; tras ellas, apareció una puerta. Gonzalo la abrió. Daba a la calle. Se asomó y, tras asegurarse de que no había nadie, salió.

—No hagáis ruido. La vida nos va en ello.

—¿Adónde iremos? —quiso saber Katrina.

—En situaciones desesperadas, se requieren soluciones arriesgadas. Iremos a ver a doña Clara. No sé por qué alertó a Esperanza, pero esperemos que sea porque en verdad desea ayudarnos.

CAPÍTULO 57

A Clara no le extrañó que Mendoza regresase a la casa, sino que lo hiciese antes del amanecer. Se puso la bata y fue al salón.

—Perdonad que me presente a estas horas. Es un asunto urgente que no admite espera.

—Debe serlo, señor Mendoza. Son las cuatro de la madrugada. ¿Qué tenéis que decirme, que es tan importante como para sacarme de la cama? —dijo ella con tono un tanto irritado.

—Os informo de que vuestro hermano ha sido declarado culpable del delito de traición.

Ella alzó la barbilla indicando incredulidad.

—¿Traición? Me cuesta creerlo. Siempre se ha comportado como un súbdito modélico. ¿Así que fue él quien puso sobre aviso a esa posadera?

—No. Pero igualmente, ha burlado a la Corona.

—¿Cómo?

—No puedo daros más información, pero os aseguro que su delito ha sido probado. Siento daros esta noticia; en especial, después de lo de vuestro marido.

—No alcanzo a comprender qué lo ha llevado a comportarse como un botarate —musitó.

—La ambición vuelve malvados a los hombres.

—No sé si nuestra familia podrá levantar cabeza tras esto. Temo que me veré obligada a abandonar la ciudad. La vergüenza es demasiado insoportable. Un hereje y un traidor...

—Vos no sois culpable de nada. No veo la necesidad de iros llena de vergüenza. Sobre todo, si colaboráis con la justicia para enmendar el terrible error cometido por vuestro hermano.

—Sin duda que lo haría, aunque temo que no os podré ayudar. Como sabéis, estoy convaleciente y no he salido de esta casa tras... la ejecución, y mi hermano no me ponía al tanto de sus asuntos. Solo nos reuníamos para acontecimientos familiares o festivos; siempre estaba muy ocupado. Y, como mujer, los negocios no eran asunto de mi incumbencia.

—Comprendo. De todos modos, es posible que recordéis algo que nos pueda conducir hasta esa posadera.

Ella forzó un gesto de dolor al removerse en la butaca.

—Me duele mucho la cadera; ya sabéis, por la paliza... Pues, como os he dicho, él no me contaba nada y sobre esa mujer, no tengo la menor idea de quién es. No suelo frecuentar posadas ni tabernas. Mi cocinera suple cualquier necesidad de probar guisos de extraños. Y en cuanto a la hilandera, solamente la veía al pasar ante su tienda. Nunca hablé con ella ni le encargué encaje alguno, y eso que vi el trabajo primoroso que hizo para mi cuñada... Por cierto, he estado tan alterada que no sé si le han dado aviso de lo que ha pasado con su marido. Está en Soria, visitando a una tía. Imagino que no. Recibirá un golpe terrible cuando regrese... ¡Oh, perdón! ¿Por dónde iba? Estos acontecimientos tan espantosos me han alterado. ¡Ah, sí! Decía que siento no seros de gran ayuda. Y, francamente, tampoco me interesa saber qué deseáis de esa mujer de Flandes; no es asunto mío. Ya ha habido demasiadas desgracias por su culpa y no quiero oír hablar nunca más de ella.

—Lo comprendo. Pero también debéis entender que me veo obligado a no desistir de mi empeño. La Corona está realmente interesada en atrapar a esa judía. Sabemos que su familia era de aquí, e incluso dónde vivían. Vuestro hermano es ahora el propietario de la casa y…

—¿Es? Tengo entendido que a los inculpados se les arrebatan todas sus posesiones —puntualizó ella.

—Cierto. En vuestro caso, el de la desgracia de vuestro esposo, fue distinto, por expreso deseo del cardenal; pero con vuestro hermano no ha sido posible.

—Un infeliz cae de espaldas y se lastima la nariz —murmuró ella.

—¿Cómo decís?

—Solamente pensaba en voz alta.

—La sentencia me obliga a pediros que me entreguéis las llaves de los edificios que pertenecían a vuestro hermano.

Ella asintió. Hizo sonar una campanilla y el mayordomo entró en el salón.

—Ve al despacho y trae el manojo de llaves del señor. Están en el segundo cajón del escritorio.

—Sí, señora.

—¿Qué va a ser de mi cuñada y sus hijos? —musitó Clara.

Mendoza se encogió de hombros.

—Como tantos otros, deberán mendigar a la familia. Por suerte os tienen a vos, ¿verdad?

—Sin duda —respondió ella. Lo cual no era cierto. Jamás soportó a su cuñada: quien la miraba siempre sobre el hombro, recordándole que era una marrana, una mujer con la sangre manchada… Eso sí, no le importó unirse a esa familia de judíos por el dinero. Un dinero que ahora iba a perder, y no recibiría la ayuda de nadie. Así pagaría sus desprecios y ella sería la ejecutora.

Ya de vuelta, el mayordomo le entregó las llaves.

—Puedes ir de nuevo a la cama.

Se retiró y Clara le dio los manojos de llaves a Mendoza. Suspiró y con tono mustio, dijo:

—Esto significa que deberé irme de esta casa.

Él se levantó.

—No tengáis prisa; cuando os recuperéis. Gracias por todo y recibid mis más sinceras condolencias por lo ocurrido.

—Os lo agradezco.

Tras ser acompañado por el mayordomo, Clara se quedó a solas. Se levantó y se sirvió una copa de oporto. No era precisamente una hora adecuada —en realidad, jamás había tomado una antes de media tarde—, pero la situación requería algo que le calentase la frialdad que se había aposentado en su alma. Contra toda lógica, la noticia de que su hermano había sido detenido y condenado a cadena perpetua apartó todas sus penas y la culpa. Miguel merecía expiar sus crímenes. Ahora su hermanito añorado descansaría en paz.

Dio unos pequeños sorbos mientras pensaba en el cambio radical que había sufrido su vida en apenas cuarenta y ocho horas. De esposa sufrida, vejada y sin haber sido feliz ni un segundo de su matrimonio, había pasado a viuda y lo mejor de todo era que era rica. Más bien riquísima, con el poder de hacer lo que le apeteciera e ir adonde decidiese. Ya no había ningún hombre que le diese órdenes ni al que rendir cuentas. Era… ¡libre!

Esa realidad le insufló la esperanza que había creído perdida. La vida le estaba dando una nueva oportunidad para alcanzar la felicidad que todos le arrebataron: ya nadie volvería a ser su dueño. Y su primer paso sería ir a Italia; siempre quiso ir allí. Ver en vivo la explosión de arte, ciencias y belleza que había estallado en Florencia. ¿Quién iba a impedírselo ahora? Esos bastardos no se saldrían con la suya. No destruirían a ningún inocente más.

Se levantó, dispuesta a dormir como nunca. Un rictus cruzó su frente al presentir que algo no iba bien, ¿pero qué? Mendoza jamás podría sospechar que había mentido, pues todas las culpas habían recaído en Miguel. Le habían condenado y le habían sido arrebatadas todas sus pertenencias… ¡Señor! ¡Las llaves! Esperanza y Francisco se encontraban en peligro. Tenía que hacer algo, y rápido. Y no podía confiar en nadie. Los criados eran leales hasta que el sol calentaba en otra parte. Debería salir ella misma. Lentamente, pues aún se encontraba dolorida por la paliza, fue al cuarto y logró vestirse con gran dificultad. Procurando hacer el menor ruido posible fue a la puerta y la abrió.

Dio un respingo sobresaltada al ver la mano extendida que se disponía a llamar.

—Doña Clara, necesitamos que nos ayude —le pidió Francisco; los cuatro la miraban angustiados.

Ella les indicó con un leve movimiento de cabeza que entrasen, al tiempo que les pedía silencio posando el dedo sobre sus labios. Una vez dentro, los condujo al cuarto donde se guardaba la ropa de casa. Tomó una lámpara y abrió una trampilla del suelo, dejando a la vista unas escaleras por las que empezó a descender con dificultad, seguida de los otros. La pierna, debido a la paliza, aún no había curado. El lugar estaba lleno de baúles y enseres en desuso.

—Imagino que os han encontrado. Lo lamento. Después de acusarlo de haberos alertado, mi hermano ha sido condenado a cadena perpetua y confiscación de bienes. Cuando vinieron aquí, no pude negarme a entregar las llaves. Ahora mismo iba a poneros sobre aviso. Por cierto —dijo dirigiéndose a Katrina—, pensé que ella ya estaría lejos.

—No ha sido posible —se adelantó Gonzalo—, pero ahora nos urge irnos lo antes posible.

—¿Y qué puedo hacer yo? —preguntó Clara—. Los implicados en vuestra búsqueda me conocen. Les he hecho creer que no tengo nada que ver en la conspiración; aun así, no podemos confiar —volvió a mirar a Katrina—. Sé que os siguen por ser judía y están empeñados en dar con vos; no descansarán hasta teneros presa. Mi querida señora, os arriesgasteis mucho viniendo a Castilla, conociendo la pena que recae sobre quien incumple la prohibición. Solamente me cabe pensar que vuestra razón era muy poderosa.

—Lo era.

—¿Significa ello que conseguisteis vuestro objetivo? ¡Oh, disculpad! Los asuntos ajenos son eso, ajenos. No tengo derecho a que me deis explicaciones.

—Os las merecéis, por ser tan generosa y arriesgar vuestra integridad por salvar la nuestra. Pero prefiero no poneros al tanto. Cuanto menos sabe uno, mejor. Solo os diré que sí —dijo Katrina aferrando con fuerza la vara.

Doña Clara la miró. Sus ojos recorrieron la madera tallada con sencillez.

—¿Os habéis lastimado? Si necesitáis que... —calló al fijarse en la forma de serpiente en la que terminaba el bastón. Lentamente, levantó la mirada y musitó—: No puede ser..., no...

Esperanza corrió hacia ella al ver que se tambaleaba.

—Sentaos. Aún no os encontráis bien. No deberíais estar levantada; ni nosotros veniros con nuestros problemas. Será mejor que nos marchemos.

Doña Clara se sentó sobre un baúl.

—Ahora entiendo por qué arriesgasteis la vida viniendo a Toledo. Lo que contaban era cierto. Sois la... nieta de Efraím. Y esta... esta es la vara de Moisés.

Katrina asintió.

—Nuestra familia procede del linaje de David. Esto es nuestra herencia. Cuando expulsaron a mi familia, no les fue posible llevarla con ellos. La ocultaron en la casa donde vivieron y le prometí al abuelo que jamás desistiría en el empeño de que algún día regresase al lugar que le correspondía.

—Dicen que posee poderes mágicos. ¿Es cierto? —musitó Francisco.

—¿Quién puede decirlo? Lo único certero es que ellos lo creen y que la desean. Tenemos que impedirlo. Objeto religioso o no, pertenece a Katrina y nadie tiene derecho a arrebatársela. Hemos de abandonar la ciudad sin tardanza —dijo Gonzalo.

—No solo ella. Nosotros también estamos en peligro y no pienso morir por algo que no he hecho —dijo Esperanza con enojo.

—Ellos no lo ven así, querida amiga. Has sido cómplice de ayudar a una judía que puede poner en peligro toda la fe cristiana —dijo Katrina.

—¡Oh, vamos! ¿No creeréis que la leyenda sea cierta? —se asombró Francisco.

—Hay misterios indescifrables en este mundo. Además, la Iglesia cree en los milagros, y la Inquisición está llena de fanáticos que creen ser unos iluminados sobre los que recae el deber de preservar la verdadera fe a toda costa —les recordó Esperanza.

—Así es y, por ello, no podemos seguir quietos. Hay que escapar —insistió Gonzalo.

—¿Y cómo? Las puertas estarán vigiladas. Nosotros aún podríamos pasar desapercibidos, pero ella... —objetó Francisco señalando a Katrina.

—¿No pretenderás dejarla atrás? Francisco, siempre te consideré un hombre caritativo y no un egoísta —se escandalizó su hermana.

—No he dicho nada semejante, solo evidencio una realidad. Katrina llama demasiado la atención. Tan rubia, rosada y con esos ojos... No es común ver a ninguna joven así por esta ciudad.

—Tiene razón. Conozco a esos hombres y habrán memorizado al detalle el físico de doña Catalina. Además...

Las voces que oyeron sobre sus cabezas les alarmaron.

—¿Qué ocurre? —susurró Katrina.

Doña Clara, sin dejar de mirar hacia la trampilla, respondió:

—En teoría debería ser la cocinera, pero suele ser más cuidadosa.

Gonzalo subió la escalera y alzó con cuidado la trampilla: no había nadie en el cuarto de la ropa. Bajó y sacudió la cabeza.

—Temo que están registrando la casa. Doña Clara, sería conveniente que subieseis antes de que lleguen o darán con nosotros.

—Lo harán del mismo modo. No tenemos escapatoria —jadeó Esperanza.

—Sí la hay —les comunicó doña Clara. Se fue hacia unas estanterías y pulsó un engranaje oculto. La pared se abrió. Se volvió hacia ellos y les indicó que entrasen—. Dicen que el pasadizo desemboca en el lecho del río. Una vez a salvo, id a Talavera. En las afueras tengo una finca; decidle al guarda que vais de mi parte. Decidle que la pequeña Rayzel os envía: esa palabra bastará para que confíe en vosotros. Allí estaréis seguros. Si al cabo de una semana no me he reunido con vosotros, marchad.

—No sabéis cómo os lo agradecemos —le dijo Katrina, abrazándola contra su pecho.

—Se lo debo al pueblo que traicioné, es lo menos que puedo hacer. —Se la veía emocionada—. ¡Idos de una vez!

Una vez entraron en el pasadizo, doña Clara cerró de nuevo y subió la escalera con dificultad. Atisbó con cuidado y, al no haber nadie, salió. Tomó un tarro de miel, cruzó la cocina y fue al salón. Unos soldados estaban interrogando a los criados.

—¿Qué ocurre aquí? —preguntó con tono enérgico.

—Soy el capitán González y cumplo órdenes de nuestro superior, señora. Tenemos que registrar la casa.

—¿Por qué motivo? El señor Mendoza ya se entrevistó conmigo; vuestro cometido no tiene sentido alguno. En esta casa no escondemos nada ni a nadie, nosotros somos los únicos habitantes. Pero si para convenceros necesitáis escudriñar a fondo, adelante. No tengo nada que temer.

—Es lo que haremos, señora —replicó el tipo. Alzó la mano y los soldados comenzaron el registro.

Media hora después regresaban con la decepción reflejada en sus rostros.

—¿Y bien? ¿Pensáis llevarme detenida por alta traición? —dijo ella intentando sonar cínica.

—No. Por el momento. Buenos días, señora —contestó el capitán. Dio media vuelta y seguido por sus hombres abandonó la casa.

Clara respiró aliviada. Había faltado un pelo para que los pillaran. La situación, sin duda, era más grave de lo que había supuesto en un principio. Mendoza parecía no estar muy convencido de su inocencia, pero ella no se quedaría para averiguarlo. Los planes de futuro se adelantaban. Llamó a la doncella y le ordenó que recogiese todas sus cosas.

—Pero… aún no os encontráis bien, señora —protestó la mujer.

—Esta casa ya no pertenece a la familia, ha sido confiscada. ¿O acaso no te has enterado de que mi hermano está preso y no regresará jamás? —Clara habló lo suficientemente alto para que el resto del servicio pudiese escucharla—. Es mejor abandonarla, y cuanto antes lo hagamos, mejor. No soporto el dolor ni la pena de tanta desgracia. Reposaré en mi propia casa. Allí no me molestarán y podré guardar cama varios días; lo necesito. El cuerpo me duele horrores. Así que no pongas más pegas y di que preparen el carruaje.

CAPÍTULO 58

La tenue luz de la lámpara apenas iluminaba el corredor. Temiendo tropezar, caminaron lentamente apartando las telarañas y ahogando gemidos al sentir cómo las ratas huían despavoridas ante la presencia de algo extraño con lo que nunca antes se habían topado. Probablemente, ese corredor secreto no se había profanado en muchísimos años.

—¿Seguro que esto lleva a alguna parte? —preguntó Esperanza dando un manotazo a los hilos que le rozaban la cabeza.

—Lo único que sé es que debemos seguir. No tenemos otra opción —dijo Gonzalo.

Lo hicieron. Durante un tiempo que les pareció eterno, recorrieron los túneles excavados en la roca, hasta que se toparon con lo que parecía una salida cubierta por espesos matorrales. Gonzalo los apartó. La luz del día casi le cegó y tuvo que parpadear varias veces para habituarse a ella. Frente a él apareció un terraplén y, más abajo, corrían las aguas del Tajo.

—¡Lo hemos conseguido! —exclamó Francisco con entusiasmo.

—No estéis tan eufórico, amigo mío —lo desalentó Gonzalo—. Esto solamente es el principio de nuestra huida. Ahora hay que alejarse y después, cuando lleguemos a la finca de doña Clara, pensar en un futuro que sea seguro. Y no será fácil. Todo el imperio irá tras de nosotros, no habrá lugar donde estemos a salvo.

—¿Queréis decir que deberemos exiliarnos? —inquirió Esperanza.

—O eso, o una muerte segura. Pensad en lo que preferís.

—Yo, desde luego, escojo la vida. Hermana, no será tan malo. Siempre te escuché decir que envidiabas a los viajeros. Ha llegado tu hora de ver mundo —intentó convencerla Francisco, animoso.

—¿Con el filo de una espada amenazando mi trasero? ¡Bonito modo de echarse al mundo! —gruñó ella.

Los demás, a pesar de la situación desesperada, no pudieron evitar reír.

—Pues esa espada nos insta a continuar. ¿Vamos? —dijo Gonzalo saliendo del túnel.

El puente quedaba muy por encima de ellos, en lo alto del terraplén; a sus pies, el río y a su derecha, un sendero que casualmente los llevaba en la dirección que debían tomar. Lamentablemente, no estaba bien protegido de los ojos ajenos, y alguien apostado en el puente se los quedó mirando, llamando la atención de otros transeúntes, lo que hizo que los guardias también se asomaran.

Francisco lanzó un juramento.

—¡Maldición, nos han visto!

—Pues démonos prisa. Hay que ganar tiempo. ¡Vamos! —los apremió Katrina.

A la carrera se alejaron hasta acabar exhaustos. Viendo que sus piernas apenas podían responderles, dejaron el camino y se adentraron en el bosque. Una vez ocultos por la espesura, se permitieron reposar unos segundos.

—¡Rediez! En la vida pensé… verme en esta situación… Ya no tengo… edad para… aventuras —se lamentó Esperanza, sin resuello.

Katrina se sentó junto a ella.

—Es por mi culpa. Lamento de veras ser la causa de tus problemas.

—¿Tu culpa? De lo único que eres culpable es de ser judía y de querer que tu herencia no se pierda.

—Sois muy tolerante, señora, teniendo en cuenta lo que se dice de los judíos —comentó Gonzalo.

—¿Que falsean las monedas? ¿Que son libidinosos? Incluso se les asemeja a las ratas por ser muy prolíficos, y se les acusa de brujería por tener más suerte que los honrados trabajadores cristianos. ¡Pamplinas! Uno amasa su fortuna o deslomándose o utilizando la inteligencia. Nunca me he creído nada de esos calificativos. Lo único que nos diferencia no radica en lo humano, sino en lo divino: unos adoran a Nuestro Señor y otros, a Yahvé.

—Pero no puedes negar que la gran mayoría piensa de esa manera. Si no, no se hubiese permitido que se les expulsase y que, con su marcha, se perdieran tantas cosas buenas. Ya no quedan orfebres como ellos, ni negociantes, ni intelectuales. Los reyes se quedaron con su dinero y sus tierras, pero perdieron a grandes pensadores y comerciantes que engrandecieran su reino —comentó Gonzalo.

—Errores los cometen todos, incluso cabezas testadas —apostilló Esperanza.

Gonzalo se levantó.

—Y ahora perderán a otros cuatro grandes genios, salvo que dejemos que nos atrapen. ¿Nos vamos?

Continuaron avanzando hacia su destino sin descanso, ocultándose cuando se acercaban a una población o hacienda, a pesar de estar necesitados de comida y agua. No podían arriesgarse a que nadie los denunciase. Y al caer la oscuridad, completamente extenuados, se ocultaron tras unos espesos matorrales para dormir. Al llegar el alba se pusieron nuevamente en pie y siguieron el camino.

—¡No puedo más! Mis pies están llagados y mi estómago cruje

como la bisagra de una puerta oxidada. ¿Es que no vamos a comer hasta que lleguemos? —se lamentó Esperanza.

—No deben vernos —refutó Gonzalo.

—No a todos juntos. Pero si uno de nosotros va a alguna hacienda a comprar, no podrán relacionarnos con los huidos. Gonzalo, Esperanza tiene razón. No podemos seguir así. Nos quedan cuatro días de dura jornada. A pie y sin alimentos, caeremos agotados o enfermos. Lo mejor sería aguardar a que pase una posta —la defendió su hermano.

—¿Y con qué compramos el pasaje? Lo lamento, no soy lo que se dice alguien solvente. Apenas podría pagar un par de cenas —gruñó Gonzalo.

—Yo puedo pagar lo que sea. Con el dinero en metálico, hasta un carro y caballo —les comunicó Katrina.

Esperanza abrió los ojos como platos.

—¡Virgen Santísima! ¿Eres rica?

—No moriré de hambre.

Gonzalo sacudió la cabeza.

—No, es demasiado arriesgado. Nadie se presenta en una granja o hacienda para comprar algo semejante. ¡Levantaríamos sospechas de inmediato! Mendoza no es ningún estúpido, estará rastreando todos los alrededores de la comarca. En cuanto pregunte a cualquier granjero, hablarán como cotorras.

—¿Cotorras? ¿Qué es eso? —preguntó Francisco.

—Un pájaro del Nuevo Mundo que habla.

—¡Esta sí que es buena! No me lo creo —exclamó Esperanza.

—Cierto es.

—No…

—Hermana, creo que no es momento para aclarar si algo es cierto o no. Estamos en una situación muy apurada. Debemos seguir. Cuando encontremos una casa, comeremos.

Se pusieron de nuevo en camino. Durante dos horas lo hicieron sin encontrar signos de vida hasta que, al fin, toparon con una pequeña granja. Katrina entregó el dinero a Francisco. Los demás se ocultaron mientras él iba a por comida. En apenas diez minutos, salió de la casa cargado con una bolsa que contenía queso, panceta, pan y chorizo.

—Es lo único que he podido conseguir —se excusó mirando a Katrina.

—No os preocupéis. El queso me irá bien.

Tras comer con rapidez, continuaron con más ánimo hasta que la noche llegó y durmieron de nuevo apartados del camino. Nada varió los días siguientes, salvo porque en dos ocasiones tuvieron que ocultarse de varios jinetes que, por su aspecto, eran sicarios de Mendoza. Estaba claro que no habían desistido de encontrarlos.

Afortunadamente, el cuarto día, cuando el sol comenzaba a teñir de naranja los campos, avistaron Talavera de la Reina. Por supuesto, no entraron en la ciudad, sino que la bordearon, dirigiéndose hacia la única finca señorial que se veía a lo lejos. Casi en la oscuridad, agotados, aporrearon la puerta. Un viejo criado entreabrió, cauteloso, pero en cuanto les oyó decir la clave que les había indicado doña Clara, los dejó pasar.

Esa noche durmieron en un jergón mullido y con el alivio de haberse librado de sus perseguidores.

Tres días después doña Clara se reunía con ellos.

—Me alegro de que llegaseis sanos y salvos.

—¿Os han seguido? —quiso saber Gonzalo.

—Pues… creo que no. Mi carruaje anduvo todo el trayecto en solitario. ¿Os han atendido bien?

—Sí, como a auténticos reyes, doña Clara —dijo Esperanza—. Es la primera vez que en lugar de ser yo la criada, he sido señora.

—Me alegro. Y bien, ¿habéis pensado cuál será vuestro siguiente paso?

—Por de pronto…, ni idea. Como sabéis, tuvimos que huir a toda prisa y lo dejamos todo atrás. No tenemos medios para ir a ningún lado ni para emprender una nueva vida —confesó Francisco con ánimo alicaído.

—Os dije que os ayudaría —insistió doña Clara.

—¿Por qué os molestáis tanto y ponéis en riesgo vuestra vida? —preguntó Gonzalo suspicaz.

Ella tomó aire y los miró con semblante dolorido.

—Mi vida ha estado llena de errores, de miedos y pecado. Podría echar la culpa a los demás, a la terrible injusticia que los reyes cometieron contra mi pueblo; pero no es así. Otros en mi misma situación no se dejaron someter, como la familia de vuestro abuelo —dijo mirando a Katrina—. Prefirieron no renunciar a su verdadera fe y tomar el camino de la incertidumbre. Muchos no lograron sobrevivir, mientras que otros lo hicieron, con verdaderas dificultades. Nosotros, en cambio, abrazamos la fe católica para conservar nuestras riquezas, la posición y la seguridad.

—En aquel entonces erais una chiquilla, teníais que someteros a las órdenes de vuestro padre. Nadie podría culparos por ello —la excusó Francisco.

Ella negó con la cabeza.

—En mis mismas circunstancias, otros optaron por unirse a los exiliados. ¿Y qué hice yo? Aceptar una vida ignominiosa, repleta de mentiras, de actos despreciables. Y tuve el pago que merecía. Nunca conocí el amor. Mis padres, obsesionados con sus ambiciones, jamás tuvieron en cuenta mis sentimientos. Me entregaron a un marido viejo, cruel y perverso, que me aceptó solo por mi dinero. Todos los hijos que tuve dejaron este mundo, uno a uno, antes de que aprendiesen a hablar. Fue mi castigo por mis pecados. Jamás obtendré la remisión. Mi alma está condenada —sollozó.

—No os torturéis. No sois la única que miente por salvar la vida. Yo misma soy un ejemplo de ello. No tan solo me buscan por la reliquia; también quebranté la confianza del rey haciéndome pasar por cristiana, y he traicionado a mi familia —confesó Katrina.

—¿Conociste al rey? —se asombró Esperanza.

—Me creyó su amiga y lo engañé.

Doña Clara sacudió la cabeza con énfasis.

—No os comparéis, os lo ruego. Vuestra mentira tenía un fin digno: no dejar que un objeto sagrado de vuestro pueblo cayese en poder de manos cristianas. A diferencia de mí, Yahvé nunca os condenará por ello. Pero a pesar de mis pecados, no podía consentir que los últimos acontecimientos quedasen impunes; que seres inocentes cayesen ante la ambición de mi hermano y que este no pagase su peor crimen. ¡Oh, Señor! Nunca pensé que hubiese mayores atrocidades en mi vida, y hace poco descubrí que Miguel mandó asesinar a nuestro hermano menor por temor a que sus prácticas secretas del judaísmo condenasen a toda la familia a morir en la hoguera. ¿Qué excusa hay para esa monstruosidad? Ninguna. Pudo obligarlo a partir, pero no... —su voz se quebró cuando el llanto la invadió de nuevo—. Lo mató. Solamente un ser sin entrañas es capaz de algo así. Y cuando vi que pretendía obtener de nuevo beneficios con sus traiciones, decidí que nunca más volvería a sacar provecho de ello. Al creer Mendoza que era un traidor, no lo desmentí; dejé que lo prendieran y que pagase el fratricidio. Y no me siento culpable. Es un asesino y, como tal, debe pudrirse en esa oscura mazmorra.

—Sin duda, lo merece. Y vos no tendríais que sentiros tan culpable. A pesar de todo, habéis ayudado a Katrina y la reliquia ha regresado a las manos correctas —dijo Esperanza.

—Pero aún no está segura, no hasta que salga del reino; y vos tampoco lo estáis, doña Clara. Mendoza no es fácil de engañar. Tarde o temprano sabrá que andáis metida en esto, o que hemos estado ocultos aquí. Temo que, al igual que nosotros, deberéis iros muy lejos de aquí —dijo Gonzalo.

—Pensaba hacerlo de todos modos. Siempre deseé ir a Florencia. Creo que ahora es el momento oportuno. Ya he resuelto todos mis asuntos financieros y no pienso volver a Castilla jamás. Lo único que he recibido de estas tierras ha sido tristeza y dolor.

—Florencia. Un sueño —musitó Francisco.

—¿Sois amante del arte? —se extrañó ella.

—Puede que sea un simple agricultor, pero siempre he disfrutado tallando la madera.

—Y muy bien. Es todo un artista —reafirmó su hermana con gesto orgulloso.

—En ese caso, ¿por qué no os unís a mí? Saldríamos todos beneficiados. Yo no viajaría sola y vos podríais intentar abriros camino como escultor. Como he dicho, mantengo mi palabra de ayudaros.

Esperanza y Francisco se miraron. Desde niños les bastaba con mirarse para saber qué pensaba el otro. Ahora sus ojos reflejaban temor y al mismo tiempo ilusión.

—¡Sí! Suena bien —dijo Francisco.

Esperanza miró a Katrina.

—¿Y tú adónde irás? ¿A Flandes?

—No puedo volver. Iré a Constantinopla. Allí los judíos viven sin ser perseguidos.

—¡Válgame Dios! ¡Aquello está lleno de turcos! ¡No hablarás en serio! —se escandalizó su amiga.

—En estos momentos, no puedo elegir.

—Podéis. Venid con nosotros —la animó doña Clara—. Ahora estáis demasiado ofuscada para pensar con claridad. En Florencia tendréis tiempo para decidir vuestro futuro.

—Puede que sea lo mejor.

—¿Y vos, Gonzalo? ¿Qué haréis? —quiso saber Francisco.

Él sonrió con encanto.

—Sería un mentecato si decidiese prescindir de tan grata compañía. Además, mis dotes poéticas aún no han sido escuchadas entre los florentinos. Sugiero partir enseguida, pues mientras sigamos dentro de estas fronteras no estamos a salvo en ningún lugar.

Os recomiendo que no digáis a nadie de vuestro servicio hacia dónde nos dirigimos, pero sí que hagáis correr la voz de que viajamos en sentido contrario. Por si los hombres de Mendoza pasan por aquí.

—Mi gente me es fiel.

—Hasta que las amenazas sean terroríficas.

—De acuerdo, así lo haré. ¿Os parece bien partir dentro de dos días? Nos dará tiempo para preparar el viaje hasta Valencia.

Todos estuvieron de acuerdo.

Lamentablemente, como dice el refrán, el hombre propone y Dios dispone. Justo después del desayuno, una de las criadas anunció que en Talavera había un grupo de soldados haciendo preguntas sobre unos huidos y que recompensarían con generosidad a quienes diesen noticia de ellos.

—¡El diablo se lleve a ese cabrón! —escupió Francisco.

—Un poco más de moderación, hermano. Estás ante damas —le reprendió Esperanza.

—Es lo menos que se merece ese… ese…

—No hay que perder los nervios o estamos perdidos. Lo primero de todo —dijo Gonzalo dirigiéndose a Clara—, ordenad al servicio que retire la mesa. No debe quedar rastro de nuestra presencia aquí. Y decidles que un asunto urgente os obliga a salir de inmediato hacia…

—Ciudad Real. Tengo otra finca.

—Bien. Que preparen el carruaje. Katrina, llena un baúl con la ropa necesaria. Vos, Esperanza, coged toda la comida posible. Nosotros vigilaremos por si llegan antes de que podamos abandonar la casa. ¿Tenéis armas?

—Creo que… en el salón de arriba hay espadas.

—Francisco, venid.

Subieron la escalera a toda prisa y consiguieron en el salón dos sables de hoja afilada, de los mejores que habían sido forjados en Toledo. Gonzalo le entregó uno a Francisco.

—Pero… no tengo la menor idea de usarlo —farfulló el hombre cogiéndolo con aprensión.

—Pues utilizadlo para defenderos. Aunque dudo que tengamos que empuñarlos: estaremos muy lejos cuando lleguen aquí. ¡Vamos!

Apenas quince minutos después de ser avisados, partían en el carruaje.

—Por poco nos pillan —suspiró doña Clara.

—Últimamente, todo lo hago con prisas —se quejó Esperanza.

—Mejor eso que no poder dar un paso en las mazmorras —apuntilló su hermano asomándose por la ventanilla.

—¿Se ve polvo? —quiso saber Katrina.

—No. El camino está despejado. ¿Se habrán tragado la mentira?

—El tiempo lo dirá —sentenció Gonzalo.

CAPÍTULO 59

La tenacidad siempre había caracterizado a Luis Mendoza; y en esta ocasión, además, se hallaba reforzada por la ira. Jamás le había ocurrido nada semejante; que después de hincar la mandíbula a su presa, se le escapase. Y esa zorra judía lo había hecho. Pero daría con ella. No estaba dispuesto a fracasar ante el rey. Le prometió traérsela y lo haría.

—¿Adónde han ido?

—La señora tenía un asunto urgente en Ciudad Real —respondió el criado.

Mendoza inclinó la cabeza hasta casi tocar el rostro del hombre. Sus ojos negros lo fulminaron.

—Muy importante debe de ser cuando nada más llegar ha partido de nuevo. ¿No? Y dime, ¿quién le trajo aviso?

—Yo… Pues… uno de los labradores de la finca de Ciudad Real…, allí vino hace dos días y me dio el mensaje.

—Ya. ¿Y de qué se trataba?

El criado tragó saliva.

—Lo ignoro, señor. Nunca me entrometo en las cosas de los amos.

—¿Puedo hablar con ese labrador?

—Se... se fue de inmediato. No sé más, señor. Lo juro por Dios.

El hombre del rey, por supuesto, sabía que mentía. Los numerosos interrogatorios que había realizado lo llevaron a la conclusión de que si uno se llevaba la mano al lóbulo de la oreja, no decía la verdad. Y ese tipo parecía como si tuviese un sarpullido. Pero aún más absurdo era que pensase que su lealtad hacia su señora era inquebrantable. Le demostraría a aquel ingenuo que estaba en un error. Le posó la mano sobre el hombro y con voz queda, dijo:

—¿Cómo te llamas?

—Hipólito, señor.

—Bien, Hipólito. Mírame. ¿Acaso crees que soy idiota?

—No... Claro que... no, señor.

—Pues parece que sí lo crees. Verás. Suelo ser paciente y escucho lo que los demás tienen que decirme. Pero cuando intuyo..., no, más bien cuando sé que me mienten, esa paciencia desaparece. ¿Y quieres saber en qué se transforma?

El hombre negó con la cabeza.

—Pues, si no me cuentas la verdad, tus carnes serán objeto de mi ira y también de la del mismísimo rey. Tu ama ha traicionado a su majestad, así que, si no colaboras, tendrás serios problemas. ¿De acuerdo? Ahora, dime, Hipólito. ¿Iba acompañada tu señora?

—Sí. Por dos hombres y dos mujeres —confesó Hipólito.

Mendoza sonrió.

—¿Lo ves? No es tan difícil complacerme. ¿Cómo eran?

—Los hombres, muy corrientes. Una de las... mujeres de mediana edad, más bien rolliza. La otra era... muy distinta. Joven, de ojos verdes como el trigo por madurar, cabellos de oro y muy hermosa.

Los ojos de Mendoza se entornaron. ¡Maldita mujer! Lo había engañado como a un imbécil. Pero no alcanzaba a adivinar el motivo. ¿Qué era lo que unía a doña Clara con esa hilandera? ¿Tal vez su pasado judío? Estuvo a punto de convertirse en cuñada de la madre de Katrina, o puede que jamás hubiese abandonado las prácticas de Moisés; entonces, quizás urdiese un plan malévolo contra su esposo porque este la descubrió, y después se deshizo de Miguel para salvar su integridad. Sea como fuere, doña Clara estaba confabulada con esa flamenca que estaba poniendo todo el reino en peligro; de eso no tenía la menor duda. Había visto los estragos que hicieron en el jardín de esa casa, y su huida solamente podía evidenciar que habían dado con el objeto.

—Bien. Insisto una vez más. ¿Adónde se dirigían?

El criado se frotó las manos con desesperación.

—Juro que me dijeron a Ciudad Real. ¡Lo juro, señor!

Mendoza asintió. Conocía el miedo y cuándo alguien caía en sus garras. No mentía; aunque los fugitivos sí. Habían dado ese destino por la sencilla razón de querer despistarlo; lo que significaba que iban en sentido contrario. ¿Al Norte, para llegar a Francia? ¿Tal vez al Este, al Oeste?

Lo cierto era que podían haber ido a cualquier parte. Sin embargo, su dilatada experiencia de investigador le decía que, si pensaba con serenidad, encontraría algo que le aportase una pista. Cada individuo podía calificarse por sus movimientos, palabras u objetos que le rodeaban. La casa de doña Clara estaba impoluta, lo cual significaba que era una mujer pulcra y amante del orden. Nada podía estar fuera de su lugar. Por esta simple regla, podría asegurar que sus acciones eran meditadas, sin dejar nada al azar. Siempre que la vio vestía de negro, señal de cautela, y no propensa a los cambios bruscos. Entonces, algo realmente extraordinario la había llevado a comportarse de un modo ilógico. No podía ser otra cosa que la reliquia. ¿Y hacia dónde la llevaban? Conocía todas las posesiones de los Albalat. Tras la confiscación solamente le quedaban a doña Clara la que estaba pisando, la de Ciudad Real y la de Almagro. Por supuesto, no sería tan estúpida de ir hacia ninguna de ellas sabiendo que los estaban acosando; como tampoco a ningún otro lugar que no fuese en el extranjero.

¿Y a qué lugar iría una mujer como ella? Francia, cuna de flirteos y galanterías, estaba descartada, dada su naturaleza demostrada de gran honradez, pues jamás se le conocieron amantes o coqueteos. El norte de África, a pesar de que allí podría practicar libremente su antigua religión, no le parecía un sitio para alguien habituado a las comodidades, el refinamiento y la cultura. Portugal no resultaba nada atrayente; tal vez de tránsito hacia Inglaterra. Flandes, imposible. Katrina no podía regresar allí. ¿Sajonia? ¡Maldición! Las prisas le estaban desviando de la razón.

—¿Cuánto hace que partieron?

Hipólito se enjugó el sudor que resbalaba por su frente.

—Hará un par de horas, señor.

—¡Maldita sea! —masculló.

Era mucha ventaja y el tiempo no estaba precisamente a su favor. El cielo se encontraba encapotado y amenazaba una gran tormenta. Debía seguir el rastro antes de que la lluvia borrara las huellas. Sacudió la cabeza. Alzó el dedo índice y, apuntándolo a la cara del criado, ordenó:

—Cualquier noticia que tengas de ellos, comunícala inmediatamente.

—¿A quién?

—Al alcalde de Talavera; él sabrá qué hacer. Y si llegase a mis oídos que me has traicionado poniéndoles sobre aviso, irás derecho a la Santa Inquisición. ¿Me he expresado con claridad?

El criado asintió temblando como una hoja. Mendoza dio media vuelta y, seguido de sus hombres, se marchó. Afuera había más soldados. Su misión le había permitido tomar los hombres que considerase necesarios; lo cual ahora le sería de gran utilidad.

—Bien. Los fugitivos nos llevan dos horas de ventaja, pero no sabemos qué camino han tomado. Por tanto, nos dividiremos en partidas de a cuatro y cada una de ellas irá en dirección a un punto cardinal. Yo iré hacia el Este —dijo. Frunció el ceño. ¿Por qué había dicho eso? Por lo general, sus intuiciones nunca fallaban, pero no lograba dar con el detalle que lo había llevado a esa conclusión. Cerró los ojos e intentó viajar hacia el pasado. Visualizó la mansión de doña Clara: los muebles, los detalles, los cuadros. ¡Los cuadros! ¡Eso era! Un Leonardo da Vinci y un Botticelli presidían el salón. Esa mujer era amante del arte, y en especial del italiano. ¡Florencia era su destino! El corazón le palpitaba emocionado, exclamó—: ¡Cambio de planes! Buscad en los alrededores de la casa huellas de un carruaje.

Sus hombres obedecieron al instante y en pocos minutos regresaban con el resultado.

—Todo limpio a excepción del camino que lleva al Este —le comunicó el capitán.

—Lo sabía —musitó Mendoza. Espoleó el caballo y ordenó—: ¡Vamos a Valencia!

CAPÍTULO 60

Tras varias semanas de penoso viaje, este tocaba a su fin. Se encontraban sobre una pequeña colina y, a los pies de la misma, la ciudad de Valencia.

—¡Ahí está! —exclamó Esperanza.

—Ahora viene lo peor —musitó Gonzalo.

—¿Por qué dices eso? No hemos tenido ningún percance durante el camino —preguntó doña Clara.

—Precisamente. Mendoza es un tipo de gran inteligencia. Que no mandase a sus hombres por todos los caminos hasta dar con nosotros me da mala espina.

—¿Cómo iba a saber hacia dónde nos dirigíamos? Es prácticamente imposible. Hemos cambiado de carro en varias ocasiones, en las posadas apenas nos hemos encontrado con nadie. Tendría que ser adivino —refutó Francisco.

—Por si las moscas, sigamos con nuestros planes, tal como los habíamos trazado.

Dichos planes consistían en que Katrina y Gonzalo entrasen en la ciudad disfrazados de monjes, mientras que los demás lo harían en el carro cargado de lana de oveja que habían comprado para simular ser unos comerciantes.

—No sé si podré fingir. Estoy realmente nerviosa —susurró doña Clara con semblante blanquecino.

Katrina le tomó la mano y la estrechó con fuerza.

—Recuerda que te va la vida en ello. Lo harás muy bien, ya lo verás. Solamente debes comportarte como lo hacen tus campesinos o criadas.

—Ahora es cuando no debemos perder la calma. Estamos a un paso de conseguir nuestra libertad —aconsejó Francisco.

—Nosotros buscaremos hospedaje. Vosotros id a la lonja. Nos encontraremos allí en un par de horas, ¿de acuerdo? —les recordó Gonzalo. Azotó las riendas y se encaminaron hacia la ciudad, pero un buen trecho antes, detuvo el carro, saltó y ayudó a Katrina a bajar. Cogió los hábitos y se cambiaron—. Estamos listos. Aguardad a que estemos en la puerta de la muralla para seguir. Id con cuidado.

Cuando Katrina y Gonzalo alcanzaron la Puerta de Quart, sus corazones dieron un vuelco al ver a los guardias apostados, y ocultaron más el rostro bajo la capucha. Gonzalo se aproximó a ellos y, alzando la mano en el aire, hizo la señal de la cruz.

—*Pax Domini sit vobiscum.* La paz del Señor sea con vosotros, hermanos —dijo con voz profunda.

Los soldados los saludaron con la cabeza y les permitieron la entrada sin la menor dificultad.

—Primera prueba superada —susurró.

Katrina asintió; temblaba como una hoja y se aferraba con fuerza a la vara.

Se pegó más a él mientras se adentraban en esa ciudad caótica, de calles estrechas y laberínticas, seguramente herencia de los siglos que estuvo ocupada por los musulmanes.

—Esa es la catedral. Sobre los primeros cimientos que pusieron los romanos se levantó una mezquita, y ahora es un templo cristiano. Tardaron ciento cincuenta años en construirla. Al campanario lo llaman la Torre del Micalet, pues fue bendecido el día de

San Miguel, y tiene doscientos siete peldaños. Deberíamos subir a él. La vista de la ciudad ha de ser espléndida desde allí arriba —le explicó Gonzalo.

Ella lo miró perpleja.

—Lo último que me interesa en estos momentos son las lecciones de historia. ¡Por Dios santo! ¿Cómo puedes permanecer tan tranquilo? ¿Acaso no tienes sangre en las venas?

Él dibujó una sonrisa ladina.

—Creo que te demuestro casi cada noche entre las sábanas que no la tengo de agua, mi bella hilandera.

Katrina soltó un resoplido.

—Cuidado. Recuerda que somos monjes, y los monjes nunca dan muestra de ira ni de impaciencia; solamente de humildad y piedad. Así que mantén la cabeza gacha solo un poco más, ya estamos llegando.

—¿Dónde nos hospedaremos?

—Cerca del Portal de la Valldigna.

Pasaron bajo el arco, dejando atrás la imprenta del maestro Lamberto Palmart —que editó el primer incunable de la península, *Les Trobes en Lahors de la Verge María*—, deteniéndose ante la puerta de al lado. Era una pensión que ni tan siquiera ostentaba un letrero con su nombre.

—Ahí es —le indicó él.

El local era humilde, muy acorde con la nueva identidad que habían adoptado. El disfraz fue milagroso a la hora de que el posadero no pusiera impedimento alguno para darles un cuarto. Tras ello, se alejaron unas calles y, tras quitarse los hábitos, en otra posada concertaron un segundo. Seguidamente, de nuevo ataviados como monjes, fueron al puerto.

—¡Qué azul más intenso! —suspiró Katrina.

—El Mediterráneo recibe mucha luz y es como un gran lago. Es el mar más hermoso que existe. Y también el camino que nos llevará a la salvación.

—Eso espero —suspiró ella en apenas un murmullo.

—Lo intentaremos, cueste lo que cueste. Sabes que no me rendiré. Mira. Llegan dos naves; tal vez cargadas de especias, sedas o vino. Esas otras cinco parecen dispuestas a zarpar. Vamos. Averiguaremos a dónde van y si admiten pasajeros.

Indagó entre los marineros. Un velero partía al amanecer hacia Sicilia y, por fortuna, admitía pasaje.

—Vamos a reunirnos con nuestra congregación de Siracusa. Somos bibliotecarios. Hay un gran número de libros que clasificar. Por extraño que parezca, ninguno de nuestros hermanos domina griego o árabe y han de recurrir a los españoles —explicó Gonzalo.

—Como siempre, padre. No os preocupéis. Nuestro barco os llevará sanos y salvos —le aseguró el capitán.

—Dios lo hará posible por vuestra generosidad al hacernos un pequeño descuento.

El capitán soltó un gruñido.

—Vosotros los del clero siempre sangrando a los fieles Está bien. Cobraré solo cuatro pasajes. El barco zarpa a las seis en punto.

—La Virgen y su Hijo os recompensarán —dijo Gonzalo haciendo la señal de la cruz.

Abonó los pasajes y regresaron con sus compañeros, que, como habían dispuesto, se encontraban ante la lonja.

—¿Ha ido todo bien? —se interesó Gonzalo.

—¡De maravilla! Han considerado que la lana era de gran calidad y hemos obtenido un buen precio. ¡Y, Dios, la lonja es una maravilla! El salón de las columnas tiene un techo impresionante de bóvedas entrecruzadas —dijo Francisco.

—¡Ay, Señor! ¿Crees que Gonzalo preguntaba por nuestros negocios, o cómo adornó la lonja su maestro de obras? A veces pareces un tanto corto —se exasperó Esperanza.

—Nuestra situación, si bien es desesperada, no lo es tanto

como para olvidarnos de pensar o de disfrutar de cosas hermosas. Francisco solo intenta quitar algo de tensión —lo defendió Clara mirándolo con afecto.

—¿Has encontrado posadas? —se interesó Esperanza.

—Sí. Mañana partimos a Sicilia —les comunicó Gonzalo.

—¿A Sicilia? —inquirió Esperanza.

—Cuanto antes nos alejemos, mejor. Ya buscaremos allí otra nave que nos lleve hasta la Toscana. Mientras tanto, permaneceremos ocultos en las posadas. Nosotros estamos en la calle Valldigna y la vuestra, en la calle Fosca. Están a nombre de Ruiz. Bajo ningún concepto debemos vernos antes, a no ser que sea algo urgente. ¿Entendido? Nos encontraremos a las cinco en la esquina de la calle Mar. Todos vestidos de monjes.

Todos estuvieron de acuerdo con los planes de Gonzalo; dicho esto, se despidieron.

Katrina miró a Gonzalo.

—¿Por qué sigues tan preocupado? De momento, todo ha ido tal como esperábamos.

—Demasiado fácil. No me fío de Mendoza —musitó él sin dejar de mirar a su alrededor.

—No ocurrirá nada. Permaneceremos escondidos hasta que embarquemos, y después, nuestra pesadilla habrá terminado. Vayamos a la pensión. Sé cómo apartar esa sombra de tu semblante —dijo ella mostrando una gran sonrisa.

CAPÍTULO 61

Había llegado la hora. Gonzalo y Katrina abandonaron la pensión sin que nadie se percatase de ello y, sigilosamente en medio del silencio de la madrugada, caminaron en dirección al puerto. Unos minutos y pondrían el pie en la nave que los llevaría a la salvación. Con los nervios a flor de piel siguieron amparándose en los lugares apenas iluminados hasta que media hora después enfilaban la calle que daba al puerto. Pero al doblar la última esquina, de repente, varios hombres con antorchas en sus manos les cortaron el paso.

—¡Alto!

Gonzalo aferró la mano de Katrina, tratando de infundirle serenidad.

—¿Qué ocurre, soldado?

—¿Adónde vais?

—A Sicilia, a trabajar junto a nuestros hermanos. El barco nos aguarda.

—Quitaos las capuchas.

—Hermano, ¿qué ocurre? —volvió a preguntar Gonzalo.

—Obedeced. ¿No querréis tener problemas? Es muy sencillo, descubríos y podréis seguir.

Concepción Marín

—Somos unos simples monjes. Si buscáis a ladrones o asesinos, desde luego, no somos nosotros. Somos hombres de Dios. Recordad que mancillar a hombres sagrados condenará vuestra alma eternamente.

—¡He dicho que os descubráis! —chilló el soldado.

Gonzalo comenzó a levantar las manos y, en un gesto brusco, extrajo la espada que ocultaba bajo el hábito. Katrina se apartó aferrando la vara con fuerza. Los tres soldados desenvainaron sus armas y atacaron. Gonzalo se enfrentó a ellos. El entrechocar del acero rompió la paz de la noche. Katrina gimió cuando uno de ellos la agarró del brazo; lo que distrajo a Gonzalo. El filo de la espada contraria le hizo un leve rasguño en el hombro, pero no le impidió seguir defendiéndose. Katrina, mientras tanto, forcejeaba con el soldado, quien al parecer no tenía la menor intención de matarla. No se preguntó el motivo. Lo único que sabía era que tenía que luchar o jamás tomarían ese barco, así que levantó la vara y golpeó la cabeza del hombre. No es que el garrotazo fuese cargado de fuerza, pero a pesar de ello, el tipo cayó desplomado. Miró el bastón perpleja. Puede que fuese milagroso, como decían. Salvó a Moisés de los egipcios, ¿por qué no a ellos de los hombres de Mendoza? Guiada por una fuerza imparable, se acercó al otro soldado y lo atizó, obteniendo el mismo resultado. Gonzalo lanzó un grito casi animal y, empuñando con fuerza la espada, la insertó en el estómago de su contrincante.

—¡Dios! Nunca pensé que albergases tanta fuerza —jadeó.

Ella miró la vara.

—Ha sido ella. Es milagrosa. Mi… ¡Ah!

Gonzalo, horrorizado, vio cómo un hombre surgía de las sombras y agarraba a Katrina, colocándole un cuchillo en la garganta. Ella soltó el bastón y él se acuclilló para cogerlo.

—Quieto o le rajo el gaznate.

—¡Mendoza! —musitó Gonzalo.

—¿Creías que te habías librado de mí? Nunca dejo de perseguir el rastro de mis víctimas y, como ves, al final gano la partida. Soy el mejor sabueso del imperio. A ti te entregaré a la Inquisición y morirás de un modo espantoso. Mientras, yo seré recompensado por coger a los criminales más peligrosos del reino. —Calló. Sus ojos negros miraron la vara—. ¿Así que se trataba de eso? ¿La vara de Moisés? El rey estará satisfecho de que se la entregue. Al igual que a ti. Me dijo personalmente que quería que te llevase ante su presencia. Está muy enojado contigo, perra judía. Espero que sepa castigarte como mereces.

Gonzalo pensó con desesperación. ¡El rey quería a Katrina viva! Al menos eso era una ventaja: podía arriesgarse a enfrentarse a Mendoza. Él no sería capaz de infligirle daño alguno. Comenzó a levantar la espada.

—Ni se te ocurra. La quiere viva, pero no dijo nada del estado en que se la entregara —siseó Mendoza.

Gonzalo bajó de nuevo el arma. No por la amenaza, sino por la sombra que apareció tras el sabueso.

—Habéis perdido.

—No lo creo —dijo Francisco posando la punta de su espada en su espalda—. Soltadla. Y no hagáis movimientos bruscos u os mando al infierno.

Mendoza apretó los dientes. Dudó durante unos segundos hasta que, finalmente, comprendió que debía obedecer. Katrina corrió y cogió la vara. Gonzalo levantó de nuevo el sable.

—Francisco, id hacia el barco.

Katrina lo miró horrorizada.

—Pero...

—Ve con ellos. Tengo un asunto que zanjar con este perro —siseó.

Cumpliendo su orden, los cuatro se alejaron corriendo calle abajo. Mendoza esbozó una sonrisa ladina mientras recogía su espada.

—¿Así que deseáis zanjar cuentas conmigo? Como gustéis.

—Si os dejo con vida, jamás obtendremos descanso —dijo Gonzalo mirándolo iracundo.

—¿Y creéis que lograréis matarme? Aparte de buen sabueso, también soy diestro con la espada. Pero si queréis arriesgaros, ¡adelante!

Las espadas se cruzaron. Sus dueños se miraron con odio. Gonzalo lanzó el primer sablazo. Mendoza lo esquivó con pericia, atacando con rapidez. Su oponente se apartó, al tiempo que atacaba de nuevo. La embestida no dio en el blanco. Por el contrario, el filo de la otra espada le rozó el pecho, rasgándole la túnica.

—Mala suerte —masculló Gonzalo.

—No cantéis victoria tan pronto —refutó Mendoza saltando hacia un lado y atacando con furia.

Gonzalo, contrariamente a toda lógica, no se apartó; en lugar de eso, alargó el pie e hizo caer al suelo a su contrincante. La espada de Gonzalo se posó sobre el corazón de su enemigo.

—¿No vais a suplicar?

Mendoza le lanzó una mirada burlona.

—Al parecer, no conocéis lo que es el honor. No es de extrañar en un cerdo morisco. Yo prefiero la muerte a presentarme derrotado ante el rey. Clavad vuestra espada de una maldita vez, habéis vencido. ¡Un maldito poeta ha vencido a don Luis Mendoza! Jamás la vida me hizo tamaña burla. ¡Vamos! ¡Matadme!

A Gonzalo le tembló la mano. Odiaba a ese hombre, no era más que una bestia sin entrañas y, sin embargo, el hecho de nunca haber matado a nadie a sangre fría le hizo dudar.

—Si no me matáis ahora, juro que os encontraré. No habrá lugar en el mundo donde podáis esconderos de mí. Esa perra judía será humillada públicamente, y su muerte será vitoreada por miles de personas. ¿A qué esperáis? Dad la estocada final, maldito cobarde.

Gonzalo apretó los dientes.

—Idos al infierno —masculló Gonzalo.

Cerró los ojos y hundió el filo. De la garganta de Mendoza se escapó un gorgoteo agónico.

Gonzalo dio media vuelta y echó a correr hacia el puerto, al que llegó justo antes de que retirasen la pasarela.

—¿Y Mendoza? —quiso saber Katrina.

—Ya no será un problema. Somos libres.

La nave comenzó a moverse. Ellos permanecieron en la barandilla, mirando cómo la orilla se iba alejando, viendo por última vez la tierra que jamás volverían a pisar.

—No estés triste, hermana. Nos espera una nueva vida llena de sorpresas —dijo Francisco.

—¿Y serán buenas? —musitó ella con ojos empañados por el llanto.

—Cuando falta manteca para el pan, todavía no es necesidad. Estamos vivos, gozamos de salud y tenemos la esperanza aposentada en nuestros corazones. No se puede empezar una nueva existencia de un modo mejor. ¿No os parece? —dijo Katrina, abrazando con fuerza la vara.

EPÍLOGO

*Q*uerida Katrina:

Ante todo, decirte que estoy muy bien; aparte de los achaques típicos de mi edad. Por suerte, tengo a todos mis hijos pendientes de mí desde la muerte de mi querido y amado esposo. Imagino que ya te habrá llegado la noticia de la muerte del emperador. El reino entero está de luto, pues fue un gran hombre en verdad, el mejor rey que ha tenido nunca Castilla. Tanto es así que, cuando vio que sus facultades mermaban, abdicó. De eso ya estarás enterada, por supuesto. Lo que nunca conté fue que fui testigo de ese hecho, el 25 de octubre de 1555; en el mismo lugar donde fue la coronación. Vestido de negro, con el único adorno del Toisón de Oro, se encaminó hacia el trono apoyado en el brazo de Guillermo de Orange. Luego Filiberto de Saboya explicó las razones que lo llevaban al retiro. Una vez concluido el alegato, el rey se levantó. Su aspecto era cansado, pero no le impidió dar un discurso resumiendo su vida. Nombró a su hijo Felipe como sucesor de sus reinos y a Fernando, del imperio; y para concluir, pidió perdón a todos aquellos a quienes hubiese podido hacer daño. Su hijo, entonces, tomó la palabra y se excusó de no poder hablar en flamenco; lo cual decepcionó a todos

441

los presentes, pues se daban cuenta de que el imperio quedaba en manos de extranjeros, de hombres que no habían nacido en Flandes. El rey, agotado, abandonó la sala y, como ya sabes, un año después emprendió viaje hacia España, para retirarse al monasterio de Yuste, donde vivió humildemente. Se dedicó a pasear por el campo, a oír misas, a sus libros y a su pasatiempo favorito, los relojes. Aun así, siempre acudieron gentes notables para pedirle consejo, hasta que la fiebre de los mosquitos hizo que pasara a mejor vida.

Pero dejemos estos asuntos tan poco agradables y pasemos a nuestras cosas. Me ha llenado de alegría la llegada de Luca. Supongo que serás muy dichosa. ¡Después de tantas niñas! Un nieto es lo más maravilloso. Es muy distinto a criar un hijo. Con los nietos puedes permitirte darles todos los caprichos y verte libre de educarlos con tanta rigidez. Claro que imagino que en Florencia aún será mucho mejor. Como pude comprobar cuando os visitamos, la vida no es tan rígida como en España y los artistas gozan de gran protección por parte de los gobernadores. Ya me contarás cómo ha concluido el último proyecto de tu esposo. Espero que sea tan delicioso como el último que me mandaste. Del mismo modo, he de confesar que la puntilla que hiciste para mi nieto es el mejor trabajo que has hecho nunca. Lamentablemente, mis ojos y mis manos ya no me permiten hilar; y no sabes cuánto lo echo de menos. ¿Recuerdas lo bien que lo pasábamos juntas ante el cojín? No puedo quejarme de la vida que he llevado y, sin embargo, no puedo evitar el pensar en esos tiempos, cuando llegamos a la corte con la emoción sujetando nuestros corazones. En cómo el rey cayó rendido a tus encantos, y en lo mucho que sufrió cuando desapareciste de su vida. Sé que piensas que llegó a odiarte por engañarlo, pero no fue así. Me contaron que, a pesar de ello, no pudo. Y creo que lo que mejor lo demuestra es que dejase de buscarte.

Pero dejemos el pasado y centrémonos en el presente. Quiero que me escribas y lo hagas de inmediato —no como las últimas veces, que he tardado semanas en recibir contestación—, y que me cuentes todo, todo. ¿De acuerdo?

Pas goed op jezelf.[25]
Tu querida,

Nienke

---

25. Cuídate.

*E*stimada Nienke:

Me alegro que estés bien de salud. Nosotros, por el momento, también gozamos de ella; al igual que mis cuatro hijas, mis diez nietas y mi nieto Luca. Gonzalo ya ha terminado la obra, una comedia que ha divertido mucho al príncipe. Está tan encantado con mi esposo que se ha ofrecido para ser el padrino de Luca. Al parecer, mi destino siempre fue estar entre reyes, claro que ahora es muy distinto a cuando era joven. La paz reina en mi vida y en mi corazón, que, por cierto, confidencialmente, sigue latiendo acelerado cuando Gonzalo aparece ante mi vista. ¿No es patético en una vieja de cincuenta y ocho años? Lo cierto es que me parece mentira que mi pelo esté ya lleno de canas, pues me siento igual que aquella jovencita que se echó a la vida de la mano de la mujer más maravillosa que he conocido y que siempre he considerado mi madre. La única pena que existe para mí es no poder estar a tu lado y no poder hablar largo y tendido como solíamos hacer. Una carta no es lo mismo; aunque en ella siempre podrás encontrar el amor que te profeso.

¿Sabes? Francisco, el marido de Clara, también ha tenido mucho éxito con la estatua de san Miguel que ha hecho para la iglesia de

Santa María la Mayor. Está considerado un escultor magnífico y los encargos le llueven como setas. Por su parte, Clara está encantada de que Francisco alcanzase su sueño gracias a que decidimos quedarnos en esta espléndida ciudad y de que, al fin, los dos hijos que han tenido hayan crecido sanos y fuertes, llenándolos de dicha. Esperanza, que sigue fuerte como una roca, ha abierto una segunda pensión junto al Palacio Ducal que adquiere más fama a cada día que pasa. Solamente acude a ella gente notable. Está exultante de felicidad. En realidad, la dicha los embarga a todos y eso, cuando uno alcanza más de setenta años, no es fácil de conseguir. La pérdida de los seres queridos es difícil de superar y, por ahora, mis queridos amigos gozan de una vitalidad excelente. Incluso, a veces, contando yo cincuenta y ocho años, me cuesta seguir su ritmo.

Como ves, a pesar de las vicisitudes pasadas, todos hemos logrado ser felices. Y creo, sinceramente, que nuestros antepasados estarían orgullosos de nosotras. Cumplí la última voluntad del abuelo y ahora la herencia reposa en un lugar privilegiado de mi casa.

Como he dicho, nuestros esfuerzos merecieron la pena. Ahora somos mujeres libres. Libres de amar, de deambular sin miedo a ser perseguidas por nuestros actos o creencias. Y solo pido a Dios que en el futuro extienda esa paz que embarga mi corazón al resto del mundo. Pero sé que es un sueño imposible. Los hombres sueñan con quimeras. Pero, como dice un refrán de mi pueblo, cuando la vida no es como una quiere, hay que quererla como es. Y yo he aprendido a amar la mía.

Y tú no olvides que siempre te llevo en el corazón, mi querida Nienke.

Te quiere,

Katrina